Celeste Ng

Kleine Feuer überall

Roman

Aus dem amerikanischen Englisch
von Brigitte Jakobeit

AF198468

dtv

Vom Außenanstrich der Häuser bis zum Alltag ihrer Bewohner: Alles in Shaker Heights, einem beschaulichen, fortschrittlichen Vorort von Cleveland, ist passgenau durchgeplant. Keiner verkörpert diesen Geist mehr als Elena Richardson mit ihrer Familie wie aus dem Bilderbuch. Elena hat ein gutes Herz: deshalb nimmt sie die alleinerziehende Künstlerin Mia Warren als Mieterin auf und behandelt deren Tochter Pearl auch sofort, als wäre sie ihr eigenes Kind. Sie überlässt nichts dem Zufall: darum gräbt sie heimlich in Mias mysteriöser Vergangenheit – woher nur kommt diese magische Anziehung, die das Mutter-Tochter-Gespann auf alle Richardsons ausübt? Als Elena fündig wird, erfährt sie ebenso viel über sich selbst wie über Mia. Und nichts wird mehr so sein, wie es war.

Über das Gewicht von Geheimnissen und den verheerenden Glauben, das bloße Befolgen von Regeln könne Katastrophen verhindern. Der zweite unvergessliche Roman der internationalen Bestsellerautorin Celeste Ng ist für alle, die eigene Wege gehen und überall kleine Feuer legen.

Celeste Ng wurde 1980 in Pittsburgh, Pennsylvania geboren und wuchs unter anderem auf in Shaker Heights, Ohio. Sie studierte in Harvard, bereits ihr erster Roman ›Was ich euch nicht erzählte‹ war ein internationaler Bestseller, er wird in Kürze als TV-Serie verfilmt. ›Kleine Feuer überall‹ erschien in über zwanzig Sprachen, in der Serienadaption spielt Reese Witherspoon die Hauptrolle. Celeste Ng lebt mit ihrer Familie in Cambridge, Massachusetts.

VORWORT

dtv & Piatti: Hommage an eine große Ära der Buchkunst

So wie Heinz Friedrich, der Gründungsverleger des dtv, über drei Jahrzehnte hinweg das Profil des dtv geprägt hat, hat es der Schweizer Grafiker Celestino Piatti von 1961 bis in die 1990er Jahre visuell bestimmt: Er zeichnete, malte, collagierte und gestaltete mehr als 6 000 Buchumschläge, ebenso sämtliche Werbemittel des Verlags. Auf der Suche nach einer prägnanten Szene, einer Stimmung oder einem Objekt, kurz: einer Bildpointe, hat er sich mit jedem der literarischen Texte inhaltlich auseinandergesetzt.

Die fünfbändige Jubiläumsedition »100 Jahre Celestino Piatti« lässt ein Stück dieser deutsch-schweizerischen Verlagsgeschichte zwischen dtv und Piatti wieder aufleben, in enger Zusammenarbeit mit dem Verein »Celestino Piatti – Das visuelle Erbe«: Im Basler Atelier-Archiv sind unzählige Schubladen, Mappen und Schachteln, Plakatrollen und Skizzenbücher von Familienmitgliedern und Freunden gesichtet worden, um passende Motive für die Umschläge zu finden. All diese Werke Celestino Piattis werden hier erstmals für Buchumschläge verwendet. In München hat das dtv-Team die ausgewählten Illustrationen in eine Designsprache des 21. Jahrhunderts übersetzt. Diese Sonderedition würdigt den langjährigen Buchgestalter des dtv und ist eine Hommage an eine große Ära der Buchkunst.

Von Celeste Ng ist bei dtv außerdem lieferbar:
Was ich euch nicht erzählte

Hintergrundmaterial für Ihren Lesekreis finden Sie unter
www.dtv-lesekreise.de

Sonderausgabe 2021
Bei dtv erstmals erschienen 2018.
© der deutschsprachigen Ausgabe:
2018 dtv Verlagsgesellschaft mbH & Co. KG, München
Die Originalausgabe erschien 2017 unter dem Titel
›Little Fires Everywhere‹ bei Penguin Press, New York
© 2017 by Celeste Ng
Umschlaggestaltung: Stephan Schöll
unter Verwendung eines Motivs von Celestino Piatti
Satz: Greiner & Reichel, Köln
Druck und Bindung: CPI books GmbH, Leck
Printed in Germany · ISBN 978-3-423-14811-5

Für alle, die eigene Wege gehen und überall kleine Feuer legen

Wenn Sie ein Grundstück in der School Section kaufen, einen groß-
zügigen Wohnsitz in den Shaker Country Estates oder eines der von
uns in den verschiedenen Vierteln angebotenen Häuser, so stehen
Ihnen damit auch die Golf-, Reit- und Tennisanlagen zur Verfügung,
der Segelclub, die ausgezeichneten Schulen sowie ein dauerhafter
Schutz vor Wertverlust und unliebsamen Veränderungen.

Werbeanzeige, The Van Sweringen Company,
Planer und Bauherren von Shaker Village

~

Alles in allem unterscheiden sich die Menschen in Shaker Heights
nicht groß von den Menschen anderswo in Amerika. Sie besitzen
vielleicht drei oder vier Autos statt einem oder zwei, sie haben vielleicht zwei Fernseher statt nur einen, und wenn eine junge Frau aus
Shaker Heights heiratet, gibt es vielleicht einen Empfang für achthundert Gäste, zu dem die Meyer Davis Band aus New York einge-
flogen wird, statt eines Hochzeitsempfangs mit hundert Gästen und
einer örtlichen Band, doch sind das nur Unterschiede in der Größen-
ordnung und nicht wirklich entscheidend. »Wir sind freundliche
Menschen, und es geht uns wunderbar!«, sagte kürzlich eine Frau
im Shaker Heights Country Club, und sie hat recht, denn die Bewohner von Utopia führen anscheinend wirklich ein ziemlich glückliches Leben.

»Das gute Leben in Shaker Heights«,
Cosmopolitan, März 1963

1

n jenem Sommer redeten alle in Shaker Heights darüber, wie Isabelle, das jüngste Kind der Richardsons, endgültig durchdrehte und das Haus abfackelte. Während das ganze Frühjahr über die kleine Mirabelle McCullough Gesprächsthema gewesen war – beziehungsweise, je nachdem, auf welcher Seite man stand, May Ling Chow –, gab es endlich neuen aufregenden Gesprächsstoff. Kurz nach zwölf Uhr mittags an jenem Samstag im Mai hörten die Käufer, die bei Heinen's ihre Einkaufswagen vor sich herschoben, plötzlich Sirenen aufheulen und die Feuerwehrwagen in Richtung Ententeich rasen. Um Viertel nach zwölf standen vier von ihnen in einer roten Linie am Parkland Drive, wo alle sechs Schlafzimmer der Richardsons in Flammen standen, und den Rauch konnte jeder im Umkreis von achthundert Metern wie eine dichte schwarze Gewitterwolke über den Bäumen aufsteigen sehen. Später sagten die Leute, das habe sie nicht überrascht. Izzy sei leicht gestört, und überhaupt seien die Richardsons schon immer etwas daneben gewesen, und sobald sie an jenem Morgen die Sirenen gehört hätten, sei klar gewesen, dass etwas Furchtbares passiert war. Da war Izzy aber natürlich schon lange verschwunden, und es gab niemanden, der sie verteidigt hätte. Die Leute konnten also sagen, was sie wollten – und taten es auch. Beim Eintreffen der Feuerwehr jedoch, und auch noch eine ganze Weile danach, wusste erstmal niemand etwas Genaues. Die Nachbarn drängten sich so nahe wie möglich an die provisorische Absperrung – hundert Meter vom Feuer entfernt stand quer geparkt ein Streifenwagen – und beobachteten, wie die Feuerwehrleute angesichts des hoffnungslosen Unterfangens ihre Schläuche entrollten. Auf der anderen Straßenseite tauchten die Gänse im Wasser nach Gräsern, der Tumult ließ sie völlig kalt.

Mrs Richardson stand auf dem Grünstreifen und hielt oben am Hals ihren hellblauen Bademantel fest zu. Obwohl es schon mitten am Tag war, hatte sie beim Alarm der Rauchmelder noch geschlafen. Sie war spät ins Bett gegangen und wollte ausschlafen, was sie, wie sie fand, nach einem ziemlich schweren Tag auch verdient hatte. Am Abend zuvor hatte sie von einem Fenster im oberen Stock aus beobachtet, wie ein Auto vor dem Haus vorgefahren war. Die lange Auffahrt erstreckte sich in einem hufeisenförmigen Bogen vom Gehsteig zur Eingangstür und wieder zurück – die Straße war also gut dreißig Meter entfernt, sie hatte nicht viel sehen können, zumal es selbst im Mai schon um acht Uhr dunkel wurde. Doch hatte sie den kleinen hellbraunen VW Golf ihrer Mieterin Mia Warren erkannt. Die Beifahrertür wurde geöffnet, eine schlanke Gestalt stieg aus und ließ die Tür angelehnt: Mias Teenager-Tochter Pearl. Die Beleuchtung erhellte das Wageninnere wie einen Schaukasten, doch das Auto war fast bis oben hin mit Taschen bepackt, und Mrs Richardson erkannte gerade so eben die Silhouette von Mias Kopf mit dem unordentlichen Haarknoten. Pearl beugte sich über den Briefkasten, und Mrs Richardson stellte sich das schwache Quietschen beim Öffnen und Schließen vor. Dann hüpfte Pearl wieder ins Auto und schloss die Tür. Die Bremslichter leuchteten rot auf, erloschen wieder, und das Auto fuhr in die dunkle Nacht davon. Erleichtert war Mrs Richardson nach unten zum Briefkasten gegangen und hatte einen

Schlüsselbund an einem schlichten Ring herausgeholt, ohne irgendeine Nachricht. Sie nahm sich vor, am Morgen zum Haus an der Winslow Road zu fahren und nachzusehen, auch wenn sie bereits wusste, dass Mia und Pearl nicht mehr dort sein würden.

Wegen dieses Zwischenfalls hatte sie ausschlafen wollen, und jetzt war es halb eins, sie stand im Bademantel und einem Paar Tennisschuhen ihres Sohnes Trip auf dem Grünstreifen und musste mitansehen, wie ihr Haus abbrannte. Nachdem das Schrillen der Rauchmelder sie geweckt hatte, war sie von Zimmer zu Zimmer gerannt, um nach Trip, nach Lexie, nach Moody zu sehen. Izzy hatte sie ganz vergessen, fiel ihr plötzlich auf, als hätte sie schon geahnt, dass Izzy schuld war. In den Schlafzimmern war niemand, es hing nur Benzingeruch in der Luft und auf jedem Bett knisterte in der Mitte ein kleines Feuer, als hätte eine verrückte Pfadfinderin dort gezeltet. Als sie im Wohnzimmer, im Wintergarten, im Freizeitraum und in der Küche nachsah, hatte sich der Rauch bereits ausgebreitet, und sie rannte schließlich nach draußen, wo sie die durch das Haussicherheitssystem alarmierte Feuerwehr anrücken hörte. In der Einfahrt sah sie weder Trips Jeep noch Lexies Explorer noch Moodys Fahrrad, und natürlich auch nicht die Limousine ihres Mannes. Gewöhnlich ging er am Samstagmorgen ins Büro, um Liegengebliebenes zu erledigen. Jemand würde ihn dort anrufen müssen. Dann fiel ihr ein, dass Lexie zum Glück bei Serena Wong übernachtet hatte. Sie fragte sich, wo Izzy wohl steckte. Und wo ihre Söhne waren, die sie finden und über das Geschehene informieren musste.

~

Nachdem die Löscharbeiten abgeschlossen waren, konnte man sehen, dass das Haus nicht, wie Mrs Richardson befürchtet hatte, bis auf das Fundament abgebrannt war. Die Fenster waren alle zerborsten, aber das Mauerwerk stand noch, feucht und rußig und dampfend, ebenso wie das Dach, dessen dunkle Schieferschindeln vom Löschwasser schimmerten wie Fischschuppen. Die Richardsons durften erst wieder hinein, wenn die Ingenieure der Feuerwehr die Statik geprüft hatten, doch selbst vom Grünstreifen aus – näher kam sie wegen des gelben Absperrbands nicht ran – war offensichtlich, dass im Inneren nicht viel zu retten war.

»Ich fasse es nicht«, sagte Lexie. Sie hockte auf der Motorhaube ihres Autos, das auf der anderen Straßenseite im Gras am Ententeich geparkt war. Sie und Serena hatten Rücken an Rücken in Serenas Doppelbett geschlafen, als Dr. Wong sie kurz nach eins an der Schulter geschüttelt und geflüstert hatte: »Lexie. Lexie, Liebes. Wach auf. Deine Mutter hat eben angerufen.« Sie waren bis nach zwei aufgeblieben und hatten – wie schon seit Monaten – über die kleine Mirabelle McCullough geredet und ob die Entscheidung des Richters richtig gewesen war, ihren neuen Eltern das Sorgerecht zu übertragen, oder ob man sie ihrer Mutter hätte zurückgeben sollen. »Eigentlich heißt sie doch nicht einmal Mirabelle McCullough«, hatte Serena schließlich gesagt, und sie waren in düsteres, verstörtes Schweigen verfallen und dann eingeschlafen.

Lexie sah den Rauch aus dem Zimmerfenster qualmen, das noch vorne zum Vorgarten rausging, und dachte an alles, was jetzt verbrannt war. Jedes T-Shirt in ihrer Kommode, jede Jeans in ihrem Schrank. Die vielen Briefchen, die Serena ihr seit der sechsten Klasse geschrieben hatte und die sie immer noch zu kleinen

Dreiecken gefaltet in einem Schuhkarton unter ihrem Bett auf-
bewahrte – dem Bett, das jetzt samt Laken und Tagesdecke verbrannt war. Das Anstecksträußchen aus Rosen, das ihr Freund
Brian ihr an Homecoming geschenkt hatte und das zum Trocknen an ihrem Toilettentisch hing, die Blütenblätter mittlerweile
von Rubinrot zu dunklem Braun verfärbt. All das war jetzt nur
noch Asche. Plötzlich wurde ihr klar, dass sie wegen der Wechselwäsche, die sie zu Serena mitgenommen hatte, besser dran war als
der Rest ihrer Familie: Auf dem Rücksitz lag eine Reisetasche mit
Jeans, Zahnbürste und Schlafanzug. Sie schaute zu ihren Brüdern,
ihrer Mutter, die immer noch im Bademantel auf dem Grünstreifen stand, und dachte: *Sie haben buchstäblich nur noch ihre Kleider
am Leib. Buchstäblich* war eins von Lexies Lieblingswörtern, das
sie selbst dann benutzte, wenn es überhaupt nicht passte. In diesem Fall war es ausnahmsweise angebracht.

Trip, der neben ihr saß, fuhr sich gedankenverloren durchs
Haar. Die Sonne stand inzwischen hoch am Himmel, und seine
verschwitzten Locken standen ihm verwegen zu Berge. Er hatte
im Gemeindezentrum Basketball gespielt, als er das Heulen der
Feuerwehrwagen hörte, sich aber nichts dabei gedacht. Um eins,
als alle hungrig waren und Schluss machen wollten, war er nach
Hause gefahren. Trotz der offenen Wagenfenster hatte er die riesige, ihm entgegenwehende Rauchwolke nicht bemerkt. Erst als
er die abgesperrte Straße sah, ahnte er, dass etwas nicht stimmte.
Nach minutenlanger Erklärung durfte er schließlich seinen Jeep
gegenüber dem Haus parken, wo Lexie und Moody bereits warteten. Zu dritt saßen sie auf der Motorhaube, nach Alter geordnet
wie auf sämtlichen Familienfotos, die im Treppenhaus gehangen
hatten und jetzt zu Asche verbrannt waren. Lexie, Trip, Moody:
Zwölftklässler, Elftklässler, Zehntklässler. Sie spürten die Lücke,

in die Izzy, die Neuntklässlerin, das schwarze Schaf, der Joker, gehörte – doch im Augenblick gingen sie alle drei davon aus, dass diese Lücke nicht für immer war.

»Was hat sie sich bloß dabei gedacht?«, murmelte Moody, und Lexie sagte: »Selbst ihr dürfte klar sein, dass sie diesmal zu weit gegangen ist, deshalb ist sie weggelaufen. Wenn sie zurückkommt, bringt Mom sie um.«

»Wo sollen wir jetzt hin?«, fragte Trip. Es folgte ein längeres Schweigen, in dem sie ihre Lage überdachten.

»Wir nehmen uns ein Hotelzimmer oder so«, sagte Lexie schließlich. »Ich glaube, das hat Josh Trammells Familie auch gemacht.« Jeder kannte die Geschichte: Ein paar Jahre zuvor war Josh Trammell bei brennender Kerze eingeschlafen, und das Haus seiner Eltern war abgebrannt. An der Highschool ging jahrelang das Gerücht, dass es gar keine Kerze gewesen war, sondern ein Joint, aber das Haus war so gründlich ausgebrannt, dass man es einfach nicht herausfand, und Josh war bei seiner Geschichte mit der Kerze geblieben. Für alle war er immer noch *der Vollidiot, der das Haus abgefackelt hat,* auch wenn es schon lange her war und Josh vor Kurzem sein Studium an der Ohio State mit Auszeichnung abgeschlossen hatte. Ab jetzt war Josh Trammells Feuer natürlich nicht mehr das berühmteste in Shaker Heights.

»Ein Hotelzimmer? Für uns alle?«

»Was weiß ich. Zwei Zimmer. Oder wir übernachten in den Embassy Suites. Keine Ahnung.« Lexie klopfte mit den Fingern auf ihr Knie. Sie hätte gern eine Zigarette geraucht, aber angesichts der Lage – und vor den Augen ihrer Mutter und von zehn Feuerwehrmännern – wagte sie es nicht, sich eine anzuzünden. »Mom und Dad wird schon was einfallen. Und die Versicherung wird für alles aufkommen.« Obwohl sie nur eine vage Vorstellung von der Funktionsweise einer Versicherung hatte, schien ihr das plausibel.

Die letzten Feuerwehrleute kamen aus dem Haus und zogen sich die Masken vom Gesicht. Der Rauch hatte sich größtenteils verzogen, aber überall hing noch etwas Dunst, er war ein bisschen wie die Luft im Bad nach einer langen, heißen Dusche. Das Autodach wurde langsam heiß, und Trip streckte die Beine aus und stieß mit seinem Flipflop gegen die Scheibenwischer. Dann fing er an zu lachen.

»Was ist denn so lustig?«, fragte Lexie.

»Ich stell mir gerade vor, wie Izzy durchs Haus rennt und überall Streichhölzer anzündet.« Er schnaubte verächtlich. »So eine Irre.«

Moody trommelte mit dem Finger auf den Dachgepäckträger. »Wieso seid ihr alle so sicher, dass sie es war?«

»Na, hör mal.« Trip sprang vom Auto. »Wir reden hier immerhin von Izzy. Und außerdem sind wir alle da. Mom ist da. Dad ist unterwegs. Wer fehlt?«

»Und nur weil Izzy nicht da ist, soll sie für alles verantwortlich sein?«

»*Verantwortlich*?«, warf Lexie ein. »Izzy?«

»Dad war im Büro«, sagte Trip. »Lexie war bei Serena. Ich war in Sussex beim Sport. Und du?«

Moody zögerte. »Ich bin mit dem Fahrrad zur Bibliothek gefahren.«

»Na bitte.« Für Trip lag die Antwort auf der Hand. »Nur Izzy und Mom waren da. Und Mom hat geschlafen.«

»Vielleicht gab es irgendwo einen Kurzschluss. Oder jemand hat den Herd angelassen.«

»Der Feuerwehr zufolge waren es kleine Feuer überall«, sagte

Lexie. »Mehrere Brandherde. Möglicherweise wurde Brandbeschleuniger verwendet. Das war kein Unglück.«

»Wir wissen alle, dass sie spinnt.« Trip lehnte sich an die Autotür.

»Ihr hackt immer auf ihr rum«, sagte Moody. »Kein Wunder, dass sie sich immer so aufführt.«

Auf der anderen Straßenseite rollten die Feuerwehrleute die Schläuche auf. Die drei Richardson-Kinder sahen zu, wie die Männer ihre Äxte ablegten und sich aus ihren verqualmten gelben Jacken schälten.

»Jemand sollte zu Mom gehen und bei ihr bleiben«, sagte Lexie, aber niemand rührte sich.

Wenig später sagte Trip: »Wenn Mom und Dad Iz finden, sorgen sie dafür, dass sie den Rest ihres Lebens in der Psychiatrie verbringt.«

Keiner dachte daran, dass Mia und Pearl nur Stunden zuvor das Haus in der Winslow Road verlassen hatten. Mrs Richardson, die zusah, wie der Brandmeister peinlich genaue Notizen auf sein Klemmbrett schrieb, hatte ihre Ex-Mieter vollkommen vergessen und deren Auszug ihrem Mann und den Kindern gegenüber noch nicht erwähnt; Moody hatte ihre Abwesenheit erst am Morgen entdeckt und wusste noch nicht, was er davon halten sollte. Weit hinten auf dem Parkland Drive näherte sich ein kleiner blauer Punkt, der BMW ihres Vaters.

»Was macht dich eigentlich so sicher, dass man sie findet?«, fragte Moody.

2

m Juni des Vorjahres, als Mia Warren und ihre Tochter Pearl in
das kleine Haus an der Winslow Road eingezogen waren, hatten
sich weder Mrs Richardson (der das Haus eigentlich gehörte)
noch Mr Richardson (der die Schlüssel überreichte) besonders
mit ihnen befasst. Sie wussten, dass es keinen Mr Warren gab und
Mia laut der von ihr vorgelegten und in Michigan ausgestellten
Fahrerlaubnis sechsunddreißig Jahre alt war. Ihnen fiel auf, dass
sie keinen Ehering, aber jede Menge andere Ringe trug: einen
großen Amethyst am Zeigefinger, einen aus einem silbernen Löf-
felstil geformten Ring an ihrem kleinen Finger und einen am Daumen, der für Mrs Richardson verdächtig nach einem Stimmungs-
ring aussah. Aber sie schien ganz nett zu sein, ebenso wie ihre
Tochter Pearl, eine stille Fünfzehnjährige mit einem langen dunklen Zopf. Mia zahlte zwei Monatsmieten sowie die Kaution mit
einem Bündel Zwanzigdollarscheine, dann fuhr der hellbraune
VW Golf, der schon damals ziemlich ramponiert war, auf dem
Parkland Drive in Richtung südliches Ende von Shaker, wo die
Häuser dichter standen und die Gärten kleiner waren.

Die Winslow Road bestand aus einer Reihe von Zweifamilien-
häusern, die vom Gehsteig aus aber nicht als solche zu erkennen
waren. Von außen sah man nur eine Eingangstür, ein Haustürlicht, einen Briefkasten, die Hausnummer. Vielleicht fielen dem
einen oder anderen die beiden Stromzähler auf, die jedoch – ge-

mäß Stadtverordnung – ebenso wie die Garage hinter dem Haus versteckt waren. Erst in der Diele sah man die beiden Innentüren, von denen eine in die obere, die andere in die untere Wohnung führte, sowie den Zugang zu dem darunterliegenden Keller, den die Mieter sich teilten. Jedes Haus an der Winslow Road beherbergte zwei Parteien, doch von außen schien es nur eine zu sein. Genau das hatte man bei der Bauplanung beabsichtigt. Die Bewohner entgingen auf diese Weise dem Stigma, in einem Zweifamilienhaus zu leben – als Mieter, nicht als Eigentümer –, und den Stadtplanern gelang es, das Erscheinungsbild der Straße zu wahren, denn allen war klar, dass Viertel mit Mietshäusern zu den weniger begehrten zählten.

So war das in Shaker Heights. Es gab Regeln, viele Regeln, was man tun und nicht tun durfte, wie Mia und Pearl nach dem Einzug in ihr neues Heim schnell begriffen. Sie lernten, ihre neue Adresse zu schreiben: Winslow Road 18 434 (1. St.), der kleine Zusatz in Klammern stellte sicher, dass ihre Post bei ihnen und nicht im Erdgeschoss bei Mr Yang landete. Sie lernten, dass sich das schmale Rasenstück mit dem jungen Spitzahorn – vor jedem Haus einer – zwischen Bürgersteig und Straße Zierstreifen nannte und dass man am Freitagmorgen die Mülltonnen nicht dorthin zerrte, sondern sie auf der Rückseite des Hauses stehen ließ, damit niemand ihren hässlichen Anblick auf dem Gehsteig ertragen musste. Große Motorroller, gesteuert von einem Mann in orangefarbenem Overall, sausten die Einfahrt entlang, um den Müll diskret auf der Rückseite einzusammeln und zum großen, auf der Straße wartenden Wagen zu transportieren. Mia würde sich monatelang an ihren ersten Freitag in der Winslow Road erinnern, an ihre Angst, als der Motorroller wie ein hochtouriges flammendrotes Golfmobil unter dem Küchenfenster vorbeiflitzte. Mit der

Zeit gewöhnten sie sich daran ebenso wie an die frei stehende Garage – ebenfalls auf der Rückseite gelegen, um das Straßenbild nicht zu stören –, und sie machten es sich zur Gewohnheit, immer einen Schirm dabeizuhaben, damit sie an Regentagen auf dem Weg vom Auto zum Haus nicht nass wurden. Als Mr Yang im Juli zwei Wochen verreist war, um seine Mutter in Hongkong zu besuchen, lernten sie, dass ein ungemähter Rasen einen höflichen, aber strengen Brief von der Stadt zur Folge hatte, in dem darauf hingewiesen wurde, dass ihr Gras höher als fünfzehn Zentimeter sei und die Stadt, sollte dieser Zustand nicht binnen drei Tagen behoben werden, den Rasen mähen und dafür hundert Dollar berechnen würde. Es gab viele Regeln, die man lernen musste.

Und es gab noch viele weitere Regeln, von denen Mia und Pearl erst im Laufe der Zeit erfuhren. Regeln, die beispielsweise festlegten, in welcher Farbe ein Haus gestrichen werden durfte. Eine hilfreiche Grafik der Stadt stufte jedes Haus als Tudor, im Französischen oder Englischen Stil ein und gab für Architekten und Hausbesitzer die Farben vor. Häuser im Englischen Stil durften nur blaugrau, moosgrün oder in einem bestimmten Beigeton gestrichen werden, um die harmonische Ästhetik in einem Straßenzug sicherzustellen; Tudor-Häuser erforderten einen besonderen Cremeton auf dem Putz und ein besonderes Dunkelbraun für das Fachwerk. In Shaker Heights gab es für alles einen Plan. Als die Stadt 1912 als eine der ersten Plangemeinden im Land entworfen wurde, hatte man die Schulen so platziert, dass kein Kind eine große Straße überqueren musste; Nebenstraßen mündeten auf große Alleen mit strategisch gelegenen Schnellbahnstationen, die Pendler ins Zentrum von Cleveland brachten. Tatsächlich lautete das Motto der Stadt »Die meisten Gemeinden entstehen einfach; die besten sind geplant«. Dahinter stand die Überzeugung, dass sich Unschickliches, Unangenehmes und Katastrophales vermeiden ließ, wenn man alles nur gut durchdachte.

Doch in diesen ersten paar Wochen gab es auch andere, angenehmere Dinge zu entdecken. Zwischen putzen, neu streichen und auspacken lernten sie die Straßennamen ihrer neuen Umgebung kennen: Winchell, Latimore, Lynnfield. Sie lernten, sich im hiesigen Supermarkt Heinen's zu bewegen, in dem man, wie Mia sagte, wie eine Königin behandelt wurde. Man schob seinen Einkaufswagen nicht selbst zum Parkplatz, sondern ein Junge in einem gebügelten Popelinhemd hängte eine Nummer dran und überreichte einem ein farblich dazu abgestimmtes rot-weißes Schildchen. Dann befestigte man das Schildchen an seiner Autoscheibe und fuhr vor den Supermarkt, wo ein anderer Junge mit dem Einkaufswagen herauskam, die Sachen ordentlich in den Kofferraum packte und jedes Trinkgeld ablehnte.

Sie lernten, wo die billigste Tankstelle war – Ecke Lomond und Lee Roads –, die immer einen Cent weniger verlangte als alle anderen; wo sich die Drogeriemärkte befanden und welche doppelte Gutscheine ausgaben. Sie lernten, dass die Bewohner im nahe gelegenen Cleveland Heights und Warrensville und Beachwood ihre ausrangierten Sachen wie normale Menschen auf den Bürgersteig stellten und an welchen Tagen der Sperrmüll in welchen Straßen abgeholt wurde. Sie lernten, wo man einen Hammer, einen Schraubenzieher, einen Eimer Farbe und einen Pinsel kaufte: Das alles bekam man bei Shaker Hardware, aber nur zwischen halb zehn und sechs Uhr abends, dann schickte der Besitzer seine Angestellten zum Essen nach Hause.

Und für Pearl gab es ihre Vermieter und die Richardson-Kinder zu entdecken.

Moody war der erste Richardson, der sich zu dem kleinen Haus an der Winslow traute. Er hatte mitgehört, wie seine Mutter die neuen Mieter seinem Vater beschrieb. »Sie ist irgendeine Künstlerin«, hatte Mrs Richardson gesagt, und als ihr Mann gefragt hatte, was für eine, antwortete sie scherzhaft: »Eine, die am Hungertuch nagt.«

»Das geht schon in Ordnung«, beruhigte sie ihn. »Sie hat mir die Kaution gleich im Voraus gezahlt.«

»Das heißt nicht, dass sie die Miete zahlt«, sagte Mr Richardson, doch sie wussten beide, dass sie auf die Miete – nur dreihundert Dollar pro Monat für die obere Wohnung – nicht angewiesen waren, um über die Runden zu kommen. Mr Richardson war Jurist, und Mrs Richardson arbeitete für die Lokalzeitung, die *Sun Press*. Das Haus an der Winslow war abbezahlt; Mrs Richardsons Eltern hatten es als Wertanlage gekauft, als sie noch ein Teenager war. Die Miete hatte ihr durchs Studium an der Denison University geholfen und war dann in ihrer Anfangszeit als Jungreporterin eine monatliche »Finanzspritze« gewesen, wie ihre Mutter zu sagen pflegte. Nachdem sie Mr Richardson geheiratet hatte und Mrs Richardson wurde, kauften sie ein eigenes schönes Shaker-Haus, ebenjenes Haus am Parkland Drive, das sie Jahre später abbrennen sah. Als Mrs Richardsons Eltern vor fünf Jahren im Abstand von nur wenigen Monaten gestorben waren, hatte sie auch das Haus an der Winslow geerbt. Ihre Eltern hatten damals schon seit einiger Zeit in einem Heim für betreutes Wohnen gelebt und das Haus, in dem sie aufgewachsen war, bereits verkauft. Doch das Haus an der Winslow hatten sie behalten, und Mrs Richardson behielt es nun ebenfalls, auch aus Nostalgie.

Nein, es ging nicht ums Geld. Die monatliche Miete – insgesamt fünfhundert Dollar – floss jetzt in die Urlaubskasse der Richardsons. Im vergangen Jahr hatten sie damit ihren Ausflug nach Martha's Vineyard bestritten, wo Lexie ihr Rückenschwimmen perfektioniert, Trip alle einheimischen Mädchen bezaubert, Moody sich einen schlimmen Sonnenbrand geholt und Izzy schließlich unter Druck eingewilligt hatte, mit zum Strand zu gehen – mit finsterer Miene und in Straßenkleidung samt ihren Doc Martens. Aber eigentlich wäre auch so jede Menge Geld für einen Urlaub vorhanden gewesen. Und gerade weil sie das Geld vom Haus nicht brauchten, suchte Mrs Richardson stets eine bestimmte Art von Mietern aus. Sie wollte das Gefühl haben, dass sie etwas Gutes tat, dazu hatten ihre Eltern sie erzogen. Jahr für Jahr hatten sie für UNICEF und die Humane Society gespendet, jede hiesige Wohltätigkeitsveranstaltung besucht und einmal bei der stillen Auktion im Rotary Club einen fast einen Meter großen Teddybär gewonnen. Mrs Richardson betrachtete die Vermietung als eine Form der Nächstenliebe. Sie hielt die Miete niedrig – in Cleveland waren Immobilien günstig, aber Wohnungen in guten Vierteln wie Shaker konnten ziemlich teuer sein –, und sie vermietete nur an Leute, die es verdienten, und aus irgendeinem Grund keine faire Chance im Leben gehabt hatten. Ihr gefiel es, diese Ungerechtigkeit auszugleichen.

Mr Yang war der erste Mieter gewesen, den sie in dem geerbten Haus aufgenommen hatte; er war aus Hongkong in die Vereinigten Staaten eingewandert, kannte niemanden und sprach nur ein bruchstückhaftes Englisch mit schwerem Akzent. Sein Akzent hatte sich im Lauf der Jahre kaum gebessert, und wenn sie sich unterhielten, konnte sie manchmal nur nicken und lächeln. Aber sie fand, Mr Yang war ein guter Mann; er arbeitete viel, fuhr einen Schulbus zur Laurel Academy, einer nahe gelegenen Privatschule für Mädchen, und arbeitete als Handwerker. Von seinem mageren Gehalt hätte er nie in einem so schönen Viertel leben können. Er wäre in einer beengten grauen Einzimmerwohnung irgendwo an der Buckeye Road gelandet oder noch wahrscheinlicher in dem heruntergekommenen Dreieck Ostcleveland, eine Art Chinatown, wo die Mieten verdächtig niedrig waren, jedes zweite Haus leer stand und mindestens einmal pro Nacht die Sirenen heulten. Außerdem hielt Mr Yang das Haus in tadellosem Zustand, reparierte undichte Wasserhähne, besserte vorne den Beton aus und verwandelte den handtuchgroßen hinteren Garten in ein üppiges Treibhaus. Jeden Sommer brachte er ihr selbst gezüchtete Wachskürbisse, und obwohl Mrs Richardson nichts damit anzufangen wusste – sie waren jadegrün, verschrumpelt und unangenehm faserig –, schätzte sie seine Aufmerksamkeit. Mr Yang war genau der Mieter, den sie sich wünschte: ein netter Mensch, dem sie etwas Gutes tat und der es ihr dankte.

Mit der oberen Wohnung hatte sie nicht so viel Glück gehabt; dort hatten die Mieter fast jedes Jahr gewechselt: ein Cellist, der gerade eine Stelle als Lehrer am Musikinstitut bekommen hatte, dann eine geschiedene Frau in den Vierzigern, ein frisch verheiratetes Paar, das gerade sein Studium an der Cleveland State University abgeschlossen hatte. Sie alle hatten in ihren Augen ein wenig Unterstützung verdient. Aber keiner blieb lange. Dem Cellisten hatte man den ersten Stuhl im Cleveland Orchestra verwehrt, und er verließ verbittert die Stadt. Die geschiedene Frau heiratete nach einer viermonatigen stürmischen Romanze erneut und zog mit ihrem neuen Gatten in ein nagelneues McMansion in Lakewood. Und das junge Paar, das so ernsthaft, hingebungsvoll und verliebt gewirkt hatte, war nach nur eineinhalb Jahren hoffnungslos zerstritten und trennte sich, hinterließ einen nicht erfüllten Vertrag, mehrere zerbrochene Vasen und drei Dellen in der Wand auf Kopfhöhe, wo die Vasen zersplittert waren.

Das war eine Lektion, entschied Mrs Richardson. Diesmal wäre sie aufmerksamer. Sie bat Mr Yang, den Putz auszubessern, und ließ sich Zeit, einen neuen Mieter zu finden, die richtige Art von Mieter. Winslow Road 18 434 (1. St.) stand fast ein halbes Jahr leer, bis Mia Warren und ihre Tochter kamen. Eine alleinerziehende Mutter, wortgewandt, künstlerisch begabt und mit einer Tochter, die höflich, ziemlich hübsch und wahrscheinlich hochintelligent war.

»Angeblich sind Shaker-Schulen die besten in Cleveland«, hatte Mia gesagt, als Mrs Richardson fragte, warum sie nach Shaker gezogen waren. »Pearl bewegt sich schon auf College-Niveau. Aber eine Privatschule kann ich mir nicht leisten.«

Sie schaute kurz zu Pearl, die still im leeren Wohnzimmer stand, die Hände vor sich gefaltet. Das Mädchen lächelte schüchtern. Etwas an diesem Blick zwischen Mutter und Kind rührte Mrs Richardson bis ins Herz. Sie versicherte Mia, dass Shaker-Schulen wirklich ausgezeichnet seien – Pearl könne sich in jedem Fach für Kurse auf College-Niveau anmelden, und es gebe Physiklabore, ein Planetarium, fünf Fremdsprachen, die sie lernen könne.

»Und sie haben ein wunderbares Theaterprogramm, falls sie sich dafür interessiert«, fügte sie hinzu. »Im letzten Jahr war meine Tochter Lexie die Helena im *Mittsommernachtstraum*.« Sie zitierte das Motto der Shaker-Schulen: *Eine Gemeinde erkennt man an ihren Schulen.* Die Grundsteuern in Shaker waren höher als überall sonst, doch die Bewohner bekamen etwas für ihr Geld. »Aber Sie sind ja Mieterin und genießen sämtliche Vorteile ohne die Last«, setzte sie lachend hinzu. Sie gab Mia ein Bewerbungsformular, hatte sich aber schon entschieden. Es machte sie überglücklich, sich diese Frau mit ihrer Tochter in der Wohnung vorzustellen: Pearl würde am Küchentisch Hausaufgaben machen,

Mia in der eingefassten Veranda mit Blick auf den Garten vielleicht an einem Bild oder einer Skulptur arbeiten – ihre genaue Richtung hatte sie nicht erwähnt.

Moody, der seine Mutter die neuen Mieter beschreiben hörte, interessierte weniger die Künstlerin als die »hochintelligente« Tochter in seinem Alter. Ein paar Tage nach Mias und Pearls Einzug gewann seine Neugier die Oberhand. Wie immer nahm er sein Fahrrad, ein altes Schwinn ohne Gangschaltung, das sein Vater vor langer Zeit in Indiana benutzt hatte. In Shaker Heights fuhr niemand Fahrrad, so wie auch niemand mit dem Bus fuhr: Entweder man fuhr selbst oder wurde gefahren; die Stadt war für Autos gebaut und für Menschen, die Autos besaßen. Moody fuhr Rad. Er wurde erst im kommenden Frühjahr sechzehn, und er vermied es tunlichst, Lexie oder Trip zu bitten, ihn irgendwohin zu kutschieren.

Er fuhr los und folgte dem Bogen des Parkland Drive, vorbei am Ententeich, in dem er noch nie eine Ente gesehen hatte, nur Schwärme von großen, frechen Kanadagänsen, über den Van Aken Boulevard und die Schnellbahngleise zur Winslow Road. Er kam nicht oft hierher – keines der Kinder hatte viel mit dem vermieteten Haus zu tun –, aber er wusste, wo es lag. Als er jünger war, hatte er ein paarmal in der Einfahrt im Auto gesessen, den Pfirsichbaum im Garten angestarrt und die Radiosender durchsucht, während seine Mutter rasch hineinging und etwas abgab oder überprüfte. Es kam nicht oft vor, denn abgesehen von der Mietersuche musste man sich nicht um das Haus kümmern. Während seine Reifen über die Fugen zwischen den großen Sandsteinplatten der Gehwege holperten, wurde ihm klar, dass er es noch nie betreten hatte. Und er wusste auch nicht, ob eins seiner Geschwister je dort war.

Vor dem Haus legte Pearl sorgfältig die Einzelteile eines alten Holzbettes auf den Rasen. Moody, der das Rad auf der anderen Straßenseite sanft zum Stehen brachte, sah ein schlankes Mädchen in einem langen, zerknitterten Rock und einem weiten T-Shirt mit einer Aufschrift, die er nicht genau entziffern konnte. Ihr langes, lockiges Haar hing ihr in einem dicken, sich auflösenden Zopf über den Rücken. Das Kopfteil hatte sie flach vor die ans Haus grenzenden Blumenbeete gelegt, darunter die Seitenteile und auf beiden Seiten ordentlich aufgereiht die Latten. Es sah aus, als hätte das Bett tief eingeatmet und sich dann anmutig im Gras ausgestreckt. Halb verborgen hinter einem Baum beobachtete Moody, wie sie zu dem Golf ging, der mit weit geöffneten Türen in der Einfahrt stand, und das Fußteil von der Rückbank holte. Er fragte sich, wie sie es angestellt hatten, ein ganzes Bett in einem so kleinen Auto zu verstauen. Barfuß überquerte sie den Rasen und legte das Fußteil an seinen Platz. Dann stieg sie in die Mitte des leeren Rechtecks, wo die Matratze hingehörte, und legte sich rücklings ins Gras.

Im ersten Stock wurde scheppernd ein Fenster geöffnet, und Mia streckte den Kopf heraus. »Alles da?«

»Zwei Latten fehlen«, rief Pearl zurück.

»Die ersetzen wir. Nein, warte, bleib so. Nicht bewegen.« Mias Kopf verschwand und erschien wenig später mit einer Kamera, einer echten Kamera mit einem Objektiv, groß wie eine Blechdose. Pearl rührte sich nicht von der Stelle und starrte in den leicht bewölkten Himmel, während Mia sich fast bis zur Hüfte hinauslehnte, um den richtigen Blickwinkel zu finden. Moody hielt die Luft an, aus Angst, die Kamera könnte ihr aus den Händen und auf das vertrauensvoll nach oben blickende Gesicht ihrer Tochter fallen oder sie könnte womöglich selbst über den

Sims stürzen und unten im Gras landen. Nichts davon geschah. Mia neigte den Kopf hierhin und dorthin, fing die Szene in ihrem Sucher ein. Die Kamera verdeckte ihr Gesicht, verdeckte alles, bis auf das Haar, das sich in einem wuscheligen Wirbel um ihren Kopf türmte wie ein Heiligenschein. Als Moody später die fertigen Fotos sah, erinnerte ihn Pearl im ersten Moment an ein zartes Fossil, etwas, das seit Jahrtausenden im Skelettbauch eines prähistorischen Tiers gefangen war. Dann fand er, dass sie wie ein Engel mit ausgebreiteten Flügeln aussah. Und dann sah sie schlicht wie ein Mädchen aus, das in einem üppigen grünen Bett schlief und darauf wartete, dass ihr Liebster sich zu ihr legte.

»Alles klar«, rief Mia hinunter. »Ich hab's.« Sie verschwand aus dem Fenster, und Pearl richtete sich auf und schaute über die Straße direkt zu Moody, dessen Herz vor Aufregung hüpfte.

»Willst du helfen?«, rief sie. »Oder bloß da rumstehen?«

Moody erinnerte sich später nicht daran, wie er die Straße überquert, sein Fahrrad angelehnt und sich vorgestellt hatte. Er hatte das Gefühl, dass er schon immer ihren Namen und sie schon immer seinen gekannt hatte, dass er und Pearl sich irgendwie schon immer gekannt hatten.

Zusammen trugen sie die Teile des Bettgestells die schmale Treppe hinauf. Das Wohnzimmer war leer, nur ein Stapel Kartons stand in einer Ecke, und in der Mitte des Bodens lag ein großes rotes Kissen.

»Da lang.« Pearl führte Moody in das größere Schlafzimmer, in dem nur eine verblichene, aber saubere Matratze an der Wand lehnte.

»Hier«, sagte Mia und stellte Pearl eine Werkzeugkiste aus Metall vor die Füße. »Die wirst du brauchen.« Sie lächelte Moody zu, als wäre er ein alter Freund. »Ruft mich, wenn ihr Hilfe braucht.« Dann trat sie in den Flur zurück, und kurz darauf hörten sie, wie ein Karton aufgeschlitzt wurde.

Pearl war eine geschickte Handwerkerin. Sie hebelte die Seitenteile in die Aufhängung am Kopfteil und schraubte sie fest. Moody saß neben der offenen Werkzeugkiste und beobachtete sie ehrfürchtig. Wenn bei ihm zu Hause etwas kaputt war – Herd, Waschmaschine, Müllvertilger –, rief seine Mutter einen Handwerker, oder die Dinge wurden gleich ersetzt. Alle drei, vier Jahre, wenn die Federung nachließ, suchte seine Mutter eine neue Wohnzimmergarnitur aus, die alte wanderte in den Freizeitraum im Keller und die noch ältere aus dem Freizeitraum wurde dem Kinderheim für Jungen auf der West Side gespendet oder dem Frauenhaus in der Stadt. Sein Vater schraubte nicht in der Garage an seinem Auto herum; wenn etwas klapperte oder quietschte, brachte er es zu Lusty Wrench, wo Luther sich seit zwanzig Jahren um die Autos der Richardsons kümmerte. Moody wurde klar, dass sich seine diesbezügliche Erfahrung auf den Werkunterricht in der achten Klasse beschränkte: Dort hatte man sie in Gruppen eingeteilt – eine nahm Maß, die andere sägte, die dritte schmirgelte –, und am Ende des Schuljahrs schraubte jeder seine Teile zu einem kleinen kastenförmigen Süßigkeitenspender zusammen, der drei Kaudragees ausspuckte, wenn man am Griff zog. Im Jahr davor hatte Trip im Werkunterricht genau so einen gebaut, im Jahr davor Lexie, und Izzy baute im kommenden Jahr noch einen, aber trotz des Werkunterrichts, trotz der irgendwo im Haus verstauten vier identischen Süßigkeitenspender war sich Moody nicht sicher, ob jemand in seiner Familie mehr als den Akkuschrauber von Philips bedienen konnte.

»Wer hat dir das alles beigebracht?«, fragte er und reichte Pearl noch eine Bettlatte.

Pearl zuckte die Schultern. »Meine Mom«, sagte sie, hielt die Latte mit einer Hand und nahm eine Schraube vom Haufen auf dem Teppich.

Das zusammengebaute Bett entpuppte sich als altmodisches Einzelbett mit Bettpfosten, ein Bett, in dem auch Goldlöckchen hätte schlafen können.

»Woher habt ihr das?« Moody schob die Matratze in den Rahmen und ließ sich probehalber darauffallen.

Pearl legte den Schraubenzieher in die Werkzeugkiste zurück und verriegelte sie. »Gefunden.«

Sie lehnte sich mit dem Rücken ans Fußende, streckte die Beine aus und schaute an die Decke, als teste sie etwas. Moody setzte sich neben ihre Füße ans Kopfende. Grashalme klebten an ihren Zehen, Waden und dem Saum ihres Rocks. Sie roch nach frischer Luft und Pfefferminzshampoo.

»Das ist *mein Zimmer*«, sagte Pearl plötzlich, und Moody sprang erschrocken auf. »Entschuldige«, sagte er und wurde puterrot.

Pearl blickte auf, als hätte sie ihn kurz vergessen. »Oh«, sagte sie. »So war das nicht gemeint.« Sie zupfte einen Grashalm zwischen ihren Zehen heraus und schnipste ihn weg; sie beobachteten, wie er auf dem Teppich landete. Dann sagte sie verwundert: »Ich hatte noch nie ein eigenes Zimmer.«

Moody überdachte ihre Bemerkung. »Du meinst, du musstest dir immer eins teilen?« Er versuchte sich ein Leben vorzustellen, in dem so etwas möglich war. Er versuchte sich vorzustellen, er müsste sich ein Zimmer mit Trip teilen, der seine dreckigen Socken und Sportzeitschriften auf dem Boden liegen ließ, der beim Nachhausekommen als Erstes das Radio einschaltete – immer auf »Jammin« 92,3 –, als könnte sein Herz ohne das geistlose Basswummern nicht schlagen. Im Urlaub buchten die Richardsons immer drei Zimmer: eins für Mr und Mrs Richardson, eins für Lexie und Izzy, eins für Trip und Moody – und beim Frühstück machte sich Trip über Moody lustig, weil er manchmal im Schlaf redete. Dass Pearl und ihre Mutter so arm waren, dass sie sich ein Zimmer hatten teilen müssen – Moody konnte es kaum fassen.

Pearl schüttelte den Kopf. »Wir hatten noch nie ein eigenes Haus«, sagte sie, und Moody verkniff sich zu sagen, dass dies kein Haus war, sondern nur eine Haushälfte. Mit der Fingerspitze umkreiste sie die Knöpfe in den Mulden der Matratze.

Moody, der sie beobachtete, konnte nicht ahnen, woran Pearl sich erinnerte: den kniffligen Herd in Urbana, der mit einem Streichholz angezündet werden musste, die Wohnung im vierten Stock ohne Aufzug in Middlebury, den von Unkraut überwucherten Garten in Ocala, die verräucherte Wohnung in Muncie, wo das Kaninchen des Vormieters im Wohnzimmer frei herumlaufen durfte und angeknabberte Löcher und fragwürdige Flecken hinterlassen hatte. Und die Untermietwohnung in Ann Arbor, aus der sie vor einigen Jahren nur äußerst ungern ausgezogen war, weil die Leute dort eine Tochter hatten, die nur ein oder zwei Jahre älter war, und sie in dem halben Jahr, das sie mit ihrer Mutter dort gelebt hatte, jeden Tag mit den Pferdefiguren dieses glücklichen Mädchens gespielt, in seinem Kindersessel gesessen und in seinem weißen Himmelbett geschlafen hatte, und sie manchmal, wenn ihre Mutter schlief, die Nachttischlampe angeschaltet, den Schrank des Mädchens geöffnet und die Kleider und Schuhe anprobiert hatte, auch wenn ihr alles etwas zu groß war. Überall im Haus gab es Fotos von dem Mädchen – auf dem Kaminsims, auf den Beistelltischen im Wohnzimmer, im Treppenhaus ein großes, schönes Studioporträt, auf dem das Mädchen das Kinn in die Hand stützte –, und Pearl hatte sich mühelos vorstellen können, dass es ihr Haus und ihre Sachen, ihr Zimmer, ihr Leben war. Als das Paar mit seiner Tochter aus dem Sabbatjahr zurückkehrte, konnte Pearl das braun gebrannte, drahtige und inzwischen für die Kleider im Schrank viel zu große Mädchen nicht einmal ansehen. Auf dem Weg nach Lafayette, wo sie die nächsten acht Monate blieben, hatte sie die ganze Zeit geweint, und selbst der gestohlene Porzellan-Palomino aus der Sammlung des Mädchens tröstete sie nicht, denn obwohl sie angespannt darauf wartete, wurde der Verlust nie beklagt, und was machte weniger Spaß, als ein so reich beschenktes Mädchen zu bestehlen, dem gar nicht auffiel, dass ihm etwas fehlte? Ihre Mutter hatte das offenbar verstanden, denn danach wohnten sie nie wieder möbliert. Und Pearl hatte sich auch nie darüber beklagt, weil sie jetzt wusste, dass sie lieber in einer leeren Wohnung lebte als in einer mit fremden Sachen.

»Wir ziehen oft um. Immer, wenn es meine Mom packt.« Pearl sah ihn durchdringend an, fast schon böse, und Moody stellte fest, dass ihre Augen, die er anfangs für haselnussbraun gehalten hatte, in Wirklichkeit dunkelgrün waren. Im selben Moment wurde ihm schlagartig klar, was an diesem Vormittag geschehen war: In seinem Leben gab es jetzt ein Davor und ein Danach, und er würde beide immer miteinander vergleichen.

»Was machst du morgen?«, fragte er.

3

n den nächsten paar Wochen zählte für Moody immer nur der nächste Tag. Sie fuhren zu seiner alten Grundschule, wo sie auf die Rutsche stiegen und die Stange hochkletterten und von der Brücke auf den Rindenmulch hinunterhüpften. Er lud Pearl auf ein Eis mit Karamellsauce zu Draeger's ein. Am Horseshoe Lake kletterten sie wie Kinder auf Bäume und warfen den unten schwimmenden Enten alte Brotbrocken zu. Im Yours Truly, dem hiesigen Diner, saßen sie in einer Holznische mit hoher Lehne, aßen mit Käse und Speck überbackene Pommes und warfen 25-Cent-Stücke in die Jukebox, um »Great Balls of Fire« und »Hey Jude« zu hören.

»Zeig mir doch mal die Shaker«, schlug Pearl eines Tages vor, worauf Moody lachte.

»In Shaker Heights gibt es keine Shaker«, sagte er. »Die sind alle ausgestorben. Sie haben nichts von Sex gehalten. Die Stadt wurde nur nach ihnen benannt.«

Moody hatte halbwegs recht, auch wenn weder er noch die meisten Kinder in der Stadt viel über ihre Geschichte wussten. Die Shaker hatten tatsächlich das Land verlassen, das sehr viel später Shaker Heights werden sollte, und im Sommer 1997 gab es noch genau zwölf auf der Welt. Shaker Heights war zwar nicht nach Shaker-Grundsätzen gegründet worden, doch es folgte gleichermaßen der Idee, eine Utopie zu schaffen. Ordnen – und Verordnen, für Ordnung unerlässlich – galt den Shakern als Schlüssel zu Harmonie. Sie hatten alles verordnet: die angemessene Zeit, um morgens aufzustehen, die angemessene Farbe der Vorhänge, die angemessene Haarlänge für Männer, die angemessene Art, wie man die Hände zum Gebet faltet (den rechten Daumen über den linken). Die Shaker waren fest überzeugt, wenn sie jede Kleinigkeit planten, könnten sie ein Stück Himmel auf Erden schaffen, einen kleinen Zufluchtsort, und die Gründer von Shaker Heights hatten genauso gedacht. In Werbeannoncen zeigten sie Shaker Heights hoch oben auf einem Berggipfel am Ende eines Regenbogens, mit Blick auf das schmutzige Cleveland. Perfektion war das Ziel, und vielleicht hatten die Shaker so streng gelebt, dass dieser Geist mit der Zeit sogar die Erde durchdrang und in denen, die dort aufwuchsen, einen Hang zu überdurchschnittlichen Leistungen und eine tiefe Abneigung gegen Fehler hinterließ. Selbst die jungen Leute in Shaker Heights – deren einziger Berührungspunkt mit den Shakern sich auf das Lied » Simple Gifts « im Musikunterricht beschränkte – spürten diesen Drang nach Perfektion noch in der Luft.

Während Pearl mehr über ihre neue Heimatstadt erfuhr, brachte Moody mehr über Mias Kunst und die schwierige, wechselhafte Finanzlage der Warrens in Erfahrung.

Moody hatte sich nie Gedanken über Geld gemacht, er musste es nicht. Licht ging an, wenn er auf den Schalter drückte, Wasser floss, wenn er den Hahn aufdrehte. Im Kühlschrank fanden sich in regelmäßigen Abständen frische Lebensmittel, die später als gekochte Mahlzeiten auf dem Tisch standen. Seit seinem zehnten Lebensjahr bekam er ein Taschengeld, das bei fünf Dollar pro Woche angefangen und sich mit Inflation und Alter stetig auf derzeit zwanzig Dollar erhöht hatte. Zwischendurch gab es Geburtstagskarten von Tanten und Verwandten, denen zuverlässig ein gefalteter Geldschein beigelegt war, mit dem er sich bei Mac's Backs ein gebrauchtes Buch kaufen konnte, hin und wieder eine CD oder neue Gitarrensaiten, was er eben geradeso brauchte.

Mia und Pearl erstanden, so viel sie konnten, gebraucht – oder noch besser, umsonst. Nach nur wenigen Wochen kannten sie jeden Laden der Heilsarmee, jeden St. Vincent Paul's und Goodwill im weiteren Umkreis von Cleveland. In der ersten Woche hatte Mia einen Job im Lucky Palace gefunden, einem chinesischen Restaurant vor Ort; an mehreren Nachmittagen und Abenden nahm sie am Tresen Bestellungen entgegen und verpackte sie zum Mitnehmen. Zum Essen gingen die Einwohner von Shaker zwar lieber in das nur wenige Straßen weiter gelegene Pearl of the Orient, aber der Lucky Palace machte ein gutes Geschäft mit Essen zum Mitnehmen. Sie bekam einen Stundenlohn, und die Bedienungen gaben ihr einen Anteil vom Trinkgeld ab, und wenn Essen übrigblieb, nahm sie ein paar Tabletts mit nach Hause – nicht mehr ganz frischen Reis, süß-saures Schweinefleisch, leicht angegammeltes Gemüse –, das für sie und Pearl fast immer reichte. Sie hatten nicht sehr viel, aber das war nicht unbedingt spürbar: Mia war ziemlich erfinderisch. An einem Abend gab es Lo mein ohne Sauce, dafür mit Ragout aus dem Glas, und am nächsten Rindfleisch in Orangensauce. Alte Bettlaken, fünfundzwanzig Cent pro Stück im Secondhandladen, wurden umfunktioniert zu Vorhängen, einer Tischdecke, Kissenbezügen. Moody dachte an den Matheunterricht: eine praktische Übung in Kombinatorik. Wie viele Füllungen gab es für Teigtaschen? Wie viele Kombinationen ließen sich aus Reis, Schweinefleisch und Paprika zaubern?

»Warum sucht sich deine Mutter keine richtige Arbeit?«, fragte Moody Pearl eines Nachmittags. »Ich wette, sie könnte mehr

Stunden pro Woche arbeiten. Vielleicht könnte sie auch eine volle Stelle im Pearl of Orient oder woanders kriegen.« Diese Frage hatte er sich schon die ganze Woche gestellt, seit er von Mias Job erfahren hatte. Wenn sie mehr arbeiten würde, dachte er, würde sie genug Geld verdienen, und Pearl und sie könnten sich ein richtiges Sofa, richtige Mahlzeiten und vielleicht einen Fernseher leisten.

Pearl starrte ihn mit gerunzelter Stirn an, als würde sie die Frage nicht verstehen.

»Aber sie hat doch einen Job«, sagte sie. »Sie ist Künstlerin.«

Sie lebten seit Jahren so, Mia mit einem Teilzeitjob, mit dem sie gerade so eben über die Runden kam. Solange sie zurückdenken konnte, hatte Pearl die Rangordnung verstanden: Ihre Mutter war eigentlich Künstlerin, und ihr Brotjob diente nur dazu, das zu ermöglichen. Ihre Mutter arbeitete jeden Tag mehrere Stunden – allerdings hatte Moody es anfangs nicht als Arbeit gedeutet. Manchmal war sie unten in der provisorischen Dunkelkammer, die sie in der Waschküche im Keller installiert hatte, entwickelte Filme oder machte Abzüge. Manchmal las sie die ganze Zeit – Sachen, die Moody nicht viel sagten, Essenszeitschriften aus den 1960ern oder Autohandbücher oder eine dicke, gebundene Biografie über Eleanor Roosevelt aus der Bibliothek –, oder sie starrte aus dem Wohnzimmerfenster auf den Baum davor. Als er eines Morgens kam, um Pearl abzuholen, spielte Mia mit einer Fadenschlinge das Hexenspiel, und als sie zurückkamen, war sie immer noch dabei und spann noch kompliziertere Netze zwischen ihren Fingern, die sie dann plötzlich zu einer einzigen Schlinge auflöste, um von vorne anzufangen. »Das gehört dazu«, erklärte ihm Pearl beim Durchqueren des Wohnzimmers mit der lässigen Miene einer Einheimischen, die sich von den seltsamen Bräuchen des Landes unbeeindruckt zeigt.

Manchmal zog Mia mit der Kamera los und fotografierte spontan, aber meistens verbrachte sie Wochen oder gar Tage mit der Vorbereitung eines Motivs, das aufzunehmen dann nur ein paar Stunden dauerte. Denn Mia sah sich selbst, wie Moody mit der Zeit feststellte, nicht als Fotografin. Bei der Fotografie ging es im Grunde um Dokumentation, und er begriff, dass die Kamera für Mia nur ein Werkzeug war, das sie benutzte wie ein Maler einen Pinsel oder ein Messer.

Später bearbeitete sie das Foto dann vielleicht: verdeckte die Gesichter darauf mit Karnevalsmasken oder schnitt die Figuren wie Papierpuppen aus und zog ihnen Kleider aus Modezeitschriften an. Für eine Fotoserie unterzog Mia die Negative einer Spezialbehandlung, bevor sie seltsam verfremdete Abzüge machte – ein Foto von einer sauberen Küche, gesprenkelt mit Limonadespritzern; ein Foto von gespenstisch wehender, von Bleiche entstellter Wäsche auf einer Leine. In einer anderen Serie belichtete sie jedes Bild doppelt und legte etwa einen weit entfernten Wolkenkratzer über ihren Mittelfinger; sie platzierte einen toten, mit gespreizten Flügeln auf dem Gehsteig liegenden Vogel auf einem blauen Himmel, sodass es aussah, als würde er fliegen, wenn man von den geschlossenen Augen absah.

Sie arbeitete eigenwillig und hob nur die Fotos auf, die ihr gefielen, den Rest warf sie weg. Wenn eine Idee ausgeschöpft war, behielt sie einen Abzug von jeder Aufnahme und vernichtete die Negative. »Ich halte nichts von Mehrfachverwertung«, sagte sie leichthin zu Moody, als er sie fragte, warum sie nicht mehrere Abzüge mache. Menschen fotografierte sie nur selten – hin und wieder machte sie ein Bild von Pearl, wie das mit dem Bett auf dem Rasen, benutzte sie aber nie für ihre Arbeit. Und auch sich selbst verwendete sie nur bedingt als Modell: Einmal, erzählte Pearl Moody, hatte sie eine Serie von Selbstporträts gemacht, bei denen sie verschiedene Objekte als Maske trug – ein Stück schwarze Spitze, fünffingrige Rosskastanienblätter, einen feuchten, biegsamen Seestern –, sie hatte einen Monat darauf verwendet und die Serie schließlich auf acht Bilder reduziert. Sie waren wunderschön und gespenstisch gewesen, und Pearl sah sie noch jetzt deutlich vor sich: Das leuchtende Auge ihrer Mutter blitzte wie eine Perle durch zwei Seesternarme. Doch aus Gründen, die Pearl nie verstand, hatte Mia sämtliche Abzüge und Negative verbrannt. »Du hast so viel Zeit darauf verwendet«, hatte sie gesagt, »und jetzt *pfft*« – sie schnippte mit den Fingern – »einfach so?«

»Sie haben nicht funktioniert«, war Mias einziger Kommentar gewesen.

Doch die Bilder, die sie behielt und verkaufte, waren erstaunlich.

In der luxuriösen Untermietwohnung in Ann Arbor hatte Mia mehrere Möbel auseinandergenommen und die Einzelteile – fingerdicke Bolzen, nicht lackierte Querbalken, abgeschraubte Füße – zu Tieren arrangiert. Ein klobiger Schreibtisch aus dem neunzehnten Jahrhundert verwandelte sich in einen Bullen, die Seitenteile der zerlegten Schubladen wurden zu muskulösen Beinen, die gusseisernen Knöpfe an den Schubladen dienten als Nase, Augen und schimmernde Hoden, und eine Handvoll Stifte fächerte sich zu sichelförmigen Hörnern auf. Mit Pearls Hilfe hatte sie die Teile auf dem cremefarbenen Perserteppich ausgelegt, der als Hintergrund aussah wie ein vernebeltes Feld, und dann war sie auf einen Tisch gestiegen, um das Ganze von oben zu fotografieren, ehe sie alles wieder auseinanderpflückten und zu einem Schreibtisch zusammenbauten. Ein alter chinesischer Vogelkäfig, zerlegt in ein Netz von gewölbten Drähten, wurde ein Adler, die messingfarbenen skelettartigen Flügel ausgebreitet, als würde er sich gleich in die Lüfte erheben. Ein dick gepolstertes Sofa war ein Elefant geworden, der den trompetenförmigen Rüssel zum Brüllen erhoben hatte. Die aus diesem Projekt entstandene Fotoserie war zugleich faszinierend und beunruhigend, die Tiere wirkten unglaublich kompliziert und lebensnah, und dann schaute man genauer hin und sah, woraus sie gemacht waren. Von diesen Fotos hatte sie über ihre Galeristin Anita in New York – eine Person, der Pearl nie begegnet, ein Ort, an dem sie nie gewesen war – ziemlich viele verkauft. Mia hasste New York und mochte nicht mal hinfahren, um für ihre Arbeit zu werben. »Anita«, hatte sie einmal am Telefon gesagt, »ich mag dich wirklich, aber ich kann nicht wegen einer Ausstellung nach New York kommen. Nein, selbst wenn ich hunderte Arbeiten verkaufen würde.« Pause. »Ich weiß, und du weißt es auch, dass ich nicht kann. Na schön. Du tust, was du kannst, und das genügt mir.« Anita war es dennoch gelungen, ein halbes Dutzend Bilder aus der Serie zu verkaufen, was zur Folge hatte, dass Mia im folgenden halben Jahr nicht putzen gehen musste, sondern sich einem neuen Projekt widmen konnte.

So arbeitete ihre Mutter: vier bis sechs Monate für ein Projekt, dann weiter zum nächsten. Sie arbeitete pausenlos, und aus den so entstehenden Serien verkaufte Anita meist einige Bilder. Zuerst waren die Preise so niedrig – ein paar Hundert Dollar pro Bild –, dass Mia manchmal zwei oder gar drei Jobs annehmen musste. Doch im Lauf der Zeit fand ihr Werk Beachtung in der Kunstwelt, und Anita verkaufte mehr Arbeiten für mehr Geld: genug, um Mias und Pearls laufende Kosten für Essen, Miete und Benzin für den Golf zu decken, selbst nach Anitas fünfzigprozentigem Anteil. »Manchmal zwei- oder dreitausend Dollar«, erzählte ihm

Pearl stolz, und Moody rechnete schnell im Kopf nach: wenn Mia zehn Bilder im Jahr verkaufte …

Manchmal verkauften sich die Fotos auch nicht. Von einem Projekt mit skelettartigen Blättern ging nur ein einziges Bild weg, und Mia nahm über Monate hinweg etliche merkwürdige Jobs an: Putzen, Blumenbinden, Tortendekoration. In allem, was man mit den Händen tat, war sie gut, und sie arbeitete lieber in Bereichen, wo sie allein sein und nachdenken konnte und nicht als Kellnerin, Sekretärin oder Verkäuferin. »Bevor du auf der Welt warst, war ich mal Verkäuferin«, erzählte sie Pearl. »Ich hab einen Tag durchgehalten. Einen einzigen. Meine Chefin sagte mir ständig, wie ich die Kleider auf die Bügel zu hängen hatte. Die Kunden rissen Pailletten und Knöpfe von den Sachen und wollten dann einen Preisnachlass. Lieber putze ich Böden allein in einem Haus, als mich mit so was rumzuschlagen.«

Andere Projekte hingegen verkauften sich gut und fanden Beachtung. Von einer Serie, die Mia nach einer kürzeren Phase als Näherin begann, konnten sie fast ein Jahr lang leben. Sie ging in Secondhandläden und kaufte alte Kuscheltiere – verblichene Teddybären, schäbige Plüschhunde, fadenscheinige Kaninchen, je billiger, umso besser. Zu Hause trennte sie die Nähte auf, wusch ihr Fell, lockerte die Füllung, polierte die Augen. Dann nähte sie sie wieder zusammen, Innenseiten nach außen, und das Ergebnis war wunderschön. Das struppige umgedrehte Fell sah jetzt aus wie geschorener Samt. Das Tier hatte noch die gleiche Form, aber eine andere Haltung, Rücken und Hals gerader, die Ohren gespitzter, die Augen hatten jetzt einen wissenden Schimmer. Es war, als wäre das Tier wiedergeboren, älter und mutiger und weiser. Pearl hatte ihrer Mutter gern zugesehen, wie sie über den Küchentisch gebeugt mit der Präzision einer Chirurgin arbeitete –

Skalpell, Nadel, Stecknadeln –, um diese Spielsachen in Kunst zu verwandeln. Anita hatte jedes Foto dieser Serie verkauft; eins davon, berichtete sie, hatte es sogar ins MoMA geschafft. Sie hatte Mia angefleht, noch eine Runde zu machen oder die Serie nachzudrucken, aber Mia hatte sich geweigert. »Die Idee ist durch«, sagte sie. »Jetzt arbeite ich an was anderem.« Und das tat sie dann auch, wieder etwas anderes, etwas, das sie gerade reizte. Eines Tages würde sie berühmt sein, da war Pearl sicher; eines Tages würde ihr Name bekannt sein wie der von de Kooning, Warhol oder O'Keeffe. Das war zumindest teilweise der Grund, warum ihr die bisherige Lebensweise nichts ausmachte, die Secondhandkleider, die Sperrmüllbetten und -stühle, die ständige Unsicherheit. Eines Tages würde die Welt erkennen, wie genial ihre Mutter war.

Moody konnte sich diese Lebensweise überhaupt nicht vorstellen. Das Leben der Warrens kam ihm vor wie ein Zaubertrick – die Verwandlung einer leeren Limodose in einen silbernen Krug oder das Hervorzaubern eines frisch gebackenen Kuchens aus einem Zylinder. Nein, es war, dachte er, wie bei Robinson Crusoe, der seinen Lebensunterhalt aus nichts hervorzauberte. Je mehr Zeit er mit Mia und Pearl verbrachte, umso mehr faszinierten sie ihn.

Während der Nachmittage mit Pearl begriff er allmählich, wie ihr unstetes Leben ausgesehen hatte. Sie reisten mit leichtem Gepäck: zwei Teller, zwei Tassen, eine Handvoll bunt zusammengewürfeltes Besteck, jeder einen Seesack mit Kleidern und natürlich Mias Kameras. Im Sommer fuhren sie mit offenen Fenstern, weil der Golf keine Klimaanlage hatte; im Winter fuhren sie nachts bei aufgedrehter Heizung und parkten tagsüber an einer sonnigen Stelle, wo sie im gemütlich aufgewärmten Auto schliefen, bei Sonnenuntergang ging es dann wieder weiter. Abends packte Mia die Taschen in den Fußraum und legte eine gefaltete Armeedecke über sie beide und die Rückbank, ein Bett, in das sie gerade so passten. Um die Privatsphäre zu wahren, hängten sie ein Laken von der Hecktür über die Kopfstützen der Vordersitze wie ein Zelt. Zum Essen hielten sie am Straßenrand und aßen, was sie hatten, aus der Papiertüte: Brot und Erdnussbutter, Obst, manchmal Salami oder ein Peperoniwürstchen, wenn es gerade im Angebot war. Manchmal waren sie nur ein paar Tage unterwegs, dann wieder eine Woche, bis Mia einen passenden Ort fand, an dem sie eine Weile blieben.

Sie suchten sich eine Mietwohnung: meist ein kleines Apartment, manchmal nur ein Zimmer, was sie sich gerade leisten konnten und ihnen die Möglichkeit bot, jederzeit wieder aufzubrechen, denn Mia legte sich nicht gern fest. Wie in Shaker richteten sie ihre Wohnung ein mit ausrangierten Sachen und Fundstücken aus Secondhandläden, die sie aufmöbelten. Dann meldete Mia Pearl in der Schule an und suchte sich eine Arbeit. Sie begann ein neues Projekt, an dem sie drei, vier oder sechs Monate herumtüftelte, und schließlich schickte sie Anita eine Fotoserie nach New York.

Sobald Pearl schlief, baute sie ihre Dunkelkammer im Bad auf. Nach den ersten paar Umzügen hatte sie das Ganze perfektioniert: Schalen zum Wässern der Abzüge in der Badewanne, eine an der Duschstange befestigte Wäscheleine zum Trocknen, ein zusammengerolltes Handtuch entlang dem unteren Türschlitz, um das Licht auszusperren. Wenn sie mit ihrer Arbeit fertig war, stapelte sie die Schalen, klappte das Vergrößerungsgerät zusammen, versteckte die Behälter mit den Chemikalien unter dem Waschbecken und schrubbte die Badewanne, damit sie am nächsten Morgen für Pearl wieder blitzte. Sie kippte das Badfenster auf, legte sich schlafen, und wenn Pearl aufwachte, war der säuerliche Geruch des Entwicklers verschwunden. Hatte Mia die Fotos erst abgeschickt, wusste Pearl, dass sie das Auto wieder packen würden und der ganze Ablauf von vorn begann. Eine Stadt, ein Projekt, dann war es Zeit weiterzuziehen.

Diesmal jedoch sollte es anders sein. »Wir bleiben hier«, sagte Pearl zu Moody, und er fühlte sich plötzlich überaus beschwingt, wie ein übervoller Ballon. »Das hat meine Mom mir versprochen. Diesmal bleiben wir für immer.«

Ihr vagabundierender, unkonventioneller Lebensstil gefiel ihm, denn im Inneren war Moody ein Romantiker. Er schaffte es jedes Jahr auf die Liste der besten Schüler, träumte aber davon, von der Schule abzugehen und durchs Land zu ziehen wie Jack Kerouac – nur wollte er Songs schreiben und keine Gedichte. Mac's Backs versorgte ihn mit gebrauchten Exemplaren von *Unterwegs* und *Gammler, Zen und hohe Berge*, den Gedichten von Frank O'Hara, Rainer Maria Rilke und Pablo Neruda, und zu seiner übergroßen Freude fand er in Pearl eine verwandte poetische Seele. Wegen der häufigen Umzüge hatte sie natürlich nicht so viel gelesen wie er, aber sie hatte einen Großteil ihrer Kindheit in Bibliotheken verbracht und als das neue Mädchen, das von Schule zu Schule hüpfte, Zuflucht zwischen den Regalen gesucht und Bücher nur so verschlungen – und eigentlich, gestand sie ihm befangen, wollte sie Dichterin werden. Sie schrieb ihre Lieblingsgedichte in ein abgegriffenes Spiral-Notizbuch, das sie immer bei sich trug. »So habe ich sie immer dabei«, sagte sie, und als sie Moody schließlich erlaubte, ein paar zu lesen, war er sprachlos. Am liebsten hätte er sich in die winzigen Schnörkel ihrer Handschrift geschmiegt. »Schön«, sagte er seufzend, und Pearls Gesicht leuchtete auf. Am nächsten Tag kam Moody mit seiner Gitarre, brachte ihr drei Akkorde bei und sang ihr verschämt einen seiner Songs vor, den er noch niemandem vorgesungen hatte.

Pearl hatte, wie er bald feststellte, ein fantastisches Gedächtnis. Sie merkte sich Stellen, die sie nur einmal gelesen hatte, sie hatte das Datum der Magna Charta im Kopf, die Namen der englischen Könige und der amerikanischen Präsidenten und zwar in der richtigen Reihenfolge. Moody hatte seine guten Noten fleißigem Lernen und jeder Menge Karteikarten zu verdanken, Pearl hingegen schien alles zuzufallen: Sie schaute sich kurz eine Matheaufgabe an und wusste intuitiv die Lösung, während er die Aufgabe pflichtbewusst Zeile für Zeile abarbeitete; sie konnte einen Essay lesen und erkannte sofort die entscheidende Stelle oder den entscheidenden logischen Fehler. Es war, als entstehe nach einem einzigen Blick auf einen Haufen Puzzleteile vor ihren Augen sofort das ganze Bild, ohne dass sie auf die Schachtel schauen musste. Pearl, so viel stand fest, war außergewöhnlich, und Moody bewunderte unwillkürlich, wie schnell und mühelos ihr Verstand arbeitete. Zu sehen, wie es bei ihr klick machte, war die reinste Freude.

Wenn sie zusammen waren, hatte Moody immer öfter das Gefühl, an zwei Orten gleichzeitig zu sein. So oft er es einrichten konnte, saß er mit Pearl in einer Sitzecke im Diner, auf der Astgabel eines Baums und beobachtete, wie sie alles ringsum aufsaugte. Er riss dumme Witze, erzählte Geschichten und gab Belanglosigkeiten zum Besten, nur um ihr ein Lächeln zu entlocken. Gleichzeitig streunte er in Gedanken durch die Stadt und suchte verzweifelt nach dem nächsten Ort, an den er sie mitnehmen könnte, das nächste Wunder im vorstädtischen Cleveland, das er ihr zeigen könnte, denn wenn ihm die Orte ausgingen, da war er sicher, würde sie verschwinden. Manchmal sah er sie schon über ihren Fritten verstummen und im letzten erstarrten Käseklumpen herumstochern, oder er nahm wahr, dass ihr Blick über den See zum anderen Ufer schweifte.

Aus diesem Grund traf Moody eine Entscheidung, die er für den Rest seines Lebens infrage stellen würde. Bisher hatte er Pearl und ihre Mutter seiner Familie gegenüber nicht erwähnt und ihre Freundschaft beschützt wie ein Drache einen Schatz: stumm, habgierig. Tief im Inneren hatte er das Gefühl, es würde alles verändern, so wie im Märchen der Zauber verflog, wenn man das Geheimnis preisgab. Wenn er sie für sich behalten hätte, wäre alles vielleicht ganz anders gekommen. Pearl hätte seine Eltern und Geschwister gar nicht kennengelernt, und wenn doch, dann höchstens flüchtig. Sie und ihre Mutter hätten, wie geplant, für immer in Shaker bleiben können, und das Haus der Richardsons hätte elf Monate später vielleicht noch gestanden. Aber Moody hielt sich nicht für interessant genug, um Pearls Aufmerksamkeit auf Dauer zu fesseln. Wäre er ein anderer Richardson gewesen, vielleicht wäre dann alles anders gelaufen. Seine Geschwister machten sich nie Sorgen, ob andere sie mochten. Lexie hatte ihr strahlendes Lächeln und ihr leichtes Lachen, Trip sein Aussehen und seine Grübchen – warum sollte man sie nicht mögen, warum sollte ihnen überhaupt daran gelegen sein? Für Izzy war es noch leichter: Es kümmerte sie nicht, was die Leute von ihr dachten. Aber Moody besaß weder Lexies Herzlichkeit noch Trips spitzbübischen Charme oder Izzys Selbstbewusstsein. Er hatte ihr nur zu bieten, dachte er, was seine Familie zu bieten hatte, seine Familie an sich, und das veranlasste ihn eines Nachmittags Ende Juli zu der Bemerkung: »Komm mal vorbei. Dann lernst du meine Familie kennen.«

Als Pearl zum ersten Mal zu den Richardsons kam, hielt sie mit dem Fuß auf der Schwelle inne. Es ist nur ein Haus, sagte sie sich. Moody wohnt hier. Doch selbst dieser Gedanke kam ihr leicht surreal vor. Auf dem Gehsteig hatte Moody fast verschämt darauf gezeigt und gesagt: »Das ist es«, und sie hatte geantwortet: »Da wohnst du?«

Es war nicht die Größe – sicher, das Haus war groß, doch das galt für alle Häuser in dieser Straße, und in den drei Wochen in Shaker hatte sie schon größere gesehen. Nein, es war das satte Grün des Rasens, es waren die geraden weißen Fugen zwischen den Backsteinen, das Rascheln der Ahornblätter in der sanften Brise, die Brise selbst. Es waren die zarten Gerüche nach Waschmittel und Essen und Gras, die sich in der Diele mischten, die eine Ecke des Läufers, umgeklappt wie eine Locke, die jemand verstrubbelt und vergessen hatte glatt zu streichen. Es war, als beträte sie nicht ein Haus, sondern die Vorstellung von einem Haus, einen vor ihr zum Leben erweckten Archetypen. Etwas, von dem sie gehört, das sie aber noch nie gesehen hatte. Sie vernahm Zeichen von Leben in entlegenen Zimmern – das leise Murmeln einer Fernsehwerbung, das Piepen einer Mikrowelle –, aber weit entfernt, wie in einem Traum.

»Komm doch rein«, sagte Moody, und sie trat ein.

Später kam es Pearl so vor, als hätten die Richardsons sich zu einem Gemälde arrangiert, um ihr eine Freude zu machen, denn in diesem Zustand häuslicher Perfektion konnten sie unmöglich immer leben. Da war Mrs Richardson, die in der Küche ausgerechnet Plätzchen backte – etwas, das ihre Mutter nie tat. Mia kaufte vielleicht mal eine Rolle eingeschweißten Fertigteig, den sie in runde Scheiben schnitt, wenn Pearl hartnäckig darum bat. Da war Mr Richardson, eine kleine Gestalt draußen auf der gro-

ßen grünen Rasenfläche, der geschickt Holzkohle in einen glänzenden silbernen Grill schüttete. Da war der unglaublich gut aus-
sehende Trip, der auf der langen Couchgarnitur lümmelte und
den Arm auf der Lehne ausstreckte, als wartete er auf die glückliche, die sich zu ihm setzen durfte. Und ihm gegenüber, in einem
Lichtkegel, war Lexie, die vom Fernseher aufsah, ihre leuchtenden Augen auf Pearl richtete und sagte: »Schau mal einer an, wen
haben wir denn da?«

4

zzy war die einzige von den Richardsons, die Pearl in jenen aufregenden ersten Tagen kaum zu Gesicht bekam, aber das fiel
ihr anfangs nicht auf. Wie auch, wenn die anderen sie mit offenen Armen empfingen? Diese Familie verwirrte sie: mit ihrem
lässigen Selbstbewusstsein, ihrer offenkundigen Zielstrebigkeit,
egal zu welcher Tageszeit. Wenn Moody sie einlud, verbrachte
sie Stunden bei ihnen, kam kurz nach dem Frühstück vorbei und
blieb bis nach dem Abendessen.

Mrs Richardson schwebte morgens auf hohen Pumps in die
Küche, Autoschlüssel und Reisebecher aus Edelstahl in der Hand,
und sagte: »Pearl, wie schön, dich zu sehen.« Dann klickklackte
sie durch den Flur nach hinten, und kurz darauf schnurrte das
Garagentor hoch, und ihr Lexus glitt die breite Auffahrt entlang, eine kühle goldene Insel in der heißen Sommerluft. Mr
Richardson war schon lange zuvor in Jackett und Krawatte aufgebrochen, aber er ragte solide, beeindruckend und wichtig wie
ein Berggipfel am Horizont empor. Als Pearl fragte, was seine
Eltern eigentlich machten, hatte Moody die Schultern gezuckt.
»Ach, weißt du, sie arbeiten halt.« *Arbeiten!* Wenn ihre Mutter das sagte, klang es nach Schufterei: kellnern, Geschirr spü-
len, Fußböden putzen. Für die Richardsons schien Arbeit etwas
Nobles zu sein: Sie beschäftigten sich mit wichtigen Dingen. Jeden Donnerstag legte der Zeitungsjunge eine Ausgabe der kos-

tenlosen *Sun Press* vor Mias und Pearls Haustür, und wenn sie diese aufschlugen, sahen sie Mrs Richardsons Namen auf der Titelseite unter den Überschriften: STADT DISKUTIERT NEUE STEUER; BÜRGER REAGIEREN AUF CLINTONS HAUSHALT; »VERY SQUARE AFFAIR«-VORBEREITUNGEN AM SHAKER SQUARE. Ein handfester, schwarz auf weiß gedruckter Beweis ihres Fleißes.

(»Eigentlich keine große Sache«, sagte Moody. »Die wichtige Zeitung ist der *Plain Dealer*. Die *Sun Press* bringt nur Lokalnachrichten über Sachen wie Stadtratssitzungen, Flächennutzungsausschüsse und die Gewinner der Wissenschaftsmesse.« Doch Pearl schielte auf die Zeile mit dem Namen des Verfassers – *Elena Richardson* – und gab nichts auf seine Bemerkung.)

Die Richardsons kannten wichtige Leute: den Bürgermeister, den Direktor der Cleveland-Klinik, den Besitzer der Cleveland Indians. Sie hatten Dauerkarten für Jacobs Field und die Gund Arena. (»Die Cavs sind grottenschlecht«, sagte Moody lapidar. »Aber die Indians gewinnen vielleicht den Wimpel«, konterte Trip.) Manchmal klingelte Mr Richardsons Handy – ein Handy! –, und dann zog er die Antenne heraus und ging in den Flur. »Bill Richardson«, antwortete er, die schlichte Nennung seines Namens genügte als Gruß.

Auch die jüngeren Richardsons legten diese Selbstsicherheit an den Tag. Sonntagmorgens saßen Pearl und Moody in der Küche, wenn Trip vom Laufen zurückkam und sich an die Theke lehnte, um sich ein Glas Saft einzuschenken, groß und gebräunt und schlank in Shorts, vollkommen entspannt, und sein plötzliches Grinsen verwirrte sie. Lexie lümmelte am Küchentresen, unelegant in Jogginghose und T-Shirt, das Haar locker hochgesteckt, und zupfte Sesamkörner von einem Bagel. Es störte sie

48

nicht, wenn Pearl sie so sah. Selbst wenn sie gerade aus dem Bett kamen, waren sie auf eine natürliche Weise schön. Woher kam diese Lockerheit? Wie konnten sie selbst im Schlafanzug so eins mit sich sein? Wenn Lexie im Restaurant etwas bestellte, sagte sie nicht: »Könnte ich bitte …?« Sie sagte: »Ich nehme …«, als müsste sie es nur aussprechen, damit es geschah. Das verunsicherte Pearl und faszinierte sie zugleich. Lexie rutschte von ihrem Hocker und durchquerte die Küche mit der Eleganz einer Tänzerin, barfuß auf spanischen Fliesen. Trip trank seinen Orangensaft aus und ging dann duschen, und Pearl beobachtete ihn mit bebenden Nasenflügeln, während sie seinen Duft einatmete: Schweiß, Sonne, Hitze.

Die Richardsons hatten Sofas, deren Polster so tief waren, dass man darin versank wie in einem Schaumbad. Sideboards. Schwere Schlittenbetten. Wer solche gewaltigen Sessel besaß, rührte sich nicht mehr vom Fleck. Er schlug Wurzeln und wurde automatisch heimisch. Es gab Polsterhocker, eingerahmte Fotos und Kuriositätenschränke voller Souvenirs, deren Verspieltheit irgendwie beruhigend wirkte. Eine geschnitzte Muschel von Key West, eine Miniatur des CN-Tower in Toronto oder eine fingergroße Flasche mit Sand von Martha's Vineyard kaufte man nur, wenn man ein richtiges Zuhause hatte. Mrs Richardsons Familie lebte tatsächlich schon seit drei Generationen in Shaker – und das war, wie Pearl erfuhr, beinahe seit der Gründung der Stadt. Sie konnte sich einfach nicht vorstellen, dass man an einem Ort so tief Wurzeln schlug und so gründlich mit ihm verschmolz, dass er jede Faser des eigenen Wesens durchdrang.

Mrs Richardson selbst war ebenfalls ziemlich faszinierend. Wäre sie im Fernsehen aufgetreten, hätte sie so unecht gewirkt wie eine Mrs Brady oder eine Mrs Keaton. Aber sie stand direkt vor Pearl und sagte immer nette Sachen wie: »Was für ein hübscher Rock, Pearl.« Oder: »Die Farbe steht dir gut. Nur Leistungskurse? Du bist wirklich schlau. Dein Haar ist heute so schön. Ach, sei nicht albern, sag Elena zu mir, ich bestehe darauf«, doch als Pearl sie weiterhin Mrs Richardson nannte, war sie insgeheim stolz über die respektvolle Behandlung, da war Pearl sich ganz sicher. Mrs Richardson umarmte sie immer, nur weil sie eine Freundin von Moody war. Mia war herzlich, aber nicht überschwänglich; Pearl hatte noch nie erlebt, dass sie außer ihr jemanden umarmte. Mrs Richardson hingegen kam zum Abendessen nach Hause, küsste jedes ihrer Kinder auf den Kopf, und wenn sie zu Pearl kam, küsste sie auch sie, ohne zu zögern, aufs Haar. Als gehörte sie zur Familie.

Mia merkte natürlich, wie vernarrt ihre Tochter in die Richardsons war. Am Anfang hatte sie sich gefreut, als sie Moody und ihre einsame Tochter zusammen sah, die so oft entwurzelt worden war und im Grunde nie jemandem nahegestanden hatte. Sie wusste, dass Pearl viel zu lange nach ihren Launen hatte leben müssen: Sobald ihr die Ideen ausgingen, sie unzufrieden war oder das Gefühl hatte, auf der Stelle zu treten, waren sie weitergezogen, und Pearl musste mit. *Damit ist jetzt Schluss*, hatte Mia auf der Fahrt nach Shaker versprochen. *Jetzt werden wir sesshaft.* Sie sah die Ähnlichkeiten zwischen diesen beiden einsamen Kindern: In beiden schlummerte dieselbe empfindsame Persönlichkeit, dieselbe angelesene Weisheit überlagerte eine tiefe Naivität. Moody kam schon vorbei, bevor Pearl fertig gefrühstückt hatte, und wenn Mia aufwachte und die Vorhänge aufzog, sah sie sein Fahrrad auf dem Rasen liegen und ging in die Küche, wo die beiden, verschiedene Müslischalen vor sich, am Tisch saßen. Dann verschwanden sie für den Rest des Tages, und Moody schob sein Fahrrad am

Lenker neben sich her. Beim Abwaschen der Müslischalen nahm Mia sich vor, sich nach einem Fahrrad für Pearl umzusehen. Vielleicht gab es ja im Fahrradladen an der Lee Road ein gebrauchtes.

Doch im Laufe der Wochen beunruhigte Mia der offensichtliche Einfluss der Richardsons auf ihre Tochter zunehmend. Beim Abendessen schwärmte Pearl von den Richardsons, als handelte es sich um eine Fernsehserie, die sie toll fand. »Nächste Woche interviewt Mrs Richardson Janet Reno«, sagte sie an einem Tag. Oder: »Lexie meint, dass ihr Freund Brian später mal der erste schwarze Präsident wird.« Oder, leicht errötend: »Trip spielt im Herbst als erster Stürmer in der Fußballmannschaft. Hat er gerade erfahren.« Mia nickte und sagte: »M-hm«, und fragte sich jeden Abend, ob es klug und richtig war, dass sie ihre Tochter so gänzlich in den Bann dieser Familie geraten ließ. Dann dachte sie an das vergangene Frühjahr, als Pearl so schlimm gehustet hatte, dass sie mit ihr ins Krankenhaus gefahren war, wo man eine Lungenentzündung feststellte. Während sie im Dunkeln am Bett ihrer Tochter saß, sie im Schlaf beobachtete und darauf wartete, dass die Wirkung der Antibiotika einsetzte, hatte sie sich gefragt: Wenn der schlimmste Fall eintreten würde, was für ein Leben hätte Pearl dann geführt? Nomadisch, isoliert. Einsam. Damit ist jetzt Schluss, hatte sie sich gesagt, und nach Pearls Genesung waren sie in Shaker Heights gelandet und wollten dort bleiben. Darum sagte sie nichts, und den nächsten Nachmittag verbrachte Pearl wieder bei den Richardsons und ließ sich noch mehr in Bann schlagen.

Pearl hatte schon oft die Schule gewechselt, manchmal mehrmals im Jahr, es machte ihr nichts mehr aus, aber diesmal war sie zutiefst besorgt. In einer Schule anzufangen und zu wissen, dass man sie bald wieder verlässt, war eine Sache; da musste man sich nicht den Kopf darüber zerbrechen, was andere von einem dachten, denn man war ja bald wieder weg. So hatte sie jede Klasse durchlaufen, ohne sich um neue Bekanntschaften zu bemühen. Doch an einer Schule anzufangen und zu wissen, man würde die Schüler das ganze Jahr und das nächste und übernächste Jahr sehen, war etwas völlig anderes.

Wie sich jedoch herausstellte, besuchten sie und Moody fast alle Kurse gemeinsam, von Biologie über Englisch bis zu Gesundheitslehre. In den ersten zwei Schulwochen führte er sie mit dem Selbstvertrauen eines unbeschwerten Zehntklässlers durch die Gänge und erklärte ihr, welche Trinkbrunnen die kältesten waren, wo man in der Cafeteria saß, von welchen Lehrern man einen schriftlichen Verweis wegen Unpünktlichkeit bekam, wenn sie einen Schüler nach dem letzten Läuten auf dem Flur erwischten, und welche mit einem milden Lächeln darüber hinweggingen. Sie fing an, sich mithilfe der von Schülern gemalten Wandbilder in der Schule zu orientieren: die explodierende *Hindenburg* markierte den naturwissenschaftlichen Flügel, Jim Morrison grübelte neben dem Balkon in der Aula, und ein Mädchen, das rosafarbene Blasen ausspie, zeigte den Weg zu einem höhlenartigen Korridor mit dem rätselhaften Namen Egress, der beim Mittagessen als zusätzliche Mensa diente. Eine Reihe von Spinden in Trompel'Œil-Form zierte den Gang zum Gemeinschaftsraum für die Zehntklässler. Dort gab es eine Mikrowelle, in der man sich in Freistunden Popcorn machen konnte, einen Cola-Automaten, in dem Getränke nur fünfzig Cent kosteten und nicht fünfundsiebzig wie in der Cafeteria, und eine wuchtige schwarze Jukebox aus den Siebzigern, neu bestückt mit Songs von Sir Mix-a-Lot, den Smashing Pumpkins und den Spice Girls. Im vorigen Schuljahr hatte ein Schüler sich und drei Freunde im Kilroy-Stil auf der gewölbten Decke am Haupteingang verewigt, und wenn Pearl dort vorbeikam, hatte sie immer das Gefühl, die vier würden sie zwinkernd begrüßen.

Nach der Schule ging sie zu den Richardsons, machte es sich auf dem Sofa bequem und sah sich mit Moody, Lexie und Trip Jerry Springer an. Das war ein kleines, von den Richardson-Kindern über die Jahre hinweg entwickeltes Ritual und eine seltene Gelegenheit, bei der sie sich einig waren. Es war nie geplant, es wurde nicht groß diskutiert, aber wenn Trip am Nachmittag nicht beim Training und Lexie nicht verabredet war, versammelten sie sich im Wohnzimmer und schalteten Channel 3 ein. Für Moody war die Sendung eine faszinierende psychologische Studie, jede Folge ein neuer Beweis für die Launen der Menschheit. Für Lexie waren die strippenden Mütter, die polygamen Ehefrauen und mit Drogen dealenden Kids ein Fenster in eine Welt, weit entfernt von ihrer eigenen, vergleichbar den anthropologischen Forschungsergebnissen von Margaret Mead. Und für Trip war das Ganze reine Comedy: ein herrliches Slapstick-Spektakel, mit vielen durch Pfeifton überspielten Stellen und ständigem Stühlewerfen. Am besten fand er die Szenen, wenn den Gästen die Perücken abgezogen wurden. Izzy fand das Ganze unsagbar idiotisch, verbarrikadierte sich oben und übte Geige. »Das Einzige, was Izzy wirklich ernst nimmt«, erklärte Lexie. »Nein«, konterte Trip, »Izzy nimmt alles ernst. Zu ernst. Das ist ihr Problem.«

»Der Witz daran ist«, sagte Lexie eines Nachmittags, »dass Izzy in zehn Jahren bei *Springer* auftreten wird.«

»In sieben«, widersprach Trip. »Höchstens acht. ›Jerry, hol mich aus dem Knast.‹«

»Oder ›Hilfe, meine Familie will mich einweisen‹«, sagte Lexie.

Moody rutschte unruhig auf seinem Platz hin und her. Lexie

und Trip behandelten Izzy wie einen Hund, der jeden Moment tollwütig werden konnte, er dagegen hatte sich immer mit ihr verstanden. »Sie ist nur ein bisschen impulsiv«, sagte er zu Pearl.

»Ein bisschen impulsiv?« Lexie lachte. »Du kennst sie noch nicht richtig, Pearl. Du wirst schon sehen.« Und dann folgten Geschichten über Izzy, und Jerry Springer war vorübergehend vergessen.

Mit zehn war Izzy verhaftet worden, als sie sich in die Humane Society eingeschlichen hatte, um sämtliche streunenden Katzen zu befreien. »Sie leben wie Gefangene im Todestrakt«, hatte sie gesagt. Mit elf hatte ihre Mutter – überzeugt, dass Izzy zu ungelenk war – sie zum Tanzunterricht angemeldet, damit sie ihre Koordination verbesserte. Ihr Vater bestand darauf, dass sie mindestens ein halbes Jahr durchhielt, bevor sie aufhörte. Izzy saß Stunde um Stunde auf dem Boden und verweigerte jede Bewegung. Für die Aufführung hatte sie sich mithilfe eines Spiegels mit Edding NICHT DEINE MARIONETTE auf Stirn und Wangen geschrieben, bevor sie auf die Bühne trat und dann stocksteif stehenblieb, während die anderen betroffen um sie herumtanzten.

»Ich dachte, Mom stirbt vor Peinlichkeit«, sagte Lexie. »Und letztes Jahr fand Mom, dass sie zu viel Schwarz trägt, und hat ihr lauter niedliche Kleider gekauft. Izzy hat sie einfach zusammengerollt und in eine Einkaufstüte gesteckt, ist mit dem Bus ins Zentrum gefahren und hat sie auf der Straße verschenkt. Mom gab ihr einen Monat Hausarrest.«

»Sie ist nicht verrückt«, protestierte Moody. »Sie denkt nur nicht nach.«

Lexie schnaubte, Trip schaltete mit der Fernbedienung den Ton wieder an, und Jerry Springer meldete sich lautstark zurück.

Obwohl die Couchgarnitur Platz für acht bot, stritten sich

die drei Richardson-Kinder immer um die Plätze mit der besten Sicht. Mit Pearl wurde die Sache jetzt noch komplizierter. Wenn sie es einrichten konnte, ließ sie sich – unauffällig und lässig, wie sie hoffte – neben Trip nieder. Ihr ganzes Leben lang hatte sie nur von Weitem für Jungs geschwärmt und sich nie getraut, die von ihr Auserwählten anzusprechen. Aber da sie sich jetzt endgültig in Shaker Heights niedergelassen hatten und Trip in diesem Haus auf ebendieser Couch saß, war es absolut normal, sagte sie sich, hin und wieder neben ihm zu sitzen, ohne dass jemand Rückschlüsse ziehen konnte, schon gar nicht Trip selbst. Moody wiederum fand, dass er den Platz neben Pearl verdiente: Immerhin hatte er sie der Herde zugeführt und kannte sie am längsten. Das Resultat war, dass Pearl es sich neben Trip bequem machte, Moody sich neben sie plumpsen ließ, Lexie ausgestreckt am Rand lag, alle drei angrinste und den Fernseher einschaltete, worauf alle vier zum Bildschirm blickten, aber gleichzeitig genau darauf achteten, was um sie herum geschah.

Jerry Springer regte die Richardson-Kinder zu ihren hitzigsten Diskussionen an, wie Pearl bald merkte. »Gott sei Dank leben wir in Shaker«, sagte Lexie eines Tages während einer provokativen Folge mit dem Titel ›Bring keine weißen Mädchen zum Essen mit nach Hause!‹. »Wir haben wirklich Glück. Hier spielt Rasse keine Rolle.«

»Rasse spielt überall eine Rolle, Lex«, sagte Moody. »Hier will das nur niemand wahrhaben.«

»Schaut mich und Brian an«, sagte Lexie. »Wir sind seit der elften Klasse zusammen, und keinen interessiert es, dass ich weiß bin und er schwarz.«

»Meinst du nicht, seinen Eltern wäre es lieber, wenn er eine schwarze Freundin hätte?«, sagte Moody.

»Ich glaube ehrlich, das ist ihnen egal.« Lexie öffnete eine weitere Diät-Cola. »Die Hautfarbe sagt nichts über dich aus.«

»Pssst«, machte Trip. »Es geht weiter.«

An einem dieser Nachmittage – während der Folge ›Ich bekomme ein Kind von deinem Mann!‹ – wandte Lexie sich plötzlich an Pearl und fragte: »Denkst du manchmal dran, deinen Vater zu suchen?« Pearl bedachte sie mit einem bewusst leeren Blick, aber Lexie fuhr trotzdem fort. »Ich meine, na ja, herausfinden, wo er ist. Möchtest du ihn denn nicht mal treffen?«

Pearl sah zum Bildschirm, wo eine Frau mit orangefarbenem Haar und der Statur eines klobigen Sessels von stämmigen Wachmännern auf ihren Platz zurückgedrängt wurde. »Ich müsste ja erst mal herausfinden, wer er ist«, sagte sie. »Und schau dir an, wie gut das bei denen läuft. Sollte ich das wirklich wollen?« Sarkasmus lag ihr nicht, und sie hörte selbst, dass sie eher leidend als ironisch klang.

»Es könnte jeder sein«, sinnierte Lexie. »Ein alter Freund. Vielleicht hat er sich getrennt, als deine Mutter schwanger war. Oder vielleicht kam er vor deiner Geburt bei einem Unfall ums Leben.« Sie klopfte sich mit einem Finger auf den Mund und grübelte über Möglichkeiten nach. »Er könnte sie wegen einer anderen Frau verlassen haben. Oder … « Sie richtete sich freudig erregt auf. »Vielleicht hat er sie *vergewaltigt*. Und sie ist schwanger geworden und hat das Kind behalten.«

»Lexie«, sagte Trip plötzlich. Er rutschte übers Sofa und legte Pearl einen Arm um die Schultern. »Halt, verdammt noch mal, die Klappe.« Dass Trip einer Unterhaltung folgte, in der es nicht um Sport ging, und sich außerdem noch auf die Gefühle eines anderen einließ, war mehr als ungewöhnlich, das wussten sie alle.

Lexie verdrehte die Augen. »War doch bloß *Spaß*«, sagte sie. »Pearl weiß das. Stimmt's, Pearl?«

»Klar«, erwiderte Pearl und zwang sich zu einem Lächeln. »Was denn sonst?« Plötzlich fing sie unter den Armen zu schwitzen an, und ihr Herz hämmerte, und sie war nicht sicher, ob es an Trips Arm um ihren Schultern lag, an Lexies Kommentaren oder an beidem. Irgendwo über ihnen übte Izzy Lalo auf der Geige. Die beiden Frauen auf dem Bildschirm sprangen erneut von ihren Plätzen auf und gingen sich an die Gurgel.

Aber Lexies Bemerkung wurmte Pearl. In den vergangenen Jahren hatte sie selbst häufiger daran gedacht, es nun aber laut ausgesprochen zu hören, aus dem Mund eines anderen, erhöhte die Dringlichkeit. Als sie klein war und ihre Mutter manchmal etwas in dieser Richtung gefragt hatte, hatte Mia immer flapsig reagiert. »Ach, ich hab dich bei Goodwill auf dem Grabbeltisch gefunden«, hatte sie einmal geantwortet. Und ein andermal: »Ich hab dich auf einem Kohlfeld gepflückt, wusstest du das nicht?« Als Teenager hatte Pearl schließlich aufgehört zu fragen. An diesem Nachmittag kam sie nach Hause, noch immer aufgewühlt, und traf ihre Mutter im Wohnzimmer an; sie trug gerade Farbe auf ein Foto von einem zerlegten Fahrrad auf.

»Mom«, setzte sie an und stellte dann fest, dass sie es nicht über sich brachte, Lexies unverblümte Worte zu wiederholen. Stattdessen stellte sie die Frage, die wie ein tiefer unterirdischer Fluss unter all den anderen Fragen trieb. »War ich gewollt?«

»Wo gewollt?« Mit einem sorgfältigen Pinselstrich malte Mia einen preußischblauen Reifen in die leere Fahrradgabel.

»Na ja. Ich meine, hast du mich gewollt? Als ich klein war.«

Mia ließ so lange auf eine Antwort warten, dass Pearl nicht sicher war, ob sie die Frage gehört hatte. Nach einer langen Pause jedoch drehte sie sich um, Pinsel in der Hand, und zu Pearls Erstaunen waren die Augen ihrer Mutter feucht. Konnte ihre Mutter überhaupt weinen? Ihre unerschütterliche, gefürchtete, unbezwingbare Mutter, die sie noch nie hatte weinen sehen, nicht, als der Golf am Straßenrand liegen geblieben war und ein Mann in einem blauen Pick-up gehalten hatte, als wollte er helfen, ihr das Portemonnaie abnahm und davonfuhr; und auch nicht, als sie ihr – Pearl war noch ganz klein – ein schweres, an der Straße gefundenes Bettgestell auf den kleinen Zeh fallen ließ, sodass der Nagel irgendwann violett wurde und abfiel. Doch es war unübersehbar: ein ungewohntes Schimmern in den Augen ihrer Mutter, als schaute sie in gekräuseltes Wasser.

»Ob du gewollt warst?«, sagte Mia. »O ja. Du warst gewollt. Und wie.«

Sie legte den Pinsel in die Palette und ging rasch aus dem Zimmer, ohne ihre Tochter anzusehen, die zurückblieb und über das halb fertige Fahrrad nachdachte, über die gestellte Frage und über die Farbschicht, die langsam eine Haut auf den Pinselborsten bildete.

5

Als wäre sie durch die Jerry-Springer-Folge erst richtig auf Pearl aufmerksam geworden, fing Lexie an, sich für die Freundin ihres kleinen Bruders zu interessieren – Pearl, das kleine Waisenkind, nannte sie sie eines Abends, als sie mit Serena Wong telefonierte. »Sie ist so still«, erzählte sie staunend. »Als hätte sie Angst etwas zu sagen. Und wenn du sie anschaust, wird sie rot – richtig rot, wie eine Tomate. Genau wie Tomate.«

»Sie ist superschüchtern«, erwiderte Serena. Sie war Pearl ein paarmal bei den Richardsons begegnet, hatte sie aber noch nie ein Wort sagen hören. »Wahrscheinlich weiß sie einfach nicht, wie man sich mit anderen anfreundet.«

»Da ist noch mehr«, sagte Lexie nachdenklich. »Es ist, als wollte sie nicht gesehen werden. Als wollte sie sich vor deinen Augen verstecken.«

Pearl, die so schüchtern, still und unsicher war, faszinierte Lexie. Und da Lexie nun mal Lexie war, fing sie an der Oberfläche an. »Dabei ist sie echt süß«, sagte sie zu Serena. »Wenn sie nicht diese Schlabber-T-Shirts anhätte, sähe sie toll aus.«

Und so kam es, dass Pearl eines Nachmittags mit einer Tüte voll neuer Kleider nach Hause kam. Nicht ganz neu, wie Mia feststellte, als sie die Sachen in die Waschmaschine steckte: geflickte Jeans aus den Siebzigern mit einem Seitenstreifen, eine ebenso alte Baumwollbluse, ein cremefarbenes T-Shirt mit Neil Youngs

Gesicht vornedrauf. »Ich war mit Lexie im Secondhandladen«, erklärte Pearl, als Mia aus dem Wäscheraum hochkam. »Sie wollte shoppen gehen.«

In Wirklichkeit hatte Lexie Pearl zunächst in die Mall mitgenommen. Sie fand es nur natürlich, dass Pearl ihren Rat suchte, denn so war sie es von anderen gewöhnt. Und Pearl war ein kleiner Schatz, so viel war klar: die großen, dunklen Augen, die ohne Make-up nur noch größer und dunkler wirkten; die langen dunklen Wuschelhaare, die, wenn der Zopf gelöst war, wozu sie Pearl eines Nachmittags überredete, aussahen, als wollten sie sie verschlingen. Die Art, wie sie alles bei den Richardsons betrachtete – wirklich alles –, als sähe sie es zum ersten Mal. Bei Pearls zweitem Besuch hatte Moody sie im Wintergarten zurückgelassen, um Getränke zu holen, und statt sich zu setzen, drehte Pearl sich langsam im Kreis, als wäre sie im Land Oz. Lexie, die mit der neuesten *Cosmo* und einer Diät-Cola in der Hand durch den Flur ging, blieb an der Tür stehen, für Pearl nicht zu sehen, und beobachtete sie. Als Pearl mit einem Finger schüchtern eine Ranke auf der Tapete nachfuhr, überkam Lexie eine warme Welle von Mitleid für sie, die traurige kleine Maus. Im selben Moment kam Moody mit zwei Dosen Ingwerlimonade aus der Küche. »Wusste gar nicht, dass du da bist«, sagte er. »Wir wollten uns einen Film ansehen.« »Ich hab nichts dagegen«, erwiderte Lexie und stellte fest, dass es stimmte. Sie machte es sich auf dem großen Sessel in der Ecke bequem, ein Auge auf Pearl, die sich schließlich setzte und ihre Dose öffnete. Moody schob eine Kassette in den Videorecorder, und Lexie schlug ihre Zeitschrift auf. Plötzlich kam ihr der Gedanke, dass sie etwas Gutes tun könnte. »Hey, Pearl, wenn ich mit der Zeitschrift durch bin, kannst du sie haben«, sagte sie und verspürte innerlich das vage Leuchten von jugendlicher Großzügigkeit.

Und so beschloss sie an jenem Nachmittag Anfang Oktober, Pearl auf eine Shoppingtour mitzunehmen. »Los, komm, Pearl«, sagte sie. »Wir gehen in die Mall.«

Nachdem sie diverse Geschäfte abgeklappert hatten und Pearl sich lediglich eine Brezel und ein Töpfchen Lippenbalsam mit Kiwi-Geschmack gekauft hatte, fragte Lexie: »Hast du nichts gesehen, was dir gefällt?« Pearl, die nur siebzehn Dollar hatte und wusste, dass Lexie zwanzig Dollar Taschengeld in der Woche bekam, blieb stehen.

»Hier gibt es überall dasselbe, verstehst du?«, sagte sie schließlich. »In der Schule laufen alle wie geklont herum.« Sie zuckte die Schultern, schielte aus dem Augenwinkel zu Lexie und fragte sich, ob sie überzeugend klang. »Ich kaufe gern in Läden, die ein bisschen anders sind. Wo ich was finde, das niemand hat.«

Pearl blieb stehen, betrachtete die blau-weiße Gap-Tüte, die an Lexies Schulter hing, und fragte sich plötzlich, ob sie sie gekränkt hatte. Aber Lexie war selten, wenn überhaupt, gekränkt: Subtile Andeutungen prallten am feinen Netzwerk ihres Verstandes ab. Sie neigte den Kopf auf eine Seite. »Und wo zum Beispiel?«

Und so dirigierte Pearl Lexie die Northfield Road entlang, vorbei an der Pferderennbahn zu dem Secondhandladen, in dem sie neben Frauen herumstöberten, die im Taco Bell ein Stück weiter an der Straße arbeiteten und gerade Pause oder gleich Spätschicht hatten. Pearl war in ihrem Leben in Dutzenden von Städten in unzähligen Secondhandläden gewesen, die irgendwie alle gleich rochen – staubig und süß –, und sie war immer sicher gewesen, dass dieser Geruch selbst nach mehrmaligem Waschen nicht aus ihren Kleidern verschwand. In diesem Laden, wo sie mit ihrer Mutter die Angebotstische nach alten Laken durchsucht hatte, um sie als Vorhänge zu verwenden, war es genauso. Als sie jetzt allerdings

Lexies begeistertes Quieken hörte, sah sie den Laden mit anderen Augen: ein Geschäft, in dem man Cocktailkleider aus den Sixties für Homecoming finden konnte, OP-Kittel zum Faulenzen an Ferientagen, eine große Auswahl an alten Konzert-T-Shirts und, mit etwas Glück, Schlaghosen, und zwar nicht die gerade wieder in Mode gekommenen Retro-Hosen aus dem Delia's Katalog, sondern die echten, mit weitem Schlag und vom jahrzehntelangen Tragen dünnem Denim an den Knien.

»Vintage«, seufzte Lexie und schaute ehrfürchtig die Sachen durch. Pearl entschied sich für einen Armvoll skurriler T-Shirts, einen aus einer alten Levi's genähten Rock und einen marineblauen Kapuzenpulli mit Reißverschluss. Sie erklärte Lexie die Preisschilder – Dienstags kosteten Sachen mit einem grünen Etikett nur die Hälfte, Mittwochs waren es die gelben –, und als Lexie eine passende Jeans fand, entfernte Pearl geschickt das orangefarbene Preisschild und ersetzte es durch ein grünes von einem alten Polyester-Blazer aus den Achtzigern. So kostete die Jeans nur vier Dollar, Pearls gesamte Tüte 13,75 Dollar, und Lexie freute sich so sehr, dass sie in den Wendy's Drive-through einbog und einen Frosty spendierte. »Diese Jeans ist wie für dich gemacht«, sagte Pearl im Gegenzug. »Sie war für dich bestimmt.«

Lexie ließ sich einen Löffelvoll Schokolade auf der Zunge zergehen. »Weißt du was?«, sagte sie und kniff die Augen zusammen, als wollte sie Pearl schärfer sehen. »Zu deinem Rock würde eine gestreifte Bluse gut passen. Ich hab eine, die könnte ich dir schenken.« Zurück bei den Richardsons, holte sie ein halbes Dutzend aus dem Schrank. »Siehst du?«, sagte sie, strich den Kragen um Pearls Hals glatt und knöpfte, um ein Minimum an Züchtigkeit zu wahren, sorgfältig einen einzigen Knopf zwischen Pearls Brüsten zu, so wie alle Mädchen ihre Blusen dieses Jahr trugen.

Sie wirbelte Pearl zum Spiegel herum und nickte anerkennend. »Die Blusen kannst du alle haben«, sagte sie. »Steht dir. Ich hab sowieso zu viele Sachen.«

Pearl hatte die Blusen in ihre Tasche gesteckt. Wenn ihre Mutter Fragen stellte, würde sie sagen, sie hätte sie mit den anderen Sachen in dem Secondhandladen gekauft. Sie wusste nicht genau, warum, war aber sicher, dass ihre Mutter nicht begeistert wäre, wenn sie Lexies alte Sachen annahm, auch wenn Lexie sie nicht mehr trug. Als Mia die Sachen waschen wollte, fiel ihr auf, dass die Blusen nach Waschpulver und Parfüm rochen und nicht nach Staub, dass sie steif waren, wie gebügelt. Doch sie sagte nichts, und am folgenden Abend lagen Pearls neue Sachen in einem ordentlichen Stapel auf ihrem Bett, und sie seufzte erleichtert.

Ein paar Tage später – sie stand in einer von Lexies Blusen bei den Richardsons in der Küche – fiel ihr auf, dass Trip sie immer wieder aus dem Augenwinkel betrachtete, und sie rückte ihren Kragen mit einem selbstgefälligen Lächeln zurecht. Trip selbst wusste nicht genau, warum er sie eigentlich ansah, aber er bemerkte unwillkürlich die Sanduhr aus Haut, die ihre Bluse offenbarte: das nackte, von den Schlüsselbeinen begrenzte Dreieck, das nackte Dreieck der Taille mit der zarten Bucht ihres Nabels und ihren dunkelblauen BH, der ober- und unterhalb des einzigen geschlossenen Knopfes immer wieder aufblitzte.

»Hübsch siehst du heute aus«, sagte er, als sähe er sie zum ersten Mal, und Pearl errötete bis zu den Haarwurzeln. Auch er wirkte verlegen, als hätte er ihr eben seine Schwäche für eine ziemlich uncoole Fernsehshow gestanden.

Moody konnte das nicht unkommentiert lassen. »Sie sieht immer hübsch aus«, sagte er. »Halt die Klappe, Trip.«

Wie gewöhnlich jedoch entging Trip die Gereiztheit seines

Bruders. »Ich meine besonders hübsch«, sagte er. »Die Bluse steht dir gut. Betont deine Augenfarbe.«

»Die ist von Lexie«, platzte Pearl hervor, und Trip grinste. »Dir steht sie besser«, sagte er fast schüchtern und ging hinaus.

Am nächsten Tag plünderte Moody seine Ersparnisse und schenkte Pearl ein Notizbuch, ein schmales schwarzes Moleskine mit einem Gummiband zum Verschließen. »Hemingway hat genau so eins benutzt«, sagte er, und Pearl dankte ihm und steckte es in ihre Schultasche. Jetzt würde sie ihre Gedichte nicht mehr in das schäbige alte Spiralbuch schreiben, dachte er, sondern in dieses neue, und die Vorstellung, dass sein Notizbuch ihre liebsten Worte und Ideen enthielt, tröstete ihn ein wenig, wenn sie Trip anlächelte oder bei seinen Komplimenten errötete.

In der folgenden Woche beschloss Mrs Richardson, den Teppichboden reinigen zu lassen, und allen Kindern wurde untersagt, das Haus vor dem Abendessen zu betreten. »Wenn ich auf diesem Teppich auch nur einen Stiefelabdruck sehe – Izzy – oder den Stollen von einem Fußballschuh – Trip –, gibt es ein Jahr lang kein Taschengeld. Verstanden?« Trip hatte ein Auswärtsspiel und Izzy Geigenstunde, aber Lexie hatte zufällig nichts vor. Serena Wong war beim Geländelauftraining, und ihre übrigen Freundinnen hatten andere Pläne. Nach der zehnten Stunde passte sie Pearl an ihrem Spind ab.

»Hast du irgendwas vor?«, fragte Lexie und drückte Pearl einen Streifen Kaugummi in die Hand. »Nein? Dann gehen wir zu dir.«

Früher wollte Pearl nie Freunde zu sich nach Hause einladen: Ihre Wohnungen waren immer beengt und unordentlich gewesen, oft in heruntergekommenen Stadtvierteln, und mit großer Wahrscheinlichkeit arbeitete Mia gerade wieder an einem ihrer

Projekte, die auf Außenstehende ziemlich merkwürdig wirkten und schwer zu erklären waren. Doch als Lexie neben ihr stand und fragte, ob sie mit zu ihr kommen könne, ob sie Zeit habe, kam sie sich vor wie Aschenputtel, das aufblickt und die ausgestreckte Hand des Prinzen vor sich sieht.

»Klar«, sagte sie.

Zu Pearls Freude – und Moodys großem Ärger – stiegen sie zu dritt in Lexies Explorer und fuhren, während TLC aus den offenen Fenstern dröhnte, den Parkland Drive entlang zur Winslow Road. Als sie vor dem Haus hielten, unterdrückte Mia, die gerade die Azaleen goss, den jähen, aber überwältigenden Drang, den Schlauch fallen zu lassen, ins Haus zu rennen und die Tür hinter sich abzusperren. So wie Pearl nie Freunde eingeladen hatte, hatte auch Mia nie Leute ins Haus gebeten. *Sei nicht albern*, redete sie sich zu. *Genau das wolltest du doch, oder? Pearl sollte Freunde finden.* Als die drei Teenager aus dem Explorer ausstiegen, drehte sie das Wasser ab und begrüßte sie lächelnd.

Während Mia Popcorn machte – Pearls liebster Snack und der einzige im Schrank –, fragte sie sich, ob ihre Anwesenheit stören könnte und die drei möglicherweise verlegen dasitzen und schweigen würden, sodass Lexie nie wieder herkommen wollte. Doch als die ersten Körner gegen den Topfdeckel klickten, unterhielten sich die drei über Anthony Breckers neues Auto, einen alten, violett lackierten VW Käfer, darüber, dass Meg Kaufman in der vorigen Woche betrunken zur Schule gekommen war, dass Anna Lamont mit ihren geglätteten Haaren jetzt viel besser aussah und ob die Indians ihr Logo ändern sollten (»Chief Wahoo«, sagte Lexie, »ist so himmelschreiend rassistisch«). Erst als das Thema College-Bewerbung aufkam, geriet die Unterhaltung ins Stocken. Mia, die den Topf rüttelte, damit das Popcorn nicht anbrannte, hörte Lexie stöhnen und einen dumpfen Schlag, als wäre ihre Stirn auf die Tischplatte geschlagen.

Die College-Bewerbungen beschäftigen Lexie in letzter Zeit immer mehr. In Shaker Heights nahm man die College-Wahl sehr ernst; der Bezirk verzeichnete eine Schulabschlussrate von neunundneunzig Prozent, und fast alle Schulabgänger besuchten anschließend ein College. Lexies Freunde wählten ausnahmslos das frühe Bewerbungsverfahren, und aus diesem Grund sprachen sie im Aufenthaltsraum fast ausschließlich über die Frage, wer sich wo bewarb. Serena Wong wollte nach Harvard. Brian, sagte Lexie, habe sein Herz an Princeton gehängt. »Cliff und Claire würden mich nie woandershin gehen lassen«, hatte er gesagt. Seine Eltern hießen eigentlich John und Deborah Avery, doch sein freundlicher, Pullover tragender Vater, ein Arzt, und seine sachliche Mutter mit ihrer geistreichen Vernunft, eine Anwältin, verströmten tatsächlich eine gewisse Cosby-Show-Atmosphäre. Sie hatten sich im Grundstudium in Princeton kennengelernt, und Brian besaß Bilder von sich als Baby in einem Princeton-Strampler.

Für Lexie war die Sache nicht ganz so klar: Ihre Mutter war in Shaker aufgewachsen und nie weit weggegangen – sie hatte ihren Bachelor in Denison gemacht, dann trieb es sie wieder zurück. Ihr Vater kam aus einer kleinen Stadt in Indiana, lernte ihre Mutter am College kennen und zog mit ihr in ihre Heimatstadt, promovierte in Jura an der Case Western Reserve University und arbeitete sich vom Junior-Mitarbeiter zum Teilhaber in einer der größten Anwaltskanzleien der Stadt hoch. Aber wie die meisten ihrer Klassenkameraden wollte Lexie keinesfalls in der Nähe von Cleveland bleiben. Die Stadt dümpelte am Rand eines toten, schmutzigen Sees, in den ein Fluss mündete, der vor allem dafür bekannt war, dass er immer wieder brannte; sie war an einem

Fluss erbaut, dessen Name Schwermut bedeutete: Chagrin. Und nach ihm wurde alles andere benannt, kleine Inseln der Pein, verstreut in der ganzen Stadt, unterirdische Adern des Kummers: Chagrin Falls, Chagrin Boulevard, Chagrin Reservation. Chagrin Real Estate, Chagrin Auto Body. Der Fehler am See, wurde die Stadt oft genannt – für Lexie und ihre Geschwister war Cleveland etwas, dem man entkommen musste.

Als der Abgabetermin für die frühen Bewerbungen näherrückte, hatte Lexie sich für Yale entschieden. Es gab dort eine gute Theatergruppe, und im vergangenen Schuljahr hatte sie die Hauptrolle in einem Musical gespielt, obwohl sie erst in der Elften war. Trotz einer gewissen Oberflächlichkeit gehörte sie zur Spitze ihres Jahrgangs – an der Shaker Heights wurden Schüler offiziell nicht eingestuft, damit keine Konkurrenzgefühle aufkamen, aber sie wusste, dass sie zu den oberen zwanzig zählte. Sie besuchte vier Leistungskurse und war Sekretärin im Französisch-Club. »Lass dich nicht von ihrer Seichtheit täuschen«, hatte Moody zu Pearl gesagt. »Weißt du, warum sie den ganzen Nachmittag vor dem Fernseher sitzt? Weil sie ihre Hausaufgaben eine halbe Stunde vor dem Schlafengehen macht. Einfach so.« Er schnippte mit den Fingern. »Lexie hat einen scharfen Verstand. Sie nutzt ihn nur nicht immer.« Yale war zwar schwierig, aber durchaus möglich, hatte Mrs Lieberman, ihre Beratungslehrerin, gesagt und hinzugefügt: »Außerdem wissen sie, dass Schüler aus der Shaker Heights immer gut abschneiden. Das spricht für dich.«

Lexie und Brian waren seit der Elften zusammen, und ihr gefiel die Vorstellung, nur eine kurze Zugfahrt von ihm entfernt zu sein. »Wir können uns oft besuchen«, erklärte sie ihm, als sie ihre frühe Bewerbung für Yale ausdruckte. »Und uns sogar in New York treffen.« Dieser letzte Punkt war für sie entscheidend: Seit sie als

Kind *Eloise* gelesen hatte, übte New York City einen magischen Reiz auf sie aus. Studieren wollte sie dort nicht, obwohl ihre Beraterin die Columbia University ins Gespräch gebracht hatte, aber Lexie hatte gehört, die liege in einer gefährlichen Gegend. Trotzdem gefiel ihr die Vorstellung, für einen Tag nach New York zu fahren – vormittags ins Metropolitan Museum, dann vielleicht ein Abstecher zu Macy's – oder gleich ein ganzes Wochenende zusammen mit Brian dort zu verbringen; und dann wieder weg von den Menschenmassen, dem Schmutz und dem Lärm.

Doch bevor es so weit war, musste sie ihren Essay schreiben. Einen besonderen Essay, darauf pochte Mrs Lieberman, der sich von der Masse abhob.

»Hör dir diese bescheuerte Aufgabe an«, stöhnte sie am Nachmittag in Pearls Küche und zog die ausgedruckte Bewerbung aus ihrer Tasche. »›Schreiben Sie eine berühmte Geschichte aus einer anderen Perspektive. Erzählen Sie zum Beispiel den *Zauberer von Oz* aus der Sicht der bösen Hexe.‹ Das ist eine College-Bewerbung und kein Kurs für Kreatives Schreiben. Ich hab Englisch-Leistungskurs. Da könnte man doch wohl einen richtigen Essay von mir verlangen.«

»Wie wär's mit einem Märchen?«, schlug Moody vor. Er blickte von seinem aufgeschlagenen Algebrabuch auf. ›Aschenputtel‹ aus der Sicht der Stiefschwestern. Vielleicht waren sie ja gar nicht so böse. Für die beiden war *sie* vielleicht die blöde Kuh.«

»Oder ›Rotkäppchen‹, vom Wolf erzählt«, schlug Pearl vor.

»Oder ›Rumpelstilzchen‹«, sinnierte Lexie. »Eigentlich hat die Müllerstochter ihn ja betrogen. Er hat die ganze Zeit für sie gesponnen, und sie wollte ihm ihr Kind geben, und dann hat sie die Abmachung gebrochen. Vielleicht war sie vielmehr die Schurkin.« Sie tippte mit einem bordeauxrot lackierten Fingernagel auf die Diät-Cola, die sie nach der Schule gekauft hatte, dann öffnete sie den Verschluss. »Sie hätte gar nicht erst einwilligen sollen, wenn sie ihr Kind behalten wollte.«

»Na ja«, mischte Mia sich plötzlich ein. Sie drehte sich um, die Schüssel mit dem Popcorn in der Hand, und alle drei schraken auf, als hätte ein Möbelstück das Wort ergriffen. »Vielleicht wurde ihr erst hinterher klar, was sie aufgeben würde. Vielleicht hat sie das Kind gesehen und es sich anders überlegt.« Sie stellte die Schüssel auf den Tisch. »Man sollte nicht vorschnell urteilen, Lexie.«

Lexie wirkte kurz gedämpft, dann verdrehte sie die Augen. Moody warf Pearl einen Blick zu: *Siehst du, wie seicht sie ist?* Doch Pearl bemerkte es nicht. Nachdem Mia sich, beschämt über ihren Ausbruch, ins Wohnzimmer zurückgezogen hatte, wandte Pearl sich an Lexie. »Ich könnte dir helfen«, sagte sie leise, damit Mia es nicht hörte. Und gleich darauf, um ihr Angebot zu bekräftigen: »Ich versteh mich gut auf Geschichten. Ich könnte sie sogar für dich schreiben.«

»Wirklich?« Lexie strahlte. »O mein Gott, Pearl, ich stehe für immer in deiner Schuld.« Sie umarmte Pearl. Auf der anderen Tischseite gab Moody seine Hausaufgaben auf und knallte sein Mathebuch zu, während Mia im Wohnzimmer mit gespitzten Lippen ihren Pinsel in ein Wasserglas stieß und die aus den Borsten entweichende Farbe aufwirbelte.

6

Pearl hielt Wort und gab Lexie in der folgenden Woche einen getippten Essay – das Märchen vom Froschkönig aus der Perspektive des Frosches. Weder Mia, die nicht zugeben wollte, dass sie gelauscht hatte, noch Moody, der nicht als Moralapostel abgestempelt werden wollte, verloren ein Wort darüber. Beiden war das alles immer weniger geheuer.

Wenn Moody morgens kam, um Pearl zur Schule abzuholen, erschien sie aus ihrem Zimmer und trug eine Bluse oder ein Top mit Spaghettiträgern oder dunkelroten Lippenstift – alles von Lexie. »Das hat Lexie mir geschenkt«, erklärte sie, halb an ihre Mutter, halb an Moody gewandt, die sie beide entsetzt anstarrten. »Sie fand, dass er für sie zu dunkel ist, mir aber gut steht. Weil mein Haar dunkler ist.« Unter dem dick aufgetragenen Rot sahen ihre Lippen wie ein Bluterguss aus, empfindlich und wund.

»Wasch das ab«, sagte Mia zum ersten Mal überhaupt. Doch am nächsten Morgen trug Pearl einen Choker von Lexie, der wie ein tiefer schwarzer Schnitt an ihrem Hals aussah.

»Wir sehen uns beim Abendessen«, sagte sie. »Lexie und ich gehen nach der Schule shoppen.«

Nachdem die Bewerbungen abgeschickt waren, gegen Ende Oktober, kam bei den Zwölftklässlern Feierlaune auf. Lexie hatte ihre Bewerbung ebenfalls abgeschickt, und sie war großzügig gestimmt. Dank Pearl war ihr Essay gut, sie hatte eine hohe Punktzahl bei ihrem Eignungstest, auch ihr Notendurchschnitt war dank ihrer Leistungskurse erstaunlich hoch, und sie sah sich schon auf dem Campus in Yale. Sie hatte das Gefühl, sie sollte sich Pearl gegenüber erkenntlich zeigen, und nach längerem Überlegen kam ihr die perfekte Idee. »Bei Stacey Perry steigt am Wochenende eine Party«, sagte sie. »Willst du mitkommen?«

Pearl zögerte. Sie hatte von Stacey Perrys Partys gehört, und die Gelegenheit war verlockend. »Ich weiß nicht, ob meine Mom mich lässt.«

»Komm schon, Pearl«, sagte Trip und beugte sich über die Sofalehne. »Ich geh auch hin. Ich brauch jemanden, mit dem ich tanzen kann.« Nach dieser Bemerkung war Pearl überredet.

An der Shaker Heights High School waren Stacey Perrys Partys legendär. Ihre Eltern besaßen ein großes Haus und verreisten oft, und das nutzte sie schamlos aus. Der Stress der frühen Bewerbungen war vorbei, und die Abschlussprüfungen begannen erst in ein paar Wochen, jetzt wollten alle ihren Spaß haben. Die ganze Woche über war die Halloweenparty Gesprächsthema Nummer eins: Wer ging hin und wer nicht?

Moody und Izzy waren natürlich nicht eingeladen; sie kannten Stacey Perry nur vom Hörensagen, und auf der Gästeliste standen vorwiegend Abschlussschüler. Pearl war klar, dass sie außer Lexie und Trip fast niemanden kennen würde. Lexie und Serena Wong waren beide von Stacey persönlich eingeladen worden und durften folglich einen Gast mitbringen – selbst eine Zehntklässlerin, die niemand richtig kannte.

»Ich dachte, wir würden uns *Carrie* ausleihen«, brummte Moody. »Du hast gesagt, du kennst den Film nicht.«

»Nächstes Wochenende«, versprach Pearl. »Dann ist ja eigentlich erst Halloween. Es sei denn, du gehst Süßigkeiten sammeln.«

»Dafür sind wir zu alt«, sagte Moody. Wie für so vieles gab es in Shaker Heights auch Regeln für Halloween und das Süßigkeitensammeln: Um sechs und um acht heulten die Sirenen, um den Anfang und das Ende zu verkünden, und auch wenn es offiziell keine Altersbeschränkung gab, sahen es die Leute nicht gern, wenn Jugendliche an ihrer Tür auftauchten. Moody war mit elf das letzte Mal sammeln gegangen.

Bei Staceys Party war Verkleidung ein absolutes Muss. Brian wollte nicht kommen – er hatte seine frühe Bewerbung für Princeton immer wieder hinausgezögert und musste sich jetzt sputen, um die Frist einzuhalten –, deshalb wurde er bei den Überlegungen für die Kostümauswahl nicht berücksichtigt. »Wir gehen als Charlie's Angels«, rief Lexie, einer plötzlichen Eingebung folgend. Und so trugen sie, Serena und Pearl Schlaghosen mit Polyesterhemden und toupierten sich die Haare zu aufgebauschten Hochfrisuren. Dann posierten sie Rücken an Rücken, die Finger wie Revolver gezückt vor dem Spiegel und begutachteten sich in einem Nebel von Haarspray.

»Perfekt«, sagte Lexie. »Blond, brünett und schwarz.« Sie richtete den Finger auf Pearls Nase. »Bist du bereit für die Party, Pearl?«

Die Antwort war natürlich Nein. Es war der unwirklichste Abend, den Pearl je erlebt hatte. Die ganze Zeit über hielten Autos, gesteuert von Skateboardern, Tieren und Freddy Kruegers, vor Staceys Haus und parkten am Rand des großen Rasens. Mindestens vier Jungs trugen *Scream*-Masken, einige Football-Trikots samt Helmen und ein paar Kreative trugen lange Jacketts und dazu Filzhüte, Sonnenbrillen und Federboas (»Zuhälter«, erklärte Lexie). Die meisten Mädchen hatten knappe Kleider an, dazu Hüte oder Tierohren, eine allerdings kam als Prinzessin

Leia. Eine andere war als Android verkleidet und hing am Arm eines Austin-Powers-Typen. Stacey selbst ging als Engel in einem silberfarbenen Minikleid mit Spaghettiträgern, glitzernden Flügeln und einem Heiligenschein an einem Haarreif.

Als Lexie, Serena und Pearl um halb zehn ankamen, waren alle schon betrunken. In der Luft hing Schweiß und der scharfe, säuerliche Geruch nach Bier, und in dunklen Ecken knutschten Pärchen. Der Küchenboden klebte von verschütteten Getränken, und ein Mädchen lag rücklings auf dem Tisch zwischen halb leeren Schnapsflaschen, rauchte einen Joint und kicherte, als ein Typ ihr Rum aus dem Nabel leckte. Lexie und Serena schenkten sich Drinks ein und schlängelten sich zur Tanzfläche im Wohnzimmer durch.

Pearl, nunmehr allein, stand in der Ecke der Küche, nippte an einem Becher Wodka-Cola und hielt Ausschau nach Trip.

Eine halbe Stunde später sah sie ihn kurz, draußen auf der Terrasse, verkleidet als Teufel in einem roten Blazer aus dem Secondhandladen und Teufelshörnern. »Ich wusste gar nicht, dass er Stacey kennt«, schrie sie Serena ins Ohr, als sie zurückkam und sich einen neuen Drink holte. Serena zuckte die Schultern. »Stacey meinte, sie hätte ihn mal mit nacktem Oberkörper nach dem Fußballtraining geschen. Sie meinte – und ich zitiere –, er wäre der absolute Knaller.« Sie trank einen Schluck und kicherte. Ihr Gesicht, fiel Pearl auf, war gerötet. »Kein Wort zu Lexie, okay? Sie würde das kalte Kotzen kriegen.« Auf dem Weg zurück ins Wohnzimmer wackelte sie leicht auf ihren Keilabsätzen, und durch die Glasschiebetür beobachtete Pearl, wie Trip mit seiner Cocktailgabel ein rothaariges Mädchen zwischen die Schultern piekte. Sie griff sich ins Haar und fasste einen Plan. Es würde nicht mehr lange dauern, dann wäre Trips Becher leer, er würde in die

Küche kommen und sie sehen. *Was gibt's, Pearl?*, würde er sagen. Und dann würde sie etwas Geistreiches erwidern. Sie versuchte sich etwas auszudenken. Was würde Lexie zu einem Jungen sagen, den sie gut fand?

Doch während sie sich den Kopf nach etwas Mehrdeutigem oder Witzigem zerbrach, stellte sie fest, dass Trip von der Terrasse verschwunden war. War er hereingekommen oder schon gegangen? Mit hochgehaltenem Becher bahnte sie sich den Weg ins Wohnzimmer, wo aber erst recht niemand zu erkennen war. Aus der Anlage dröhnte Puff Daddy und Maze, und die Bässe wummerten so laut, dass sie es im Hals spürte, dann verklangen sie, und Notorious B. I. G. setzte ein. Das wenige Licht kam von ein paar Kerzen, und sie konnte nur Silhouetten ausmachen, die sich räkelten und aneinander rieben. Sie ging nach hinten in den Garten, wo ein paar Jungs Bier auf ex tranken und die Chancen des Footballteams für die Play-offs diskutierten. »Wenn wir Ignatius schlagen«, schrie einer, »und U. S. Mentor schlägt ... «

Lexie wiederum erlebte einen folgenschweren Abend. Sie tanzte unheimlich gern und fuhr oft mit Serena und ihren Freundinnen in die Stadt, wenn in einem Club eine Teen Night stattfand – oder sie glaubten, dass sie mit ihren gefälschten Ausweisen als College-Studentinnen am Türsteher vorbeikommen würden. Einmal hatten sie sich bei einer Technoparty in einem stillgelegten Lagerhaus unten im Industriegebiet eingeschmuggelt und bis drei Uhr morgens getanzt, mit Leuchtketten um Hals und Handgelenke. Mit der Lockerheit zweier Mädchen, die sich schon mehr als ihr halbes Leben lang kannten, tanzten sie oft Hüfte an Hüfte oder Becken an Becken, oder Lexie stand vor Serena und stieß sie mit ihrem Hintern an. Auch an diesem Abend tanzten sie zusammen, als Lexie spürte, wie sich jemand von hinten an sie presste.

74

Es war Brian, und Serena grinste ihr verständnisvoll zu, bevor sie sich abwandte.

»Du bist ja gar nicht verkleidet«, protestierte Lexie und gab ihm einen Klaps auf die Schulter.

»Ich bin verkleidet«, widersprach Brian. »Ich bin jemand, der gerade seine Bewerbung nach Princeton abgeschickt hat.« Er schlang die Arme um ihre Taille und küsste sie auf den Nacken.

Eine halbe Stunde später hatten sie das Tanzen, der Alkohol und das süße, aufregende Gefühl, achtzehn zu sein, beide in einen fiebrigen Rausch versetzt. Seit sie zusammen waren, hatten sie schon einiges miteinander gemacht, so Lexies kokette Formulierung gegenüber Serena, aber es, das große Es, war wie ein tiefer Teich, in den sie nur die Zehen getaucht hatten. Und jetzt, an Brian geschmiegt, benebelt von Rum und Cola, der Musik, die wie ein geteilter Herzschlag durch ihre Körper pulsierte, packte sie das plötzliche Verlangen, in diesen Teich zu springen und bis auf den Grund zu tauchen. Als sie noch jünger und unerfahrener war, hatte Lexie sich ihr erstes Mal oft genau ausgemalt: Kerzen, Blumen, Boyz II Men im CD-Player. Und auf jeden Fall ein Schlafzimmer und ein Bett. Nicht die Rückbank eines Autos, wie es bei einigen Freundinnen der Fall war, und definitiv nicht das Treppenhaus der Highschool, wo Kendra Solomon es Gerüchten zufolge getan hatte. Doch jetzt fand sie das alles nicht mehr so wichtig. »Wollen wir eine kleine Spazierfahrt machen?«, fragte sie. Sie wussten beide genau, was sie damit meinte.

Wortlos eilten sie nach draußen zu Lexies Auto.

Als Lexie und Brian weg waren, stand Pearl wieder in ihrer Ecke der Küche und wartete darauf, dass Trip erschien. Doch er kam nicht, nicht um halb elf, nicht um elf. Mit jeder Stunde und jeder geleerten Flasche wurde die Party lauter und ungezügelter. Als Stacey Perry sich um kurz nach Mitternacht ein Glas Wasser einschenken wollte und sich in den Brita-Filter übergab, beschloss Pearl, dass es Zeit war zu gehen. Als sie sich im Wohnzimmer durch die pulsierende Masse von Körpern kämpfte, entdeckte sie auch von Lexie keine Spur. Sie spähte nach draußen, konnte aber nicht erkennen, ob Lexies Explorer noch in der Reihe durcheinander geparkter Autos stand.

»Hast du Lexie gesehen?«, fragte sie jeden, der annähernd nüchtern wirkte. »Oder Serena?« Die meisten starrten sie an, als versuchten sie sie einzuordnen. »Lexie?«, sagten sie. »Ach, Lexie Richardson? Bist du mit ihr gekommen?« Schließlich sagte ein Mädchen, das sich auf dem Schoß eines Footballspielers in einem großen Sessel räkelte: »Ich glaube, die ist mit ihrem Freund weg. Hab ich recht, Kev?« Als Antwort legte er seine fleischige Hand um ihr Kinn und zog ihren Mund zu seinem, worauf Pearl sich wegdrehte.

Sie wusste nicht genau, wo sie war, und der Wodka vernebelte die ohnehin vage Karte von Shaker in ihrem Kopf. Ob sie von hier nach Hause laufen konnte? Wie lange würde es dauern? In welcher Straße wohnte Stacey überhaupt? Einen Moment lang ließ Pearl ihrer Fantasie freien Lauf. Vielleicht würde Trip durch die Glasschiebetür ins Wohnzimmer treten, und mit ihm käme ein frischer, kühler Lufthauch herein. *Soll ich dich nach Hause fahren?*, würde er sagen.

Doch so kam es natürlich nicht, und am Ende schnappte sich Pearl das schnurlose Telefon und verdrückte sich nach draußen zur Garage, wo es ruhiger war, und rief Moody an.

Zwanzig Minuten später hielt ein Auto vor Staceys Haus. Das Beifahrerfenster öffnete sich, und von ihrem Platz auf der Treppe sah Pearl Moodys grantiges Gesicht.

»Steig ein.« Mehr sagte er nicht.

Im Inneren des Autos spürte sie butterweiches Leder unter ihren Schenkeln.

»Wem gehört das Auto?«, fragte sie befangen, als sie losfuhren.

»Meiner Mutter«, sagte Moody. »Und bevor du fragst, sie schläft, wir sollten also keine Zeit verlieren.«

»Aber du hast doch gar keinen Führerschein.«

»Etwas tun dürfen und wissen, wie etwas geht, ist nicht dasselbe.« Moody steuerte das Auto um die Ecke und bog auf den Shaker Boulevard ein. »Und, wie betrunken bist du?«

»Ich hatte einen Drink. Ich bin nicht betrunken.« Noch während sie das sagte, war sie nicht sicher, ob es stimmte – in ihrem Becher war ziemlich viel Wodka gewesen. Ihr drehte sich der Kopf, und sie schloss die Augen. »Ich wusste einfach nicht, wie ich nach Hause kommen soll.«

»Trips Auto stand noch da. Wir sind daran vorbeigefahren. Warum hast du ihn nicht gefragt?«

»Ich hab ihn nicht gefunden. Ich hab niemanden gefunden.«

»Wahrscheinlich war er mit irgendeinem Mädchen oben.«

Sie fuhren eine Weile schweigend weiter, und die Worte gingen ihr nicht aus dem Kopf: *mit irgendeinem Mädchen oben.* Sie versuchte sich vorzustellen, was oben in den dunklen Zimmern passierte, sah Trips Körper an ihren geschmiegt, und eine heiße Welle durchflutete sie. Laut der Uhr auf dem Armaturenbrett war es fast eins.

»Jetzt weißt du, wie sie sind«, sagte Moody. Kurz vor Pearls Straße schaltete er die Scheinwerfer aus und hielt an. »Deine Mutter ist bestimmt sauer.«

»Ich hab ihr gesagt, dass ich mit Lexie unterwegs bin, und sie hat mir erlaubt, bis zwölf wegzubleiben. Ich bin nur ein bisschen spät dran.« Pearl schaute zum erleuchteten Küchenfenster hoch. »Stinke ich?«

Moody beugte sich zu ihr. »Du riechst ein bisschen nach Rauch. Aber nicht nach Alkohol. Hier.« Er holte ein Päckchen Kaugummi aus seiner Tasche.

Allen Berichten zufolge dauerte die Halloweenparty bis morgens um Viertel nach drei und endete mit vielen Alkoholleichen auf dem Orientteppich im Wohnzimmer der Perrys. Lexie schlich um halb drei nach Hause, Trip um drei, und am nächsten Tag mittags um zwölf Uhr schliefen die beiden immer noch. Lexie entschuldigte sich später bei Pearl und gestand ihr flüsternd, dass sie und Brian schon seit einiger Zeit daran gedacht hatten und es in dieser Nacht einfach tun mussten und – sie wisse nicht so recht, sie müsse es einfach jemandem erzählen, noch nicht mal Serena wisse es, aber sehe sie irgendwie anders aus? Für Pearl sah sie tatsächlich anders aus – dünner, markanter, das Haar zu einem schlaffen Pferdeschwanz gebunden, in den Augenwinkeln noch Spuren von Wimperntusche und Glitter; an der schwachen Falte zwischen Lexies Augenbrauen erahnte sie, wie sie in zwanzig Jahren aussehen würde: wie eine Ausgabe ihrer Mutter. Von da an hatte Pearl das Gefühl, dass alles an Lexie von Sex geprägt war – ihr Lachen, in dem ein unterschwelliges Wissen lag, ihre Seitenblicke, die lässige Art, mit der sie andere an der Schulter, der Hand, dem Knie berührte. Man wurde lockerer, dachte sie, unbeschwerter. »Und was war mit dir?«, fragte Lexie schließlich und drückte Pearls Arm. »Bist du gut nach Hause gekommen? Hattest du Spaß?« Worauf Pearl, vorsichtig wie ein frisch verbranntes Kind, nur nickte.

Vorläufig aber wickelte sie den Kaugummi aus dem Papier,

steckte ihn in den Mund und ließ das Pfefferminzaroma auf der Zunge zergehen. »Danke.«

—

Mia war eigentlich tolerant, aber als Pearl schließlich nach oben kam – nach Rauch, Alkohol und noch etwas riechend, das Mia ziemlich eindeutig als Gras identifizierte –, wusste sie vor Ärger nicht, was sie sagen sollte. »Geh ins Bett«, brachte sie schließlich hervor. »Wir reden morgen früh darüber.« Es wurde Morgen, Pearl schlief lange, und als sie schließlich gegen Mittag auftauchte, zerzaust und mit Schlaf in den Augen, wusste Mia immer noch nicht, was sie sagen sollte. Du wolltest, dass Pearl ein normales Leben führt, ermahnte sie sich – tja, so sind Teenager nun mal. Ein Teil von ihr hatte das Gefühl, dass sie sich stärker einbringen sollte – dass sie wissen musste, was Pearl machte, was Lexie machte, was sie alle machten –, aber wie? Zu ihren Partys und Hockeyspielen mitkommen? Pearl grundsätzlich verbieten auszugehen? Am Ende sagte sie nichts, und Pearl aß schweigend eine Schale Müsli und legte sich wieder ins Bett.

Bald ergab sich jedoch eine Gelegenheit. Am Dienstag nach der Halloweenparty schaute Mrs Richardson im Haus an der Winslow Road vorbei. »Ich wollte fragen, ob Sie noch etwas brauchen, jetzt, wo Sie sich eingelebt haben«, sagte sie, aber Mia sah, wie ihr Blick von der Küche ins Wohnzimmer schweifte. Sie war solche Besuche gewöhnt, trotz des *begrenzten Zutrittsrechts* in den Mietverträgen, und sie trat einen Schritt zurück, damit sich Mrs Richardson besser umsehen konnte. Nach fast vier Monaten besaßen sie nach wie vor wenige Möbelstücke. In der Küche standen zwei Stühle, die nicht zusammenpassten, und ein Klapptisch, an dem eine Klappe fehlte, alles an der Straße gefunden. In Pearls Zimmer das Bett und eine Kommode mit drei Schubladen. In Mias Zimmer eine Matratze auf dem Fußboden und ein Kleiderschrank. Auf dem Wohnzimmerboden lagen ein paar Kissen, darüber war eine bunt geblümte Tischdecke gebreitet. Aber das Küchenlinoleum war geputzt, Herd und Kühlschrank sauber, der Teppich ohne Flecken. Mias Matratze war frisch bezogen. Die Wohnung wirkte trotz der wenigen Möbel nicht leer. »Dürfen wir streichen?«, hatte Mia beim Einzug gefragt, und Mrs Richardson hatte kurz gezögert und dann gesagt: »Solange es nicht zu dunkel wird«, womit sie meinte, kein Schwarz, kein Dunkelblau, kein Ochsenblut, auch wenn ihr am nächsten Tag einfiel, dass Mia vielleicht ein Wandgemälde gemeint hatte – schließlich war sie Künstlerin – und sie am Ende einen Diego Rivera oder etwas bessere Graffiti an der Wand hätte. Doch sie sah keine Wandgemälde. Jedes Zimmer war in einer anderen Farbe gestrichen – die Küche sonnengelb, das Wohnzimmer tieforange, die Schlafzimmer in einem warmen Pfirsichton –, man hatte den Eindruck, als beträte man einen Kasten aus Sonnenlicht. Überall in der Wohnung hingen Fotografien, ungerahmt und mit Klebestreifen befestigt, aber dennoch beeindruckend.

An einer verblichenen Backsteinwand hingen Schattenstudien, Fotos von verklumpten Federn am Ufer des Shaker Lake, und experimentelle Bilder, die Mia auf unterschiedliche Oberflächen wie Pergament, Aluminiumfolie und Zeitungen projiziert hatte. Eine Serie von Fotos, die sie im Wochenabstand von einer nahe gelegenen Baustelle gemacht hatte, erstreckte sich über eine ganze Wand. Zuerst sah man nur einen braunen Hügel vor einer braunen Fläche, dann wurde der Hügel von Bild zu Bild grüner, mit struppigem Gras und Gebüsch, und irgendwann klammerte sich ein niedriger Strauch an seine Spitze. Dahinter wuchs langsam ein dreigeschossiges hellbraunes Haus wie ein Tier, das aus seinem Bau klettert. Schaufellader und Laster huschten wie aufgescheuchte Geister durch die Szene. Auf dem letzten Foto lockerte ein Bulldozer die Erde und ebnete die Landschaft, die einer geplatzten Blase glich.

»Du liebe Güte«, sagte Mrs Richardson. »Sind die alle von Ihnen?«

»Manchmal muss ich sie mir eine Weile ansehen, bevor ich weiß, ob etwas gelungen ist und mir gefällt.« Mia betrachtete die Fotos wie alte Freunde, die sie lange nicht gesehen hatte.

Mrs Richardson begutachtete ein Foto von einem griesgrämigen Mädchen im Cowboykostüm. Es war ein Schnappschuss, den sie auf dem Weg nach Ohio bei einer Parade gemacht hatte. »Sie haben wirklich Talent für Porträts«, sagte sie. »Wie Sie dieses kleine Mädchen getroffen haben! Man kann ihr fast in die Seele sehen.«

Mia sagte nichts, nickte aber auf eine Art, die Mrs Richardson als Bescheidenheit deutete.

»Sie sollten professionelle Porträtfotografin werden«, schlug Mrs Richardson vor, dann hielt sie inne. »Das heißt natürlich nicht, dass Sie nicht schon Profi sind. Aber vielleicht in einem Studio. Oder bei Hochzeiten und Verlobungen. Sie wären bestimmt sehr gefragt.« Sie schwenkte eine Hand über die Fotos an der Wand, als könnte sie damit ihre Äußerung unterstreichen. »Vielleicht könnten Sie sogar Porträts von unserer Familie machen. Natürlich gegen Bezahlung.«

»Vielleicht«, sagte Mia. »Der Haken an Porträts ist nur, dass man die Leute so zeigen muss, wie sie gerne gesehen werden. Und ich zeige sie lieber so, wie *ich* sie sehe. Am Ende würde ich also nur beide Parteien enttäuschen.« Sie lächelte sanft, und Mrs Richardson rang um eine Antwort.

»Verkaufen Sie Ihre Arbeiten?«, fragte sie.

»Eine Bekannte in New York hat eine Galerie und hat ein paar Abzüge von mir verkauft.« Mia fuhr mit einem Finger auf einem Foto den Bogen einer verrosteten Brücke nach.

»Also, ich würde gerne eins kaufen«, sagte Mrs Richardson. »Ich bestehe sogar darauf. Wie sollen unsere Künstler große Werke schaffen, wenn wir sie nicht unterstützen?«

»Das ist sehr großzügig.« Mias Blick huschte zum Fenster, und Mrs Richardson war etwas verärgert über diese lahme Reaktion auf ihre wohltätige Geste.

»Können Sie vom Verkauf der Fotos leben?«, fragte sie.

Mia verstand diese Frage ganz richtig: Mrs Richardson bezweifelte, dass sie die Miete zahlen konnte. »Wir sind immer irgendwie über die Runden gekommen«, sagte sie.

»Aber es gibt doch sicher Zeiten, in denen Fotos sich nicht gut verkaufen. Was natürlich nicht Ihre Schuld ist. Was bringt so ein Foto im Normalfall ein?«

»Wir sind immer über die Runden gekommen«, wiederholte Mia. »Im Notfall nehme ich Nebenjobs an. Putzen oder Kochen. Etwas in dieser Art. Im Augenblick arbeite ich halbtags im Lucky Palace, dem chinesischen Restaurant an der Warrensville. Bisher konnte ich meine Rechnungen immer bezahlen.«

»Oh, darauf wollte ich wirklich nicht anspielen«, widersprach Mrs Richardson. Sie richtete ihre Aufmerksamkeit auf den größten Abzug, der als einziges Foto über dem Kaminsims hing. Es war das Foto einer Frau, die mit dem Rücken zur Kamera tanzte. Das Bild fing ihre Bewegung verschwommen ein: überall Arme, hochgestreckt, zur Seite, an der Taille gewölbt – ein Gewirr von

Gliedmaßen, das sie, wie Mrs Richardson schockiert feststellte, wie eine Riesenspinne in einem hauchfeinen Netz aussehen ließ. Es beunruhigte und verwirrte sie, aber sie konnte den Blick nicht abwenden. »Ich wäre nie auf die Idee gekommen, eine Frau als Spinne darzustellen«, sagte sie wahrheitsgemäß. Künstler, überlegte sie, dachten eben nicht wie normale Menschen, und schließlich drehte sie sich neugierig zu Mia um. Ihr war noch nie jemand wie sie begegnet.

Mrs Richardsons Leben war stets in geordneten Bahnen verlaufen. Sie wog sich einmal pro Woche, und obwohl ihr Gewicht nie mehr als drei Pfund schwankte, was ihrem Arzt zufolge normal war, bemühte sie sich sehr um Zurückhaltung. Jeden Morgen maß sie, wie auf der Packung angegeben, genau eine halbe Tasse Cheerios ab, und benutzte dazu die geblümte Plastik-Messtasse, ein Geschenk von Higbee's für sie als junge Braut. Zum Abendessen erlaubte sie sich ein Glas Wein – roten, der angeblich für das Herz am bekömmlichsten war –, ein feiner Kratzer im Weinglas markierte die richtige Menge. Dreimal in der Woche besuchte sie einen Aerobic-Kurs und achtete mithilfe ihrer Uhr darauf, dass ihr Puls auf über einhundertzwanzig stieg. Sie war mit Regeln aufgewachsen und überzeugt, dass die Welt nur richtig funktionierte, wenn man diese Regeln befolgte. Seit ihrer Jugend hatte sie einen Plan gehabt und ihn minutiös eingehalten: Schule, Studium, Freund, Heirat, Job, Hypothek, Kinder. Eine Limousine mit Airbags und automatischen Sicherheitsgurten. Ein Rasenmäher und eine Schneefräse. Waschmaschine und Trockner. Sie hatte, kurz gefasst, alles richtig gemacht und sich ein gutes Leben aufgebaut, ein Leben, wie sie es sich wünschte, wie alle es sich wünschten. Und jetzt kam diese Mia, eine vollkommen andere Frau mit einem vollkommen anderen Lebensstil, die sich ohne

Entschuldigungen ihre eigenen Regeln setzte. Mrs Richardson fand das, wie schon das Foto mit der Spinnentänzerin, beunruhigend und reizvoll zugleich. Ein Teil von ihr wollte Mia studieren wie eine Anthropologin, wollte verstehen, warum – und wie – sie tat, was sie tat. Ein anderer Teil, dessen sie sich in diesem Augenblick nur vage bewusst war, fühlte sich auf der Hut und wollte Mia im Auge behalten wie ein gefährliches Tier.

»Bei Ihnen ist es so sauber«, sagte sie schließlich und fuhr mit dem Finger über den Kaminsims. »Ich sollte Sie bei uns zu Hause beschäftigen.« Sie lachte, und Mia stimmte höflich mit ein, aber sie merkte auch, wie in Mrs Richardson eine Idee Gestalt annahm. »Das wäre ideal«, sagte Mrs Richardson. »Sie kommen jeden Tag ein paar Stunden und erledigen leichte Hausarbeit. Ich bezahle Sie natürlich. Dann haben Sie den Rest des Tages Zeit zum Fotografieren.« Mia suchte nach den richtigen Worten, um ihr diese Idee auszureden, aber es war zu spät. »Im Ernst. Warum arbeiten Sie nicht für uns? Wir hatten eine Frau, die bei uns saubergemacht und das Abendessen vorbereitet hat, aber im Frühjahr ist sie zurück nach Atlanta gezogen, und ich könnte wirklich Hilfe gebrauchen. Sie würden mir einen Gefallen tun.« Sie drehte sich um und sah Mia direkt an. »Ich bestehe darauf. Sie brauchen Zeit für Ihre Kunst.«

Mia sah ein, dass Widerspruch zwecklos war und, im Gegenteil, die Sache verschlimmern und zu Groll führen würde. Aus Erfahrung wusste sie, dass es fast unmöglich war, Leute von einer vermeintlich guten Tat abzubringen. Sie dachte entsetzt an die Richardsons und ihr riesiges, blitzblankes Haus, an Pearls Gesicht, wenn ihre Mutter es wagte, den Fuß auf diese geheiligte Erde zu setzen. Doch dann sah sie sich im Königreich der Richardsons halb verdeckt im Hintergrund über ihre Tochter wachen. Und wie sie ihre Stellung im Leben ihrer Tochter wieder behaupten würde.

»Danke«, sagte sie. »Das ist wirklich ein sehr großzügiges Angebot. Wie könnte ich da widerstehen?«

Und Mrs Richardson strahlte.

7

Die Absprachen waren schnell getroffen: Für dreihundert Dollar im Monat sollte Mia dreimal in der Woche staubsaugen, Staub wischen, putzen und das Abendessen vorbereiten. Es schien ein hervorragender Deal zu sein – ein paar Stunden Arbeit, und sie konnte die Miete begleichen –, aber Pearl war nicht begeistert. »Wieso hat sie ausgerechnet dich gefragt?«, wollte sie stöhnend wissen, und Mia biss sich auf die Zunge und rief sich in Erinnerung, dass ihre Tochter erst fünfzehn war. »Weil sie nett zu uns sein will«, gab sie zurück, und zum Glück sagte Pearl dann nichts mehr. Insgeheim aber war sie wütend bei dem Gedanken, dass Mia in einen Raum eindrang, der ihrer Meinung nach ihr gehörte – das Haus der Richardsons. Ihre Mutter wäre nur einige Meter entfernt in der Küche, würde alles hören und mitbekommen. Die Nachmittage auf der Couch, die Scherze, die mittlerweile auch sie einschlossen, selbst das alberne Ritual, Jerry Springer zu sehen – alles wäre verdorben. Erst wenige Tage zuvor hatte sie den Mut aufgebracht, Trip auf die Finger zu klopfen, als er einen Scherz über ihre Hose gemacht hatte. *Wozu so viele Taschen*, hatte er gefragt, *was versteckst du darin?* Erst hatte er die seitlichen Taschen an den Knien abgeklopft, dann die an der Hüfte, und als er sich denen am Gesäß näherte, hatte sie ihm auf die Finger gehauen, und zu ihrem großen Entzücken hatte er gesagt: »Sei nicht sauer, du weißt, dass ich dich mag«, und ihr einen Arm um die Schulter gelegt. Wenn ihre Mutter in der Nähe wäre, würde sie sich das nie trauen, und Trip vermutlich genauso wenig.

Auch Mr Richardson fand die neue Vereinbarung peinlich. Es war eine Sache, fand er, eine Haushälterin einzustellen, aber eine andere, jemanden einzustellen, den sie kannten, die Mutter einer Freundin ihrer Kinder. Aber ihm war klar, dass seine Frau das Ganze als großzügige Geste sah, und so verzichtete er auf jede Diskussion und nahm sich vor, an Mias erstem Arbeitstag in ihrem Haus mit ihr zu sprechen.

»Wir sind sehr dankbar für Ihre Hilfe«, sagte er, als sie den Eimer mit den Putzsachen unter der Spüle hervorholte. »Das entlastet uns sehr.« Mia griff lächelnd nach einer Flasche Reinigungsmittel und schwieg, und Mr Richardson überlegte verzweifelt, was er noch sagen könnte. »Wie gefällt es Ihnen in Shaker?«

»Ziemlich gut.« Mia besprühte die Arbeitsfläche, wischte sie ab und schnipste die Krümel in die Spüle. »Sind Sie auch in Shaker aufgewachsen?«

»Nein, nur Elena.« Mr Richardson schüttelte den Kopf. »Bevor wir uns kennenlernten, wusste ich gar nicht, dass es Shaker Heights gibt.« In seiner ersten Woche in Denison hatte er sich in die leidenschaftliche junge Frau verguckt, die auf dem Campus Unterschriften gegen die Einberufung zum Wehrdienst sammelte. Als sie Examen machten, hatte er sich auch in das Shaker Heights verguckt, das Elena ihm beschrieb: die erste geplante Gemeinde, denkbar fortschrittlich, ein perfekter Ort für junge Idealisten. In seiner kleinen Heimatstadt hatte man Idealismus misstraut: Er wuchs in einer resignierten, zynischen Atmosphäre auf – dabei war er im Grunde auch ein Idealist. Deshalb hatte er unbedingt weggehen wollen, und deshalb war er von Elena sofort eingenommen. Ursprünglich hatte er an die Northwestern University in Illinois gehen wollen, doch er war abgewiesen worden, und so hatte er sich für die einzige Uni in einem anderen Bundesstaat entschieden, die ihn aufnehmen wollte. Als er dann aber Elena kennenlernte, kam es ihm wie eine Fügung des Schicksals vor. Elena wollte nach dem Studium in ihre Heimatstadt zurückkehren, und je mehr sie ihm von Shaker Heights erzählte, umso eher konnte er sich vorstellen, ihr eines Tages dorthin zu folgen.

Wenn er jetzt, fast zwei Jahrzehnte später, gefestigt in Beruf, Familie und Leben, seinen BMW mit Superbenzin auftankte, seine Golfschläger reinigte oder seinen Kindern das Erlaubnisformular für die Skireise unterschrieb, kam ihm seine Collegezeit unscharf und fern vor wie Orte auf alten Polaroids. Auch Elena war milder geworden: Sie spendete zwar noch für wohltätige Zwecke und wählte demokratisch, doch die Jahre des bequemen Vorstadtlebens hatten auch sie verändert. Sie waren beide nie radikal gewesen – auch nicht in der Zeit der Proteste, Sit-ins, Demonstrationen, Krawalle –, aber inzwischen besaßen sie zwei Häuser, vier Autos, ein kleines Boot, das downtown im Yachthafen lag. Im Winter hatten sie jemanden zum Schneefräsen, im Sommer zum Rasenmähen. Und natürlich hatten sie im Laufe der Jahre eine ganze Reihe von Haushälterinnen beschäftigt, und jetzt wartete die neueste, diese junge Frau, in seiner Küche darauf, dass er ging, damit sie sein Haus putzen konnte.

Er fasste sich wieder, lächelte verschämt und griff nach seiner Aktentasche, wandte sich aber nochmals zu Mia um. »Wenn die Arbeit hier irgendwann nicht mehr in Ihre Pläne passt, lassen Sie es mich bitte wissen. Wir nehmen es Ihnen nicht übel, versprochen.«

Mia fand schnell zu einem angenehmen Ablauf: Sie kam morgens um halb neun, nachdem alle zur Arbeit oder zur Schule aufgebrochen waren, und war um zehn fertig. Dann ging sie nach Hause zu ihrer Kamera und kam um fünf zum Kochen zurück. »Sie müssen nicht zweimal kommen«, hatte Mrs Richardson betont, aber Mia hatte erklärt, dass mittags die beste Zeit zum Fotografieren sei. In Wirklichkeit lag ihr daran, den Alltag der Richardsons in deren Anwesenheit und Abwesenheit kennenzulernen. Pearl schien jeden Tag etwas Neues von den Richardsons zu übernehmen: einen Ausdruck (»Ich bin *buchstäblich* gestorben«), eine Geste (mit einer Hand durchs Haar streichen, die Augen verdrehen). Sie war ein Teenager, sagte Mia sich immer wieder, sie probierte sich aus, wie alle anderen auch, doch insgeheim sah sie die offensichtlichen Veränderungen mit Skepsis. Nun wäre sie jeden zweiten Nachmittag da, könnte Pearl im Auge behalten und diese Richardsons beobachten, die ihre Tochter so faszinierten. Und morgens könnte sie ungestört ihre eigenen Nachforschungen anstellen.

Mia achtete beim Putzen auf jede Kleinigkeit. Die zerrissenen Schnipsel in Trips Papierkorb verrieten ihr, wenn er eine Mathearbeit vermasselt hatte, die zerknüllten Papierkugeln in Moodys, wenn er Songs geschrieben hatte. Sie wusste, dass bei den Richardsons niemand den Pizzarand oder Bananen mit braunen Flecken aß, dass Lexie eine Schwäche für Klatschmagazine hatte und – wie ihr Bücherregal verriet – für Charles Dickens, dass Mr Richardson tütenweise gefüllte Karamellbonbons aß, wenn er abends in seinem Zimmer arbeitete. Wenn sie nach anderthalb Stunden fertig und das Haus sauber war, hatte sie eine Vorstellung davon, was jeder in der Familie so trieb.

Und so kam es, dass Mia eine Woche nach Antritt ihrer neuen Stelle in der Küche war, als Izzy um halb zehn Uhr morgens die Treppe herunterkam.

Am Tag zuvor hatte man Izzy von der Schule suspendiert. Ihre Familie war schockiert, aber nicht überrascht. Dem Konrektor für die Neuntklässler zufolge hatte sie mitten in der Orchesterprobe den Bogen der Lehrerin über ihrem Knie zerbrochen und ihr die Teile ins Gesicht geschleudert. Trotz wiederholten Befragungen und ernsthaften Standpauken in der Schule und zu Hause hatte sie sich geweigert, den Grund für ihren Ausbruch zu nennen. Es war, wie Lexie es ausdrückte, mal wieder typisch Izzy: grundlos ausflippen, etwas Verrücktes anstellen, nichts daraus lernen. Und so war sie nach einem kurzen Treffen mit ihrer Mutter, dem Rektor und der beleidigten Orchesterleiterin für drei Tage vom Unterricht suspendiert worden. Mia putzte gerade den Herd, als Izzy in die Küche polterte – barfuß und trotzdem fast so laut wie in ihren Doc Martens – und innehielt.

»Oh«, sagte sie. »Sie sind da. Die geknechtete Dienstmagd. Ich meine, die Mieterin-Schrägstrich-Putzfrau.«

Mia hatte am Vortag aus dritter Hand durch Pearl von dem Vorfall erfahren. »Ich bin Mia«, sagte sie. »Ich schätze, du bist Izzy.«

Izzy machte es sich auf einem Barhocker bequem. »Die Verrückte.«

Mia wischte sorgfältig die Arbeitsfläche. »Zu mir hat das niemand gesagt.« Sie spülte den Schwamm aus und steckte ihn zum Trocknen in seine Halterung.

Izzy verfiel in Schweigen, und Mia fing an, die Spüle zu scheuern. Als sie fertig war, schaltete sie den Backofengrill ein. Dann nahm sie eine Scheibe Brot aus dem Brotkasten, bestrich sie mit Butter, bestreute sie dick mit Zucker und legte sie in den Herd, bis der Zucker zu einem blubbernden goldbraunen Karamell geschmolzen war. Sie legte eine zweite Scheibe darauf, schnitt das

Sandwich in zwei Hälften und stellte es Izzy hin – ein Angebot, kein Befehl. Manchmal machte sie das für Pearl, wenn sie einen, wie Mia es nannte, »schlechten Tag« hatte. Izzy, die aufmerksam zugesehen hatte, zog den Teller wortlos zu sich heran. Wenn jemand ihr etwas Gutes tun wollte, war es ihrer Erfahrung nach meist aus Mitleid oder Misstrauen, doch diese schlichte Geste kam ihr einfach wie eine kleine Nettigkeit vor, ohne Hintergedanken. Als sie den letzten Bissen verspeist hatte, leckte sie sich die Butter von den Fingern und blickte auf.

»Soll ich Ihnen erzählen, was wirklich passiert ist?«, fragte sie, und dann sprudelte die ganze Geschichte aus ihr hervor.

—

Die Orchesterleiterin Mrs Peters war bei allen äußerst unbeliebt. Sie war groß, erschreckend dünn, und ihr kurz geschnittenes Haar war zu einem unnatürlichen Strohblond gefärbt. Laut Izzy war sie als Dirigentin eine Niete, und wenn es ums Tempo ging, schauten alle nur zu Kerri Schulman, der ersten Geige. Einem hartnäckigen Gerücht zufolge, das inzwischen als Tatsache galt, hatte Mrs Peters ein Alkoholproblem. Izzy hatte es nicht wirklich geglaubt, bis sich Mrs Peters eines Morgens ihre Geige ausgeliehen hatte, um eine Bogenführung zu zeigen; als die Lehrerin sie ihr mit schweißnassem Kinnhalter zurückgab, hatte dieser unverkennbar nach Whiskey gerochen. Brachte Mrs Peters ihre große Camping-Thermoskanne mit Kaffee mit, wussten alle, dass sie am Abend zuvor auf Sauftour gewesen war. Außerdem war sie oft beißend sarkastisch, besonders zu den zweiten Geigen und ganz besonders zu den – wie eine Cellistin es einmal trocken formulierte – mit »einer anderen Hautfarbe Gesegneten«. Schon in der Mittelschule waren entsprechende Gerüchte zu Izzy durchgedrungen.

Izzy, die seit ihrem vierten Lebensjahr Geige spielte und schon in der Neunten zur zweiten Geige berufen wurde, hatte von Mrs Peters eigentlich nichts zu befürchten. »Du wirst schon zurechtkommen«, hatte die Cellistin zu ihr gesagt und Izzys wuscheligen Blondschopf betrachtet – den Pusteblumen-Afro, wie Lexie gern sagte. Hätte Izzy den Kopf eingezogen, dann hätte Mrs Peters sie wahrscheinlich ignoriert. Aber Izzy war nicht der Typ, der den Kopf einzog.

Am Morgen ihrer Suspendierung hatte Izzy an ihrem Platz auf der E-Saite einen schwierigen Fingersatz für das Saint-Saëns-Stück geübt, an dem sie in ihren Privatstunden gerade arbeitete. Das Summen der Violen und Cellos, die ringsum gestimmt wurden, verstummte, als Mrs Peters mit der Thermoskanne in der Hand hereinstürmte. Es war von vornherein klar, dass sie ausgesprochen schlechte Laune hatte. Sie fauchte Shanita Grimes an, ihren Kaugummi auszuspucken. Sie blaffte Jessie Leibovitz an, die gerade ihre A-Saite zerrissen hatte und in ihrem Kasten nach Ersatz suchte. »Katerstimmung«, sagte Kerri Schulman lautlos zu Izzy, die ernst nickte. Sie hatte nur eine vage Vorstellung, was das hieß – Trip war ein paarmal von Hockey-Partys nach Hause gekommen und hatte, selbst für seine Verhältnisse, am Morgen ziemlich angespannt und fertig gewirkt –, aber sie wusste, dass Kopfschmerzen und schlechte Laune dazugehörten. Sie klopfte mit der Spitze ihres Bogens gegen die Stiefel.

Am Podest trank Mrs Peters einen ausgiebigen Schluck Kaffee aus ihrem Becher. »Offenbach«, bellte sie und hob die rechte Hand. Die Schüler im Raum blätterten in ihren Noten.

Nach zwölf Takten *Orpheus* schwenkte Mrs Peters die Arme.

»Jemand spielt falsch.« Sie zeigte mit dem Bogen auf Deja Johnson, die hinten bei den zweiten Geigen saß. »Deja, spiel ab Takt sechs.«

Deja, die bekanntermaßen schrecklich schüchtern war, blickte wie ein verängstigtes Kaninchen hoch. Sie fing an zu spielen, und alle hörten das leichte Zucken ihrer zitternden Hand. Mrs Peters schüttelte den Kopf und klopfte mit dem Bogen auf ihr Pult. »Falsche Bogenführung. Auf, ab-ab, auf, ab. Noch mal.« Deja stümperte sich erneut durch das Stück. Der Raum vibrierte vor Feindseligkeit, aber keiner sagte etwas.

Mrs Peters trank einen großen Schluck Kaffee. »Steh auf, Deja. Und jetzt schön laut, damit alle hören können, wie es nicht geht.« Dejas Mundwinkel zitterten, als würde sie gleich weinen, aber sie setzte den Bogen auf die Saite und begann von vorn. Mrs Peters schüttelte wieder den Kopf, ihre Stimme übertönte schrill die einzige Geige. »Deja. Auf, ab-ab, auf, ab. Hast du mich verstanden? Oder soll ich afroamerikanisches Englisch sprechen?«

An diesem Punkt war Izzy aufgesprungen und hatte Mrs Peters Bogen gepackt.

Selbst als sie Mia jetzt die Geschichte erzählte, konnte sie ihre heftige Reaktion nicht erklären. Es lag teilweise an Deja Johnson, die immer aussah, als rechnete sie mit dem Schlimmsten. Jeder wusste, dass ihre Mutter examinierte Krankenschwester war; sie arbeitete, wie auch Serena Wongs Mutter, in der Cleveland Clinic, und ihr Vater leitete ein Lagerhaus auf der West Side. Allerdings spielten nicht viele schwarze Schüler im Orchester, und wenn Dejas Eltern zu Konzerten kamen, saßen sie allein in der letzten Reihe; sie plauderten nie mit den anderen Eltern über Skifahren oder Renovierungen oder Pläne für die Frühjahrsferien. Sie lebten schon ewig in einem gemütlichen Haus am südlichen Ende von Shaker, und im Scherz hieß es oft, dass Deja vom Kindergarten bis zur Highschool in keinem Jahr mehr als zehn Worte von sich gegeben hätte.

Doch im Gegensatz zu vielen anderen Geigerinnen, die es Izzy übelnahmen, dass sie schon im ersten Jahr zu den zweiten Geigen gehörte, hatte Deja nie in die abfälligen Bemerkungen eingestimmt oder sie »die Neuntklässlerin« genannt. Als sie in der ersten Schulwoche hintereinander den Musiksaal verließen, hatte Deja sich vorgebeugt und den Reißverschluss an einem offenen Fach von Izzys Rucksack zugezogen, in dem sich ihre Turnsachen befanden. Ein paar Wochen später hatte Izzy in ihrer Tasche verzweifelt nach einem Tampon gesucht, und Deja hatte sich diskret über den Gang gebeugt und ihr eine geschlossene Hand hingestreckt. »Hier«, hatte sie gesagt, und Izzy wusste, was darin war, noch bevor sie die knisternde Plastikhülle in ihrer Hand spürte.

Mit anzusehen, wie Mrs Peters vor allen auf Deja herumhackte, war für Izzy, als schleppe jemand ein Katzenjunges auf die Straße und schlage mit einem Backstein darauf ein. In diesem Augenblick war etwas mit ihr durchgegangen. Bevor sie sich versah, hatte sie Mrs Peters Bogen über ihrem Knie zerbrochen und ihr die kaputten Teile entgegengeschleudert. Mrs Peters hatte ein jähes Krächzen ausgestoßen, als ihr die beiden schartigen, durch die Rosshaare noch verbundenen Bogenhälften ins Gesicht flogen, und ein schrilles Kreischen, als dampfender Kaffee sich über ihre Brust ergoss. Der ganze Saal war in Gelächter und Kreischen und Johlen ausgebrochen, und Mrs Peters hatte Izzy am Arm gepackt und sie aus dem Raum gezerrt. Im Büro des Direktors, wo sie auf die Ankunft ihrer Mutter wartete, hatte sie sich gefragt, ob Deja sich wohl gefreut hatte oder peinlich berührt war, und sich gewünscht, sie hätte ihr Gesicht sehen können.

Obwohl Izzy sicher war, dass Mia das alles verstehen würde, wusste sie ihre Gefühle nicht recht in Worte zu fassen. Sie sagte nur: »Mrs Peters ist eine richtig blöde Kuh. Sie hatte kein Recht, so mit Deja zu reden.«

»Und?«, sagte Mia. »Was willst du jetzt tun?«

Eine solche Frage war Izzy noch nie gestellt worden. Ihr bisheriges Leben war von stummer, vergeblicher Wut bestimmt gewesen. In der ersten Schulwoche hatte sie, nach der Lektüre von T. S. Eliot, an sämtliche Pinnwände Zettel gehängt: ICH VERTAT MEIN LEBEN KAFFEELÖFFELWEIS und: OB ICH PFIRSICHE VERZEHR? und: HAT ES ZWECK, DAS WELTALL AUFZUSTÖREN? Das Gedicht erinnerte sie an ihre Mutter, die ihre Kaffeesahne löffelweise abmaß, ausrastete, wenn Izzy in einen ungewaschenen Apfel biss, und sie auf Schritt und Tritt durch ihre Regeln einengte – und es erinnerte sie auch an ihre älteren Geschwister, an Lexie und Trip, und Leute wie sie, die immer darauf bedacht waren, das Richtige zu tragen, das Richtige zu sagen, mit den richtigen Leuten befreundet zu sein. Sie stellte sich vor, wie Schüler auf den Gängen miteinander flüsterten – *Diese Zettel? Wer hat die aufgehängt? Was sollen sie bedeuten?* –, wie sie darüber nachdachten und endlich *aufwachten*, verdammt noch mal. Doch in der Hektik vor der ersten Stunde hetzten alle daran vorbei, zu beschäftigt damit, sich Briefchen zuzustecken und für Tests zu büffeln, um überhaupt auf die Pinnwände zu achten, und nach der zweiten Stunde stellte sie fest, dass irgendein mürrischer Wachmann sie abgerissen hatte, zweifelsohne verdutzt über diese Ergüsse, und nur noch Handzettel für Youth Ending Hunger, Model United Nations und den Französisch-Club dort hingen. In der zweiten Schulwoche, als Ms Bellamy sie gebeten hatte, ein Gedicht auswendig zu lernen und es vor der

Klasse aufzusagen, hatte Izzy »Dies sei der Vers« gewählt, ein Gedicht, das für sie, mit ihren vierzehneinhalb Jahren, ziemlich genau das Leben zusammenfasste. Sie war nicht weiter gekommen als »Wegen Mum und Dad bist du am Arsch«, dann hatte Ms Bellamy sie entschieden aufgefordert, sich zu setzen, und ihr eine Sechs gegeben.

Was wollte sie jetzt tun? Allein die Vorstellung, dass sie etwas tun könnte, verblüffte sie.

Im selben Moment bog Lexies Auto in die Einfahrt, und sie kam herein, die Schultasche über der Schulter, nach Zigarettenrauch und Parfüm riechend. »Gott sei Dank, da ist es«, sagte sie und nahm ihr Portemonnaie von der Arbeitsfläche. Lexie, so sagte Mrs Richardson gern, würde ihren Kopf zu Hause vergessen, wenn er nicht festgewachsen wäre. »Genießt du deinen freien Tag?«, fragte sie Izzy, und Mia sah ein Licht in Izzy erlöschen.

»Danke für das Sandwich«, sagte sie, rutschte vom Hocker und ging nach oben.

»Himmel«, sagte Lexie und verdrehte die Augen. »Ich werde dieses Mädchen nie verstehen.« Sie sah Mia an und erwartete ein mitfühlendes Nicken, das jedoch nicht kam. »Fahr vorsichtig«, mehr sagte Mia nicht, Lexie hüpfte mit dem Portemonnaie in der Hand hinaus, und wenig später heulte der Explorer auf.

In Izzys Brust schlug das Herz einer Radikalen, aber ihre Erfahrung war die einer Vierzehnjährigen, die in einer Vorstadt im Mittleren Westen lebte. Und das hieß: Sie sann nach Möglichkeiten, um sich zu rächen – Eier gegen Fenster werfen, Tüten mit Hundekacke anzünden –, und suchte sich dann die beste aus.

Drei Nachmittage später saßen Pearl und Moody im Wohnzimmer und sahen sich die Talkshow mit Ricki Lake an, als Izzy in aller Ruhe mit einem Sechserpack Klopapier unter jedem Arm durch den Flur ging. Sie wechselten einen kurzen Blick und eilten ihr dann ohne ein weiteres Wort hinterher.

»Du bist echt voll bescheuert«, sagte Moody, als sie Izzy in der Diele abgefangen und sicher in der Küche verbarrikadiert hatten. Im Laufe der Jahre hatte er Izzy ziemlich oft, wie er fand, vor ihrer eigenen Dummheit bewahrt, aber dies hier war für ihn ein neuer Rekord. »Willst du ihr Haus mit Klopapier tapezieren?«

»Ist 'ne Scheißarbeit, alles wegzumachen«, sagte Izzy. »Sie wird stinksauer sein. Und das verdient sie.«

»Und sie weiß genau, dass du es warst. Das Mädchen, das sie gerade suspendiert hat.« Moody trat das Toilettenpapier unter den Tisch. »Falls man dich nicht gleich auf frischer Tat ertappt.«

Izzy machte ein finsteres Gesicht. »Hast du eine bessere Idee?«

»Du kannst dir Mrs Peters nicht einfach so vornehmen«, sagte Mia. Alle drei sahen erstaunt auf. Sie hatten Mia ganz vergessen, doch da war sie, schnitt eine Paprika fürs Abendessen klein und klang anders als alle Erwachsenen, die sie sonst kannten. Pearl errötete und warf ihrer Mutter einen bösen Blick zu. Was bildete sie sich ein, einfach so dazwischenzuplatzen, und ausgerechnet in diese Unterhaltung? Mia hingegen dachte an ihre eigene Jugend, an Dinge, die sie vor langer Zeit weggepackt und verstaut hatte, jetzt aber wieder hervorholte und von Staub befreite.

»Ich kannte mal jemanden, der hat das Türschloss der Geschichtslehrerin zugeklebt«, sagte sie. »Er war zu spät gekommen, und sie hat ihn nachsitzen lassen, weswegen er ein wichtiges Footballspiel verpasst hat. Am nächsten Tag hat er eine ganze Tube Krazy Glue in das Schloss gespritzt. Sie mussten die Tür aufbrechen.« Ein leichtes Lächeln umspielte ihre Lippen. »Aber er hat nur ihr Schloss zugeklebt, sie wussten also sofort, dass er es war. Er bekam einen Monat Hausarrest.«

»Mom.« Pearls Gesicht war knallrot. »Danke. Wir wissen schon, was wir tun.« Sie schubste Izzy und Moody hastig aus der Küche und aus Mias Hörweite. Jetzt hielten sie ihre Mutter wahrscheinlich für eine totale Spinnerin, dachte sie und wagte nicht, die beiden anzusehen. Hätte sie es allerdings getan, dann hätte sie nicht Spott, sondern Bewunderung in ihren Gesichtern gesehen. Das Leuchten in Mias Augen sagte Moody und Izzy, dass sie weitaus gerissener – und interessanter – war, als sie es sich vorgestellt hatten. Es war der erste Hinweis, wie ihnen später klar wurde, dass sie auch noch eine andere Seite hatte.

Den ganzen Abend dachte Izzy über Mias Geschichte nach und über die Frage, die sie ihr drei Tage zuvor gestellt hatte: *Was willst du jetzt tun?* Aus diesen Worten sprach die Erlaubnis, etwas zu tun, das man ihr immer verboten hatte: eine Sache selbst in die Hand zu nehmen und Ärger zu machen. Izzys Wut richtete sich inzwischen nicht nur auf Mrs Peters, sondern auch auf den Direktor, der sie eingestellt hatte, auf den stellvertretenden Direktor, der die Suspendierung betrieben hatte, auf alle Lehrer – alle Erwachsenen –, die ihre willkürliche, unverdiente Macht irgendwann gegen Schüler ausspielten. Am nächsten Tag passte sie Moody und Pearl ab und erläuterte ihren Plan.

»Das macht sie stinksauer«, sagte Izzy. »Das macht alle sauer.«

»Du wirst Riesenärger kriegen«, protestierte Moody, doch Izzy schüttelte den Kopf.

»Ich mach das«, sagte sie. »Ärger krieg ich nur, wenn ihr mir nicht helft.«

Ein Zahnstocher, den man in ein normales Schloss steckt und dann abknickt, ist eine herrliche Sache. Das Schloss wird nicht beschädigt, aber der Schlüssel passt nicht mehr, und die Tür kann nicht geöffnet werden. Ohne eine Nadelpinzette, die oft nicht greifbar ist, lässt er sich nur schwer entfernen. Je ungeduldiger und beharrlicher der Schlüsselinhaber den Schlüssel ins Loch schiebt, desto hartnäckiger verkeilt sich der Zahnstocher und desto länger dauert es, ihn selbst mit dem richtigen Werkzeug herauszuziehen. Ein einigermaßen geschickter Teenager, der schnell arbeitet, kann innerhalb von drei Sekunden einen Zahnstocher in ein Schloss stecken, ihn abbrechen und weitergehen. Drei Teenager, die zusammenarbeiten, können auf diese Weise eine gesamte Schule mit einhundertsechsundzwanzig Türen in kurzer Zeit lahmlegen, schnell genug, um rechtzeitig an ihren gewohnten Platz im Flur zurückzukehren und die Folgen zu beobachten.

Als die ersten Lehrer merkten, dass ihre Türschlösser klemmten, war es bereits 7.27 Uhr. Um 7.40 Uhr, als die meisten Lehrer vor ihren Klassenzimmern standen und feststellten, dass sie aufgeschmissen waren, befand sich Mr Wrigley, der Hausmeister, oben im naturwissenschaftlichen Flügel und versuchte gerade, mit der Spitze seines Taschenmessers den ersten Splitter eines Zahnstochers aus dem Schloss des Chemielabors zu hebeln. Als er um 7.45 Uhr in sein Büro zurückkehrte, um die Pinzette aus seiner Werkzeugkiste zu holen, drängten sich jede Menge Lehrer vor seiner Tür und schimpften über die blockierten Schlösser. In der Verwirrung entfernte jemand den Stopper, der seine Tür offenhielt, und sie fiel zu, und Mr Wrigley entdeckte schließlich den Zahnstocher, den Izzy, als er sich einen Kaffee holen gegangen war, sorgfältig in seinem Schlüsselloch platziert hatte.

Unterdessen waren die Schüler eingetrudelt, erst die Frühaufsteher, die gegen 7.15 Uhr kamen, um einen Parkplatz vor der Schule zu ergattern, dann die Schüler, die von ihren Eltern abgesetzt wurden oder zu Fuß gingen. Als um 7.52 Uhr die Nachzügler eintrafen und die Glocke zur ersten Stunde läutete, drängten sich schadenfrohe Schüler, verwirrte Sekretärinnen und wütende Lehrer auf den Gängen.

Es vergingen noch weitere zwanzig Minuten, bis Mr Wrigley von seinem Truck zurückkehrte, wo er in der Werkzeugkiste im Kofferraum zu seiner großen Erleichterung eine zweite Pinzette gefunden hatte. Es dauerte noch einmal zehn Minuten, bis er den ersten Zahnstocher aus der ersten Klassenzimmertür entfernt hatte und der Chemielehrer schließlich an sein Pult kam. Die Morgenversammlung wurde verschoben und durch strenge Anweisungen über die Lautsprecheranlage ersetzt – alle Schüler sollten sich vor ihren Klassenzimmern in einer Reihe aufstellen –, die niemand zur Kenntnis nahm. Die Atmosphäre in den Gängen glich der einer Überraschungsparty ohne Gastgeber, aber mit vielen überraschten, fröhlichen Gästen. Aus einem Spind holte jemand einen Ghettoblaster. Andre Williams, der Kicker des Footballteams, fuhr die Antenne aus, hievte ihn auf seine Schulter und schaltete WMMS »Buzzard Radio« ein, worauf eine spontane Tanzparty zu den Mighty Mighty Bosstones ausbrach, die so lange währte, bis Mrs Allerton, die Lehrerin für amerikanische Geschichte, Andre erreichte und ihm sagte, er solle das Ding ausschalten. Mr Wrigley arbeitete sich weiter Tür für Tür den Gang entlang, hebelte Holzsplitter aus den Schlössern und sammelte sie in seiner schwieligen Hand.

Unten im Kunstflügel wurde Mrs Peters, mit ihrer extragroßen Thermoskanne und rasenden Kopfschmerzen, langsam nervös. Der Musiksaal war weit entfernt vom naturwissenschaftlichen

Flügel, wo Mr Wrigley nur langsam vorankam. Bei diesem Tempo wäre ihre Tür eine der letzten, wenn nicht gar die letzte, die geöffnet wurde. Sie hatte den Hausmeister mehrmals gefragt, ob er nicht schneller machen, ob er nicht kurz kommen und ihre Tür zuerst öffnen könne, und beim dritten Mal wandte er sich ihr zu und fuchtelte mit einem Holzstückchen in seiner erhobenen Pinzette herum. »Ich mache so schnell, wie ich kann, Mrs Peters«, sagte er. »So schnell, wie ich kann. Jeder muss warten, bis er drankommt.« Er wandte sich wieder dem Schlüsselloch zu, in das Mr Desanti, der Mathelehrer der neunten Klasse, seinen Schlüssel gewaltsam gesteckt und dabei das Zahnstocherstück tief in den Zylinder geschoben hatte. »Jeder will der Erste sein«, murmelte er laut genug, dass Mrs Peters es hörte. »Jeder kommt sich wichtig vor. Tja. Der Mann mit der Pinzette sagt, jeder wartet, bis er drankommt.« Er steckte die Pinzette wieder ins Schloss, und Mrs Peters verschwand.

Das war vor einer Stunde gewesen, und sie vermutete richtig, dass Mr Wrigley sich ihr Zimmer bis zuletzt aufhob, um sie zu bestrafen. Gut, dachte sie. Aber könnte er nicht wenigstens das Lehrerzimmer öffnen? Inzwischen hatte sie dreimal nachgesehen, und die Tür war immer noch zu. Mit jeder verstreichenden Minute spürte sie die volle Thermoskanne stärker, die sie während des Wartens geleert hatte. Die Mädchentoiletten hatten nicht abschließbare Schwingtüren. Dorthin würde sie ganz bestimmt nicht gehen; der Hausmeister würde sicher bald die Lehrerzimmertür öffnen, dann könnte sie dort auf die Unisex-Toilette gehen. Ihr Unmut gegen den Hausmeister stieg zusehends und übertrug sich auf den Direktor, die gesamte Welt. Konnten die Leute nicht vorausdenken? Konnten sie keine Prioritäten setzen? Keine grundlegenden menschlichen Bedürfnisse berücksichtigen? Sie gab ihren Posten am Musiksaal auf und stellte sich vor dem Lehrerzimmer in Warteposition, die Handtasche wie einen Schild an den Bauch gedrückt. Fünf Tassen Kaffee bahnten sich langsam den Weg durch ihre Innereien. Sie überlegte kurz, einfach ins Auto zu steigen und wegzufahren. In fünfundzwanzig Minuten könnte sie zu Hause sein. Doch je länger sie dastand, umso länger erschienen ihr fünfundzwanzig Minuten und umso sicherer war sie, dass Sitzen, egal wo, zur Katastrophe führen würde.

»Dr. Schwab«, sagte sie, als der Direktor vorbeiging. »Könnten Sie Mr Wrigley nicht bitten, das Lehrerzimmer zu öffnen?«

Dr. Schwab hatte einen schwierigen Morgen hinter sich. Inzwischen war es 9.40 Uhr, und die Hälfte der Klassenzimmer war noch abgeschlossen. Obwohl er die Lehrer gebeten hatte, mit ihren Schülern in die Klassenzimmer zu gehen und dort zu bleiben, bis alle Türen geöffnet waren, liefen noch achthundert Schüler auf den Gängen herum. Einige hatten sich auf der Treppe ausgebreitet, andere standen in Gruppen auf dem Rasen, lachten und kickten Hacky Sacks, und einige rauchten sogar mitten auf dem Schulgelände. Er rieb sich die Schläfe. Sein Hemdkragen scheuerte, und er schob einen Finger unter seine Krawatte.

»Helen«, sagte er und zwang sich zu einer ruhigen Stimme. »Mr Wrigley macht so schnell, wie er kann. Die Mädchentoilette ist gleich am Ende des Gangs. Ich bin sicher, dieses eine Mal können Sie sie benutzen.« Er eilte davon und rechnete schnell nach. Wenn bis 10.30 Uhr alle in den Klassenzimmern wären – was ziemlich optimistisch schien –, könnte man den Stundenplan ändern und jede Stunde von fünfzig auf fünfunddreißig Minuten verkürzen.

Mrs Peters wartete noch fünfzehn Minuten, dann konnte sie nicht mehr. Sie umklammerte die Griffe ihrer Handtasche fester, als würde das irgendwie helfen, und trottete durch den Gang zur Mädchentoilette. Es war die größte Toilette, dort, wo der Hauptgang auf die Haupttreppe stieß, und selbst an normalen Tagen war sie immer voll. Heute war sie gerammelt voll. Eine Gruppe Jungs stand im Kreis davor und klatschte sich unter Gejohle mitgebrachte Pausenäpfel an die Stirn. Eine Gruppe Mädchen drängte sich um den Wasserbrunnen, die Hälfte tat so, als würde sie die Jungs nicht bemerken, die andere Hälfte flirtete unverhohlen mit ihnen. Von einem Wandgemälde über ihnen blickte ein Hai mit aufgeklapptem Maul herab. Mrs Peters überkam ein heftiger Anflug von Wut auf ihre Jugend, ihre Frechheit, ihre Ungezwungenheit. An einem normalen Tag hätte sie die Schüler aufgefordert weiterzugehen oder sich von jedem den Schülerausweis zeigen lassen, aber heute war sie dazu nicht imstande.

Sie bahnte sich den Weg durch die Menge. »Entschuldigung. Entschuldigung. Jungs. Mädchen. Ein Lehrer möchte durch.«

Die Toilette war voller Mädchen. Mädchen, die plapperten, sich die Haare kämmten, sich herausputzten. Mrs Peters boxte sich an ihnen vorbei. »Entschuldigung. Mädchen. Entschuldigung, Mädchen.« Alle reagierten mit großen Augen auf ihr Eindringen.

»Hi, Mrs Peters«, sagte Lexie. »Ich wusste gar nicht, dass auch Lehrer diese Toilette benutzen.«

»Das Lehrerzimmer ist noch abgeschlossen«, sagte Mrs Peters in einem, wie sie hoffte, würdevollen Tonfall. Sie stellte fest, dass sämtliche Mädchen ringsum verstummt waren. Unter normalen Umständen hätte sie dieses Zeichen von Respekt zu würdigen gewusst, aber heute wäre ihr lieber gewesen, ignoriert zu werden. Sie ging zu der hintersten Kabine am Fenster, stellte aber fest, dass die Tür fehlte.

»Was ist mit der Tür passiert?«, fragte sie dämlich.

»Die ist schon ewig kaputt«, sagte Lexie. »Seit der ersten Schulwoche. Sie sollte echt mal repariert werden. Man kann hier nur drei Kabinen benutzen, und am Ende kommt man dann zu spät zum Unterricht.«

Mrs Peters schenkte es sich, dem Rest von Lexies Vortrag zu folgen. Sie riss die Tür der nächsten Kabine auf und knallte sie hinter sich zu. Mit zitternden Händen schob sie den Riegel vor und fummelte an ihrem Rock. Doch beim Anblick der weißen Porzellanschüssel konnte ihr Körper, der schon seit fast zweieinhalb Stunden gewartet hatte, nicht länger widerstehen. Ein gewaltiger Strahl schoss aus ihrer Blase, und Mrs Peters spürte einen warmen Strom an ihren Beinen entlanglaufen, der sich als kleines Rinnsal über die Fliesen aus der Kabine schlängelte.

Hinter der dünnen Abtrennung hörte Mrs Peters, wie jemand »Oh. Mein. Gott.« sagte. Dann schockiertes Schweigen. Sie stand reglos da, als könnten die Mädchen sie auf diese Weise vergessen. Das Schweigen dehnte sich. Der feuchte Fleck auf ihrem Rock und ihre nasse Unterhose wurden kalt. Dann fing das Gekicher an, unterdrücktes Gekicher, das deshalb nur umso deutlicher war. Taschenreißverschlüsse wurden rasch zugezogen. Schritte huschten in den Gang hinaus. Mrs Peters hörte die Tür auf- und zuschwingen und kurz darauf schallendes Gelächter auf dem Gang. Sie blieb in der Kabine, bis Dr. Schwab über die Lautsprecheranlage mitteilte, dass alle Türen jetzt offen waren und die Schüler sich im Unterricht einfinden sollten, sonst drohe Nachsitzen. Als sie in den Toilettenraum trat, war er leer. Mit ihrer Handtasche verdeckte sie den Fleck auf ihrem Rock und ging hinaus, ohne das Rinnsal anzusehen, das langsam an den Waschbecken vorbei zum Abfluss in der Ecke floss.

Falls jemandem bei der Orchesterprobe später auffiel, dass Mrs

Peters sich umgezogen hatte, sagte er es nicht. Mit ausdruckslosen Mienen übten sie Offenbach und Barber und Mozarts Fünfundzwanzigste. Doch es hatte sich schon herumgesprochen. Ein paar Tage später hörte sie, wie jemand sie als »Mrs Pissers« bezeichnete, und es vergingen Jahre – bis weit in ihr Rentenalter –, ehe der von Jahrgang zu Jahrgang weitergegebene Spitzname und die dazugehörige Geschichte in Vergessenheit gerieten.

Der Zahnstochervorfall wirkte sich auch auf die Schule langfristig aus. In den Gängen gab es keine Kameras, und niemand schien die Vandalen, wer immer sie waren, gesehen zu haben. Bessere Sicherheitsmaßnahmen wurden diskutiert – einige Lehrer erwähnten die nahegelegene Euclid High School, in der vor Kurzem Metalldetektoren an den Eingängen eingeführt worden waren, was für Schlagzeilen gesorgt hatte –, doch die vorherrschende Meinung war, dass Shaker Heights, im Gegensatz zu Euclid, keine derartige Sicherheitsmaßnahme benötigte, und die Verwaltung beschloss, den Vorfall als Streich herunterzuspielen. In den Köpfen der Schüler jedoch erlangte der Zahnstochertag legendären Status, und in künftigen Jahren waren bei den Abschlussstreichen der Schulabgänger Zahnstocher unter Androhung von Strafe verboten.

Am Tag nach dem Zahnstochertag fing Izzy Deja Johnsons Blick auf und lächelte, und Deja – die nicht ahnte, dass die Sache ihretwegen stattgefunden hatte, und noch viel weniger, dass Izzy dahintersteckte – lächelte zurück. Sie wurden nicht unbedingt Freundinnen, aber Izzy hatte das Gefühl, dass ein Band zwischen ihnen bestand, und sie vergaß nicht einmal, Deja bei der Orchesterprobe anzulächeln, und stellte zufrieden fest, dass Mrs Peters Deja jetzt in Ruhe ließ.

Einen noch nachhaltigeren Effekt hatte der Zahnstochervorfall jedoch auf Izzy. Immer wieder dachte sie an Mias Lächeln an jenem Tag in der Küche, an die verschmitzte Offenheit für Unfug und Regelbrüche, die sie darin erkannte. Ihre eigene Mutter wäre entsetzt gewesen. Sie erkannte eine Gleichgesinnte, einen ähnlich subversiven Funken, wie er oft auch in ihr aufloderte. Statt sich den ganzen Nachmittag in ihrem Zimmer zu verschanzen, ging sie nun oft nach unten, wenn Mia kam, und hielt sich in der Küche auf, während sie kochte – unter dem Spott ihrer Geschwister. Izzy ignorierte sie. In ihrer Begeisterung für Mia störte sie sich nicht daran. Und dann, ein paar Tage später, öffnete Mia die Tür des kleinen Winslow-Hauses, und Izzy stand davor.

»Ich möchte Ihre Assistentin sein«, sprudelte sie hervor.

»Ich brauche keine Assistentin«, sagte Mia. »Und ich bin mir nicht sicher, ob das deiner Mutter gefallen würde.«

»Das ist mir egal.« Izzy legte ihre Hand an die Tür, als hätte sie Angst, Mia könnte sie ihr vor der Nase zuschlagen. »Ich möchte lernen, was Sie so machen. Ich könnte Ihre Chemikalien mischen oder Ihre Papiere ablegen. Irgendwas.«

Mia zögerte. »Ich kann mir keine Assistentin leisten.«

»Sie müssen mich nicht bezahlen. Ich mach es umsonst. Bitte.«

Mia sah Izzy an, dieses unberechenbare, wilde, hitzige Mädchen, das plötzlich schüchtern und hilflos vor ihr stand. Sie musste an sich in diesem Alter denken, wie sie auf der Suche nach dem richtigen Foto durch die Gegend gestreift, über Zäune und Mauern geklettert war und trotzig das Geld ihrer Mutter für Filme ausgegeben hatte. Fast schon übermäßig zielstrebig. Etwas in Izzy berührte sie und sprang über.

»Na schön«, sagte Mia und öffnete die Tür, um Izzy hereinzulassen.

8

zzys Faszination für Mia erwies sich als dauerhaft. Statt sich mit ihrer Geige in ihr Zimmer zurückzuziehen, ging sie direkt nach der Schule die zwei Kilometer zum Haus in der Winslow Road, wo Mia mit ihrer Arbeit beschäftigt war. Sie schaute ihr zu, lernte, wie man ein Motiv komponierte, Filme entwickelte, Abzüge machte. Pearl indes nahm den umgekehrten Weg: Sie ging mit Moody nach Hause und faulenzte mit den drei älteren Richardson-Kindern im Wintergarten. Insgeheim war sie dankbar, dass Izzy die Aufmerksamkeit ihrer Mutter auf sich zog. Jahrelang hatte es nur sie beide gegeben, und jetzt streckte sie zufrieden die Beine auf dem Sofa der Richardsons aus. Um fünf hüpfte Izzy auf den Beifahrersitz des Golf, und Mia fuhr mit ihr zu den Richardsons, wo Izzy dann am Ende der Küchenanrichte hockte, während Mia das Abendessen zubereitete und konzentriert ihrer Tochter und den anderen im Nebenzimmer zuhörte. Erst wenn Mia nach Hause fuhr – dann mit Pearl auf dem Beifahrersitz –, schloss Izzy sich ihren Geschwistern auf der Couch an. »Unsere Izzy hat sich in Mia verknallt«, sang Lexie, worauf Izzy die Augen verdrehte und nach oben ging.

Aber *verknallt* traf es vielleicht ganz richtig. Izzy hing an Mias Lippen, suchte in allem ihre Meinung und vertraute ihr. Sie lernte nicht nur die Grundlagen der Fotografie, sondern übernahm mit der Zeit auch Mias Ästhetik und Zartgefühl. Als sie Mia fragte, woher sie wisse, welche Bilder zusammengehörten, schüttelte Mia den Kopf. »Keine Ahnung«, sagte sie. »Ich … ich komme meinen Gedanken erst während der Arbeit auf die Spur.« Sie zeigte auf das Schneidemesser auf dem Tisch, das Foto, das sie vorsichtig zerschnitt: eine Reihe von Autos, die unter den wachsamen Augen der beiden riesigen, in die Brückenpfeiler eingemeißelten Statuen über die Lorain-Carnegie Bridge raste. Sie hatte jedes Auto sorgfältig herausgeschnitten und nur die Schatten hinterlassen. »Ich fürchte, ich habe keinen Plan«, sagte sie und nahm das Messer wieder zur Hand. »Aber den hat eigentlich niemand, auch wenn alle das Gegenteil behaupten.«

»Meine Mutter schon. Sie glaubt, dass sie für alles einen Plan hat.«

»Wahrscheinlich braucht sie das.«

»Sie hasst mich.«

»Ach, Izzy. Das tut sie ganz bestimmt nicht.«

»Doch. Sie hasst mich. Deswegen hackt sie immer auf mir herum und nicht auf den andern.«

Seit Mia bei den Richardsons arbeitete, war ihr die merkwürdige Dynamik zwischen Izzy und dem Rest der Familie, besonders ihrer Mutter, aufgefallen. Mit ihrer jüngsten Tochter war Mrs Richardson tatsächlich strenger: Sie kritisierte ständig ihr Verhalten, zeigte weniger Geduld für ihre Fehler und Unzulänglichkeiten. Bei Izzy schien sie die Latte höher zu legen als bei ihren anderen Kindern, sie verlangte mehr von ihr, schien aber gleichzeitig ihre Erfolge neben ihren Fehlern gar nicht zu bemerken. Und Izzy, fiel Mia auf, reagierte darauf meistens, indem sie ihre Mutter noch mehr piesackte und bewusst in Rage brachte, wie es nur ein Kind vermochte.

»Izzy«, sagte sie, »ich verrate dir ein Geheimnis. Eltern verstehen ihre Kinder oft nicht besonders gut. Du hast so viele wunderbare Seiten.« Sie strich über Izzys Arm und wischte eine Handvoll Schnipsel in den Müll, und Izzy strahlte. An den Nachmittagen, wenn sie nur zu zweit waren, konnte Izzy sich gut vorstellen, dass Mia ihre Mutter war, dass das Zimmer am Ende des Flurs ihres war und dass sie abends dort einschlafen und morgens dort aufwachen würde. Dass Pearl, die mit ihren Geschwistern vor dem Fernseher saß, gar nicht existierte, dass dieses Leben ihr, Izzy, gehörte und nur ihr allein. Wenn sie abends wieder zu Hause war und aus Moodys Zimmer Jazz kreischte, aus Lexies ein Song von Alanis Morissette ertönte und Trips Stereoanlage alles mit einem wummernden Bass unterlegte, stellte sie sich vor, sie wäre im Haus an der Winslow Road, läge vielleicht lesend im Bett oder schriebe ein Gedicht, während Mia im Wohnzimmer bis tief in die Nacht arbeitete. In dieser Fantasie gab es viele verschlungene Wege: Sie und Pearl waren vor vielen Jahren bei der Geburt vertauscht worden; ihre Eltern, die eigentlich gar nicht ihre Eltern waren, hatten sie mit nach Hause genommen, und deshalb schien niemand in ihrer Familie sie zu verstehen, deshalb war sie offenbar so anders. Jetzt, in ihrem sorgsam gesponnenen Traum, war sie mit ihrer richtigen Mutter vereint. *Ich wusste, dass ich dich eines Tages finde*, hörte sie Mia sagen.

Den Richardsons fiel Izzys verändertes Verhalten positiv auf. »In deiner Nähe ist sie geradezu umgänglich«, sagte Lexie eines Tages zu Mia. Izzy machte keine halben Sachen, und so war auch ihre Bewunderung für Mia grenzenlos, und sie hätte alles für sie getan.

Mitte November gingen Pearl und Moody mit ihrem Kurs in Moderner Europäischer Geschichte ins Kunstmuseum, um sich Gemälde anzusehen. Der Mann, der sie herumführte, war schon älter und dünn und sah aus, als wären sämtliche Lebenssäfte durch seinen spitzen Mund entwichen. Er mochte Schülergruppen nicht: Teenager hörten nicht zu. Sexualität umhüllte sie wie eine Dunstglocke, und nur sie zählte. Ich zeige ihnen Velázquez, dachte er, ein paar Stillleben, vielleicht noch Caravaggio. Ganz bestimmt keine Akte. Er führte sie den langen Weg durch die Haupthalle mit den Wandteppichen und Ritterrüstungen in Glasvitrinen zum italienischen Flügel.

Die Schüler allerdings scherten sich wenig um die Kunst, wie das bei solchen Führungen meistens der Fall ist. Andy Keen pikste Jessica Kleinman in den Rücken und tat jedes Mal so, als wäre er es nicht gewesen. Clayton Booth und Davis Shearn unterhielten sich über Football, über die Chancen der Raiders im bevorstehenden Spiel gegen St. Ignatius. Jennie Levi und Tanisha McDowell ignorierten bewusst Jason Graham und Dante Samuels, die eifrig die nackten Brüste in den Gemälden, an denen der Museumsführer sie vorbeischeuchte, zählten und kommentierten. Moody, der Kunst liebte, beobachtete Pearl und wünschte nicht zum ersten Mal, er wäre Fotograf und könnte einfangen, wie das Licht von der Milchglasdecke auf ihr Gesicht fiel und es zum Leuchten brachte.

Pearl versuchte zwar, dem trockenen Vortrag des Museumsführers zu folgen, merkte aber, wie ihre Gedanken abschweiften. Sie trat in die nächste seitlich gelegene Galerie, eine kleine Sonderausstellung zum Thema Madonna und Kind. Moody, der sich auf der anderen Seite des Raums pflichtbewusst Notizen zu einem Caravaggio machte, sah sie in die Galerie verschwinden. Als sie nach mehreren Minuten nicht zurückkehrte, steckte er den Bleistift in die Spiralbindung seines Notizbuchs und folgte ihr.

Es war ein kleiner Raum mit nur ein paar Dutzend Bildern an der Wand, alle zeigten die Jungfrau mit Jesus auf dem Schoß. Einige waren mittelalterliche Malereien in Goldrahmen, kaum größer als CD-Hüllen, andere waren grobe Bleistiftskizzen von Renaissance-Statuen und wieder andere überlebensgroße Ölgemälde. Dann eine postmoderne Fotocollage mit Bildern von Prominenten aus der Regenbogenpresse: Die Jungfrau hatte den Kopf von Julia Roberts, Jesus den von Brad Pitt. Doch das Werk, das Pearl in Bann schlug, war eine Fotografie: ein Schwarz-Weiß-Abzug, vielleicht zwanzig mal fünfundzwanzig Zentimeter, von einer Frau auf einem Sofa, die strahlend auf das neugeborene Kind in ihren Armen blickte. Es war unverkennbar Mia.

»Aber wie … «, setzte Moody an.

»Ich weiß es nicht.«

Schweigend starrten sie eine Zeit lang das Foto an. Moody, wie immer praktisch veranlagt, sammelte Informationen. Der Titel des Bildes war, dem Schild daneben zufolge, *Jungfrau und Kind #1 (1982)*, die Künstlerin hieß Pauline Hawthorne. Er schrieb die Angaben unter die abgebrochenen Caravaggio-Kommentare in sein Notizbuch. Außer dem Hinweis, dass das Foto eine Leihgabe der Ellsworth Gallery in Los Angeles war, gab es keine weitere Information.

Pearl hingegen konzentrierte sich ganz auf das Foto. Da war ihre Mutter, jünger und etwas dünner, aber mit derselben hageren Figur, denselben hohen Wangenknochen, demselben spitzen Kinn. Da war das winzige Muttermal knapp unter ihrem Auge, die Narbe, die sich wie ein weißer Strich durch ihre linke Augenbraue zog. Da waren die schlanken Arme ihrer Mutter, die so zerbrechlich und vogelartig wirkten, als könnten sie unter einem zu großen Gewicht zerbrechen, und konnten doch mehr tragen als die Arme jeder anderen Frau. Selbst die Frisur war noch dieselbe: ein unordentlicher Knoten oben auf dem Kopf. Sie war umwerfend schön, ihr Abbild auf dem Foto schien zu leuchten. Sie schaute nicht in die Kamera, sondern konzentrierte sich ganz auf das kleine Kind.

Auf mich, dachte Pearl. Sie war sicher, dass sie das Kind auf dem Foto war. Wen sonst sollte ihre Mutter halten? Es gab zwar keine Fotos von ihr als Baby, aber sie erkannte sich am Nasenrücken, an den Augenwinkeln, an den fest geballten Fäusten, eine Geste, die sie bis in ihre späte Kindheit beibehalten hatte und die sie, wenn sie sich konzentrierte, auch jetzt unbewusst einnahm. Woher kam dieses Foto? Das graue Sofa, auf dem sie saß, war vielleicht auch hellbraun oder hellblau oder gar kanariengelb; das Fenster hinter ihr bot einen unscharfen Ausblick auf hohe Gebäude. Die Person, die es aufgenommen hatte, war nicht weit entfernt, saß vielleicht auf einer Sessellehne neben der Couch. Wer mochte es sein?

»Miss Warren«, sagte Mrs Jacoby hinter ihr. »Mr Richardson.« Pearl und Moody fuhren herum, die Gesichter vor Hitze prickelnd. »Wären Sie vielleicht bereit weiterzugehen, die ganze Klasse wartet auf Sie.«

Und tatsächlich war die gesamte Klasse unter der pflichtbewussten Aufsicht des Museumsführers draußen versammelt, die Notizbücher mittlerweile geschlossen, und als Moody und Pearl auftauchten, fingen alle zu kichern und zu tuscheln an.

Auf der Rückfahrt im Bus zirkulierten Witze darüber, was Moody und Pearl wohl gemacht hatten. Moody lief tiefrot an, versank in seinem Sitz und tat, als hörte er nichts. Pearl starrte selbst vergessen aus dem Fenster. Sie schwieg, bis der Bus vor der Schule hielt. »Ich will noch mal hin«, sagte sie zu Moody, als sie ausstiegen.

Und sie gingen noch einmal hin. Nach der Schule überredete Moody Lexie, sie zum Museum zu fahren, das mit öffentlichen

Verkehrsmitteln nur schwer zu erreichen war. Auch Izzy durfte mitkommen, denn als sie *Mia* und *Foto* gehört hatte, war sie nicht mehr zu halten. Moody hatte Lexie keinen Grund für den Besuch genannt, und als sie in die Galerie traten, blieb ihr der Mund offen stehen.

»Wow«, sagte sie. »Pearl – das ist deine Mutter.«

Alle vier begutachteten das Foto: Lexie aus der Mitte des Raums, als brauche sie Abstand, um besser zu sehen. Moody berührte es fast mit der Nase, als könne er die Antwort zwischen den Bildpunkten finden; er ging so nah ran, dass er ein Warnsystem auslöste. Pearl starrte es nur an. Und Izzy war wie gelähmt beim Anblick von Mia, die auf dem Foto leuchtete wie der Vollmond in einer klaren Nacht. *Jungfrau und Kind* #1, las sie auf dem Schild und stellte sich einen Augenblick lang vor, sie wäre das Kind in Mias Armen.

»Das ist völlig verrückt«, sagte Lexie schließlich. »Gott, das ist völlig verrückt. Was macht deine Mutter auf einem Foto in einem *Kunstmuseum*? Ist sie vielleicht eine heimliche Berühmtheit?«

»Die Leute auf Fotos sind nicht berühmt«, warf Moody ein. »Nur die Leute, die sie machen.«

»Vielleicht war sie die Muse einer berühmten Künstlerin. Wie Patti Smith und Robert Mapplethorpe. Oder Edie Sedgwick und Andy Warhol.« Lexie hatte im vorigen Sommer einen Kurs in Kunstgeschichte im Museum belegt. Sie richtete sich auf. »Gut, wir fragen Mia«, sagte sie. »Wir fragen sie einfach.«

Und das taten sie. Zu Hause gingen sie gleich in die Küche, wo Mia gerade mit der Zubereitung des Abendessens beschäftigt war.

»Wo wart ihr denn alle?«, fragte sie. »Als ich um fünf kam, war kein Mensch da.«

»Wir waren im Kunstmuseum«, setzte Pearl an und zögerte. Sie hatte kein gutes Gefühl bei der Sache. Moody, Izzy und Lexie umringten Mia neugierig und mit großen Augen, und sie ahnte, wie ihr Anblick auf ihre Mutter wirken musste.

Lexie stupste sie in den Rücken. »Frag sie.«

»Was soll sie fragen?« Mia legte ein Hühnchen in die Auflauf-form und ging zur Spüle, um sich die Hände zu waschen, und Pearl, die das Gefühl hatte, von einem sehr hohen Sprungbrett zu springen, legte los.

»Es gibt ein Foto von dir«, sagte sie. »Im Kunstmuseum. Ein Foto von dir auf einer Couch mit einem Kind.«

Mia stand mit dem Rücken zu ihnen, das Wasser lief ihr über die Hände, aber sie sahen es alle vier: ein leichtes Erstarren, als hätte man eine Saite gespannt. Sie drehte sich nicht um, sondern rieb sich weiter die Mulden zwischen den Fingern.

»Ein Foto von mir? Im Kunstmuseum?«, fragte sie. »Das war wahrscheinlich jemand, der mir ähnlich sieht.«

»Das warst du«, sagte Lexie. »Ganz bestimmt. Mit dem klei-nen Muttermal unter dem Auge und der Narbe auf der Augen-braue und allem.«

Mia fuhr sich über die Augenbraue, als hätte sie die Narbe ganz vergessen, und ein Tropfen warmes Seifenwasser lief ihr über die Schläfe. Dann spülte sie ihre Hände ab und drehte den Wasser-hahn zu.

»Wahrscheinlich könnte ich es wirklich sein.« Sie drehte sich um und trocknete sich rasch die Hände am Geschirrtuch ab, und zu Pearls Enttäuschung war das Gesicht ihrer Mutter auf einmal starr und verschlossen. Es war, als sähe sie zu, wie eine Tür, die immer offen gestanden hatte, plötzlich zuschlug. Einen Augen-blick lang sah Mia gar nicht wie ihre Mutter aus. »Ihr wisst, dass

Fotografen immer Modelle suchen. Viele von uns Kunststudenten haben das gemacht.«

»Aber du musst dich doch erinnern«, erwiderte Lexie unbeirrt. »Du hast auf einer Couch in einer schönen Wohnung gesessen. Und Pearl war auf deinem Schoß. Die Fotografin hieß …« Sie drehte sich zu Moody. »Wie hieß sie noch mal?«

»Hawthorne. Pauline Hawthorne.«

»Pauline Hawthorne«, wiederholte Lexie, als hätte Mia es vielleicht nicht gehört. »Du musst dich doch erinnern.«

Mia schüttelte das Geschirrtuch mit einer raschen Bewegung des Handgelenks aus. »Lexie, ich kann mich wirklich nicht mehr an die vielen komischen Jobs erinnern, die ich irgendwann gemacht habe«, sagte sie. »Weißt du, wenn man knapp bei Kasse ist, macht man alles Mögliche, um über die Runden zu kommen. Du kannst dir vielleicht nicht vorstellen, wie das ist.«

Sie wandte sich wieder der Spüle zu und hängte das Geschirrtuch zum Trocknen auf, und Pearl merkte, dass sie die Sache falsch angepackt hatte. Sie hätte ihre Mutter nicht einfach so fragen dürfen, in der Küche der Richardsons, mit einer Arbeitsfläche aus Granit, einem Kühlschrank aus Edelstahl und italienischen Terrakottafliesen, vor den Richardson-Kindern in ihren teuren bunten Freizeitjacken, besonders nicht vor Lexie, von deren Hand noch immer der Schlüssel des Explorers baumelte. Wenn sie gewartet hätte, bis sie allein wären, zu Hause in ihrer halbdunklen kleinen Küche, auf den Stühlen sitzend, die nicht zusammenpassten, an der einen verbliebenen Klappe des Sperrmülltisches, vielleicht hätte ihre Mutter sich dann geöffnet. Sie hatte einen Fehler gemacht: Das hier war eine Privatangelegenheit, etwas, das zwischen ihnen hätte bleiben sollen, und durch die Einbeziehung der Richardsons hatte sie eine Grenze überschritten, die unantastbar war. Als sie die entschlossene Miene und den leeren Blick ihrer Mutter sah, war ihr klar, dass es keinen Zweck hatte, weiter zu fragen.

Lexie jedoch war zufrieden mit Mias Antwort. »Ganz schön ironisch«, sagte sie schulterzuckend, als sie aus der Küche gingen, und Pearl ließ es dabei bewenden und wies sie nicht darauf hin, dass *ironisch* etwas anderes bedeutete. Sie war froh, das Thema fallen zu lassen. Auf der Heimfahrt und für den Rest des Abends war ihre Mutter merkwürdig still, und Pearl bedauerte, das Foto überhaupt angesprochen zu haben. Pearl wusste seit jeher um den Stellenwert von Geld – wie auch nicht, bei ihren Lebensumständen? –, aber sie hatte noch nie darüber nachgedacht, wie es für ihre Mutter gewesen sein musste, sich mit einem kleinen Kind durchzuschlagen. Was hatte ihre Mutter wohl noch getan, um in diesen ersten Jahren zu überleben – vielmehr, damit sie beide überlebten. In ihrem ganzen Leben war sie noch nie eingeschlafen, ohne dass Mia ihr einen Gutenachtkuss gegeben hatte, doch an diesem Abend musste sie es, während Mia bei spärlichem Licht mit noch immer verschlossenem Gesicht und gedankenversunken im Wohnzimmer saß.

Am folgenden Morgen war Pearl erleichtert, als sie in die Küche kam und Mia wie gewohnt Toast machte und sich so verhielt, als wäre nichts geschehen. Aber die Sache mit dem Foto hing in der Luft wie ein schlechter Geruch, und Pearl schob ihre Fragen in einen dunklen Winkel ihres Bewusstseins und nahm sich vor, sie zumindest vorläufig nicht mehr zu erwähnen.

»Soll ich Tee machen?«, fragte sie.

—

Izzy jedoch war entschlossen, Antworten zu finden. Hinter diesem Foto verbarg sich ein Geheimnis über Mia, und sie hatte vor, es zu lüften. Als Neuntklässlerin hatte sie zwar keine Freistunden, aber sie opferte mehrere Mittagspausen, um in der Bibliothek nachzuforschen. Im Katalog schlug sie Pauline Hawthorne nach und fand ein paar Bücher über Kunstgeschichte. Allem Anschein nach war sie ziemlich bekannt gewesen. »Eine Pionierin der modernen amerikanischen Fotografie«, hieß es in einem Buch. In einem anderen wurde sie als »Cindy Sherman, bevor Cindy Sherman berühmt wurde«, bezeichnet. (An diesem Punkt ging Izzy einen kurzen Umweg, um Cindy Sherman nachzuschlagen, und vertiefte sich so lange in deren Fotos, dass sie fast zu spät zum Unterricht kam.)

Pauline Hawthornes Werk, fand sie heraus, war für seine Unmittelbarkeit und menschliche Nähe bekannt, dafür, Vorstellungen von Weiblichkeit und Identität zu hinterfragen. »Pauline Hawthorne war die Wegbereiterin für mich und andere Fotografinnen«, sagte Cindy Sherman in einer Dokumentation. Izzy betrachtete die Reproduktionen ihrer Fotografien. Am besten gefiel ihr die Aufnahme von einer Hausfrau und ihrer Tochter beim Schaukeln: Das Kind nahm mit den Beinen so viel Schwung, dass die Ketten der Schwerkraft trotzten und sich bogenförmig wölbten, während die Frau die Arme ausstreckte, als wolle sie ihr Kind wegschieben oder verzweifelt aufhalten. Die Fotos rührten an Gefühle, die sie nicht genau in Worte fassen konnte, und das, überlegte sie, zeichnete sie wohl als echte Kunstwerke aus.

Sie überflog jeden Beitrag über Pauline Hawthorne, den sie im Katalog finden konnte, bis sie die wichtigsten Fakten über ihr Leben zusammenhatte: Sie war 1947 in New Jersey geboren, besuchte das Garden State College, stellte ihre ersten Arbeiten 1970 in New York aus, hatte 1972 ihre erste Einzelausstellung. In den 1970ern waren ihre Fotografien sehr begehrt. Der Lexikoneintrag zeigte ein Foto von Pauline Hawthorne, eine schlanke Frau mit großen dunklen Augen und silbrigem, zu einem sachlichen Bob geschnittenen Haar. Sie sah aus wie eine Mathelehrerin.

Pauline Hawthorne war 1982 an einem Hirntumor gestorben. Izzy setzte sich an einen der beiden Computer in der Bibliothek und gab Paulines Namen bei AltaVista ein. Sie fand mehrere Fotos: Das Getty hatte eins, das MoMA drei; ein paar Artikel analysierten ihre Arbeit, dazu ein Nachruf aus der *New York Times*. Mehr nicht. Sie versuchte es in der öffentlichen Bibliothek, in beiden Zweigstellen, fand noch ein paar Bücher über Fotografie und mehrere Artikel auf Mikrofiche, die aber nichts Neues enthielten. Welche Verbindung bestand zwischen Pauline Hawthorne und Mia? Vielleicht hatte Mia, wie sie sagte, für Pauline Hawthorne zufällig Modell gesessen. Doch das glaubte Izzy nicht.

Schließlich wandte sie sich an die einzige Quelle, die ihr einfiel: ihre Mutter. Ihre Mutter war Journalistin, zumindest auf dem Papier. Sicher, sie schrieb nur kleine Geschichten, aber Journalisten fanden Dinge heraus. Sie hatten Verbindungen und Möglichkeiten zu recherchieren, die anderen nicht zur Verfügung standen. Seit ihrer frühesten Kindheit hatte Izzy erbittert und stur auf ihre Unabhängigkeit bestanden und sich geweigert, Hilfe anzunehmen. Nur der unbedingte Wille, dieses mysteriöse Foto zu verstehen, brachte sie dazu, sich an ihre Mutter zu wenden.

»Mom«, sagte sie eines Abends, nach mehreren Tagen erfolgloser Recherche. »Kannst du mir bei etwas helfen?«

Mrs Richardson hörte, wie gewöhnlich bei Izzy, nur mit halbem Ohr zu. Ein dringender Abgabetermin stand bevor, ein Artikel über den jährlichen Pflanzen-Sonderverkauf des Nature Center.

»Izzy, die Frau auf dem Foto ist wahrscheinlich gar nicht Pearls Mutter. Es könnte sonst wer sein. Jemand, der ihr ähnlich sieht. Das ist bestimmt nur ein Zufall.«

»Nein«, beteuerte Izzy. »Pearl hat sofort gesehen, dass es ihre Mutter ist, und ich hab es auch gesehen. Würdest du der Sache einfach mal nachgehen? Ruf das Museum an oder so was. Sieh nach, was du herausfinden kannst. Bitte.« Sie war noch nie gut darin gewesen, anderen um den Bart zu gehen – Schmeicheleien waren für sie wie Lügen –, dieses Mal aber wollte sie es unbedingt. »Du findest bestimmt etwas heraus. Du bist schließlich Reporterin.«

Mrs Richardson gab nach. »Na schön«, sagte sie. »Ich will sehen, was ich tun kann. Aber erst gebe ich meine Geschichte ab, solange musst du warten.«

»Wahrscheinlich kommt nichts dabei heraus«, fügte sie hinzu, als Izzy mit kaum verhohlener Freude zur Tür tanzte.

Izzys Bemerkung – *Du bist schließlich Reporterin* – hatte am Stolz ihrer Mutter gerührt. Mrs Richardson hatte schon immer Journalistin werden wollen, lange vor den Eignungstests in der Highschool. »Journalisten«, erklärte sie in einer Rede im Staatskundeunterricht über Traumberufe, »zeichnen unseren Lebensalltag auf. Sie enthüllen Wahrheiten und Informationen, die der Öffentlichkeit zustehen. Außerdem liefern sie eine Chronik für die Nachwelt und ermöglichen es somit künftigen Generationen, aus unseren Fehlern zu lernen und unsere Errungenschaften zu übertreffen.« Solange sie zurückdenken konnte, hatte sich ihre Mutter in Ausschüssen engagiert, für mehr schulische Fördermittel, mehr Gleichheit, mehr Gerechtigkeit plädiert und ihre kleine Tochter zu den Treffen mitgenommen. »Veränderung kommt nicht von allein«, hatte ihre Mutter immer gesagt, ganz nach dem

Shaker-Motto, »sie muss geplant werden.« Als die junge Elena im Geschichtsunterricht den Ausdruck *noblesse oblige* hörte, hatte sie seine Bedeutung sofort erfasst. Für Mrs Richardson war Journalismus eine noble Berufung, die es einem ermöglichte, innerhalb des Systems Gutes zu tun, und vor ihrem geistigen Auge sah sie eine Mischung aus schreibender Abenteurerin und Superwoman. Nach vier Jahren Mitarbeit in der Schülerzeitung – im letzten Jahr wurde sie sogar Mitherausgeberin – schien ihr dieser Weg nicht nur möglich, sondern unumgänglich zu sein.

Sie schloss die Schule als Zweitbeste ihres Jahrgangs ab und konnte sich ein College aussuchen: ein Vollstipendium in Oberlin, ein Teilstipendium in Denison, Zusagen von Unis aus dem ganzen Bundesstaat. Ihre Mutter hatte für Oberlin plädiert und sie gedrängt, sich dort anzumelden, doch als Elena den Campus besuchte, fühlte sie sich sofort fehl am Platz. Die gemischten Wohnheime verunsicherten sie, die vielen Männer in Unterwäsche, die Mädchen in Bademänteln, die Gewissheit, jeden Moment könnte ein Junge in ihr Zimmer platzen – oder noch schlimmer, ins Bad. Auf der Treppe vor einem Gebäude saßen drei langhaarige Studenten in Daschikis und spielten Lotusflöte; auf der anderen Seite des Rasens hielten Studenten Protestplakate hoch: SCHMEISST LSD, KEINE BOMBEN. DER PRÄSIDENT KANN MICH MAL. BOMBEN FÜR DEN FRIEDEN SIND WIE FICKEN FÜR JUNGFRÄULICHKEIT. Sie kam sich vor wie in einem fremden Land, wo die Regeln nicht griffen. Sie wehrte sich gegen den Drang zu zappeln, als wäre der Campus ein kratziger Pullover.

Und so fing sie, eine glorreiche Zukunft im Hinterkopf, im folgenden Herbst ein Studium in Denison an. Am zweiten Tag lernte sie Billy Richardson kennen, groß und schön wie Clark Kent, und am Monatsende gingen sie fest miteinander. Hochanständig schmiedeten sie Pläne für die Zukunft: nach dem Examen eine Hochzeit ganz in Weiß in Cleveland, ein Haus in Shaker, viele Kinder, Jurastudium für ihn, eine Arbeit als Journalistin für sie – ein Plan, den sie penibel verfolgten. Kurz nach ihrer Hochzeit und dem Einzug in eine Mietwohnung in einem Zweifamilienhaus nahm Mr Richardson sein Jurastudium auf, und Mrs Richardson wurde eine Stelle als Jungreporterin bei der *Sun Press* angeboten, einer kleinen Lokalzeitung, die ein entsprechend niedriges Gehalt zahlte. Trotzdem war es ein guter Anfang. Irgendwann würde sie vielleicht den Sprung zum *Plain Dealer* schaffen, der »richtigen« Zeitung von Cleveland, obwohl sie Shaker natürlich nicht verlassen wollte und sich nicht vorstellen konnte, ihre Kinder anderswo großzuziehen.

Sie berichtete gewissenhaft über alle lokalen Pressekonferenzen, die Stadtpolitik, die regionalen Auswirkungen neuer Bestimmungen auf alles Mögliche von Brücken bis Baumpflanzungen, und teilte sich die Verantwortlichkeiten mit Dwight, dem anderen, ein Jahr jüngeren Jungreporter. Es war ein guter Arbeitsplatz, der es ihr erlaubte, sechs Wochen Mutterschaftsurlaub nach Lexies Geburt zu nehmen, und nach Trips, und nach Moodys. Als Izzy dann kam, war Mrs Richardson immer noch bei der *Sun Press* – mittlerweile als Reporterin, aber immer noch auf kleine Geschichten und unbedeutende Nachrichten spezialisiert. Dwight war unterdessen nach Chicago gezogen, um eine Stelle bei der *Tribune* anzutreten. Lag es an ihren Ausfallzeiten, oder lag es daran, dass sie nicht den Wunsch verspürte, harten Storys und bitteren Tragödien nachzugehen? Sie war sich nicht sicher, aber im Laufe der Zeit wurde ein Wechsel immer unwahrscheinlicher. Beim *Plain Dealer*, und auch sonst überall, interessierte man sich nicht für eine fast vierzigjährige Reporterin, die nie über eine große Geschichte berichtet hatte, mit vier Kindern und den dazugehörigen Verpflichtungen.

Also blieb sie. Und konzentrierte sich auf die Wohlfühlgeschichten, die Lobeshymnen auf den Fortschritt: die neue Recycling-Initiative, die Modernisierung der Bibliothek. Sie berichtete über die Vereidigung des neuen Stadtdirektors (»feierlich«) und die Halloween-Parade (»lebhaft«), die Eröffnung des Billigbuchladens im Van Aken Center (»eine notwendige Ergänzung im Einkaufsviertel von Shaker«). Sie besprach die Aufführung von *Grease* in der Unitarian Church, von *Guys and Dolls* in der Highschool: »Ausgelassen«, schrieb sie über Erstere, »Festhalten: Hier geht es zur Sache!«, über Letztere. Sie galt als zuverlässig und war bekannt für ihre druckreifen Manuskripte, auch wenn diese – was niemand laut aussprach – mittelmäßig, ziemlich langweilig und schrecklich *nett* waren. Shaker Heights war ein relativ sicheres Pflaster, und dementsprechend öde waren auch die Nachrichten. Draußen in der Welt brachen Vulkane aus, Regierungen erhoben sich, wurden zerschlagen und feilschten um Geiseln, Raketen explodierten, Mauern fielen. Doch in Shaker Heights war es friedlich, und Aufstände, Bomben und Erdbeben waren nichts als leise, durch die Entfernung gedämpfte Rumser. Ihr Haus war groß; ihre Kinder waren in Sicherheit, es ging ihnen gut, und sie besuchten eine vernünftige Schule. Es war in groben Zügen das, was sie vor vielen Jahren geplant hatte.

Izzys Bitte allerdings versprach etwas Neues. Etwas Faszinierendes oder zumindest Interessantes. Endlich etwas, dem es sich nachzugehen lohnte.

Mrs Richardson hielt Wort: Sie lieferte ihre Geschichte ab und widmete sich dem Foto. Am nächsten Tag fuhr sie im Museum vorbei, um es sich anzusehen. Sie war überzeugt, dass Izzy sich alles nur einbildete, aber Izzy hatte recht gehabt: Es war eindeutig Mia. Auf einem Foto von Pauline Hawthorne! Der Name war ihr natürlich ein Begriff. Welche Geschichte verbarg sich hier?, fragte sie sich, als sie einen gefalteten Fünfdollarschein in die Spendenbox des Museums steckte und gedankenverloren zu ihrem Auto ging.

Als Erstes rief sie die Kunstgalerie an, die das Foto für die Ausstellung ausgeliehen hatte. Ja, erklärte ihr die Besitzerin, sie hatten das Foto 1982 gekauft, von einer New Yorker Kunsthändlerin. Es war kurz nach Paulines Tod gewesen, und in der Kunstwelt hatte große Aufregung geherrscht, als dieses bis dato unbekannte Foto plötzlich zum Verkauf angeboten wurde. Nach einer harten Auktion sei man überglücklich gewesen, es für fünfzigtausend Dollar erworben zu haben – ein richtiges Schnäppchen. Ja, das Foto war eindeutig Pauline Hawthorne zugeordnet worden: Die Kunsthändlerin hatte im Laufe der Jahre viele ihrer Werke verkauft, und das Foto – der einzige Abzug, habe man versichert – war auf der Rückseite von Pauline persönlich signiert. Nein, der ursprüngliche Besitzer des Fotos sei anonym geblieben, aber man verrate ihr gern den Namen der Kunsthändlerin.

Mrs Richardson notierte den Namen – Anita Rees – und erhielt nach einem kurzen Anruf bei der New Yorker Auskunft die Telefonnummer der Rees Gallery in Manhattan. Am Telefon erwies sich Anita Rees als echte New Yorkerin: Sie redete schnell, war forsch und unerschütterlich.

»Pauline Hawthorne? Ja, natürlich. Ich habe Pauline Hawthorne jahrelang vertreten.« Durch das Telefon hörte Mrs Richardson im Hintergrund eine heulende Sirene, die in der Ferne verklang. Genau so stellte sie sich die Geräuschkulisse von New York vor: Hupen, Laster, Sirenen. Sie war nur einmal dort gewesen, während ihrer College-Zeit, als man seine Handtasche noch mit beiden Händen festhalten musste und in der U-Bahn lieber nichts anfasste, nicht einmal die Haltegriffe. So hatte sich die Stadt in ihrem Gedächtnis eingeprägt.

»Aber dieses Foto«, sagte sie, »wurde Ihnen angeblich nach Paulines Tod verkauft. Es zeigt eine Frau mit einem Baby. *Jungfrau und Kind #1* ist der Titel.«

In der Leitung wurde es plötzlich so still, dass sie dachte, das Gespräch wäre unterbrochen. Aber kurz darauf sagte Anita Rees: »Ja, ich erinnere mich an das Bild.«

»Ich dachte«, sagte Mrs Richardson, »Sie könnten mir sagen, wer es war, der Ihnen das Foto verkauft hat.«

Etwas Neues flackerte in Anitas Stimme auf: Misstrauen. »Für wen, sagten Sie, rufen Sie noch mal an?«

»Ich bin Elena Richardson.« Sie zögerte kurz. »Ich arbeite als Reporterin für die *Sun Press* in Cleveland, Ohio. Ich frage wegen einer Geschichte nach, die ich gerade recherchiere.«

»Verstehe.« Wieder Pause. »Tut mir leid, aber der ursprüngliche Besitzer des Fotos wollte anonym bleiben. Aus persönlichen Gründen. Ich kann Ihnen den Namen nicht nennen.«

Mrs Richardson zerknitterte verärgert die Ecke ihres Notizblocks. »Ich verstehe. Nun, eigentlich interessiert mich eher die Person auf dem Foto. Sie wissen nicht zufällig, wer diese Frau ist?«

Diesmal gab es kein Vertun: klares misstrauisches Schweigen, und als Anita Rees fortfuhr, war ihr Tonfall leicht frostig. »Ich fürchte, dazu kann ich Ihnen nichts sagen. Viel Glück mit Ihrer Geschichte.« Ein leises Klicken, und die Leitung war tot.

Mrs Richardson ließ den Hörer sinken. Als Journalistin hatte sie schon oft erlebt, dass jemand auflegte, aber in diesem Fall ärgerte sie sich mehr als sonst. Da war irgendetwas, ein merkwürdiges Rätsel, das gelöst werden wollte. Sie starrte auf ihren Bildschirm, wo ein halb fertiger Artikel – »Soll Gore kandidieren? Bürger melden sich zu Wort« – erschien, den sie längst hatte abschließen wollen.

Kunstsammler waren oft zurückgezogene Menschen, dachte sie. Da war Geld im Spiel. Vielleicht wusste diese Anita Rees gar nichts über das Foto, kannte nur die Höhe ihrer Kommission. Und wer hatte ihr das wieder eingebrockt? Izzy. Ihr verrücktes Energiebündel von einer Tochter, die ewig überreagierte und wegen nichts einen Wutanfall bekam.

Allein das, dachte sie, sprach dafür, dass sie auf dem Holzweg war. Sie blätterte ihren Notizblock auf die Seite über Al Gore zurück und fing an zu tippen.

9

Die ganze Woche lang ärgerte sich Mrs Richardson über Izzy, wobei sie sich eigentlich auch sonst immer aus irgendwelchen Gründen über Izzy ärgerte. Die Wurzeln ihres Ärgers waren lang und tief und verästelt. Der Grund dafür war nicht – wie Izzy vermutete und womit Lexie sie gemeinerweise manchmal aufzog –, dass sie ein Unfall gewesen oder ungewollt war. In Wirklichkeit war das Gegenteil der Fall.

Mrs Richardson hatte sich immer eine große Familie gewünscht. Als Einzelkind hatte sie sich nach Geschwistern gesehnt und Freundinnen wie Maureen O'Shaugnessy beneidet, die nie in ein leeres Haus zurückkehrte und immer jemanden zum Reden hatte. »So toll ist das gar nicht«, versicherte Maureen ihr, »besonders wenn du Brüder hast.« Maureen war mit fünfzehn die Älteste, ihre Schwester Katie mit zwei die Jüngste, und dazwischen kamen sechs Jungs, aber Mrs Richardson war überzeugt, dass selbst sechs Brüder besser waren, als allein aufzuwachsen. »Viele Kinder«, hatte sie bei ihrer Hochzeit zu ihrem Mann gesagt, »mindestens drei oder vier. Und nah beieinander«, hatte sie hinzugefügt.

Mr Richardson, der selbst zwei Brüder hatte, war einverstanden. Und so bekamen sie 1980 zuerst Lexie, im nächsten Jahr Trip, im Jahr darauf Moody, und Mrs Richardson war insgeheim stolz auf ihren Körper, der so fruchtbar und belastbar war. Sie schob

Moody im Kinderwagen, während Lexie und Trip hinter ihr hertapsten, jeder eine Hand an ihrem Rock wie kleine Elefanten, die ihrer Mutter folgen. Die Leute auf der Straße mussten zweimal hinsehen: Diese schlanke junge Frau sollte drei Kinder zur Welt gebracht haben? »Jetzt noch eins«, hatte sie zu ihrem Mann gesagt. Sie hatten sich darauf geeinigt, früh Kinder zu bekommen, damit Mrs Richardson danach wieder arbeiten konnte. Eigentlich wäre sie gern zu Hause bei den Kindern geblieben, aber ihre Mutter hatte Frauen, die nicht arbeiteten, immer verachtet. »Sie verschwenden ihr Potenzial«, hatte sie geschimpft. »Du hast einen klaren Verstand, Elena. Du willst doch nicht nur daheim sitzen und stricken, oder?« Eine moderne Frau, unterstellte sie, sei dazu in der Lage, nein, sie sei dazu verpflichtet, beides zu vereinen. Und so ging Mrs Richardson nach jeder Geburt wieder arbeiten, schrieb die schönen, erbaulichen Geschichten, die ihr Chef verlangte, kam nach Hause, um ihre Kinder zu hätscheln, und wartete schon auf das nächste.

Erst mit Izzy endete die Serie der reizenden Kinder. Am Anfang litt Mrs Richardson unter schlimmer Schwangerschaftsübelkeit, Schwindelanfällen und Brechreiz, die auch nach den ersten drei Monaten nicht aufhörten, sondern unvermindert – wenn nicht sogar noch heftiger – weitergingen. Lexie war fast drei, Trip zwei, Moody gerade ein Jahr alt, und mit drei kleinen Kindern und einer unpässlichen Mutter sahen sich die Richardsons gezwungen, eine Haushälterin einzustellen – ein Luxus, an den sie sich gewöhnten und den sie bis ins Teenageralter der Kinder, bis hin zu Mia beibehielten. »Das ist ein Zeichen für eine stabile Schwangerschaft«, versicherten die Ärzte Mrs Richardson angesichts ihrer Symptome, doch ein paar Wochen nachdem die Haushälterin eingestellt war, hatte sie Blutungen und bekam Bettruhe verordnet. Trotz dieser Vorsichtsmaßnahmen kam Izzy elf Wochen zu früh und erblickte eine Stunde nach der Ankunft ihrer Mutter im Krankenhaus das Licht der Welt.

Die folgenden Monate blieben Mrs Richardson verschwommen und entsetzlich vernebelt in Erinnerung. Die logistischen Einzelheiten hatte sie weitgehend vergessen. Sie erinnerte sich nur, dass Izzy in einem Glaskasten lag, ein Netz von violetten Adern unter lachsfarbener Haut. Sie erinnerte sich, wie sie ihre Jüngste durch die Bullaugen im Brutkasten beobachtet und die Nase fast ans Glas gepresst hatte, um sicherzugehen, dass Izzy noch atmete. Sie erinnerte sich, wie sie zwischen Familie und Krankenhaus hin- und hergefahren war, wenn sie ihre drei Älteren der Obhut der Haushälterin überlassen konnte – Vormittagsschlaf, Mittagessen, eine Stunde hier und da –, und wie sie, wenn die Schwestern es erlaubten, Izzy an sich nahm: erst in ihre beiden gewölbten Hände, dann in die Mulde zwischen ihren Brüsten und schließlich – als Izzy wuchs und kräftiger wurde und langsam wie ein Baby aussah – in die Arme.

Und Izzy wuchs wirklich: Trotz ihres Frühstarts legte sie eine Zähigkeit an den Tag, die selbst die Ärzte bemerkenswert fanden. Sie zog an ihrer Infusion, sie riss ihre Magensonde heraus. Wenn die Schwestern sie trockenlegen wollten, trat sie mit ihren daumengroßen Füßchen und brüllte so laut, dass die Babys in den benachbarten Brutkästen aufwachten und mitbrüllten. »Ihre Lungen sind in Ordnung«, erklärten die Ärzte, erwähnten jedoch viele mögliche Komplikationen: Gelbsucht, Anämie, Sehprobleme, Hörschäden. Geistige Retardierung. Herzfehler. Krampfanfälle. Zerebralparese. Als Izzy schließlich zwei Wochen nach ihrem eigentlichen Stichtag nach Hause kam, gehörte diese Liste zu dem wenigen, was Mrs Richardson aus der Krankenhauszeit in Erinnerung blieb. Eine Liste von Dingen, auf die sie Izzy in den folgenden zehn Jahren hin absuchen würde: Nahm Izzy manches einfach nicht wahr oder wurde sie blind? Ignorierte sie ihre Mutter aus Sturheit, oder wurde sie taub? Sah ihre Haut nicht ein bisschen gelblich aus? War sie nicht ein bisschen blass? Wenn Izzy fahrig nach einem Spielzeugring griff, um ihn auf andere zu stapeln, umklammerte Mrs Richardson panisch die Sessellehnen. War es ein Tremor, oder lernte ihr Kind lediglich das schwierige Geschäft der Fingerkoordination?

Mrs Richardson hatte alle Einzelheiten des Krankenhausaufenthalts aus ihren Gedanken verbannt – und meinte, sie hätte sie wirklich vergessen –, doch ihr Körper erinnerte sich auf einer zellulären Ebene: in den jähen Beklemmungen, der Angst, die ihre Gedanken an Izzy durchdrang. Sie beobachtete alles, was Izzy tat. Sie wägte es penibel ab und hinterfragte es auf Zeichen von Schwäche oder Unheil. Hatte sie nur Mühe mit der Rechtschreibung, oder war das ein Zeichen für geistige Schwäche? War ihre Handschrift nur schlampig, war sie nur schlecht in Rechnen, waren ihre Wutausbrüche normal, oder verbarg sich dahinter etwas Schlimmeres? Mit der Zeit löste sich die Sorge von der Angst und verselbstständigte sich. Durch Izzys Geburt hatte sie erfahren, wie das Leben auf einem sicheren Gleis dahinrollen und dann ohne Vorwarnung und mit voller Wucht entgleisen konnte. Bei Izzys Anblick überkam sie jedes Mal das Gefühl, dass alles außer Kontrolle geraten konnte wie ein Muskel, den man nicht entspannen konnte.

»Izzy, setz dich gerade hin«, sagte sie am Esstisch und dachte: *Verkrümmung der Wirbelsäule. Zerebralparese.* »Izzy, beruhige dich.« Sie sprach es zwar nie offen aus, doch mit der Zeit überschattete der Groll ihre Sorge. WUT IST DER LEIBWÄCHTER

DER ANGST, hatte auf einem Plakat im Krankenhaus gestanden, das ihr jedoch nie aufgefallen war, weil sie zu oft gedacht hatte: *So war das alles nicht geplant.* »Nach all den Sorgen, die du uns gemacht hast ... «, setzte sie manchmal an, wenn Izzy sich danebenbenahm. Zwar beendete sie den Satz nie, auch nicht in Gedanken, aber die alte Angst kroch ihr durch die Adern. Izzy hingegen war die Sätze ihrer Mutter bald leid: *Nein, nein, Izzy, warum hörst du nicht auf mich, Izzy, benimm dich, Izzy, um Himmels willen, nein, bist du verrückt?* Mrs Richardson zog ständig Grenzen, und Izzy wagte sie zu übertreten.

Wäre Izzy ein anderer Typ gewesen, dann wäre sie vielleicht vorsichtig, neurasthenisch oder paranoid geworden. Aber Izzy war dazu geboren, andere in Rage zu bringen, und als sie heranwuchs – mit hervorragenden Augen und bestem Gehör, ohne Anzeichen von Krampfanfällen oder Kinderlähmung und einem eindeutig wachen Verstand –, ärgerte sie sich zunehmend über die ständige Überbesorgtheit ihrer Mutter. Wenn sie ins Schwimmbad gingen, durften Lexie, Trip und Moody im Kinderbecken planschen, während Izzy – damals vier – dick eingeschmiert mit Sonnencreme auf einem Handtuch unter einem Schirm sitzen musste. Nachdem das eine Woche lang so ging, sprang sie kopfüber ins tiefe Becken und musste vom Bademeister gerettet werden. Als sie im folgenden Winter Schlitten fuhren, jagten Lexie, Trip und Moody kreischend den Hügel hinunter, rückwärts und Bauch voran und zu dritt, und einmal stand Trip sogar auf wie ein Surfer. Mrs Richardson wartete oben am Hügel und applaudierte vergnügt. Dann fuhr Izzy einmal hinunter, kippte nach der Hälfte um und durfte danach nicht mehr auf den Schlitten. Als an jenem Abend alle im Bett lagen, schleppte Izzy Moodys Schlitten über die Straße, fuhr viermal die Böschung am Ententeich hinunter und auf das gefrorene Wasser, bis ein Nachbar sie entdeckte und ihre Eltern anrief. Als Izzy zehn war und ihre Mutter sich sorgte, weil sie vieles nicht essen wollte, und befürchtete, sie könnte anämisch sein, erklärte Izzy sich zur Vegetarierin. Als ihr Übernachtungen bei Freundinnen verboten wurden – »Wenn du dich schon zu Hause nicht benehmen kannst, Izzy, können wir nicht davon ausgehen, dass du es bei anderen tust« –, schlich Izzy nachts des Öfteren nach draußen und kam mit Tannenzapfen, einer Handvoll Holzäpfel oder einer Rosskastanie zurück, die sie auf die Küchentheke legte. »Keine Ahnung, woher das kommt«, sagte sie am Morgen, wenn ihre Mutter die jüngste Gabe beäugte. Alle Kinder – Izzy eingeschlossen – hatten das Gefühl, dass sie ihre Mutter furchtbar enttäuschte und aus unerfindlichen Gründen ihre Wut schürte. Doch je mehr Izzy provozierte, umso wütender hütete Mrs Richardson ihre alte Angst. »Mein Gott, Izzy«, sagte sie immer wieder, »was stimmt bloß nicht mit dir?«

Mr Richardson kam besser mit Izzy klar. Aber seine Frau hatte sie in den Armen gehalten, seine Frau hatte sich die Prognosen der Ärzte angehört. Er hatte gerade sein Jurastudium beendet, baute eifrig einen Stamm an Klienten auf und arbeitete oft lange, um sich als künftiger Partner zu profilieren. Er fand Izzy ein bisschen eigenwillig, freute sich aber über ihr unverzagtes Wesen nach diesem schrecklichen Start. Er mochte ihre Intelligenz, ihren Mut. Tatsächlich erinnerte sie ihn an die junge Elena: Genau dieser Funke hatte ihn fasziniert, diese Zielstrebigkeit, dass sie immer wusste, was sie wollte, und einen Plan hatte, dass sie Richtig und Falsch unterscheiden konnte – ihre hitzige Seite, die nach den Jahren in der Sicherheit der Vorstadt offenbar verglüht war. »Ist schon in Ordnung, Elena«, sagte er oft zu ihr. »Izzy geht es gut. Lass sie in Ruhe.« Doch das konnte Mrs Richardson nicht, und am Ende hatten sie alle das gleiche Gefühl: Izzy drängelte, ihre Mutter drosselte, und irgendwann konnte sich niemand mehr daran erinnern, woher diese Dynamik kam, denn sie hatten sie längst verinnerlicht.

—

Am Wochenende nach dem Vorfall mit dem Foto im Museum – Mrs Richardson ärgerte sich immer noch über Izzy – waren die Richardsons zu einer Geburtstagsfeier bei alten Freunden der Familie eingeladen.

»Kann Pearl auch mitkommen?«, fragte Moody. »Die McCulloughs stört das nicht. Sie haben alle eingeladen, die sie kennen.«

»Außerdem ist dann einer mehr da, der das Baby bewundert«, sagte Izzy. »Und darum dreht sich ja wohl alles bei dieser Party.«

Mrs Richardson seufzte. »Izzy, manchmal ist es angebracht, eine Freundin mitzubringen und dann wieder gibt es Einladungen, die betreffen nur die Familie«, sagte sie. »Und das ist so ein Fall. Pearl gehört nicht zur Familie.« Sie schloss ihre Handtasche und schlang sie über die Schulter. »Du musst lernen, das zu unterscheiden. Komm jetzt, wir sind spät dran.«

Und so fuhren am Wochenende nach Thanksgiving nur die Richardsons zu den McCulloughs und kamen mit zwei Autos an – Lexie, Trip und Moody in einem, Mrs und Mr Richardson im anderen, mit einer bockenden Izzy auf der Rückbank. Das Haus war nicht zu verfehlen. Auf beiden Seiten der Straße standen Autos – die McCulloughs hatten vorsorglich die Parkeinschränkungen mit der Polizei geregelt – bis hinunter zum South Westland Boulevard, und über dem Briefkasten wippte ein Riesenstrauß rosa-weißer Luftballons.

Im Haus war es bereits brechend voll. Es gab Sekt mit Orangensaft und einen Omelette-Stand. Caterer boten Quiche-Häppchen und verlorene Eier in sämiger Sauce hollandaise an. Es gab eine dreilagige rosa-weiße Torte, auf der eine kleine Zuckerfigur stand, die die Zahl 1 in ihren pummeligen Händen hielt. Und überall wiesen rosa-weiße Girlanden triumphierend den Weg zum Küchentisch, wo Mirabelle, das Geburtstagskind, in Mrs McCulloughs Armen lag.

Mrs Richardson hatte Mirabelle natürlich schon vor Monaten gesehen, als sie frisch zu den McCulloughs kam. Sie und Linda McCullough waren zusammen aufgewachsen – Abschlussjahrgang 1971 an der Shaker, Freundinnen seit der zweiten Klasse –, und es gab eine schöne Übereinstimmung in ihren Lebensläufen, denn beide waren nach der Schule weggegangen und wieder zurückgekehrt, um in Shaker ihren Berufen nachzugehen. Doch während die Richardsons in rascher Folge Lexie, dann Trip und Moody und Izzy bekamen, hatten die McCulloughs es zehn Jahre lang vergeblich versucht und sich schließlich für eine Adoption entschieden.

»Es ist eine glückliche Fügung des Schicksals, wie meine Mutter immer gesagt hat«, hatte Mrs Richardson gegenüber ihrem Mann bemerkt, als sie die Neuigkeit erfuhr. »Anders kann man das nicht nennen. Du weißt, was die beiden durchgemacht haben, das ewige Warten. Vermutlich hätten sie sogar ein Crack-Baby genommen. Und dann ruft aus heiterem Himmel um halb elf vormittags die Sozialarbeiterin an und sagt, dass vor einer Feuerwache ein kleines asiatisches Kind abgelegt wurde, und um vier Uhr nachmittags ist es bei ihnen zu Hause.«

Gleich am nächsten Tag war sie vorbeigefahren, um das Baby zu bewundern und sich zwischendurch Lindas Geschichte anzuhören – wie sie den Anruf bekommen hatte, sofort zu *Babies* »R« *Us* gefahren war und eine komplette Garderobe, eine Wiege und einen Windelvorrat für ein halbes Jahr gekauft hatte. »Ich hab die Kreditkarte voll ausgeschöpft«, hatte Linda McCullough lachend gesagt. »Mark war noch am Zusammenbauen der Wiege, als die Sozialarbeiterin mit ihr kam. Aber sieh sie dir an. Sieh sie dir an. Ist das zu fassen?« Und dann hatte sie das kleine Kind an sich geschmiegt.

Das war vor zehn Monaten gewesen, inzwischen war der Adoptionsprozess weit fortgeschritten. Sie hofften, dass er in ein, zwei Monaten abgeschlossen wäre, erzählte Mrs McCullough Mrs Richardson, als sie ihr einen Sekt mit Orangensaft reichte. Die kleine Mirabelle war ein süßes Ding: ein dunkler Haarflaum, den eine rosafarbene Schleife zierte, ein freches, rundes Gesicht mit weit aufgerissenen braunen Augen, die auf die Menge starrten, zarte Finger, um Mrs McCulloughs Perlenkette geballt.

»Sie sieht aus wie eine kleine Puppe«, schwärmte Lexie. Mirabelle drehte ihr Gesicht weg und vergrub es in Mrs McCulloughs Pullover.

»Das ist unsere erste große Party, seit sie bei uns ist«, sagte Mrs McCullough und strich dem Mädchen über den Kopf. »Sie ist es nicht gewöhnt, so viele Leute um sich zu haben. Stimmt's, Mimi?« Sie küsste die Hand des Babys. »Aber wir konnten ihren ersten Geburtstag nicht ohne Feier verstreichen lassen.«

»Woher wisst ihr, dass es ihr Geburtstag ist?«, fragte Izzy. »Wenn man sie doch ausgesetzt hat.«

»Sie wurde nicht ausgesetzt, Izzy«, sagte Mrs Richardson. »Sie wurde vor der Feuerwache abgelegt, wo jemand sie finden sollte. Das ist etwas ganz anderes. Darum ist sie jetzt in diesem schönen Zuhause.«

»Aber ihren richtigen Geburtstag kennt ihr trotzdem nicht, oder?«, sagte Izzy. »Habt ihr einfach ein beliebiges Datum gewählt?«

Mrs McCullough rückte das Kind auf ihrem Arm zurecht. »Die Sozialarbeiter schätzen, dass sie zwei Monate alt war, als sie zu uns kam, plus/minus zwei Wochen. Das war der dreißigste Januar. Darum haben wir beschlossen, ihren Geburtstag am dreißigsten November zu feiern.« Sie lächelte Izzy gezwungen an. »Wir schätzen uns sehr glücklich, dass wir ihr einen Geburtstag schenken können. Es ist auch der von Winston Churchill. Und Mark Twain.«

»Heißt sie eigentlich wirklich Mirabelle?«, fragte Izzy.

Mrs McCullough erstarrte. »Wenn die Formalitäten abgeschlossen sind, ist ihr voller Name Mirabelle Rose McCullough.«

»Aber sie hat doch wahrscheinlich schon einen Namen gehabt«, sagte Izzy. »Kennt ihr den nicht?«

Tatsächlich kannte Mrs McCullough ihn. Das Baby hatte in einem Pappkarton gelegen, in mehreren Kleiderschichten und eingewickelt in Decken gegen die Januarkälte. Auch ein Zettel war der Schachtel beigefügt, den Mrs McCullough, nachdem sie die Sozialarbeiterin dazu überredet hatte, schließlich lesen durfte: *Dieses Baby heißen May Ling. Bitte nehmen dieses Baby und geben ihm besseres Leben.* Als das Baby an jenem ersten Abend schließlich auf ihrem Schoß eingeschlafen war, blätterten die neuen Eltern zwei Stunden lang in einem Namenslexikon. Bis zu diesem Tag hatten sie dem alten Namen nicht einmal nachgetrauert.

»Wir fanden es angebracht, ihr einen neuen Namen zu geben, um den Start in ihr neues Leben zu feiern«, sagte sie. »Mirabelle heißt ›die Wunderschöne‹. Ist das nicht hübsch?« Als sie an jenem Abend die langen Wimpern des Babys und den kleinen, in tiefem, zufriedenem Schlummer halb geöffneten Mund betrachteten, hatten sie und ihr Mann tatsächlich nichts passender gefunden.

»Als wir unsere Katze aus dem Tierheim holten, haben wir ihren Namen behalten«, sagte Izzy. Sie wandte sich ihrer Mutter zu. »Weißt du noch? Miss Purrty? Lexie fand ihn lahm, aber du wolltest ihn nicht ändern, weil das zu verwirrend für sie gewesen wäre.«

»Izzy«, sagte Mrs Richardson. »Benimm dich.« Sie wandte sich an ihre Freundin. »Mirabelle ist in den letzten paar Monaten so groß geworden. Ich hätte sie fast nicht erkannt. Vorher so dünn, und sieh dir an, wie das kleine Pummelchen jetzt strahlt. Ach, Lexie, schau dir nur diese Pausbäckchen an.«

»Darf ich sie mal nehmen?«, fragte Lexie. Mit Mrs McCulloughs Hilfe legte sie sich das Baby an die Schulter. »Oh, diese Haut. Wie Milchkaffee.« Mirabelle fuhr mit den Fingern in Lexies langes Haar, und Izzy zog mürrisch ab.

»Mir ist dieses ganze Theater schleierhaft«, murmelte Moody Trip in der Ecke hinter dem Küchentresen zu, wohin sie sich mit Quiche und Gebäck auf Papptellern zurückgezogen hatten. »Sie essen. Sie schlafen. Sie kacken. Sie schreien. Ich hätte lieber einen Hund.«

»Aber Mädchen mögen Babys«, sagte Trip. »Wenn Pearl hier wäre, wäre sie bestimmt ganz aus dem Häuschen.«

Moody wusste nicht genau, ob Trip sich über ihn lustig machte oder ob er tatsächlich auch an Pearl dachte. Eins wäre so schlimm wie das andere.

»Hoffentlich hast du im Sexualkundeunterricht gut aufgepasst«, sagte Moody. »Sonst gibt es irgendwann viele Mädchen, die mit kleinen Trips durch die Gegend laufen. Grässliche Vorstellung.«

»Sehr witzig.« Trip gabelte ein Stück Ei in den Mund. »Pass du lieber selber auf. Aber halt, wenn ein Mädchen von dir schwanger werden soll, muss es ja erst mal mit dir schlafen.« Er warf seinen leeren Teller in den Mülleimer, ging los, um sich ein Getränk zu holen, und ließ Moody mit den letzten, inzwischen kalt gewordenen Happen seiner Quiche zurück.

Auf Lexies Bitte hin zeigte Mrs McCullough ihr Mirabelles Zimmer, einen Traum in Rosa und Hellgrün, mit einem handbestickten Band über der Krippe, auf dem ihr Name stand. »Sie liebt diesen Teppich«, sagte Mrs McCullough und klopfte auf das Schaffell auf dem Boden. »Nach dem Baden legen wir sie dahin, und dann rollt sie sich herum und hört nicht mehr auf zu lachen.« Dann kam Mirabelles Spielzimmer, ein riesiger Raum nur für ihre Spielsachen: Holzbausteine in den Farben des Regenbogens, ein Schaukelelefant aus Samt, ein ganzes Regal voller Puppen. »Das Zimmer nach vorne raus ist größer«, erklärte Mrs McCullough. »Aber hier scheint den ganzen Vormittag und fast den ganzen Nachmittag die Sonne herein. Deshalb ist das andere das Gästezimmer, und hier soll Mirabelle spielen.«

Als sie wieder nach unten kamen, waren noch mehr Menschen eingetroffen, und Lexie überließ Mirabelle widerstrebend den Neuankömmlingen. Als es Zeit wurde, die Torte anzuschneiden, war das Geburtstagskind erschöpft von der ganzen Geselligkeit und wurde weggebracht, um seine Milch zu trinken und zu schlafen. Zu Lexies großer Enttäuschung schlief Mirabelle auch noch am Ende der Party, als die Richardsons aufbrachen.

»Ich hätte sie so gern noch mal gehalten«, beklagte sie sich auf dem Weg zu den Autos.

»Sie ist ein Baby, kein Spielzeug, Lex«, warf Moody ein.

»Linda würde sich bestimmt freuen, wenn du ihr Babysitten anbietest«, sagte Mrs Richardson. »Fahr vorsichtig, Lexie. Wir sehen uns zu Hause.« Sie schob Izzy an der Schulter zum anderen Auto. »Und du solltest nicht so grob sein, wenn wir nächstes Mal eingeladen sind, sonst kannst du gleich zu Hause bleiben. Linda war früher deine Babysitterin, weißt du das etwa nicht mehr? Sie hat dir die Windeln gewechselt, war mit dir im Park. Vergiss das nicht, wenn du sie das nächste Mal siehst.«

»Geht klar«, sagte Izzy und knallte die Autotür zu.

In den nächsten Tagen redete Lexie nur noch von der kleinen Mirabelle. »Babyfieber«, sagte Trip und stupste Brian an. »Pass auf, Alter.« Brian lachte verlegen. Doch Trip hatte recht: Lexie interessierte sich plötzlich brennend für alles, was mit Babys zusammenhing, und fuhr sogar zu Dillard's, um Mirabelle ein absolut unpraktisches lavendelfarbenes Rüschenkleid zu kaufen.

»Mein Gott, Lexie, als Moody und Izzy klein waren, warst du nicht so verrückt nach Babys«, sagte ihre Mutter. »Und mit Puppen hattest du es auch nicht so. Wenn ich mich recht erinnere ...« Mrs Richardson schaute auf. »Einmal hast du Moody sogar in den Topf- und Pfannenschrank eingesperrt.«

Lexie verdrehte die Augen. »Da war ich drei«, sagte sie. Auch am Montag redete sie noch von dem Baby, und als Mia am Nachmittag in die Küche kam, stürzte sich Lexie überglücklich auf ihr neues Publikum.

»Sie hat so schönes Haar«, schwärmte sie. »Ich hab noch nie ein Kind mit so vielen Haaren gesehen. So seidig. Und sie hat riesige Augen – sie nimmt einfach alles auf. Sie ist total aufgeweckt. Man hat sie vor einer Feuerwache gefunden, ist das zu fassen? Jemand hat sie dort buchstäblich zurückgelassen.«

Mia, die auf der anderen Seite des Raums die Arbeitsflächen putzte, hielt unverwandt inne.

»Einer Feuerwache?«, sagte sie. »Wo denn?«

Lexie winkte ab. »Keine Ahnung. Irgendwo in East Cleveland, glaube ich.« Die Einzelheiten fand sie nicht so wichtig, sie reizte die tragische Romantik an der Geschichte.

»Und wann ist das passiert?«

»Im Januar. Um den Dreh. Ein Feuerwehrmann ist rausgegangen, um eine zu rauchen, und da lag sie in einem Pappkarton.« Lexie schüttelte den Kopf. »Als wäre sie ein Welpe, den niemand will.«

»Und jetzt wollen die McCulloughs sie behalten?«

»Glaub schon.« Lexie öffnete den Schrank und nahm sich einen Müsliriegel. »Sie haben sich ewig ein Baby gewünscht, und dann ist Mirabelle aufgetaucht. Wie ein Wunder. Und sie hatten es schon so lange mit Adoption versucht. Sie werden bestimmt tolle Eltern.« Sie pulte das Papier vom Riegel, warf es in den Müll, ging nach oben und ließ Mia in Gedanken versunken zurück.

Mit dem Gehalt der Richardsons konnte Mia zwar die Miete bestreiten, aber es reichte nicht für Lebensmittel, Strom und Gas, deshalb hatte sie einige Schichten pro Woche im Lucky Palace behalten. Dort arbeiteten ein Koch, ein Hilfskoch, ein Tischabräumer und eine Vollzeitbedienung, Bebe, die ein paar Monate vor Mia angefangen hatte. Bebe war zwei Jahren zuvor aus Kanton gekommen, und obwohl ihr Englisch ziemlich gebrochen war, unterhielt sie sich gern mit Mia, weil sie in ihr eine mitfühlende Zuhörerin fand, die sie gut verstand und die über ihre Fehler hinwegging. Während sie für die abendlichen Bestellungen Plastikbesteck in Servietten einwickelten, erzählte Bebe Mia ziemlich viel. Mia gab im Gegenzug sehr wenig von sich preis. Sie hatte im Laufe der Jahre festgestellt, dass die Leute das nicht bemerkten, wenn man ein guter Zuhörer war. Im vergangenen halben Jahr hatte sie fast Bebes ganze Lebensgeschichte erfahren, und so hatte Lexies Bericht sie hellhörig gemacht.

Denn Bebe hatte vor einem Jahr ein Kind zur Welt gebracht. »Ich damals solche Angst«, erzählte sie Mia und knetete mit den Fingern das weiche Serviettenpapier. »Ich habe niemanden, der mir helfen. Ich kann nicht gehen zur Arbeit. Ich kann nicht schlafen. Den ganzen Tag ich nur halte das Baby und weine.«

»Wo ist der Vater?«, hatte Mia gefragt, und Bebe hatte geantwortet: »Weg. Ich ihm erzähle, dass ich Baby bekomme, zwei Wochen später er verschwindet. Jemand mir sagt, er zurück nach Guangdong. Ich für ihn hierhergezogen. Davor wir leben in San Francisco, ich habe Arbeit in Zahnarztpraxis am Empfang, ich verdienen nicht schlecht, wirklich netter Chef. Er hier bekommt Arbeit in Autofabrik, sagt er, Cleveland ist schön, Cleveland ist billig, San Francisco so teuer, wir ziehen nach Cleveland, wir können kaufen Haus, haben Garten. So ich mit ihm komme hierher und dann … «

Sie schwieg einen Moment lang und ließ eine ordentlich zusammengerollte Serviette mit Stäbchen, Gabel und Messer auf den Haufen fallen. »Hier niemand sprechen Chinesisch«, sagte sie. »Ich mich bewerbe als Empfangsdame, sie sagen mein Englisch nicht gut genug. Nirgends ich kann finden Arbeit. Niemand passt auf mein Baby auf.« Wahrscheinlich hatte sie eine postpartale Depression gehabt, dachte Mia, vielleicht sogar eine postpartale psychotische Störung. Das Baby wollte nicht saugen, und ihre Milch war versiegt. Sie verlor ihren Job – gegen Mindestlohn Styroporbecher in Kartons packen –, als sie zur Geburt ins Krankenhaus ging, und hatte kein Geld für Babynahrung. Schließlich – und an diesem Punkt glaubte Mia nicht mehr an einen Zufall – hatte sie in ihrer Verzweiflung das Baby auf die Türschwelle einer Feuerwehrwache gelegt.

Zwei Polizisten hatten Bebe einige Tage später bewusstlos unter einer Parkbank gefunden, ausgehungert und dehydriert. Sie wurde in eine Unterkunft gebracht, wo man sie duschte, mit Essen versorgte, ihr Antidepressiva verschrieb und sie drei Wochen später entließ. Doch inzwischen konnte ihr niemand mehr sagen, was aus ihrem Kind geworden war. Eine Feuerwache, hatte sie erklärt, sie hatte das Kind bei einer Feuerwache zurückgelassen. Nein, sie konnte sich nicht erinnern, bei welcher. Sie war mit dem Baby im Arm durch die Stadt geirrt und irgendwann an der Wache vorbeigekommen, es war dunkel, aus den Fenstern strömte warmes Licht, und da fiel ihre Entscheidung. Wie viele Feuerwachen gab es denn? Aber niemand wollte ihr helfen. Mit dem Zurücklassen des Kindes, erklärte ihr die Polizei, habe sie ihre Rechte verwirkt. Es tue ihnen leid. Mehr Informationen könnten sie ihr nicht geben.

Bebe wollte ihre Tochter unbedingt wiederfinden, das wusste Mia. Seit sie sich wieder gefangen hatte, suchte sie nach ihr. Sie hatte jetzt einen festen, wenn auch schlecht bezahlten Job, sie hatte eine neue Wohnung gefunden, ihr psychischer Zustand war stabil. Doch über den Verbleib des Kindes konnte sie nichts in Erfahrung bringen. Es war, als wäre es einfach verschwunden. »Manchmal«, erzählte sie Mia, »ich mich fühle wie im Traum. Aber was ist der Traum?« Sie wischte sich mit der Ärmelmanschette über die Augen. »Dass ich mein Baby nicht kann finden? Oder dass ich überhaupt habe ein Baby?«

In all den Jahren ihres Wanderlebens hatte Mia eine Regel entwickelt: Häng dein Herz an nichts. An keinen Ort, an keine Wohnung, an nichts. An niemanden. Seit Pearls Geburt hatten sie, nach Mias Rechnung, in sechsundvierzig verschiedenen Städten gewohnt und ihre Habseligkeiten so weit reduziert, dass sie in einen VW passten – mit anderen Worten, auf ein absolutes Minimum. Sie blieben selten lange genug, um sich mit jemandem anzufreunden, und in den wenigen Ausnahmefällen waren sie ohne Nachsendeadresse weitergezogen und verloren den Kontakt. Bei jedem Umzug entsorgten sie alles Unnötige und schickten Mias Kunst zum Verkauf an Anita, was hieß, dass sie kein Foto je wiedersahen.

Mia hatte immer vermieden, sich in fremde Angelegenheiten einzumischen. Das erleichterte vieles, wenn etwa ein Mietvertrag ablief oder sie einer Stadt überdrüssig war oder das ungute Gefühl hatte, dass sie lieber woanders wäre. Aber die Sache mit Bebe lag anders. Die Vorstellung, dass jemand einer Mutter das Kind wegnahm, entsetzte sie. Sie hatte das Gefühl, als hätte man eine Klinge in sie gestoßen und sie innerlich ausgehöhlt. In diesem Moment kam Pearl in die Küche, um sich etwas zu trinken zu holen, und Mia schlang die Arme um ihre Tochter, als stünde sie an einem Abgrund. Sie drückte sie so lange und so fest, dass Pearl schließlich sagte: »Mom, ist alles okay?«

Die McCulloughs waren mit Sicherheit gute Menschen, das zog auch Mia nicht in Zweifel. Doch darum ging es nicht. Sie dachte jetzt daran, wie Bebe manchmal, wenn es im Restaurant nach dem ersten abendlichen Ansturm etwas ruhiger wurde, die Ellbogen auf den Tresen stützte und in Gedanken versank. Mia wusste genau, woran sie dann dachte. Für eine Mutter war ein Kind nicht nur eine Person: Das Kind war ein *Ort*, eine Art Narnia, ein weiter, ewiger Ort, an dem gelebte Gegenwart, erinnerte Vergangenheit und ersehnte Zukunft gleichzeitig existierten. In seinem Gesicht waren das Baby von einst und das Kind und die oder der künftige Erwachsene, man sah sie alle gleichzeitig, wie auf einem Hologramm. Es wurde einem ganz schwindelig davon. Es war ein Ort, zu dem man Zuflucht nehmen konnte, wenn man nur wusste, wie man dorthin gelangte. Und jedes Mal, wenn man ihn verließ, jedes Mal, wenn man das Kind aus den Augen verlor, befiel einen die Angst, man werde nie wieder an diesen Ort zurückkehren.

Von Anfang an, schon am ersten Abend ihrer Reisen mit Pearl, hatte Mia sich auf dem provisorischen Bett auf der Rückbank des Golf eingerollt und die kleine, an sie geschmiegte Pearl im Schlaf betrachtet, hatte das kleine Geschöpf bewundert, das ihr so nah war, dass sie den warmen, milchigen Atem auf ihrer Wange spürte. *Bein von meinem Bein und Fleisch von meinem Fleisch,* hatte sie gedacht und sich an ihre Mutter erinnert, die sie gezwungen hatte, bis zu ihrem dreizehnten Lebensjahr jede Woche in die Sonntagsschule zu gehen, und als hätten die Worte einen Zauber bewirkt, sah sie plötzlich Ähnlichkeiten zwischen Pearl und ihrer Mutter: die entschlossene Miene, die schwache Falte zwischen den Augenbrauen, die erschien, wenn Pearl in einen Traum driftete. Sie hatte schon länger nicht mehr an ihre Mutter gedacht, und ein jähes, schmerzhaftes Verlangen durchfuhr sie. Und als hätte Pearl es gespürt, gähnte sie plötzlich und streckte sich, und Mia hatte sie fester an sich gedrückt, ihr das Haar gestreichelt und sie auf die unglaublich weiche Wange geküsst. *Bein von meinem Bein und Fleisch von meinem Fleisch,* hatte sie noch einmal gedacht, als Pearls Augen sich wieder schlossen, und sie war sicher, dass niemand dieses Kind so lieben könnte wie sie.

»Mir geht es gut«, sagte sie jetzt zu Pearl und riss sich gewaltsam von ihrer Tochter los. »Ich bin hier fertig. Lass uns nach Hause fahren.«

Mia hatte bereits eine Ahnung, was sie in Gang setzen würde: Ein heißer Geruch kitzelte sie in der Nase, wie die erste Rauchschwade eines weit entfernten Feuers. Sie wusste nicht, ob Bebe ihr Kind zurückbekommen würde. Sie wusste nur, dass sie den Gedanken, jemand anderer könne ihr Kind für sich beanspruchen, unerträglich fand. Wie konnten diese Leute nur, dachte sie. Wie konnten diese Leute einer Mutter ihr Kind wegnehmen? Dieser Gedanke beherrschte sie auf der ganzen Rückfahrt und auch noch, als sie die Nummer wählte, als sie auf den Klingelton wartete. Es war nicht richtig. Keine Mutter sollte gezwungen werden, ihr Kind wegzugeben.

»Bebe«, sagte sie, als am anderen Ende abgenommen wurde. »Ich bin's, Mia, von der Arbeit. Ich glaube, ich muss dir etwas erzählen.«

10

Als Pearl und Mia am Montag zu Abend aßen, klingelte es an der Tür, im nächsten Moment wurde hektisch geklopft. Mia rannte zum Seiteneingang hinunter, und Pearl hörte Gemurmel und Weinen, dann kam ihre Mutter in die Küche, gefolgt von einer jungen schluchzenden Chinesin.

»Ich klopfen und klopfen«, sagte Bebe. »Ich läuten an der Tür und sie nicht öffnen, also klopfen und klopfen ich. Ich können die Frau innen sehen. Sie schauen hinter Vorhang, ob ich gehen weg.«

Mia führte sie zu einem Stuhl – ihrem eigenen, vor dem noch ein halb voller Teller mit Nudeln stand. »Pearl, hol Bebe ein Glas Wasser. Und vielleicht machst du noch Tee.« Sie setzte sich auf den anderen Stuhl, lehnte sich über den Tisch und nahm Bebes Hand. »Du kannst nicht einfach so dorthin gehen und erwarten, dass sie dich reinlassen.«

»Ich sie vorher anrufen!« Bebe fuhr sich mit dem Handrücken übers Gesicht, worauf Mia ihr eine Serviette zuschob. »Ich schauen nach im Telefonbuch und anrufen, gleich nachdem wir gesprochen. Niemand rangehen. Nur Anrufbeantworter. Was für eine Nachricht ich hinterlassen? Also versuchen ich wieder und wieder, den ganzen nächsten Vormittag, bis um zwei Uhr jemand rangehen endlich. Sie.«

Auf der anderen Seite der Küche setzte Pearl den Kessel auf den Herd und klickte die Flamme an. Sie kannte Bebe nicht, aber ihre

Mutter hatte sie ein paarmal erwähnt, allerdings verschwiegen, wie hübsch sie war – große Augen, hohe Wangenknochen, dickes schwarzes, zum Pferdeschwanz gebundenes Haar – und wie jung, selbst aus Pearls Sicht. Bebe war vermutlich um die fünfundzwanzig. Eindeutig jünger als ihre Mutter, wie sie redete, wie sie mit aneinandergepressten Beinen und gefalteten Händen dasaß, wie sie hilflos zu Mia aufblickte, als wäre auch sie ihre Tochter, hatte fast etwas Kindliches und ließ sie wie einen Teenager wirken.

»Ich ihr sagen, wer ich bin«, fuhr Bebe fort. »Ich sagen: ›Ist da Linda McCullough?‹ Und sie sagen Ja, und ich: ›Mein Name ist Bebe Chow, ich May Lings Mutter.‹ Einfach so, sie auflegen.« Mia schüttelte den Kopf.

»Ich wieder anrufen, und sie nehmen Telefon ab und wieder auflegen. Und ich wieder anrufen und ist immer besetzt.« Bebe putzte sich die Nase mit der Serviette und knüllte sie zu einer Kugel. »Also ich gehen dorthin. Zwei Busse, und ich müssen Fahrer fragen, wo umsteigen, und dann ich laufen noch ganzes Stück zu ihrem Haus. So große Häuser. Ich an der Tür läuten, und keiner kommen, aber sie beobachten von oben, schauen runter zu mir. Ich wieder läuten und rufen: ›Mrs McCullough, ich bin's, Bebe, ich wollen nur mit Ihnen reden‹, und dann der Vorhang gehen zu. Aber sie noch da, nur warten, dass ich gehen. Ich nicht kann. Also ich wieder klopfen und läuten. Früher oder später sie muss rauskommen, und dann ich reden mit ihr.« Sie sah Mia an. »Ich wollen nur mein Baby wiedersehen. Ich reden mit diesen McCulloughs und dann sie verstehen. Aber sie nicht rauskommen.«

Bebe verstummte und betrachtete ihre Hände, und Pearl sah die gerötete, wunde Haut an den Seiten ihrer Fäuste. Sie musste ziemlich lange an die Tür geklopft haben, und Pearl dachte daran, wie schmerzlich das Ganze für Bebe sein musste und wie viel

Angst Mrs McCullough gehabt haben musste, eingeschlossen in ihrem Haus.

Der Rest der Geschichte kam stockend, als vergegenwärtige Bebe sich die ganze Szene erst jetzt. Wenig später hatte ein Lexus gehalten, mit einem Polizeiwagen gleich dahinter, und Mr McCullough war aufgetaucht. Von zwei Polizisten flankiert, hatte er Bebe aufgefordert, das Grundstück zu verlassen. Bebe versuchte ihnen zu erklären, dass sie nur ihr Kind sehen wolle, war sich aber nicht mehr sicher, was genau sie gesagt hatte, ob sie diskutiert, gedroht, getobt oder gefleht hatte. Sie erinnerte sich nur noch an den Satz, den Mr McCullough ständig wiederholte: »Sie haben kein Recht, hier zu sein. Sie haben kein Recht, hier zu sein«, und schließlich packte ein Polizist sie am Arm und zog sie weg. Sie solle verschwinden, hatten sie gesagt, sonst würden sie sie zur Wache mitnehmen und wegen Hausfriedensbruchs belangen. Doch woran sie sich deutlich erinnerte: Als die Polizisten sie wegzerrten, hörte sie ihr Kind hinter der verschlossenen Haustür weinen.

»Ach, Bebe«, sagte Mia, und Pearl wusste nicht genau, ob sie enttäuscht war oder stolz.

»Was können ich noch tun? Ich gehen den ganzen Weg hierher. Dreiviertelstunde. Wen außer dir ich sonst können um Hilfe bitten?« Sie schaute Pearl und Mia böse an, als befürchte sie, sie könnten ihr widersprechen. »Ich bin ihre Mutter.«

»Das wissen sie«, sagte Mia. »Das wissen sie ganz genau. Sonst hätten sie dich nicht so verscheucht.« Sie schob Bebe den Becher mit dem Tee zu, der inzwischen lauwarm war.

»Was kann ich jetzt tun? Wenn ich wieder gehen dorthin, sie rufen die Polizei und verhaften mich.«

»Du könntest dir einen Anwalt nehmen«, schlug Pearl vor, und Bebe warf ihr einen freundlichen Blick zu.

»Woher ich soll nehmen Geld für einen Anwalt?«, fragte sie. Sie senkte den Blick auf ihre Kleidung – schwarze Hose, dünne weiße Bluse –, und plötzlich begriff Pearl: Sie trug ihre Arbeitsuniform und war nach ihrer Schicht gleich hierhergekommen. »Auf der Bank ich haben sechshundertelf Dollar. Glaubst du, ein Anwalt mir helfen für sechshundertelf Dollar?«

»Okay«, sagte Mia. Sie schob die mittlerweile von einer weißen Fettschicht überzogenen Reste von Pearls Abendessen zur Seite. Seit Lexie das Baby erwähnt hatte –, war sie mit der Frage beschäftigt, was sie tun würde, wenn sie an Bebes Stelle wäre, was überhaupt jemand an Bebes Stelle tun könnte. »Hör zu. Willst du diesen Kampf durchstehen? Dann mach Folgendes.«

—

Hätten die Richardson-Kinder am Dienstagnachmittag auf die Werbung während der Jerry-Springer-Show geachtet, dann wären ihnen vielleicht die Aufmacher der Abendnachrichten auf Channel 3 aufgefallen, mit einem Foto vom Haus der McCulloughs. Dann hätten sie vielleicht ihre Mutter informiert, die im Büro gerade eine Geschichte über eine geplante Schulgebühr in die Tasten klopfte und keine Nachrichten sah – und Mrs McCullough nicht warnen konnte.

Doch Lexie und Trip waren so verstrickt in einen hitzigen Streit darüber, welcher Gast die bessere Frisur hatte, die Dragqueen oder ihre verbitterte Exfrau, dass niemand auf die Werbung achtete. Pearl und Moody schauten gar nicht auf den Bildschirm, sondern hörten amüsiert zu, wie Lexie Trip unterbrach, noch ehe er sein Plädoyer für die Dragqueen beendet hatte. Izzy war unterdessen bei Mia in der Dunkelkammer und sah zu, wie sie einen neuen Abzug aus dem Entwicklerbad fischte und zum Trocknen aufhängte. Und so bekam niemand die Vorschau auf die Nachrichten mit oder sah diese dann später am Abend. Auch Mrs McCullough verfolgte nicht regelmäßig die Nachrichten und erschrak deshalb ziemlich, als es am Mittwochmorgen klingelte und sie mit Mirabelle auf dem Arm und in Erwartung eines Pakets von ihrer Schwester, die Tür öffnete und Barbra Pierce – die aufgedonnerte Enthüllungsjournalistin von Channel 9 – mit einem Mikrofon in der Hand auf der Treppe vor ihr stand.

»Mrs McCullough!«, rief Barbra, als wären sie sich bei einer Party in die Arme gelaufen und das Ganze ein erfreulicher Zufall. Hinter ihr stand ein stämmiger Kameramann im Parka, allerdings registrierte Mrs McCullough nur das Rohr eines Objektivs und ein blinkendes rotes Licht. Mirabelle fing an zu schreien. »Wir wissen, dass Sie ein Adoptionsverfahren für ein kleines Mädchen laufen haben. Ist Ihnen bewusst, dass die Mutter um ihr Sorgerecht kämpft?«

Mrs McCullough knallte die Tür zu, aber das Nachrichtenteam hatte bekommen, was es wollte. Nur zweieinhalb Sekunden Filmmaterial, doch das reichte: die schlanke weiße Frau an der Tür ihres stattlichen Backsteinhauses, die wütend und ängstlich aussah und das schreiende asiatische Baby auf dem Arm hielt.

Von einer düsteren Vorahnung befallen, sah Mrs McCullough auf die Uhr. Ihr Mann war noch unterwegs zur Arbeit und wäre frühestens in fünfunddreißig Minuten in seinem Büro. Sie rief mehrere Freundinnen an, doch keine hatte die Geschichte am Abend zuvor gesehen; sie konnten nur moralische Unterstützung anbieten, aber keine Aufklärung. »Mach dir keine Sorgen«, sagten sie alle. »Das kommt schon in Ordnung. Barbra Pierce wirbelt nur wieder Staub auf.«

Unterdessen kam Mr McCullough bei der Arbeit an und fuhr mit dem Aufzug in den sechsten Stock, wo die Büros von Rayburn Financial Services lagen. Er war gerade mit einem Arm aus dem Mantel, als Ted Rayburn in der Tür erschien.

»Hör mal, Mark«, sagte er. »Ich weiß nicht, ob du gestern Abend die Nachrichten auf Channel 3 gesehen hast, jedenfalls sollten wir uns unterhalten.« Er schloss die Tür hinter sich, und Mr McCullough, der den Mantel wie ein Handtuch an sich gepresst hielt, hörte zu, während Ted Rayburn mit demselben wohlüberlegten, leicht besorgten Tonfall, den er bei Kunden benutzte, den Bericht beschrieb: die Außenaufnahme vom Haus der McCulloughs im Abendlicht. Die Einführung des Moderators: *Bei Adoptionen geht es darum, Kindern ohne Familie ein neues Zuhause zu geben. Aber was ist, wenn das Kind schon eine Familie hat?* Und das Interview mit der Mutter – irgendwas mit Be-, er hatte den Namen nicht richtig verstanden –, die vor der Kamera um ihr Kind gefleht hatte. »Ich machen einen Fehler«, sagte sie, jede Silbe sorgfältig ausgesprochen. »Jetzt ich haben einen guten Job. Mein Leben jetzt wieder in Ordnung. Ich wollen mein Baby zurück. Diese McCulloughs haben kein Recht, Kind zu adoptieren, wenn eigene Mutter es wollen. Kind gehört zu seiner Mutter.«

Ted Rayburn war fast fertig, als das Telefon auf dem Schreibtisch klingelte. Mr McCullough sah die Nummer und wusste, dass es seine Frau war und was er ihr jetzt erklären musste. Er nahm den Hörer ab.

»Ich komme nach Hause«, sagte er, legte auf und griff nach seinen Schlüsseln.

Mia, die keinen Fernseher besaß, kannte den Bericht ebenfalls nicht. Am Dienstagabend jedoch, kurz vor der Ausstrahlung, kam Bebe vorbei, um ihr zu erzählen, wie das Interview gelaufen war. »Sie finden, das ist gute Geschichte«, sagte sie. Sie trug ihre schwarze Hose und eine weiße Bluse mit einem verblassten Sojasauce-Fleck auf dem Ärmel, woraus Mia schloss, dass sie auf dem Weg zur Arbeit war. »Sie reden fast eine Stunde mit mir.«

Sie verstummte, als sie Schritte auf der Treppe hörte. Es war Izzy, und da die beiden sich nicht kannten, schwiegen sie. »Ich gehen lieber«, sagte Bebe schließlich. »Der Bus kommen bald.« Auf dem Weg zur Tür beugte sie sich zu Mia. »Sie sagen, dass die Leute bestimmt hinter mir stehen«, flüsterte sie.

»Wer war das?«, fragte Izzy, als Bebe weg war.

»Eine Bekannte«, antwortete Mia. »Von der Arbeit.«

Die Produzenten bei Channel 3 hatten, wie sich herausstellte, einen guten Riecher gehabt. In den Stunden nach der Ausstrahlung des Berichts erreichte den Sender eine Flut von Anrufen, die eine Fortsetzung rechtfertigte und Channel 9, den ewigen Konkurrenten, dazu bewog, am nächsten Morgen Barbra Pierce loszuschicken.

»Barbra Pierce«, sagte Linda McCullough am Mittwochabend zu Mrs Richardson. »Barbra Pierce mit ihren Stilettos und ihrer Dolly-Parton-Frisur. Taucht vor meiner Tür auf und hält mir ein Mikrofon vor die Nase.« Sie hatten beide gerade den Bericht gesehen, jede auf ihrer Couch vor dem Fernseher mit dem schnurlosen Telefon am Ohr, und Mrs Richardson hatte plötzlich das unheimliche Gefühl, dass sie wieder vierzehn waren und mit ihren Princess-Telefonen auf dem Schoß Green Acres sahen, damit sie einander lachen hören konnten.

»Typisch Barbra Pierce«, sagte Mrs Richardson. »Sensationslüsterne Nachrichten im Kostüm präsentieren. Diese kaltschnäuzige Tussi mit dem Kameramann.«

»Der Anwalt sagt, wir sind im Recht«, sagte Mrs McCullough. »Mit dem Aussetzen des Kindes hat sie das Sorgerecht an den Staat abgetreten, und der Staat hat es uns übertragen, ihre Klage richtet sich also eigentlich gegen den Staat und nicht gegen uns. Das Verfahren ist zu achtzig Prozent abgeschlossen, und es dauert vielleicht noch ein, zwei Monate, bis Mirabelle uns endgültig gehört, dann hat diese Frau keinen Anspruch mehr auf sie.«

Sie und ihr Mann hatten so lange versucht, ein Kind zu bekommen. Nach ihrer Hochzeit war sie sofort schwanger geworden. Ein paar Wochen später setzten Blutungen ein, und noch bevor sie beim Arzt war, wusste sie, dass sie das Kind verloren hatte. »Das passiert oft«, hatte der Arzt ihr versichert. »Die Hälfte aller Schwangerschaften endet in den ersten paar Wochen. Die meisten Frauen wissen gar nicht, dass sie schwanger sind.« Aber Mrs McCullough hatte es gewusst, und als es drei Monate danach wieder passierte und vier Monate danach wieder und fünf Monate danach wieder, wurde ihr schmerzhaft bewusst, dass jedes Mal etwas Lebendiges in ihr aufgeflammt und dieser kleine Funke wieder erloschen war.

Die Ärzte verordneten ihr Geduld, Vitamine, Eisenpräparate. Eine weitere Schwangerschaft folgte; diesmal setzten die Blutungen erst nach fast zehn Wochen ein. Am Abend weinte sie, und als sie eingeschlafen war, weinte ihr Mann. Nach drei Jahren war sie fünfmal schwanger gewesen und immer noch nicht Mutter. »Machen Sie ein halbes Jahr Pause«, empfahl der Frauenarzt, »Ihr Körper muss sich erholen.« Als die Wartezeit um war, probierten sie es wieder. Zwei Monate später war sie schwanger; einen Monat später nicht mehr. Und so ging es weiter. Ihre alte

Freundin Elena hatte mittlerweile ein Mädchen und einen Jungen und war mit dem dritten Kind schwanger, und obwohl Elena oft anrief, obwohl Linda sie bestimmt in den Arm genommen hätte, damit sie sich ausweinen konnte – wie sie es früher beide so oft bei wichtigen und unwichtigen Anlässen getan hatten –, fand sie es schwierig, mit ihr darüber zu reden. Sie erzählte Elena nie, wenn sie schwanger war, wie sollte sie ihr dann gestehen, dass die Schwangerschaft zu Ende war? Sie hätte gar nicht gewusst, wo sie anfangen sollte. *Ich hatte wieder einen Abgang. Es ist wieder passiert.* Wenn sie mittags zusammen essen gingen, starrte sie unwillkürlich auf Elenas sich wölbenden Bauch. Sie kam sich fast pervers vor, so sehr wollte sie ihn berühren, streicheln, liebkosen. Im Hintergrund tapsten Lexie und Trip plappernd herum, und nach einiger Zeit mochte sie sich all dem nicht mehr aussetzen. Mrs Richardson ihrerseits merkte, dass ihre Freundin Linda sie immer seltener anrief und dass, wenn sie bei ihr anrief, sich oft nur Lindas fröhliche Stimme auf dem Anrufbeantworter meldete: »Hinterlassen Sie eine Nachricht für Linda und Mark, wir rufen Sie zurück!« Doch das taten sie nicht.

Im Jahr nach Izzys Geburt wurde Mrs McCullough wieder schwanger. Inzwischen war alles anstrengend geworden: das Berechnen des Zyklus, das Warten, die Arztbesuche. Selbst den Sex – sorgfältig geplant für ihre fruchtbarsten Tage – empfand sie mittlerweile als Qual. Wer hätte sich das träumen lassen, dachte sie und erinnerte sich an die Highschool, als sie und Mark auf der Rückbank seines Autos nicht genug voneinander kriegen konnten. Die Ärzte verordneten ihr strenge Bettruhe: nicht länger als vierzig Minuten pro Tag auf den Beinen, einschließlich Toilettengängen, keine Kraftanstrengungen. Sie schaffte es fast bis zum fünften Monat, als sie um zwei Uhr nachts mit einer schreck-

lichen Stille im Bauch aufwachte. Während sie unter einem An-
ästhesieschleier im Krankenhaus lag, entlockten die Ärzte ihr das
Kind. »Möchten Sie es sehen?«, fragte eine Schwester, als es vorbei war, und hielt ihr das Baby, eingewickelt in ein weißes Tuch,
auf beiden Händen hin. Es sah unglaublich klein aus, unglaublich rosig, unglaublich glänzend und glatt, wie aus rosafarbenem
Glas geblasen. Unglaublich reglos. Sie nickte leicht, schloss die
Augen wieder und spreizte die Beine, damit die Ärzte sie nähen
konnten.

Danach nahm sie zum Einkaufen Umwege, um den Spielplatz,
die Grundschule, die Bushaltestelle zu vermeiden. Sie konnte
schwangere Frauen nicht ertragen. Sie wollte sie schlagen, sie mit
Gegenständen bewerfen, sie an den Schultern packen und beißen.
An ihrem zehnten Hochzeitstag lud ihr Mann sie zu Giovanni's
ein, ihr Lieblingsrestaurant, und als sie eintraten, watschelte eine
hochschwangere Frau hinter ihnen her. Sie schob die Tür auf und
ließ sie der Frau, die dicht hinter ihnen war, vor der Nase zufal-
len. Mr McCullough, der sich umdrehte, um Linda unterzuha-
ken, erkannte einen Moment lang die Frau nicht wieder, die so
kaltherzig und anders war als die unendlich mütterliche Linda
von früher.

Nach einem letzten Arztbesuch mit einer niederschmettern-
den Prognose – *verminderte Spermienbeweglichkeit, Störung des
Hormonhaushalts mit Folgen für die Gebärmutter, erfolgreiche
Schwangerschaft ausgesprochen unwahrscheinlich* – entschieden sie
sich für eine Adoption. Adoption sei ihre größte Chance, ein Kind
zu bekommen. Sie ließen ihren Namen auf alle möglichen Warte-
listen setzen, und gelegentlich meldete sich eine Adoptionsagentur. Aber etwas kam immer dazwischen: Die Mutter überlegte es
sich anders, ein Vater, ein Cousin oder eine Großmutter tauch-

ten aus heiterem Himmel auf, die Agentur entschied sich für ein anderes, oft jüngeres und somit geeigneteres Paar. Ein Jahr verstrich, dann ein zweites, ein drittes. Alle, schien es, wollten ein Baby, die Nachfrage übertraf das Angebot bei Weitem. Als dann an jenem Morgen im Januar die Sozialarbeiterin anrief und sagte, sie hätte ihren Namen von einer der Adoptionsagenturen und dass sie ein Baby hätte, das sie haben könnten, wenn sie es wollten, kam ihr das Ganze wie ein Wunder vor. Und ob sie es wollten! Der Schmerz, die Schuldgefühle, diese sieben kleinen Geister, von denen sie keinen einzigen vergaß – all das löste sich beim Anblick der kleinen Mirabelle, die so konkret, so lebendig, so unbestreitbar greifbar war, zu ihrem eigenen Staunen auf. Bei dem Gedanken, Mirabelle könnte ihr jetzt wieder genommen werden, stellte sie jedoch fest, dass diese Vergangenheit keineswegs verschwunden war.

Auf die Nachrichten folgte Werbung, und durch die Leitung hörte Mrs Richardson den blechernen Jingle des Cedar-Point-Spots aus dem Fernseher der McCulloughs, um den Bruchteil einer Sekunde versetzt zu ihrem. Sie sah eine ältere Frau stolpern, stürzen, nach dem Notknopf um ihren Hals tasten, und Barbra Pierce' Off-Kommentar fiel ihr wieder ein. *Dieses Paar möchte ihr Kind adoptieren. Aber sie wird ihre Tochter nicht kampflos aufgeben.*

»Das geht alles bald vorbei«, sagte Mrs Richardson jetzt zu ihrer Freundin. »Diese Geschichte ist bald wieder vergessen.«

Doch es kam anders. So unwahrscheinlich es schien, die Geschichte hatte in der Gemeinde einen Nerv getroffen. Die Nachrichtenlage war dürftig: Eine Frau hatte Siebenlinge zur Welt gebracht; Bären, berichtete die *New York Times* allen Ernstes, seien im Yosemite die Hauptverursacher von Autoeinbrüchen. Die dringlichste politische Frage schien zu sein, wie Präsident Clinton seinen Hund nennen würde. Die Stadt Cleveland war sicher und gelangweilt und hungerte nach einer Sensation.

Am Donnerstagmorgen warteten wieder zwei Kamerateams vor dem Haus der McCulloughs, und am Abend gab es Berichte auf Channel 5, 19 und 43. Aufnahmen von Bebe Chow, die ein Bild von der einen Monat alten May Ling hielt und um die Rückgabe ihrer Tochter flehte. Aufnahmen vom Haus der McCulloughs mit zugezogenen Vorhängen und ausgeschaltetem Haustürlicht. Ein Foto von Mr und Mrs McCullough in Abendgarderobe bei einer Spendengala für Leukämie, es war ein Jahr zuvor auf den Hochglanzseiten des *Shaker*-Magazins erschienen. Ein Bild, wie Mr McCulloughs BMW rückwärts aus der Garage stieß und wegfuhr, während ein Reporter nebenherrannte und ein Mikrofon ans Autofenster hielt.

Am Freitag waren wieder alle Kamerateams zur Stelle, Mrs McCullough hatte sich mit Mirabelle im Haus eingeschlossen, und die Sekretärinnen in Mr McCulloughs Investmentfirma waren angewiesen, sämtliche Anrufe von Medien mit »Kein Kommentar« abzuwimmeln. Abend für Abend erschien Mirabelle McCullough – oder May Ling Chow, wie einige sie demonstrativ nannten – in den Nachrichten, und dazu immer neues Bildmaterial. Anfangs gab es nur Bebes Schnappschuss von May Ling als Neugeborenes, doch dann erschienen – auf Anraten des Anwalts der McCulloughs, der dagegenhalten wollte – neuere Porträts der McCulloughs, aufgenommen im Fotostudio bei Dillard's, die Mirabelle an Ostern in einem gelben Rüschenkleid und mit Hasenohren oder in einem rosafarbenen Strampelanzug neben einem altmodischen Schaukelpferd zeigten. Auf beiden Seiten fanden sich Unterstützer, und am Freitagabend bot Ed Lim, ein ortsansässiger Anwalt, an, Bebe Chow umsonst zu vertreten und den Staat auf Erteilung des Sorgerechts für ihre Tochter zu verklagen.

—

Am Samstagabend verkündete Mr Richardson während des Essens: »Mark und Linda haben heute Nachmittag angerufen und gefragt, ob ich mit ihrem Anwalt zusammenarbeiten würde. Offenbar hat er nicht viel Prozesserfahrung, und sie dachten, ich könnte eine gute Verstärkung sein.«

Lexie mümmelte an ihrem Salat. »Und, machst du's?«

»Das alles ist nicht ihre Schuld.« Mr Richardson säbelte ein Stück Hühnchen ab. »Sie wollen nur das Beste für das Kind. Und die Klage richtet sich nicht gegen sie, sondern gegen den Staat. Aber sie werden unwillkürlich mit hineingezogen, und natürlich sind sie am stärksten betroffen.«

»Und Mirabelle«, sagte Izzy. Mrs Richardson setzte zu einer scharfen Bemerkung an, doch ihr Mann brachte sie mit einem Blick zum Schweigen.

»Bei der ganzen Sache geht es nur um Mirabelle, Izzy«, sagte er. »Alle Beteiligten wollen das Beste für sie. Wir müssen nur herausfinden, was das ist.«

Wir, dachte Izzy. Ihr Vater gehörte jetzt auch schon dazu. Sie dachte an das Bild, das die Presse ständig von Bebe Chow zeigte: ihr trauriger Blick, das nicht besonders große Foto der kleinen May Ling in ihrer Hand, die eine umgeknickte Ecke, als hätte sie es immer bei sich getragen (was auch zutraf). Sie hatte sie sofort als die Frau erkannt, die sie in Mias Küche gesehen hatte. Bei ihrem Erscheinen war sie verstummt und hatte sie angestarrt, ängstlich, fast gehetzt. »Nur eine Bekannte«, hatte Mia auf ihre Frage geantwortet, wer das sei, und wenn Mia Bebe traute, wusste Izzy, auf welcher Seite sie stand.

»Kinderdieb«, sagte sie.

Schockiertes Schweigen senkte sich über den Tisch wie ein schweres Tuch. Auf der anderen Seite wechselten Lexie und Trip einen vorsichtigen, wenig überraschten Blick. Moody warf Izzy einen Blick zu, der besagte: *Halt die Klappe*, aber sie sah nicht hin.

»Izzy, entschuldige dich bei deinem Vater«, sagte Mrs Richardson.

»Wofür?«, wollte Izzy wissen. »Sie kidnappen sie praktisch. Alle lassen das einfach zu. Und Daddy hilft noch dabei.«

»Beruhigen wir uns«, setzte Mr Richardson an, doch es war zu spät. Wenn es um Izzy ging, war Mrs Richardson selten ruhig, und Izzy selbst war es so gut wie nie.

»Izzy. Geh auf dein Zimmer.«

Izzy wandte sich an ihren Vater. »Vielleicht könnten sie sie einfach abfinden. Wie viel ist ein Baby auf dem heutigen Markt wert? Zehn Riesen?«

»Isabelle Marie Richardson ...«

»Sie könnten sie bestimmt auf fünf runterhandeln.« Izzy ließ ihre Gabel krachend auf den Teller fallen und stand auf. *Wenn Mia das hören würde*, dachte sie und rannte nach oben in ihr Zimmer. Sie wüsste, was zu tun ist. Sie wüsste, wie man die Sache in Ordnung bringt. Lexies Lachen hallte die Treppe hoch durch den Gang, und Izzy knallte die Tür zu.

Mrs Richardson sank mit zitternden Händen auf ihrem Stuhl nach hinten. Sie brauchte bis zum nächsten Morgen, um sich eine angemessene Strafe für Izzy auszudenken: Sie würde ihre geliebten Doc Martens konfiszieren und sie in den Müll werfen. Wer sich wie ein Rüpel anzieht, würde sie beim Öffnen der Mülltonne sagen, verhält sich natürlich auch wie ein Rüpel. Vorläufig jedoch presste sie die Lippen zusammen und legte ihr Besteck ordentlich gekreuzt auf den Teller.

»Sollen wir das vorerst für uns behalten?«, fragte sie. »Dass du auf der Seite der McCulloughs arbeitest, meine ich.«

Mr Richardson schüttelte den Kopf. »Morgen steht es sowieso in der Zeitung«, sagte er und sollte recht behalten.

Am Sonntag brachte der *Plain Deale*r die Geschichte auf der Titelseite, direkt unter der Falz: MUTTER KÄMPFT UM SOR-GERECHT FÜR IHRE TOCHTER. Es war ein guter Artikel, fand Mrs Richardson, die an ihrem Kaffee nippte und den Text mit professionellem Blick überflog: ein knapper Abriss des Falls, eine kurze Erwähnung, dass die McCulloughs von William Richard-son von Kleinman, Richardson und Fish vertreten wurden, eine Stellungnahme von Bebes Anwalt. »›Wir sind zuversichtlich‹, sagte Edward Lim, ›dass der Staat sich am Ende dafür entschei-den wird, das Sorgerecht für May Ling an ihre biologische Mutter zurückzugeben.‹«

Am Ende des Artikels blieb Mrs Richardson an einem Satz hängen: *Ms Chow wurde über den Verbleib ihrer Tochter von einer Arbeitskollegin im Lucky Palace informiert, einem China-Restaurant an der Warrensville Road.* Trotz der vorsichtigen, anonymen For-mulierung war ihr schlagartig klar, wer sich hinter der Arbeits-kollegin verbarg. Das konnte kein Zufall sein. Es war also ihre Mieterin, ihre stille, kleine, beflissene Mieterin, die den Stein ins Rollen gebracht hatte. Die aus bislang noch unklaren Gründen beschlossen hatte, das Leben der armen McCulloughs auf den Kopf zu stellen.

Mrs Richardson faltete ordentlich die Zeitung und legte sie auf den Tisch. Sie musste wieder an Mias Unwillen denken, als sie ihr angeboten hatte, eines ihrer Fotos zu kaufen, an ihre Zurückhaltung, was ihre Vergangenheit betraf. An Mias, nun ja, *Hochnäsigkeit*, obwohl sie jeden Tag mehrere Stunden in ihrem Haus, in dieser Küche verbrachte. Eine Frau, deren Lohn sie zahlte, deren Miete sie subventionierte – und deren Tochter sich jeden Tag stundenlang unter ihrem Dach aufhielt. Sie dachte an die Geschichte mit dem Foto im Kunstmuseum, mit einem Mal nahm sie eine Aura verquerer Heimlichtuerei wahr. Wie scheinheilig, sich mit ihrer trotzigen Verschwiegenheit bei fremden Leuten einzuschleichen. Aber so war diese Mia wohl. Eine Frau, die ein fast perverses Vergnügen daran fand, sich nach außen normal zu geben. Und diese Frau machte ihrer Freundin Linda solchen Ärger und verursachte solches Leid. Es war eine himmelschreiende Ungerechtigkeit.

Am Montag schickte sie die Kinder zur Schule und trödelte zu Hause herum, bis Mia zum Saubermachen kam. Sie wusste nicht, was sie genau vorhatte, aber sie musste Mia persönlich sehen und ihr in die Augen schauen. »Oh«, sagte Mia, als sie durch die Seitentür trat. »Ich hatte nicht damit gerechnet, dass Sie zu Hause sind. Soll ich lieber später wiederkommen?«

Mrs Richardson neigte den Kopf zur Seite und musterte ihre Mieterin. Haare wie immer ungekämmt und hochgebunden. Eine weite weiße Bluse über der Jeans. Ein Farbklecks auf dem Handrücken. Mia stand in der Tür, ein zaghaftes Lächeln im Gesicht, und wartete auf Mrs Richardsons Antwort. Ein schönes Gesicht. Ein junges, aber keineswegs unschuldiges Gesicht. Es interessierte sie nicht, stellte Mrs Richardson fest, was andere von ihr dachten. In gewisser Weise machte sie das gefährlich. Sie dachte plötzlich an das Foto, das sie am ersten Tag bei Mia gesehen hatte. Die zur Frau gewordene Spinne, mit den hinterhältig ausgestreckten

Armen. Wer, dachte sie, würde eine Frau in eine Spinne verwandeln? Wer kam beim Anblick einer Frau überhaupt auf eine *Spinne*?

»Ich wollte gerade gehen«, sagte sie und nahm ihre Tasche von der Anrichte.

Noch Jahre später beteuerte Mrs Richardson, dass das Wühlen in Mias Vergangenheit die gerechtfertigte Vergeltung für den Ärger war, den sie ausgelöst hatte. Mia hatte angefangen. Und außerdem hatte sie es nur für Linda getan – ihre älteste und liebste Freundin, eine Frau, die sich diesem Kind gegenüber nur anständig hatte verhalten wollen und der jetzt, wegen Mia, das Herz gebrochen wurde. Wie hätte sie dabeistehen und zusehen können, wie jemand das Glück ihrer besten Freundin zerstörte? Nicht einmal vor sich selbst würde sie zugeben, dass es gar nicht um das Baby gegangen war. Es war um etwas Kompliziertes gegangen, um das dunkle Unbehagen, das diese Frau in ihr auslöste und das Mrs Richardson lieber unter Verschluss gehalten hätte. Beim Verlassen der Küche beschloss sie, ein paar Leute anzurufen. Mal sehen, was sie finden konnte.

11

Als Erstes machte Mrs Richardson sich über Pauline Hawthorne schlau. Sie hatte natürlich schon von ihr gehört. In ihrem Wahlfach Kunst am College war Pauline Hawthorne der letzte Schrei gewesen, in aller Munde, oft nachgeahmt von Fotostudenten, die mit ihrer Kamera um den Hals über den Campus stolzierten, als wäre sie ein Erkennungszeichen. Als sie die Fotos jetzt wieder sah, erinnerte sie sich: eine Frau im Spiegel eines Kosmetiksalons, eine Haarhälfte ordentlich in Lockenwickler gedreht, die andere Hälfte locker und zerzaust. Eine Frau, die ihr Make-up im Seitenspiegel eines Chryslers auffrischt, eine Zigarette zwischen den geschminkten Lippen. Eine Frau in einem smaragdgrünen Hauskleid und hochhackigen Schuhen, die ihren goldgelben Teppich saugt, die Farben so satt, dass sie zu bluten schienen. Sie staunte selbst, dass sie sich nach all den Jahren noch daran erinnerte, wie die Bilder im abgedunkelten Hörsaal auf der Leinwand aufblitzten und ihr beim Eintauchen in diese leuchtende Farbenpracht der Atem stockte.

Pauline Hawthorne, erfuhr sie nun, war im ländlichen Maine geboren und mit achtzehn nach Manhattan gezogen, wo sie mehrere Jahre im Greenwich Village lebte, bevor Anfang der Siebziger ihr rasanter Aufstieg in der Kunstszene begann. Welches Kunstbuch Mrs Richardson auch zur Hand nahm, überall wurde sie enthusiastisch als autodidaktisches Genie, als feministische Fotopionierin, als tatkräftige und weltoffene Intellektuelle gefeiert.

Über ihr Privatleben war nur wenig bekannt, es gab lediglich einen kurzen Vermerk, dass sie ein Apartment an der Upper West Side unterhalten hatte. Ein interessantes Detail fand sie allerdings doch: Pauline Hawthorne hatte an der New York School of Fine Arts unterrichtet – offenbar jedoch nicht aus Geldgründen. Ein paar Jahre nach Beginn ihrer Karriere verkauften sich ihre Fotos für Zehntausende Dollars – ziemlich viel für Fotografen zur damaligen Zeit, erst recht natürlich für eine Frau. Nach ihrem Tod 1982 schoss der Wert ihrer Bilder in die Höhe, das MoMa zahlte fast zwei Millionen für ein Foto, um es seiner permanenten Sammlung hinzuzufügen.

Einer Ahnung folgend, schlug Mrs Richardson die Nummer des Studiensekretariats der Kunsthochschule nach. Die Sekretärin entpuppte sich als äußerst hilfsbereit, nachdem Mrs Richardson ihre Referenzen genannt und erklärt hatte, sie wolle ein paar Fakten für eine Geschichte überprüfen. Pauline Hawthorne hatte viele Jahre lang, bis kurz vor ihrem Tod, Fotografie unterrichtet. Nein, in jenen letzten Jahren sei keine Mia Warren in Professor Hawthornes Kursen gewesen. Aber im Herbst 1980 habe es eine Mia Wright gegeben, ob sie vielleicht die Gesuchte sei?

Wie sich herausstellte, war Mia Wright in jenem Semester als Studienanfängerin eingeschrieben, hatte aber im Frühjahr 1981 für das folgende akademische Jahr um Beurlaubung gebeten, die ihr auch gewährt wurde. Sie war nie zurückgekehrt. Mrs Richardson rechnete rasch nach und kam zu dem Schluss, dass Mia – wenn es denn dieselbe Mia war – in jenem Frühjahr noch nicht mit Pearl schwanger gewesen sein konnte. Aber warum sonst hatte sie sich dann von der Hochschule befreien lassen?

Die Sekretärin wollte allerdings keine Adressen von Studenten herausgeben, auch keine fünfzehn Jahre alten. Durch geschicktes Fragen erfuhr Mrs Richardson jedoch, dass Mia Wrights letzter Eintrag eine New Yorker Adresse war, ohne Angabe von Eltern.

Dann musste sie das Problem wohl vom anderen Ende her angehen. Und schon bald ergab sich die Möglichkeit in Form eines lang erwarteten Briefs. Seit Thanksgiving hatte Lexie beim Nachhausekommen als Erstes die Post geprüft, und Mitte Dezember lag schließlich ein dicker Umschlag mit dem Yale-Logo im Briefkasten. Mrs Richardson rief sämtliche Verwandten an, um die gute Nachricht zu verbreiten. Mr Richardson brachte eine Torte mit nach Hause.

»Lexie, zur Feier des Tages gehen wir am Wochenende Brunchen«, sagte Mrs Richardson beim Abendessen. »Schließlich wird man nicht jeden Tag in Yale angenommen. Nur wir Frauen.«

»Und was ist mit mir?«, sagte Moody. »Soll ich vielleicht zu Hause bleiben und Müsli essen?«

»Sie hat Frauen gesagt.« Trip lachte, und Moody verzog das Gesicht. »Da willst du doch nicht ernsthaft dabei sein?«

»Also wirklich, Moody«, sagte Mrs Richardson. »Trip hat recht. Lexie soll gefeiert werden. Wir machen uns hübsch und gönnen uns einen Vormittag unter Frauen.«

»Und was ist mit mir?«, wollte Izzy wissen. »Heißt das, ich darf mitkommen?«

Damit hatte Mrs Richardson nicht gerechnet. Aber Lexie zählte bereits mit leuchtenden Augen auf, wo sie überall hinwollte; um es abzublasen, war es zu spät. Und als sich Mrs Richardson abends vor dem Schlafengehen das Gesicht wusch, hatte sie eine Idee, wozu sie diesen Vormittag auch nutzen konnte.

Am nächsten Tag ging sie kurz vor dem Abendessen in den Wintergarten. Normalerweise ließ sie die Kinder allein, weil sie fand, dass Teenager ihren Freiraum brauchten und bis zu einem gewissen Grad einen Anspruch auf Privatsphäre hatten. Aber heute suchte sie nach Pearl. Sie saß wie immer mit den anderen auf der Couch. Izzy lag bäuchlings auf dem Sessel, das Kinn auf einer Armlehne, die Beine über die andere ausgestreckt.

»Pearl, da bist du ja«, setzte Mrs Richardson an und ließ sich behutsam auf der Sofalehne neben Pearl nieder. »Am Samstag gehe ich mit den Mädchen brunchen, um Lexies gute Nachricht zu feiern. Willst du nicht mitkommen?«

»Ich?« Pearl schaute kurz über die Schulter, als hätte Mrs Richardson vielleicht jemand anderen gemeint.

»Schließlich gehörst du fast zur Familie«, sagte Mrs Richardson lachend.

»Natürlich kommst du mit«, sagte Lexie. »Das wünsche ich mir.«

»Geh und frag deine Mutter«, meinte Mrs Richardson. »Sie ist in der Küche. Ich bin sicher, sie hat nichts dagegen. Sag ihr, es ist mir ein Vergnügen. Sag ihr«, fügte sie hinzu, »ich bestehe darauf.«

Am anderen Ende des Raums zog Izzy sich langsam auf ihre Ellbogen hoch. Über drei Wochen war es her, dass ihre Mutter versprochen hatte, sich um Mias rätselhaftes Foto zu kümmern, und auf ihre Nachfrage hatte ihre Mutter nur gesagt: »Ach, Izzy, das Ganze ist wie immer heiße Luft.« Ihr plötzliches Interesse an Pearl kam Izzy jetzt seltsam vor.

»Warum hast du sie eingeladen?«, wollte sie wissen, als Pearl außer Hörweite war.

»Izzy. Wie oft wird Pearl wohl zu einem Brunch eingeladen?

Versuch mal ein bisschen großzügig zu sein.« Mrs Richardson stand auf und richtete ihre Bluse. »Außerdem dachte ich, du magst Pearl.«

—

So kam es, dass Pearl sich an einem Holztisch in der Ecke neben Lexie wiederfand, gegenüber von Mrs Richardson und einer schlecht gelaunten Izzy. Lexie hatte das 100th Bomb Group ausgewählt, ein Restaurant in der Nähe des Flughafens, in das die Familie nur zu ganz besonderen Anlässen ging, das letzte Mal an Mr Richardsons vierundvierzigstem Geburtstag.

Das 100th Bomb Group war voll an diesem Vormittag, es herrschte hektischer Betrieb vor dem überwältigenden Buffet, das sich durch den ganzen Raum zog. An einer Tranchierstation stand ein kräftiger Mann in weißer Schürze und schnitt Roastbeef von einer gewaltigen, fast rohen Keule. An der Omelette-Station gossen Köche goldgelben Eierschaum in eine Pfanne und zauberten ein luftiges Gebilde, gefüllt mit allem, was man wollte, darunter Dinge, auf die Pearl nie im Leben gekommen wäre: Pilze, Spargel, korallenfarbene Hummerstücke. An den Wänden hingen Devotionalien von den Männern des Bombengeschwaders: Landkarten der wichtigsten Schlachten gegen die Nazis, ihre Medaillen, ihre Erkennungsmarken, Briefe an ihre Liebsten zu Hause, Fotos von ihren Flugzeugen, Fotos von den Männern selbst, in schnittigen Uniformen und Kadettenmützen, vereinzelt auch mit Schnurrbart.

»Schaut ihn euch an«, sagte Lexie und zeigte auf ein Foto direkt hinter Pearl. »Captain John C. Sinclair. Würdet ihr den nicht auch gern kennenlernen?«

»Dir ist klar«, sagte Izzy, »dass er jetzt vierundneunzig wäre, wenn er noch lebt. Wahrscheinlich hat er einen Rollator.«

»Ich meine, hättet ihr ihn nicht gern kennengelernt, wenn ihr damals gelebt hättet? Du hast mich genau verstanden, Izzy.«

»Wahrscheinlich hat er Städte bombardiert«, sagte Izzy. »Wahrscheinlich hat er viele unschuldige Menschen umgebracht. Wie alle diese Typen.« Sie zeigte auf all die Fotos.

»Izzy«, sagte Mrs Richardson, »heben wir uns die Geschichtsstunde für ein andermal auf. Wir sind hier, um Lexies Leistung zu feiern.« Sie strahlte Lexie über den Tisch hinweg an. »Auf Lexie«, sagte sie und hob ihren Bloody Mary, worauf Lexie und Pearl ihre Kelchgläser mit Orangensaft hoben.

»Auf Lexie«, wiederholte Izzy. »Ich bin sicher, Yale war schon immer der Traum deines Lebens.« Sie trank einen Schluck aus ihrem Wasserglas, als wünschte sie, es wäre mit etwas Stärkerem gefüllt. Am Nebentisch patschte ein Baby mit seinen pummeligen Händen auf die Tischdecke, und das Silberbesteck hüpfte scheppernd auf.

»Oh mein Gott«, sagte Lexie lautlos. Sie beugte sich über den Gang zu dem Baby. »Du bist so süß. Ja, wirklich. Du bist das süßeste Baby der Welt.«

Izzy verdrehte die Augen und stand auf. »Behalten Sie sie im Auge«, sagte sie zu den Eltern des Babys. »Man weiß nie, ob jemand gerade vorhat, ein Baby zu stehlen.« Bevor jemand reagieren konnte, ging sie davon in Richtung Buffet.

»Bitte entschuldigen Sie meine Tochter«, sagte Mrs Richardson zu den Eltern. »Sie ist in einem schwierigen Alter.« Sie lächelte dem Baby zu, das gerade versuchte, sich das dicke Ende eines Löffels in den Mund zu stecken. »Lexie, Pearl, wollt ihr nicht auch ans Buffet? Ich warte hier.«

Als alle wieder am Tisch saßen, fing Mrs Richardson an, die Unterhaltung auf dezente Weise umzulenken. Es war leichter als erwartet. Sie begann mit einem dankbaren Thema, dem Wetter: Sie hoffe, in New Haven wäre es nicht zu kalt für Lexie; sie müssten ihr einen wärmeren Mantel bei L. L. Bean bestellen, ein paar neue Duck Boots, eine Daunendecke. Dann wandte sie sich an Pearl.

»Wie ist das mit dir, Pearl? Bist du schon mal in New Haven gewesen?«

Pearl schluckte eine Gabel voll Omelette hinunter und schüttelte den Kopf. »Nein, noch nie. Meine Mutter mag die Ostküste nicht besonders.«

»Tatsächlich«, sagte Mrs Richardson und stach mit der Messerspitze in ein Spiegelei, worauf das Eigelb in einem goldgelben Rinnsal herauslief. »Das ist aber schade. Es gibt dort so viel zu sehen. So viel Kultur. Vor ein paar Jahren waren wir in Boston, wisst ihr noch, Mädchen? Der Freedom Trail, das Tea-Party-Schiff, das Haus von Paul Revere. Und natürlich New York, dort kann man so viel unternehmen.« Sie lächelte Pearl wohlwollend zu. »Hoffentlich kommst du irgendwann mal dorthin. Ich bin fest überzeugt, dass ihr jungen Menschen beim Reisen euren Horizont erweitert.«

Wie Mrs Richardson richtig vorausgeahnt hatte, fühlte Pearl sich leicht gekränkt. »Aber wir sind viel gereist«, sagte sie. »Wir waren schon überall. Illinois, Iowa, Kansas, Nebraska ... « Sie verstummte und suchte nach etwas Glamouröserem. »Wir waren schon mehrmals in Kalifornien.«

»Wie schön!« Mrs Richardson füllte Pearl aus der Saftkaraffe auf dem Tisch nach. »Du warst ja wirklich schon überall. Im Grunde ständig auf Achse. Und gefällt es dir, so viel herumzukommen?«

»Es ist okay.« Pearl pikste ein Stück Ei mit der Gabel auf. »Na ja, wir ziehen immer um, wenn meine Mutter mit einem Projekt fertig ist. Neue Orte geben ihr neue Ideen.«

»Du bist ja eine richtige Weltbürgerin«, sagte Mrs Richardson, und Pearl wurde gegen ihren Willen rot. »Wahrscheinlich kennst du dieses Land besser als jeder andere Teenager. Selbst Lexie und Izzy – und wir reisen ziemlich viel ... Selbst Lexie und Izzy waren erst in einer Handvoll Staaten.« Dann, beiläufig: »Wo warst du bisher am längsten? Wo du geboren wurdest, nehme ich an.«

»Na ja.« Pearl schluckte das Ei hinunter. »Ich bin in San Francisco geboren. Aber wir sind weggezogen, als ich noch klein war. Ich erinnere mich nicht mehr daran.«

Mrs Richardson speicherte diese Information in ihrem Gehirn. »Irgendwann musst du dort wieder hinziehen«, sagte sie. »Man muss wissen, wo die eigenen Wurzeln liegen. Der Geburtsort hat einen großen Einfluss auf die Identität. Ich wurde direkt in Shaker geboren, wusstest du das?

»Mom«, sagte Izzy, »Pearl will das alles gar nicht hören. Niemand will das hören.«

Mrs Richardson ignorierte sie. »Meine Großeltern gehörten zu den ersten Familien, die hierherzogen. Damals galt die Gegend noch als ländlich, kannst du dir das vorstellen? Sie hatten Ställe und Schuppen für die Kutschen und gingen am Wochenende reiten.« Sie wandte sich an Lexie und Izzy. »Ihr erinnert euch nicht mehr an eure Großeltern. Lexie war noch klein, als sie starben. Jedenfalls sind sie hierhergezogen und geblieben. Sie glaubten fest an das, wofür Shaker stand.«

»Waren die Shaker nicht sexuell enthaltsam und Kommunisten?«, fragte Izzy und nippte an ihrem Wasser.

Mrs Richardson warf ihr einen strengen Blick zu. »Durchdachtes Planen, der Glaube an Gleichheit und Vielfalt. Alle Menschen als absolut ebenbürtig ansehen. Das haben sie an meine Mutter weitergegeben, und sie hat es an mich weitergegeben.« Sie wandte sich wieder an Pearl. »Wo ist deine Mutter aufgewachsen?«

Pearl wurde langsam unruhig. »Ich weiß es nicht genau. Kalifornien vielleicht?« Sie stocherte in ihrem Omelette herum, das inzwischen wie aus Gummi war. »Sie redet nicht viel darüber. Ich glaube, sie hat keine Familie mehr.« In Wirklichkeit hatte Pearl nie den Mut gehabt, Mia direkt nach ihrer Herkunft zu fragen, und Mia war ihren umständlichen Fragen immer ausgewichen. »Wir sind Nomaden«, sagte sie oft zu Pearl. »Moderne Zigeuner, das sind wir. Setze einen Fuß nie zweimal an den gleichen Ort.« Oder: »Wir stammen von Zirkusleuten ab. Das Herumziehen liegt uns im Blut.«

»Dann finde es heraus«, warf Lexie ein. »Ich hab das letzte Jahr in meinem Geschichtsprojekt gemacht. Auf Ellis Island gibt es eine riesige Datenbank mit Passagierlisten und Frachtverzeichnissen und allem. Wenn du weißt, wann deine Vorfahren eingewandert sind, kannst du dort mithilfe von Volkszählungsunterlagen die Geschichte deiner Familie recherchieren. Ich konnte unsere bis kurz vor dem Bürgerkrieg zurückverfolgen.« Sie setzte ihren Orangensaft ab. »Meinst du, deine Mutter weiß, wann ihre Vorfahren hierherkamen?«

Mrs Richardson merkte, dass sich die Unterhaltung auf dünnes Eis zubewegte. »Lexie, du klingst wie eine angehende Reporterin«, sagte sie ziemlich spitz. »Vielleicht solltest du in Yale einen Schnupperkurs in Journalismus besuchen.«

Lexie schnaubte verächtlich. »Nein danke.«

»Lexie«, sagte Izzy, bevor ihre Mutter reagieren konnte, »will die nächste Julia Roberts werden. Heute ein leichtes Mädchen, morgen Amerikas Liebling.«

»Halt die Klappe«, sagte Lexie. »Julia Roberts hat vermutlich auch mit Theaterspielen in der Highschool angefangen.«

»Ich würde das gern machen«, sagte Pearl. Alle starrten sie an.

»Was denn?«, fragte Lexie.

»Als Reporterin arbeiten«, sagte Pearl. »Ich meine, Journalistin werden. Ich würde gern Geschichten von Leuten erzählen, der Wahrheit auf die Spur kommen und darüber schreiben.« Sie redete mit einer Ernsthaftigkeit, wie nur Teenager sie aufbringen. »Mithilfe von Worten die Welt verändern. Ich würde das wahnsinnig gern machen.« Sie schaute zu Mrs Richardson auf, der zum ersten Mal Pearls riesengroße, aufrichtige Augen auffielen. »So wie Sie. Ich glaube, das wäre was für mich.«

»Tatsächlich«, sagte Mrs Richardson. Sie war ernsthaft gerührt. Einen Augenblick lang sah sie in Pearl eine von Lexies Freundinnen, die ihre wunderbare Tochter feiern wollte: eine vielversprechende junge Frau, die sie, Mrs Richardson, aufgrund ihres Potenzials betreuen und fördern könnte. »Das ist schön. Versuch doch mal, für den *Shakerite* zu schreiben – Schülerzeitungen sind eine großartige Möglichkeit, um die Grundlagen zu lernen. Und wenn du mit der Schule fertig bist, kann ich dir vielleicht helfen, ein Praktikum zu finden.« Plötzlich fiel ihr wieder der eigentliche Grund ein, weshalb sie Pearl mit eingeladen hatte, und sie verstummte. »Auf alle Fälle solltest du darüber nachdenken«, schloss sie und rührte mit ihrem Selleriestück energisch in ihrem Drink. »Izzy, isst du nicht mehr? Nur Toast und Gelee? Also wirklich, dann hättest du auch zu Hause frühstücken können.«

—

Es bedurfte mehrerer Anrufe, um das Einwohneramt von San Francisco zu erreichen, doch sobald sie das geschafft hatte, lief es wie am Schnürchen. Nach zehn Minuten hatte die Angestellte, ohne näher nachzufragen, ihr ein Antragsformular für die Einsicht in eine Geburtsurkunde gefaxt. Mrs Richardson kreuzte das Kästchen »zur Information« an und trug Pearls Namen und Geburtsdatum ein, und dazu Mias Namen. Der Platz für den Namen des Vaters blieb natürlich frei, aber die Angestellte hatte versichert, dass man das richtige Dokument auch ohne diese Angabe finden könne und die Urkunden öffentlich zugänglich seien. »Zwei bis vier Wochen – wenn wir sie haben, schicken wir sie Ihnen zu«, hatte sie versprochen, und Mrs Richardson trug ihre Adresse ein, legte einen Scheck über achtzehn Dollar bei und warf den Umschlag in den Briefkasten.

Es dauerte fünf Wochen, doch als die Geburtsurkunde kam, war das Ergebnis ziemlich enttäuschend. Unter »Vater« stand ordentlich getippt UNBEKANNT. Mrs Richardson verzog den Mund. Sie fand, es sollte nicht erlaubt sein, dass jemand den Namen eines Elternteils verbarg. Diese Weigerung, die Herkunft eines Kindes offenzulegen, war irgendwie ungehörig, unaufrichtig. Mia hatte sich bereits als Lügnerin erwiesen und war sicher zu weiteren Lügen fähig. Was mochte sie noch verbergen? Es war so ähnlich, dachte Mrs Richardson, als wollte man beim Verkauf eines Gebrauchtwagens die Wartungsunterlagen nicht mitliefern. Hatte man nicht das Recht zu erfahren, wo etwas herkam, damit man wusste, mit welchen Defekten man möglicherweise rechnen musste? Hatte sie – als Arbeitgeberin und Vermieterin dieser Frau – nicht dasselbe Recht?

Immerhin, dachte sie, hatte sie einen neuen Hinweis: Mias Geburtsort, Bethel Park, Pennsylvania, stand auf der Geburtsurkunde neben dem Namen *Mia Warren*.

Über die Auskunft in Bethel Park erfuhr sie, dass es im Stadtgebiet vierundfünfzig Einträge für »Warren« gab. Nach kurzem Überlegen rief Mrs Richardson die städtische Urkundenstelle an, die nicht ganz so entgegenkommend war wie in San Francisco. Das Archiv enthalte keine Mia Warren, behauptete die Frau am Telefon.

»Und gibt es eine Mia Wright?«, fragte Mrs Richardson spontan, und nach einer kurzen Pause erwiderte die Frau, ja, eine Mia Wright war 1962 in Bethel Park geboren worden. Ach, und da war auch ein Warren Wright, geboren 1964 – ob Mrs Richardson die Namen vielleicht verwechselt habe?

Mrs Richardson dankte ihr und legte auf.

Es dauerte mehrere Tage, aber durch gewissenhafte Recherche und zahlreiche Anrufe fand Mrs Richardson den Schlüssel zu dem, was sie suchte, und zwar in Form einer Todesanzeige in der *Pittsburgh Post* vom 17. Februar 1982.

TRAUERFEIER FÜR HIGHSCHOOL-ABSOLVENT
AM FREITAG

Die Trauerfeier für Warren Wright (17), findet statt am Freitag, den 19. Februar um 11.00 Uhr im Walter E. Griffith Funeral Home, 5636 Brownsville Road. Mr Wright hinterlässt seine Eltern, Mr und Mrs George Wright, langjährige Einwohner von Bethel Park, sowie eine ältere Schwester, Mia Wright, die 1980 im Bezirk die Highschool abschloss. Statt Blumen erbittet die Familie Spenden an das Bethel Park High Football Team, in dem Mr Wright ein angehender Runningback war.

Das konnte kein Zufall sein, befand Mrs Richardson. Mia Wright. Warren Wright. Mia Warren. Sie rief erneut die Auskunft in Bethel Park an, und als sie auflegte, betrachtete sie die eben notierte Adresse. George und Regina Wright, 175 North Ridge Road. Eine Postleitzahl. Eine Telefonnummer.

Es war so leicht, dachte sie verächtlich, Informationen über andere zu erhalten. Alles stand zur Verfügung. Wenn man sich richtig dahinterklemmte, fand man alles über eine Person heraus.

~

Als Mrs Richardson Mias Eltern ausfindig gemacht hatte, war der Fall der kleinen May Ling/Mirabelle noch immer in den Nachrichten – eigentlich mehr denn je. Sicher, die geschmacklosen Indiskretionen des Präsidenten hielten das Land in Atem, doch hatte die Affäre auch etwas Komisches. Im Vergleich dazu war der McCullough-Fall, in den die Öffentlichkeit, besonders in Shaker Heights, eingetaucht war, todernst.

Nachdem erst kürzlich das Datum für die Anhörung bestimmt worden war, gab es fast jeden Abend irgendetwas Neues zu dem Fall zu berichten, der in der Prozessliste unter *Chow vs. Cuyahoga County* lief. Die Tatsache, dass der Fall sich in Shaker ereignete – einer Gemeinde, die sich gern als Vorreiter präsentierte –, ließ alle aufhorchen, und jeder in der Stadt hatte eine Meinung dazu. Eine Mutter verdiente es, ihr Kind großzuziehen. Eine Mutter, die ihr Kind im Stich ließ, verdiente keine zweite Chance. Eine weiße Familie würde ein chinesisches Kind seiner Kultur entfremden. Eine liebevolle Erziehung war höher zu bewerten als die Hautfarbe der Eltern. May Ling hatte ein Recht, ihre leibliche Mutter zu kennen. Die McCulloughs waren die einzige Familie, die Mirabelle je gekannt hatte.

Die McCulloughs retteten Mirabelle, behaupteten ihre Unterstützer. Sie boten einem ungewollten Kind ein besseres Leben. Sie waren Helden, die mittels einer kulturübergreifenden Adoption den Rassismus überwanden. »Ich finde es wunderbar, was sie tun«, erklärte eine Frau den Reportern bei einer Befragung auf der Straße. »Ich meine, das ist die Zukunft, oder nicht? In der Zukunft spielt Hautfarbe keine Rolle mehr.«

»Man sieht einfach, was für eine wunderbare Mutter sie ist«, sagte eine Nachbarin der McCulloughs in derselben Sendung. »Wenn sie das Kind auf ihren Armen ansieht, merkt man sofort, dass sie keine kleine Chinesin sieht. Sie sieht schlicht und einfach ein Kind.«

Genau hier lag das Problem, konterten Bebes Unterstützer. »Sie ist nicht irgendein Kind«, protestierte eine Frau, als Channel 5 zum Erkunden der asiatischen Perspektive einen Reporter ins Asia Plaza schickte, Clevelands chinesisches Einkaufszentrum. »Sie ist ein *chinesisches* Kind. Sie wird aufwachsen, ohne ihr Erbe zu kennen. Woher soll sie wissen, wer sie ist?« Serena Wongs Mutter war an jenem Vormittag zufällig im asiatischen Supermarkt einkaufen und hatte sich – zu Serenas Stolz und Scham zugleich – recht energisch zu dem Thema geäußert. »Es ist unaufrichtig, so zu tun, als wäre May Ling ein Kind wie jedes andere, als ginge es hier nicht um Rassismus«, hatte Dr Wong gefaucht, während Serena an der Seite stand und die Aufnahme unruhig verfolgte. »Seien Sie doch mal ehrlich: Würde die Diskussion auch so hitzig geführt, wenn dieses Kind blond wäre?«

Nach langer Abwägung mit ihren Anwälten gewährten die McCulloughs Channel 3 ein Exklusiv-Interview. »Positive Öffentlichkeit«, nannte Mr Richardson das, und so schickte der Sender ein Kamerateam mit einem Produzenten ins Wohnzimmer der McCulloughs und filmte das Paar auf seiner Couchgarnitur, mit Mirabelle vor einem lodernden Kaminfeuer, der Produzent knapp außerhalb des Bilds. »Wir verstehen natürlich Miss Chows Gefühle«, sagte Mrs McCullough. »Aber Mirabelle war die meiste Zeit ihres Lebens bei uns, sie erinnert sich an gar nichts anderes. Ich habe das Gefühl, dass Mirabelle wirklich mein Kind ist und dass sie nicht grundlos auf diese Weise zu mir gekommen ist.«

»Niemand kann ernsthaft abstreiten«, fügte Mr McCullough hinzu, »dass Mirabelle in einem geordneten Umfeld mit zwei Elternteilen besser aufgehoben ist.«

»Es gibt Stimmen, die befürchten, Mirabelle könnte den Kontakt zu ihrer ursprünglichen Kultur verlieren«, sagte der Produzent. »Wie begegnen Sie solchen Befürchtungen?«

Mrs McCullough nickte. »Wir bemühen uns, sensibel mit diesem Thema umzugehen«, sagte sie. »Ihnen fällt sicher auf, dass wir asiatische Kunst bei uns aufgehängt haben.« Sie zeigte zum Kamin, wo Papierrollen mit Tuschezeichnungen von Bergmotiven hingen und auf dem Sims ein glasiertes Tonpferd stand. »Wir sind verpflichtet, ihr von ihrer ursprünglichen Kultur zu erzählen, wenn sie älter wird. Und sie liebt natürlich Reis. Das war sogar ihre erste feste Mahlzeit.«

»Gleichzeitig möchten wir«, sagte Mr McCullough, »dass Mirabelle wie ein typisches amerikanisches Mädchen aufwächst. Sie soll wissen, dass sie genau wie alle anderen ist.« Der Bericht endete mit einer Aufnahme der McCulloughs, die sich über die Wiege beugten, in der Mirabelle ihr Mobile ankrähte.

Auch die Richardson-Kinder waren bei diesem heiklen Thema gespalten. Mrs Richardson stand natürlich, ebenso wie Lexie, fest auf der Seite der McCulloughs. »Schaut euch an, wie Mirabelle jetzt lebt«, rief Lexie eines Abends Mitte Februar beim Essen. »Ein großes Haus, in dem sie spielen kann. Ein Garten. Zwei Zimmer voller Spielsachen. So ein Leben kann ihr ihre Mutter nicht bieten.« Mrs Richardson stimmte ihr zu: »Sie lieben sie so sehr. Haben so lange gewartet. Und sie aufgezogen, seit sie ein Säugling ist. Inzwischen erinnert sie sich gar nicht mehr an ihre Mutter. Mark und Linda sind die einzigen Eltern, die sie kennt. Es wäre für alle Beteiligten grausam, sie jetzt wegzunehmen, wo sie doch wirklich ideale Eltern sind.«

Moody und Izzy wiederum ergriffen eher Partei für Bebe. »Sie hat einen Fehler gemacht«, sagte Moody. Pearl hatte ihm Bebes Geschichte erzählt, und Moody stand, wie immer, auf Pearls Seite. »Sie dachte, sie könnte sich nicht um das Baby kümmern, und dann hat sich ihre Lage geändert, und sie konnte es doch. Deswegen sollte man ihr das Kind nicht für immer wegnehmen.« Izzy war entschiedener: »Sie ist die Mutter. Die McCulloughs sind nicht die echten Eltern.« Etwas an dem Fall hatte einen Funken in ihr gezündet, vage und noch nicht in Worte zu fassen.

»Meine Eltern haben sich gestern Abend darüber gestritten«, erzählte Brian Lexie eines Nachmittags. Sie hatten das Lacrosse- und Feldhockey-Training ausfallen lassen und lagen halb ausgezogen in seinem Bett, um etwas anderes zu üben. »Und sie streiten sich eigentlich *nie*.« Es hatte beim Abendessen angefangen, und als er ins Bett ging, waren seine Eltern in eisiges Schweigen verfallen. »Mein Vater glaubt, dass sie bei den McCulloughs besser aufgehoben ist und dass sie bei einer Mutter wie Bebe keine Perspektive hat. Er sagt, Mütter wie Bebe halten den Kreislauf der Armut am Laufen.«

»Aber was denkst *du*?«, wollte Lexie wissen. Brian zögerte. Seine Mutter hatte die Tirade seines Vaters unterbrochen – das tat sie oft, nur längst nicht so heftig. »Und was ist mit all den schwarzen Kindern, die in weißen Familien landen?«, hatte sie gesagt. »Glaubst du, das durchbricht den Kreislauf der Armut?« Krachend ließ sie einen Topf in die Spüle fallen und drehte das Wasser auf. Dampf stieg in einer zischenden Wolke hoch. »Wenn jemand der schwarzen Community helfen will, sollte er erst mal was am System ändern.« Brian fand die Begründung seines Vaters absolut logisch: Das Baby war in Sicherheit, es wurde umsorgt und geliebt und genoss alle denkbaren Möglichkeiten. Und trotzdem war da etwas an diesem kleinen braunen Wesen in Mrs McCulloughs langen blassen Armen, das ihn verunsicherte, da ging es ihm wie seiner Mutter. Seine Verunsicherung machte ihn gereizt.

»Wäre sie vorsichtiger gewesen, wäre das Ganze nicht passiert«, sagte er steif. »Wozu gibt es Kondome? Ist das so schwer? Ein Dollar in der Drogerie, und es wäre nichts passiert.«

»Du hast es nicht kapiert, Bry«, sagte Lexie und hob ihre Jeans vom Boden auf.

Brian nahm sie ihr weg. »Vergessen wir's. Ist nicht unser Problem, oder?« Er legte den Arm um sie, und Lexie vergaß die kleine Mirabelle, die McCulloughs, vergaß alles, nur nicht seine Lippen an ihrem Ohr.

Mit Ed Lims Hilfe hatte Bebe offiziell Klage eingereicht, und fürs Erste hatte man ihr das Besuchsrecht gewährt, einmal pro Woche für zwei Stunden. Die McCulloughs behielten vorläufig das Sorgerecht für das Kind.

Niemand war zufrieden mit dieser Vereinbarung.

»Nur in Bibliothek oder an ›öffentlichem Ort‹«, beklagte sich

Bebe bei Mia. »Sie darf nicht zu mir nach Hause. Ich muss halten mein Kind in der Bibliothek. Die Sozialarbeiterin sitzen dabei und beobachten mich die ganze Zeit. Als wäre ich Verbrecherin. Als ich kann meinem Kind schaden. Diese McCulloughs, die sagen, ich soll kommen zu ihnen, May Ling dort besuchen. Soll ich da sitzen und lachen, wenn stehlen sie mein Kind? Soll ich sitzen am Kamin und anschauen Bilder von anderer Frau, die mein Kind hält?«

Aber auch Mrs McCullough war unzufrieden.

»Du machst dir keine Vorstellung, wie das ist«, sagte sie am Telefon zu Mrs Richardson. »Dein Kind einer Fremden zu übergeben. Mit anzusehen, wie eine Frau, die du gar nicht kennst, mit deinem Kind auf dem Arm weggeht. Jedes Mal, wenn es an der Tür klingelt, bin ich völlig aufgelöst, Elena. Wenn sie weggehen, falle ich buchstäblich auf die Knie und bete, dass sie zurückkommt. Die Nacht davor kann ich nicht schlafen. Ich muss Schlaftabletten nehmen.« Mrs Richardson räusperte sich mitfühlend. »Und es ist immer ein anderer Tag. Jedes Mal sage ich, können wir nicht eine bestimmte Zeit festlegen? Bitte, einigen wir uns auf einen Tag. Dann könnte ich mich wenigstens darauf einstellen. Mich darauf vorbereiten. Aber nein, sie sagt es der Sozialarbeiterin immer erst einen Tag vorher. Angeblich kennt sie vorher ihre Arbeitszeiten nicht. Am Nachmittag kriege ich einen Anruf: *Morgen um zehn kommen wir vorbei.* Keinen halben Tag vorher. Ich bin völlig fertig.«

»Es ist nur vorübergehend, Lindy«, sagte Mrs Richardson tröstend. »Der Gerichtstermin ist Ende März, und der Staat wird natürlich entscheiden, dass das Kind zu euch gehört.«

»Hoffentlich hast du recht«, sagte Mrs McCullough. »Aber was ist, wenn sie … « Ihr schnürte sich die Kehle zu, und sie verstummte, atmete tief durch. »Ich mag gar nicht daran denken. Das dürfen sie nicht. Das tun sie nicht.« Ihre Stimme wurde schneidender. »Wie kann sie davon ausgehen, dass sie stabil genug ist, ein Kind großzuziehen, wenn sie nicht mal ihren Arbeitsplan auf die Reihe kriegt?«

»Das ist bald vorbei«, sagte Mrs Richardson.

Mrs Richardsons Gelassenheit täuschte allerdings über ihre wahren Gefühle hinweg. Je länger sie über Mia nachdachte, umso wütender wurde sie und umso häufiger musste sie wiederum an sie denken.

Sie hatte ihr ganzes Leben in Shaker Heights verbracht und war bis ins Innerste von dieser Gegend geprägt. Ihre Kindheit hatte sich inmitten weiter grüner Flächen abgespielt – üppiger Rasen, hohe Bäume, sattes Grün und der entsprechende Wohlstand –, die seit Jahrzehnten in den Werbebroschüren zu sehen waren, mit denen die Stadt die passenden Bewohner anzulocken versuchte. In gewisser Hinsicht war das verständlich: Mrs Richardsons Großeltern hatten fast von Anfang an in Shaker Heights gelebt. Sie waren 1927 hergezogen, als es eigentlich noch ein Dorf war – obwohl es schon damals als schönste Wohngegend der Welt bezeichnet wurde. Ihr Großvater war im Stadtzentrum Clevelands aufgewachsen, in der sogenannten Millionärsmeile. Das mit Zinnen bewehrte, stattliche Haus seiner Familie stand in Reichweite vom Haus der Rockefellers, dem eines Telegrafenmagnaten und dem des Außenministers von Präsident McKinley. Als Mrs Richardsons Großvater jedoch – inzwischen ein erfolgreicher Anwalt – seine Braut nach Hause führen wollte, war die Innenstadt laut und eng geworden. Ruß hing in der Luft und beschmutzte die Kleider der Frauen. Ein Umzug aufs Land, beschloss er, wäre genau das Richtige. Es sei Wahnsinn, so weit aus der Stadt hinauszuziehen, warnten Freunde, aber er war ein Naturbursche und seine künftige Frau eine begeisterte Reiterin, und Shaker Heights bot drei Reitwege, Flüsse zum Angeln und jede Menge frische Luft. Außerdem brachte eine neue Bahnlinie Geschäftsleute im Nu von Shaker ins Stadtzentrum – moderner ging es nicht. Das Paar kaufte ein Haus an der Sedgewick Road, stellte ein Dienstmädchen ein, trat dem Country Club bei; Mrs Richardsons Großmutter fand einen Stall für ihr Pferd Jackson und wurde Mitglied im Flowerpot Garden Club.

Als Mrs Richardsons Mutter Caroline 1931 zur Welt kam, war die Gegend nicht mehr so ländlich, doch immer noch sehr idyllisch. Shaker Heights war offiziell eine Stadt; es gab neun Grundschulen, und eine neue Senior Highschool war gerade fertig geworden. Überall in der Stadt schossen majestätische Häuser aus dem Boden, die den strengen Stilregeln und einem Farbkodex entsprachen und zudem neunundneunzig Jahre lang an niemanden weiterverkauft werden durften, der von den Nachbarn nicht gebilligt wurde. Regeln, Verordnen und Ordnen waren notwendig, versicherten die Bewohner einander, um die Geschlossenheit und Schönheit der Gemeinde zu bewahren.

Und Shaker Heights war tatsächlich schön. Überall Rasenflächen und blühende Gärten – die Bewohner versprachen, immer Unkraut zu jäten, nur Blumen zu pflanzen, kein Gemüse. Wer das Glück hatte, in Shaker zu wohnen, durfte sich in der schönsten Gemeinde Amerikas wähnen. Wenn man dort, wie ein Bewohner einmal sagte, beim Schneeschaufeln in der Einfahrt seinen wertvollen Diamant-Hochzeitsring verlor, kam im nächsten Moment ein Service und brachte die gesamte Schneewehe in eine städtische Autowerkstatt, wo sie zur Bergung des Schatzes unter Wärmelampen geschmolzen wurde. Im Sommer ging Caroline an den Shaker-Seen picknicken, im Winter lief sie Schlittschuh auf Kunsteisbahnen, an Weihnachten sang sie im Chor. Im Kino am Shaker Square sah sie in Matineen Filme wie *Onkel Remus Wunderland* und *Anna und der König von Siam,* und zu besonderen Anlässen – wie etwa ihrem Geburtstag – ging ihr Vater mit ihr zum Hummeressen in Stouffer's Restaurant. Als Teenager wurde Caroline Tambourmajorin in der Marschkapelle der Schule und parkte unten am Kanu-Club mit dem Jungen, der ein paar Jahre später ihr Mann wurde.

In ihrer Vorstellung war es ein perfektes Leben an einem perfekten Ort. Und so dachten alle in Shaker Heights. Als dann offensichtlich wurde, dass die Außenwelt weniger perfekt war – als Brown vs. Board einen Aufruhr verursachte und Freedom Riders in Montgomery Busse boykottierten und Die Neun aus Little Rock sich unter einem Sturm von Beschimpfungen und Spucke den Weg in die Schule bahnten –, beschlossen die Einwohner von Shaker, es besser zu machen. Denn waren sie, die Wohlhabenden und Vorurteilsfreien, nicht schlauer, klüger, umsichtiger und vorausschauender? War es nicht ihre Pflicht, andere aufzuklären? Müsste die Elite den weniger Begünstigten von ihrem Glück nicht etwas abgeben? Carolines Mutter hatte sie immer dazu angehalten, an Bedürftige zu denken: In der Vorweihnachtszeit organisierte sie Spielzeugspenden für Kinder aus armen Familien; sie war Mitglied der örtlichen Children's Guild gewesen, hatte sogar die Zusammenstellung eines Guild-Kochbuchs geleitet, dessen Erlös an wohltätige Zwecke ging, und ihr persönliches Rezept für Melassekekse beigetragen. Als sich die Unruhen der Außenwelt auch in Shaker Heights niederschlugen – auf das Haus eines schwarzen Rechtsanwalts wurde ein Bombenanschlag verübt –, fühlte sich die Gemeinde dazu verpflichtet zu demonstrieren, dass dies nicht dem Denken der Shaker entsprach. Ein Nachbarschafts-verein wurde gegründet, um die Integration auf besondere Weise voranzutreiben: Mithilfe von Krediten wurden weiße Familien ermutigt, in schwarze Viertel zu ziehen, und umgekehrt. Hausverkäufe wurden verboten, um den Wegzug weißer Bewohner aus mehrheitlich von ethnischen Minderheiten bewohnten Gebieten zu vermeiden – ein Gesetz, das jahrzehntelang wirksam war. Caroline, zu diesem Zeitpunkt selbst Hausbesitzerin mit einem einjährigen Kind – der jungen Mrs Richardson –, trat dem Integrationsverein sofort bei. Einige Jahre später fuhr sie, die Tochter im Schlepptau, fünfeinhalb Stunden zum großen Marsch auf Washington, ein Tag, den Mrs Richardson nie vergessen sollte: blendender Sonnenschein, eine dicht gedrängte Menschenmenge, in der Ferne das Washington Monument, das sich wie ein Stachel in die Wolken bohrte. Sie klammerte sich an die Hand ihrer Mutter, aus Angst, davongeschwemmt zu werden. »Ist das nicht unglaublich?«, sagte ihre Mutter, ohne zu ihr hinabzublicken. »Diesen Augenblick darfst du nie vergessen, Elena.« Und Elena vergaß nie die Miene ihrer Mutter, diese Sehnsucht, die Welt ein bisschen besser zu machen. Ihre Überzeugung, dass alles möglich war, wenn man sich nur genug anstrengte; dass keine Arbeit zu schmutzig war.

Doch drei Generationen, geprägt von Ordnung, Regeln und Etikette, färbten auf Elena ab, und sie konnte die beiden Welten nie so recht in Einklang bringen. 1968 – sie war fünfzehn – schaltete sie den Fernseher an und sah, wie sich das Chaos gleich einem Buschfeuer im ganzen Land ausbreitete. Martin Luther King, dann Bobby Kennedy. Studentenrevolten an der Columbia University. Aufstände in Chicago, Memphis, Baltimore, Washington D. C. – wo man hinsah, brach alles zusammen. Tief in ihrem Inneren glomm ein Funke, ein Funke, der Jahre später auch in Izzy aufloderte. Natürlich verstand sie, warum das alles geschah: Die Menschen kämpften für die gerechte Sache. Doch insgeheim schauderte sie beim Anblick der grobkörnigen, beängstigenden Fernsehbilder: brennende Supermärkte, aus deren Dächern Rauch aufstieg, bis auf die Grundfeste abgebrannte Mauern. Die kaputten Scheiben eingeworfener Fenster wie Fangzähne in der Nacht. Soldaten mit Gewehren marschierten an Drogeriemärkten und Waschsalons vorbei. Jeeps blockierten Kreuzungen unter ausgeschalteten Ampeln. Musste Altes abgebrannt werden, um Neuem Platz zu machen? Der Teppich unter ihren Füßen war weich. Das Sofa, auf dem sie saß, war mit Rosen gemustert. Draußen am Futterhäuschen gurrte eine Trauertaube, und ein Cadillac kam an der Ecke behutsam zum Stehen. Sie fragte sich, welche Welt real war.

Als im folgenden Frühjahr die Antikriegsdemonstrationen begannen, stieg sie nicht ins Auto, um sich ihnen anzuschließen. Sie schrieb feurige Leserbriefe und unterzeichnete Petitionen gegen die Einberufung. Sie stickte ein Peace-Zeichen auf ihren Rucksack. Sie flocht sich Blumen ins Haar.

Sie hatte keine Angst. Aber trotz allem Idealismus war in Shaker Heights der Pragmatismus die treibende Kraft, und anders konnte sie nun mal nicht sein. Lebenslang gehegte praktische Erwägungen und Bequemlichkeit erstickten den Funken in ihr wie eine dicke, schwere Decke. Wo sollte sie schlafen, wenn sie nach Washington zu den Protesten fuhr? Brachte sie sich in Gefahr? Was war mit der Schule, würde man sie rauswerfen, konnte sie trotzdem ihren Abschluss machen und studieren? Im Frühjahr ihres letzten Schuljahrs hatte Jamie Reynolds sie eines Tages nach dem Geschichtsunterricht beiseitegezogen. »Ich steig aus«, sagte er. »Ich geh nach Kalifornien. Komm mit.« Sie verehrte Jamie seit der siebten Klasse, nachdem er ein von ihr für den Englischkurs geschriebenes Sonett bewundert hatte. Jetzt, mit fast achtzehn, hatte er lange Haare und einen struppigen Bart, eine Abneigung gegen Autoritäten, einen VW-Bus, in dem sie, wie er sagte, leben könnten. »Das ist wie Zelten«, hatte er gesagt, »nur dass wir überallhin können«, und sie wäre unheimlich gern mit ihm gegangen, überallhin, um dieses schiefe, schüchterne Lächeln zu küssen. Aber wie sollten sie ihr Essen bezahlen, wo ihre Wäsche waschen, wo baden? Was würden ihre Eltern sagen? Die Nachbarn, die Lehrer, ihre Freundinnen? Sie hatte Jamie auf die Wange geküsst und geweint, sobald er außer Sichtweite war.

Monate später – inzwischen studierte sie an der Denison – saß sie mit Kommilitonen im Gemeinschaftsraum und schaute sich im Fernsehen live die Einberufungslotterie an. Jamies Geburtstag, der 7. März, wurde als zweiter gezogen. Er würde also unter den Ersten sein, die kämpfen mussten, dachte sie und fragte sich, wo er wohl war, ob er wusste, was ihn erwartete, ob er sich melden oder türmen würde. Neben ihr saß Billy Richardson und drückte ihre Hand. Sein Geburtstag wurde als einer der letzten gezogen, und als Student im Grundstudium war ihm ohnehin Aufschub gewährt worden. Er war in Sicherheit. Wenn sie mit dem Studium fertig wären, wäre der Krieg vorbei, und sie würden heiraten, ein Haus kaufen, sesshaft werden. Sie bereute nichts, redete sie sich ein. Wie verrückt, dass sie auch nur eine Sekunde lang daran gedacht hatte. Was sie seinerzeit für Jamie empfunden hatte, war nur ein Liebesflämmchen gewesen.

Ihr ganzes Leben lang hatte sie gelernt, dass Leidenschaft, genau wie Feuer, gefährlich war, leicht außer Kontrolle geriet, Wände hochkletterte und Gräben übersprang. Funken hüpften wie Flöhe und verbreiteten sich genauso schnell; ein Windhauch konnte Glutasche meilenweit tragen. Man musste diesen Funken unter Kontrolle halten und wie die Olympische Flamme von einer Generation an die nächste weitergeben. Oder ihn sorgsam hüten wie eine ewige Flamme: als Mahnung zu Licht und Güte, die nie etwas in Brand setzen würden oder könnten. Sorgfältig kontrolliert. Gezähmt. Glücklich unter Verschluss. Es kam einzig darauf an, dachte sie, einen Flächenbrand zu vermeiden.

Diese Weltsicht hatte ihr durchs Leben geholfen und, wie sie fand, immer gute Dienste geleistet. Natürlich hatte sie hier und da auf etwas verzichtet. Aber sie hatte ein schönes Haus, eine feste Arbeitsstelle, einen liebevollen Mann, ein Nest von gesunden, glücklichen Kindern, und das war den Handel allemal wert. Regeln gab es aus einem bestimmten Grund: Wer sie befolgte, kam voran; wer es nicht tat, drohte die Welt in Asche zu legen.

Und jetzt kam Mia daher und stürzte die arme Linda in ein solches Grauen – als hätte sie nicht schon genug durchgemacht; als taugte Mia auch nur annähernd als Vorbild dafür, was eine gute Mutter ausmachte. Schleppte ihr vaterloses Kind von einem Ort zum nächsten, hielt sich mit Hilfsarbeiten über Wasser und rechtfertigte sich mit der Behauptung – sich selbst und anderen gegenüber –, dass sie *Künstlerin* sei. Wühlte mit ihren schmutzigen Händen im Leben anderer Leute herum. Sorgte für Ärger. Zündelte herum, wie es ihr passte. Mrs Richardson schäumte, und plötzlich loderte der heiße, sorgsam gehütete Zornesfunke in ihr zu einer riesigen Flamme auf. Mia machte, was sie wollte, dachte Mrs Richardson, und was kam dabei heraus? Kummer für ihre älteste Freundin. Chaos ringsum. *Man kann nicht einfach tun, was man will*, dachte sie. Warum sollte Mia eine Ausnahme sein?

Nur ihre Loyalität gegenüber den McCulloughs, redete sie sich ein, und der Wunsch, dass ihrer ältesten Freundin Gerechtigkeit

widerfuhr, brachten sie schließlich dazu, die Grenze zu über-
schreiten: Bei der nächsten Gelegenheit würde sie nach Pennsylvania fahren und Mias Eltern besuchen. Sie würde ein für alle
Mal herausfinden, wer diese Frau war.

12

Seit einiger Zeit, fand Pearl, ging es nur noch um Sex; überall quoll er hervor wie schmutziger Honig. Sogar die Nachrichten waren voll davon. In der *Today Show* diskutierte ein Moderator die Gerüchte über den Präsidenten und den Fleck auf einem blauen Kleid, und noch ärger waren Geschichten über eine Zigarre und ihren verfehlten Gebrauch. Überall wurden Sozialarbeiter in Schulen geschickt, um »jungen Leuten zu helfen, mit dem Gehörten fertigzuwerden«, aber in den Gängen der Shaker Heights High School war die Stimmung eher ausgelassen als traumatisiert. *Wie heißt die Lieblingszahnbürste von Bill Clinton? Oral B!* War denn das ganze Land in eine Jerry-Springer-Episode geraten? *Welche Bestnote kann eine Praktikantin im Weißen Haus bekommen? Befriedigend!*

Zwischen Mathe, Biologie und Englisch erzählten die Schüler sich Witze, die mit jedem Tag obszöner wurden. *Was hat Bill Clinton zwischen den Beinen? Einen Krisenstab …* Oder: *Monica, flüsternd in der Reinigung: Könnten Sie bitte diesen Fleck entfernen? Der Angestellte: Schon wieder Wichse? Monica: Nein, es ist Senf.* Pearl errötete, tat aber so, als würde sie die Witze schon kennen. Alle schienen ungeniert Dinge zu sagen, die sie sich nicht mal zu flüstern traute. Alle beherrschten die Kunst verdeckter Anspielungen. Sie fand bestätigt, was sie schon immer vermutet hatte: Alle wussten offenbar mehr über Sex als sie.

In dieser Stimmung ging Pearl Mitte Februar allein zu den Richardsons. Izzy war bei Mia und studierte Kontaktabzüge, schnitt Fotos zurecht, saugte Mias Aufmerksamkeit auf und gab Pearl die Gelegenheit, anderswo zu sein. Moody hatte einen Stegreiftest über *Jane Eyre* verhauen und musste länger bleiben, um ihn nochmals zu schreiben. Mr und Mrs Richardson waren bei der Arbeit. Und Lexie war natürlich anderweitig beschäftigt. Als Pearl sie an ihrem Spind getroffen hatte, hatte Lexie gesagt: »Wir sehen uns später, Brian und ich … machen was zusammen«, und all das Nebulöse, das in der Luft wirbelte, stürmte auf Pearls Gedanken ein, um Lexies Zögern mit Sinn zu füllen. Sie war in Gedanken noch damit beschäftigt, als sie zu den Richardsons kam und nur Trip vorfand, der im Wintergarten lang und lässig auf dem Sofa lag, das aufgeschlagene Mathebuch neben sich auf dem Kissen. Er hatte seine Tennisschuhe ausgezogen, die langen Baumwollsocken aber noch an, was sie seltsam anziehend fand.

Einen Monat zuvor wäre Pearl schnell wieder verschwunden, während jedes andere Mädchen mit Sicherheit zu Trip gesagt hätte, er solle rutschen, und sich neben ihn auf die Couch hätte fallen lassen. Pearl blieb und überlegte, was sie tun sollte. Sie waren allein im Haus: Alles war möglich, stellte sie fest, und diese Vorstellung war berauschend. »Hey«, sagte sie. Trip blickte auf und grinste.

»Hey, Streberin«, sagte er. »Komm, hilf mir mal.« Er richtete sich auf, um Platz zu machen, und drückte ihr sein Heft in die Hand. Pearl las die Aufgabe durch und war sich bis in die Haarspitzen bewusst, dass ihre Knie sich berührten.

»Okay, ganz einfach«, sagte sie. »Um x zu berechnen … « Sie beugte sich über das Heft und korrigierte seine Arbeit, während er sie beobachtete. In Trips Augen war Pearl immer ein Mäuschen gewesen, niedlich zwar, aber kein Mädchen, an das er – über die natürliche Aufmerksamkeit dank seiner jugendlichen Hormone hinaus – viele Gedanken verschwendete. Aber heute war etwas an Pearl anders, etwas war neu, auch an ihrem Verhalten. Ihre Augen waren hellwach und strahlend – sahen sie immer so aus? Sie strich sich eine Locke aus dem Gesicht, und er überlegte, wie es wohl wäre, wenn er sie berühren würde, so wie man einen Vogel streichelt. Mit drei schnellen Strichen skizzierte sie die Aufgabe – horizontal, vertikal, dann eine geschwungene Linie, die ihn plötzlich an Lippen und Hüften und andere Kurven denken ließ.

»Hast du's verstanden?«, fragte Pearl, und zu seinem Erstaunen stellte Trip fest, dass er es verstanden hatte.

»Hey«, sagte er. »Du kannst das ziemlich gut.«

»Ich kann vieles gut«, sagte sie, und dann küsste er sie.

Es war Trip, der sie rücklings auf die Couch drückte, wobei sein Buch auf den Boden fiel, und der seine Hand erst auf, dann unter ihr T-Shirt schob. Aber es war Pearl, die sich wenig später unter ihm vorschlängelte, ihn bei der Hand nahm und nach oben führte.

In Trips halb gemachtem Bett, in seinem Zimmer, wo das Hemd von gestern auf dem Boden lag und die Sonne durch die halb geschlossenen Rollos ihre Körper streifte, überließ Pearl sich ganz ihrem Instinkt. Es war, als wäre ihr Verstand zum ersten Mal in ihrem Leben ausgeschaltet, als bewegte ihr Körper sich von allein. Trip war der Zögernde, der am Verschluss ihres BHs fummelte, obwohl er bestimmt schon viele geöffnet hatte. Sie deutete das mit Recht als Zeichen seiner Nervosität und dass ihm dieser Moment etwas bedeutete, und freute sich.

»Sag mir, wenn ich aufhören soll«, sagte er, und sie erwiderte: »Mach weiter.«

Es tat weh, als er in sie eindrang, die plötzliche Intensität ihrer beiden Körper, sein Gewicht auf ihr, ihre Knie an seiner Hüfte. Und es ging schnell. Für sie kam die Lust – diesmal zumindest – erst danach, als er heftig schaudernd zusammensackte, das Gesicht an ihrem Hals, und sich, wie von einem starken, unerschütterlichen Bedürfnis getrieben, an sie klammerte. Der Gedanke daran, was sie eben getan hatten, und die Wirkung, die sie auf ihn ausüben konnte, erregten sie. Sie küsste ihn aufs Ohr, worauf er sie, ohne die Augen zu öffnen, schläfrig anlächelte. Sie fragte sich, wie es wäre, neben ihm einzuschlafen, jeden Morgen neben ihm aufzuwachen.

»Wir müssen aufstehen«, sagte sie. »Irgendwer kommt bestimmt gleich zurück.«

Schweigend zogen sie sich rasch an, und erst dann regten sich leichte Schuldgefühle in Pearl. Ob ihre Mutter es merken würde? Ob sie irgendwie anders aussah? Würden alle sie durchschauen und an ihrem Gesicht ablesen, was sie getan hatte? Trip warf ihr ihr T-Shirt zu, und sie zog es über den Kopf, plötzlich verlegen bei der Vorstellung, dass er sie anstarrte. »Ich geh lieber«, sagte sie.

»Moment«, sagte Trip und strich ihr zärtlich das Haar aus dem Kragen. »So ist es besser.« Sie lächelten sich verlegen an und sahen dann beide zur Seite. »Bis morgen«, sagte er, worauf Pearl nickte und zur Tür hinausschlüpfte.

⁓

Am Abend beobachtete Pearl ihre Mutter aufmerksam. Im Bad hatte sie immer wieder ihr Spiegelbild betrachtet und war ziemlich sicher, dass mit bloßem Auge keine Veränderung an ihr zu erkennen war. Wenn sich etwas verändert hatte – und sie fühlte sich genauso wie vorher und gleichzeitig vollkommen anders –, dann nur innerlich. Trotzdem wurde sie bei jedem Blick von Mia nervös. Nach dem Essen zog sie sich unter dem Vorwand, noch Hausaufgaben machen zu müssen, in ihr Zimmer zurück, um über das Geschehene nachzudenken. Waren sie und Trip jetzt ein Paar? Hatte er sie benutzt? Oder – und dieser Gedanke war verblüffend – hatte sie ihn benutzt? Sie fragte sich, ob sie ihn bei ihrer nächsten Begegnung noch immer so anziehend finden würde. Oder ob er so tun würde, als wäre nichts gewesen – oder schlimmer noch, ihr ins Gesicht lachen. Sie versuchte, sich jeden Augenblick des Nachmittags in Erinnerung zu rufen: jede Bewegung ihrer Hände, jedes Wort, das sie gesagt, jeden Atemzug, den sie getan hatten. Sollte sie mit ihm reden oder ihm aus dem Weg gehen, bis er auf sie zukam? Diese Fragen beschäftigten sie den ganzen Abend, und als Moody sie am nächsten Morgen zur Schule abholte, konnte sie ihm nicht in die Augen sehen.

Den ganzen Tag lang bemühte sich Pearl, normal zu erscheinen. Sie beugte sich über ihre Notizen, meldete sich nicht. Nach jeder Stunde fürchtete sie, Trip im Flur zu begegnen, überlegte, was sie sagen würde. Doch sie begegnete ihm nicht, und jedes Mal atmete sie erleichtert auf. Moody bemerkte nur, wie still sie war, und fragte sich, ob irgendetwas sie bedrückte. Um sie herum lief der Schulbetrieb unverändert turbulent weiter; nach dem Unterricht sagte sie, sie fühle sich nicht wohl, und ging nach Hause. Sie wollte nicht, dass die nächste Begegnung mit Trip im Beisein von Lexie und Moody stattfand. Auch Mia, der ihr Schweigen auffiel, fragte sich, ob sie vielleicht krank würde, und schickte sie früh ins Bett, aber Pearl lag lange wach, und am nächsten Morgen im Bad entdeckte sie dunkle Ringe unter ihren Augen und war sicher, Trip würde sie nie wieder ansehen.

Doch am Ende des nächsten Tages erschien Trip an ihrem Spind. »Schon was vor?«, fragte er fast schüchtern. Sie errötete, denn sie wusste genau, was er meinte.

»Nichts Besonderes«, erwiderte sie. »Ich treffe mich mit Moody.« Sie spielte an dem Rädchen ihres Zahlenschlosses und entschied sich, ein weiteres Mal mutig zu sein. »Aber vielleicht hast du eine bessere Idee?«

Trip fuhr mit den Fingern die blau bemalte Kante der Spindtür entlang. »Ist deine Mutter zu Hause?«

Pearl nickte. »Izzy ist wahrscheinlich auch da.« In Gedanken gingen beide eine Liste mit möglichen Orten durch: Es gab keinen, wo sie allein sein konnten. Nach einer Weile sagte Trip: »Ich weiß vielleicht was.« Er holte seinen Pager und ein 25-Cent-Stück aus der Tasche. An der Schule waren Pager streng verboten, was zur Folge hatte, dass alle coolen Schüler welche hatten. »Wir treffen uns am Münztelefon, wenn du fertig bist, okay?« Er eilte davon, und Pearl packte ihre Bücher und verschloss ihren Spind. Ihr Herz raste wie bei einem Kind, das Fangen spielt – wobei sie nicht genau wusste, ob sie fing oder gefangen wurde. Sie ging Richtung Ausgang, vor die Aula, wo das Münztelefon stand. Trip hängte gerade den Hörer ein.

»Wen hast du angerufen?«, fragte Pearl, und Trip wirkte plötzlich beschämt.

»Kennst du Tim Michaels?«, sagte er. »Wir spielen zusammen Fußball, seit wir zehn sind. Seine Eltern kommen nicht vor acht nach Hause, und manchmal nimmt er ein Mädchen mit in den Freizeitraum im Keller.« Er verstummte, und Pearl verstand.

»Und manchmal darfst du mit jemandem dorthin?«

Trip wurde rot und trat einen Schritt näher, er hielt sie fast im Arm. »Das ist lange her«, sagte er. »Im Augenblick bist du das einzige Mädchen, mit dem ich dorthin gehen möchte.« Er strich ihr über das Schlüsselbein. Es war eine so untypische und ernsthafte Geste, dass sie ihn fast auf der Stelle geküsst hätte. Im selben Moment summte der Pager in seiner Hand. Pearl sah nur eine Reihe von Zahlen, die Trip offenbar etwas sagten. Die Schüler kommunizierten in Codes über ihre Pager und buchstabierten die Botschaften mit einzelnen Ziffern. KANN ICH ZU DIR, hatte Trip in das Münztelefon getippt, und Tim, der sich gerade im Umkleideraum zum Basketballtraining umzog, schaute mit hochgezogener Augenbraue auf seinen summenden Pager. Er hatte Trip schon länger nicht mehr mit einer Neuen gesehen. OK WER IST SIE, hatte er zurückgeschrieben, aber Trip entschied sich dafür, nicht zu antworten, und steckte den Pager wieder in seine Tasche.

»Er sagt, es geht in Ordnung.« Trip zog an einem Riemen von Pearls Schultasche. »Und?«

Pearl merkte plötzlich, dass es ihr egal war, welche Mädchen vor ihr dort gewesen waren. »Fährst du?«, fragte sie.

Erst am Hintereingang von Michaels Haus fiel ihr Moody wieder ein. Er würde sich wundern, wo sie war und warum sie nicht wie üblich im naturwissenschaftlichen Flügel auf ihn wartete. Er würde eine Weile ausharren, dann nach Hause gehen und sie auch dort nicht vorfinden. Ihr wurde klar, dass sie ihm etwas erzählen musste, doch dann hatte Trip auch schon den Ersatzschlüssel unter der Türmatte hervorgeholt, die Hintertür aufgeschlossen und ihre Hand genommen, und sie vergaß Moody und folgte ihm hinein.

»Sind wir jetzt zusammen?«, fragte sie hinterher, als sie auf der Couch in Tim Michaels Freizeitraum lagen. »Oder ist das nur so nebenbei?«

»Was denn, willst du meine Trainingsjacke oder so was?«

Pearl lachte. »Nein.« Dann wurde sie ernst. »Ich will nur wissen, worauf ich mich einlasse.«

Trips klare, dunkelbraune Augen sahen sie unvermittelt an. »Ich hab nicht vor, eine andere zu treffen. Falls du das wissen wolltest.«

Sie hatte ihn noch nie so ernst gesehen. »Okay. Ich auch nicht.« Wenig später sagte sie: »Moody wird ausflippen. Genau wie Lexie. Und alle anderen.«

Trip überlegte. »Na ja«, sagte er, »wir müssen es ihnen ja nicht erzählen.« Er lehnte seine Stirn an ihre. Pearl war klar, dass sie bald aufstehen, sich anziehen und wieder hinaus ins Leben und unter Leute müssten.

»Ich hab nichts dagegen, ein Geheimnis zu sein«, sagte sie und küsste ihn.

—

Trip hielt Wort: Obwohl Tim Michaels ihn wiederholt löcherte, gab er den Namen seiner rätselhaften neuen Freundin nicht preis, und wenn andere ihn fragten, wo er nach der Schule hinging, erfand er Ausreden. Pearl behielt die Beziehung ebenso für sich. Insgeheim hätte sie Lexie gern erzählt, dass sie nun auch zum exklusiven Club der Erfahrenen gehörte. Aber Lexie hätte jede intime Einzelheit wissen wollen und es Serena Wong erzählt, und nach einer Woche hätte es die ganze Schule gewusst. Izzy wäre natürlich angewidert. Und Moody – nun, es ihm zu erzählen, kam nicht infrage. Seit einiger Zeit war Pearl aufgefallen, dass sich seine Gefühle für sie verändert hatten, im Gegensatz zu ihren. Als sie sich vor einem Monat im Kino durch die Menge gekämpft hatten – sie wollten sich endlich *Titanic* ansehen, und das Foyer war voller Menschen –, hatte er sie an die Hand genommen, damit sie nicht getrennt wurden, und obwohl sie froh war, dass jemand sie durch die Menge manövrierte, lag im festen Druck seiner Hand auch etwas Besitzergreifendes, und sie hatte Bescheid gewusst. Erst am Eingang zum Kinosaal hatte sie ihm unter dem Vorwand, ihren Lippenbalsam in der Handtasche zu suchen, vorsichtig ihre Hand entzogen. Während des Films – als Leonardo DiCaprio Kate Winslet nackt zeichnete und die Kamera auf eine Hand zoomte, die auf eine beschlagene Autoscheibe klatschte – spürte sie, wie Moody erstarrte und sie ansah, worauf sie die Hand in die Popcorntüte steckte, als langweilte sie das Geschehen auf der Leinwand. Als Moody hinterher vorschlug, einen Kaffee bei Arabica zu trinken, hatte sie ihm gesagt, sie müsse nach Hause. Am nächsten Morgen in der Schule schien alles wie immer, aber sie wusste, dass sich etwas verändert hatte, und dieses Wissen barg sie in sich wie einen Splitter, etwas, woran sie nicht rühren wollte.

Und so fing sie an zu lügen. Alle paar Tage, wenn sie und Trip sich heimlich davonstahlen – und Tim Michaels Terminplan es möglich machte –, hinterließ sie eine Nachricht an Moodys Spind. *Muss länger bleiben. Wir sehen uns bei dir. 16.30 Uhr?* Wenn Moody später nachfragte, erfand Pearl immer eine plausible Ausrede. Sie hatte beim Plakatemalen für die jährliche Benefizveranstaltung mit Spaghettidinner geholfen. Sie hatte mit dem Englischlehrer über eine bevorstehende Arbeit gesprochen. In Wirklichkeit setzte Trip sie nach ihren Stelldicheins eine Straße weiter ab, und während sie wie gewohnt bei den Richardsons erschien, fuhr er weiter zum Hockeytraining oder zu einem Freund oder drehte noch ein paar Runden um den Block und kam dann nach Hause.

Nur einmal wurden sie beobachtet. Auf der Heimfahrt von seiner Busfahrerschicht fuhr Mr Yang mit seinem hellblauen

Saturn den Parkland Drive entlang und sah einen Jeep Cherokee am Straßenrand stehen, in dem zwei Teenager einander umarmten. Als er vorbeifuhr, lösten sie sich voneinander, und das Mädchen stieg aus; er erkannte seine junge Nachbarin von oben, Mias stille, hübsche Tochter. Es ging ihn nichts an, sagte er sich, auch wenn er sich den Rest des Nachmittags an seine eigene Jugend in Hongkong erinnerte, als er heimlich mit Betsy Choy in den Botanischen Garten gegangen war, an diese traumhaften Nachmittage, über die er nie gesprochen und an die er jahrelang nicht mehr gedacht hatte. Die jungen Leute sind alle gleich, immer und überall, dachte er bei sich, legte den Gang ein und fuhr weiter.

~

Seit der Halloweenparty schlichen sich auch Lexie und Brian, so oft sie konnten, heimlich davon – nach dem Training, am Ende und manchmal am Anfang ihrer Wochenendverabredungen und einmal sogar in der Prüfungswoche, mitten am Tag zwischen Lexies Physik- und Brians Spanischexamen. »Du bist richtig süchtig«, zog Serena sie auf. Zu Lexies großem Ärger war bei ihr immer jemand zu Hause, wenn sie und Brian unbedingt allein sein wollten. Da Brians Vater jedoch oft Notdienst hatte und seine Mutter lange arbeitete, hatten sie bei den Averys häufiger freie Bahn, und im Notfall begnügten sie sich mit Lexies Auto, hielten an einem verlassenen Parkplatz, kletterten auf die Rückbank und krochen unter die alte Steppdecke, die sie zu diesem Zweck jetzt immer dabeihatte.

Lexie erschien die Welt beinahe perfekt, ihre Fantasien waren eine schillernd bunte Erhöhung ihres wirklichen Lebens. Wenn sie und Brian sich nach ihren Stelldicheins widerstrebend voneinander gelöst hatten und wieder zu Hause waren, kuschelte sie sich ins Bett, spürte noch immer seine Wärme und stellte sich ihre gemeinsame Zukunft vor. Es wäre wie im Himmel, wenn sie in seinen Armen einschlief und neben ihm aufwachte. Sie konnte sich nichts Schöneres vorstellen, und allein der Gedanke erfüllte sie mit Wärme, einem fast noch postkoitalen Glühen. Natürlich würden sie ein kleines Haus haben. Hinten ein Garten, in dem sie sich sonnen konnte; über der Garagentür ein Basketballkorb für Brian. Sie würde eine Vase mit Flieder auf die Kommode stellen und die Betten mit gestreifter Wäsche beziehen. Geld, Miete, Arbeit wären kein Problem; da sie im wirklichen Leben keine Gedanken daran verschwendete, spielten sie auch in ihren Tagträumen keine Rolle. Und irgendwann – an dieser Stelle begann ihre Fantasie zu funkeln und zu gleißen wie ein Feuerwerk am Himmel – bekämen sie ein Kind. Es würde genauso aussehen wie der einjährige Brian auf dem Foto, das seine Mutter auf den Kaminsims gestellt hatte: Lockenschopf, Pausbacken und braune Augen, so groß und sanft, dass man bei ihrem Anblick dahinschmolz. Brian würde das Kind auf seinen Hüften schaukeln, es in die Luft werfen. Bei Picknicks im Park würde das Baby sich im Gras wälzen und lachen, wenn die Halme seine Füße kitzelten. Nachts würden sie mit dem warmen, weichen, nach Milch riechenden Kind zwischen sich schlafen.

An den Schulen von Shaker Heights gab es nicht nur einmal Sexualkundeunterricht, sondern fünfmal: in der fünften und sechsten Klasse, vom Schulausschuss als »frühe Aufklärung« gedacht; in den »gefährlichen Jahren« der siebten und achten Klasse, und noch einmal in der Zehnten, der letzte Akt, in dem der Aufklärungsunterricht um ernährungswissenschaftliche Grundlagen, Diskussionen über Selbstwertgefühl und Bewerbungshilfen ergänzt wurde. Doch Lexie und Brian waren Teenager – schlecht im Berechnen von Wahrscheinlichkeiten und noch schlechter im Einschätzen von Risiken. Sie waren jung und ihrer Liebe sicher. Sie waren geblendet und verwirrt von der Vision einer Zukunft, die sie miteinander verbringen wollten und die Lexie sich manchmal so sehnsüchtig herbeiwünschte, dass sie nachts nicht schlafen konnte. Was zur Folge hatte, dass sie mehr als einmal in ihre Tasche griff, kein Kondom fand und sie sich trotzdem nicht abschrecken ließen. »Ist schon in Ordnung«, flüsterte sie Brian zu. »Machen wir's einfach …«

Und so kam es, dass Lexie in der ersten Märzwoche im Drogeriemarkt vor dem Regal mit den Schwangerschaftstests stand.

Sie entschied sich für einen Zweierpack, legte ihn unter ihr Portemonnaie und ging damit zur Kasse. Die Frau, die dort arbeite, war jung, vielleicht dreißig oder fünfunddreißig, hatte aber rings um die Lippen Falten, die ihrem Mund etwas permanent Schmollendes verliehen. *Bitte stell mir keine Fragen*, betete Lexie insgeheim. *Bitte tu einfach so, als würdest du nicht merken, was ich kaufe.*

»Ich weiß noch, wie ich herausfand, dass ich mit meinem Ersten schwanger bin«, sagte die Frau plötzlich. »Hab den Test bei der Arbeit gemacht. Ich war so aufgeregt, dass ich mich übergeben musste.« Sie steckte die Tests in eine Plastiktüte und gab sie Lexie. »Viel Glück, Süße.« Die unerwartete Freundlichkeit ließ Lexie fast in Tränen ausbrechen – sie wusste nicht genau, ob aus Scham, ertappt worden zu sein, oder aus Angst, ihr Test könnte dasselbe Ergebnis zeigen wie bei dieser Frau. Sie nahm die Tüte und drehte sich um, ohne sich zu verabschieden.

Zu Hause schloss Lexie die Badezimmertür ab und öffnete die Schachtel. Die Anleitung war einfach. Ein Strich bedeutete nein, zwei Striche ja. Wie ein Magic 8 Ball, dachte sie, nur mit weitreichenderen Folgen. Sie stellte den feuchten Stab auf die Ablage, beugte sich darüber und sah, wie sich die Striche bildeten. Zwei, leuchtend pinkfarben.

Jemand klopfte an die Tür. »Bin gleich fertig«, rief sie, wickelte den Test rasch in Toilettenpapier und verbrauchte fast die halbe Rolle, dann legte sie ihn ganz unten in den Abfalleimer. Izzy stand noch immer im Flur, nachdem sie gespült, sich die Hände gewaschen und schließlich die Tür geöffnet hatte.

»Hast du dich so lang im Spiegel bewundert?« Izzy spähte an ihrer Schwester vorbei ins Bad, als könnte sich dort irgendwer versteckt haben.

»Es gibt Leute«, sagte Lexie, »die sich hin und wieder die Haare kämmen. Solltest du auch mal probieren.« Dann huschte sie an Izzy vorbei in ihr Zimmer, wo sie sich, kaum war die Tür zu, ins Bett legte und verzweifelt darüber nachdachte, was sie tun sollte.

—

Eine Zeit lang glaubte Lexie tatsächlich, sie und Brian könnten das Baby behalten. Sie könnten einen Ausweg finden, und die Sache ließe sich regeln wie bisher alles in ihrem Leben. Das Geburtsdatum wäre – sie zählte an den Fingern ab – im November. Vielleicht könnte sie ein Semester später in Yale anfangen. Oder vielleicht könnte das Baby bei ihren Eltern leben, während sie studierte. In den Ferien würde sie natürlich nach Hause fahren, um es zu sehen. Oder vielleicht – und das war der schönste Traum –, vielleicht würde Brian nach Yale wechseln, oder sie nach Princeton. Sie könnten ein kleines Haus mieten. Vielleicht heiraten. Sie presste ihre Hand auf den Bauch – noch flach wie immer – und stellte sich eine winzige pulsierende Zelle vor, die sich immer wieder teilte wie in den Videos im Biologieunterricht. In ihr war ein Stück von Brian, ein Funke von ihm, der sich drehte und wendete und veränderte. Eine schöne Vorstellung, wie ein Versprechen, ein Geschenk. Etwas, das sie ohnehin haben würde, warum also nicht jetzt?

Sie begann mit vorsichtigen Andeutungen und erwähnte Mirabelle noch häufiger, als sie es in den vergangenen Monaten bereits getan hatte. »Du kannst dir nicht vorstellen, wie winzig ihre Finger sind, Bry«, sagte sie. »Klitzekleine Nägel, du glaubst es nicht. Wie bei einer Puppe. Und wenn du sie hältst, verschmilzt sie praktisch mit dir.« Dann zeigte sie ihm andere Kinder in der Zeitschrift *People*. Mit Brians Schulter als Kopfkissen blätterte sie die Hochglanzseiten durch und stufte die Kleinen nach Niedlichkeit ein; zwischendurch fragte sie ihn nach seiner Meinung.

»Dir ist klar, wer die süßesten Babys haben würde, oder?«, sagte sie mit klopfendem Herzen. »Wir. Genau. Wir hätten die entzückendsten Kinder. Meinst du nicht? Gemischte Kinder sind immer die schönsten. Vielleicht, weil unsere Gene so unterschiedlich sind.« Sie blätterte weiter. »Gott, sogar Michael Jacksons Tochter ist niedlich. Und der ist wirklich supersüß. Das ist die Magie von gemischten Kindern.«

Brian machte in seinem Buch ein Eselsohr in eine Seite. »Michael Jackson ist wohl kaum schwarz. Das kannst du mir glauben. Und dieses Kind sieht eindeutig weiß aus.«

Sie kuschelte sich an Brian und schaute sich die Fotostrecke genauer an. Michael Jackson saß auf einem goldenen Thron und hielt ein kleines Kind im Arm. »Aber wie süß.« Sie verstummte. »Wünschst du dir nicht auch, dass wir schon jetzt eins hätten?«

Brian setzte sich so abrupt auf, dass Lexie fast zur Seite kippte. »Spinnst du?«, sagte er. »So was Verrücktes hab ich noch nie gehört.« Er schüttelte den Kopf. »Mit so was Beknacktem fang am besten gar nicht erst an.«

»Ich stell's mir doch nur vor, Bry. Meine Güte.« Lexie schnürte sich der Hals zu.

»Du stellst dir ein Kind vor. Und ich stell mir vor, wie Cliff und Claire mich umbringen. Sie müssten mich gar nicht anfassen. Sie würden mich nur anschauen, und ich wäre tot. Auf der Stelle. Blitztod.« Er fuhr sich mit der Hand durchs Haar. »Weißt du, was sie sagen würden? Wir haben dich zu Besserem erzogen.«

»Klingt das wirklich so schrecklich für dich? Ich und du und ein Baby?« Sie fuhr mit der Hand über den Rand der Zeitschrift. »Ich dachte, du willst, dass wir für immer zusammenbleiben.«

»Will ich ja auch. Vielleicht. Lex, wir sind achtzehn. Weißt du, was die Leute sagen würden? Sie würden sagen, siehst du, wieder so ein Schwarzer, der ein Mädchen geschwängert hat, bevor er mit der Schule fertig ist. Noch mehr Teenie-Eltern. Wahrscheinlich bricht er jetzt ab. Genau das würden alle sagen.« Er schloss sein Buch und warf es auf den Tisch. »So ein Typ bin ich nicht, nie im Leben. Definitiv nicht.«

»Okay.« Lexie schloss die Augen, in der Hoffnung, Brian würde es nicht sehen. »Ich hab ja nicht gesagt, dass wir jetzt gleich Kinder kriegen. Ich stell mir das nur vor und versuch, mir unsere Zukunft auszumalen, mehr nicht.«

Es zuzugeben war hart, aber Lexie wusste, dass er recht hatte. In Shaker bekamen Schüler der Highschool keine Kinder. Sie belegten Fortgeschrittenenkurse und gingen aufs College. In der achten Klasse hatten alle gesagt, Carrie Wilson sei schwanger: Ihr Freund war, wie alle wussten, ein siebzehnjähriger Schulabbrecher, und Tiana Jones, Carries beste Freundin, hatte mehreren Leuten gesagt, dass es stimmte. Carrie tat mehrere Wochen lang blasiert und mysteriös, strich sich oft über den Bauch, bis Mr Avengard, der stellvertretende Direktor, eine Versammlung einberief, um die gesamte Stufe zu informieren. »Ich weiß, dass es Gerüchte gibt«, sagte er und sah mit bösem Blick in die Menge der Schüler. Die Gesichter kamen ihm so jung vor: Zahnspangen, Akne, der erste Bartflaum. *Für diese Kinder*, dachte er, *ist alles ein Witz.* »Niemand ist schwanger«, erklärte er. »Ich weiß, ihr jungen Damen und Herren wärt niemals so verantwortungslos.« Tatsächlich blieb Carrie Wilsons Bauch im Laufe der folgenden Wochen so flach wie immer, und alle vergaßen die Sache. An der Shaker Heights wurden Jugendliche entweder nicht schwanger, oder sie verstanden es extrem gut, es zu verbergen. Denn was würden die Leute sagen? *Schlampe*, das würden sie sagen. *Bitch*, auch wenn sie und Brian achtzehn und von Gesetzes wegen erwachsen waren, auch wenn sie schon lange zusammen waren. Die Nachbarn? Würden wahrscheinlich den Mund halten, wenn sie mit ihrem dicken Bauch vorbeiging oder einen Kinderwagen schob – doch sobald sie außer Sichtweite wäre, würden sie sich das Maul zerreißen. Ihre Mutter wäre gedemütigt. Sie würde sich schämen, und man würde sie bemitleiden, und Lexie war klar, dass sie beides nicht ertragen könnte.

Dann gab es nur eine Lösung. Sie rollte sich auf dem Bett zusammen, fühlte sich klein und verletzlich und ließ ihre Fantasie davonziehen wie einen Luftballon, der in den Himmel schwebt und irgendwann platzt.

Am selben Abend verkündete Mrs Richardson beim Essen, dass sie nach Pittsburgh fahren wolle. »Für Recherchen«, erklärte sie. »Eine Geschichte über Zebramuscheln im Lake Erie, und ihr wisst ja, auch Pittsburgh hat Probleme mit eingewanderten Tierarten.« Sie hatte lange über einen plausiblen Grund nachgedacht und war nach einigem Überlegen auf ein Thema gestoßen, das niemand hinterfragen würde. Und wie erwartet reagierte niemand, nur Lexie schloss kurz die Augen und dankte insgeheim der Gottheit, die diesen Zufall herbeigeführt hatte. Am nächsten Morgen tat sie, als wäre sie spät dran, doch sobald sie sicher war, dass alle aus dem Haus waren, wählte sie die Nummer einer Klinik, die sie am Abend zuvor herausgesucht hatte. »Am Elften«, erklärte sie. »Es müsste am Elften sein.«

Am Abend vor der Abreise ihrer Mutter nach Pittsburgh rief Lexie Pearl an. »Du musst mir einen Gefallen tun«, sagte sie fast flüsternd, obwohl sie auf der Leitung sprach, die nur sie und Trip benutzten, und Trip nicht da war.

Pearl, die sich noch gut an die Halloweenparty erinnerte, seufzte leise. »Und welchen?«, fragte sie. In Gedanken ging sie eine Liste von Möglichkeiten durch, was ausgerechnet Lexie von ihr wollen könnte. Aber ihr fiel nichts ein. Wollte sie ein Oberteil ausleihen? Einen Lippenstift? Pearl hatte nichts, was Lexie Richardson je brauchen könnte. Wollte sie einen Rat? Lexie fragte nie jemanden um Rat. Sie war es, die Ratschläge erteilte, ob erwünscht oder nicht.

»Du musst morgen mit mir in diese Klinik«, sagte Lexie. »Ich hab einen Termin für eine Abtreibung.«

In dem langen sich anschließenden Schweigen versuchte Pearl, diese Information zu verdauen. Lexie war schwanger? Eine egoistische Angst durchzuckte sie – erst heute Nachmittag war sie mit

Trip bei Tim Michael gewesen. Waren sie vorsichtig genug gewesen? Und wie war das beim letzten Mal? Sie versuchte, Lexies Anliegen mit der Lexie in Einklang zu bringen, die sie kannte. Lexie wollte eine Abtreibung? Lexie, die so verrückt nach Babys war, die andere so schnell verurteilte, die sich Bebes *Fehlern* gegenüber so unversöhnlich gezeigt hatte?

»Und wieso fragst du nicht Serena?«, sagte sie schließlich.

Lexie zögerte. »Ich will nicht, dass Serena dabei ist. Ich will dich.« Sie seufzte. »Ich weiß nicht. Ich dachte, du wärst verständnisvoller. Ich dachte, du würdest mich nicht verurteilen.«

Entgegen ihrem Willen spürte Pearl einen Hauch von Stolz. »Ich verurteile dich nicht«, sagte sie.

»Hör zu«, sagte Lexie. »Ich brauche dich. Hilfst du mir oder nicht?«

Am nächsten Morgen um halb acht hielt Lexie vor dem Haus in der Winslow, wo Pearl, wie versprochen, auf dem Gehsteig wartete.

»Bist du dir auch wirklich sicher?«, fragte Pearl. Die ganze Nacht hatte sie überlegt, was sie an Lexies Stelle tun würde, und jedes Mal wieder dieses panische Zucken in sich gespürt. Es wich erst in der folgenden Woche, als sie Unterleibskrämpfe spürte und erleichtert aufseufzte.

Lexie hielt den Blick auf die Straße gerichtet. »Ich bin mir sicher.«

»Das ist eine echt wichtige Entscheidung.« Pearl suchte in Gedanken nach einer Analogie, die Lexie verstehen würde. »Du kannst sie nicht rückgängig machen. Es ist nicht wie bei einem Pullover, den du umtauschen willst.«

»Ich *weiß*.«

Lexie fuhr vor einer Ampel langsamer, und Pearl bemerkte die dunklen Ringe unter ihren Augen. Sie hatte Lexie noch nie so müde gesehen, und auch nicht so ernst.

»Du hast es keinem erzählt, oder?«, fragte Lexie, als sie weiterfuhr.

»Natürlich nicht.«

»Auch nicht Moody?«

Pearl dachte daran, dass sie Moody gestern Abend wieder angelogen hatte – sie könne nicht mit ihm zur Schule gehen, weil sie am Vormittag einen Zahnarzttermin habe. Er hatte nicht misstrauisch gewirkt; ihm wäre nie in den Sinn gekommen, dass Pearl lügen könnte. Sie war erleichtert gewesen und leicht gekränkt zugleich, weil er ihr einfach nichts als die Wahrheit zutraute.

»Ich hab ihm nichts gesagt«, erwiderte Pearl.

Die Klinik war ein unauffälliges beigefarbenes Gebäude mit glänzenden Fenstern, davor blühende Sträucher und ein Parkplatz. Man hätte hier ebenso gut einen Termin beim Augenarzt, einem Versicherungsagenten oder Steuerberater haben können. Lexie bog in eine Parklücke ein und gab Pearl die Schlüssel. »Hier«, sagte sie. »Du musst zurückfahren. Hast du deine vorläufige Fahrerlaubnis dabei?«

Pearl nickte und verzichtete auf die Bemerkung, dass sie ihre vorläufige Fahrerlaubnis nur in Begleitung eines älteren erwachsenen Fahrers benutzen durfte. Lexies Finger an den Schlüsseln waren weiß und kalt, und Pearl drückte spontan Lexies Hand.

»Alles wird gut«, sagte sie, dann gingen sie zusammen vor die Klinik, wo die Tür aufglitt, als würden sie erwartet.

Am Empfang saß eine stämmige Frau mit kupferrotem Haar, die den beiden Mädchen einen freundlichen, mitfühlenden Blick zuwarf. Wahrscheinlich, dachte Pearl, sah sie jeden Tag Mädchen, die hereinkamen und panische Angst vor dem hatten, was gleich geschah, und ebenso große Angst, es könne nicht geschehen.

»Haben Sie einen Termin?«, fragte die Frau. Sie schaute freundlich von Pearl zu Lexie.

»Ja«, sagte Lexie. »Um acht.«

Die Frau tippte etwas in ihre Tastatur. »Und Ihr Name?«

Lexie sagte leise, als würde sie sich schämen: »Pearl Warren.«

Was? Pearl dachte, sie hört nicht richtig. Lexie mied bewusst ihren Blick, während die Frau den Bildschirm konsultierte. »Haben Sie jemanden, der Sie nach Hause fährt?«

»Ja«, sagte Lexie, nickte in Richtung Pearl und sah sie wieder nicht an. »Meine Schwester. Sie fährt mich zurück.«

Schwestern, dachte Pearl. Sie und Lexie sahen sich überhaupt nicht ähnlich. Niemand würde glauben, dass sie – klein, krauses Haar – mit der gertenschlanken, gepflegten Lexie verwandt war. Das war so, als würde jemand behaupten, ein Scottish Terrier und ein Windhund wären Wurfgeschwister. Die Frau musterte sie beide kurz und schwieg.

»Dann füllen Sie das bitte aus.« Sie reichte Lexie ein Clipboard mit rosa Formularen. »In ein paar Minuten werden Sie aufgerufen.«

Als sie außer Hörweite auf den vom Empfang am weitesten entfernten Stühlen saßen, lehnte Pearl sich über das Clipboard und fauchte: »Ich kann nicht *fassen*, dass du *meinen Namen* benutzt.«

Lexie sank auf ihrem Stuhl zusammen und sagte: »Ich hatte Angst. Als ich anrief, wollten sie meinen Namen wissen und mir fiel ein, dass meine Mutter die Direktorin hier kennt. Und du weißt, mein Vater war wegen dem McCullough-Fall in den Nachrichten. Ich wollte nicht, dass sie meinen Namen wiedererkennen. Da hab ich den ersten genannt, der mir eingefallen ist. Und das war deiner.«

Pearl war immer noch aufgebracht. »Jetzt denken alle, dass *ich* eine Abtreibung hatte.«

»Ist doch nur ein Name«, sagte Lexie. »Ich bin diejenige, die Probleme hat. Auch wenn sie meinen richtigen Namen nicht kennen.« Sie atmete tief durch, schien aber nur weiter in sich zusammenzufallen. Selbst ihr Haar, fiel Pearl auf, wirkte strähnig und hing ihr ins Gesicht, bedeckte fast ihre Augen. »Du – du könntest irgendwer sein.«

»Ach, verdammt.« Pearl nahm das Clipboard von Lexies Schoß. »Gib her.« Sie füllte die Formulare aus, angefangen mit ihrem Namen. *Pearl Warren.*

Als sie fast fertig war, öffnete sich die Tür am Ende des Wartezimmers, und eine weiß gekleidete Schwester trat heraus. »Pearl?«, sagte sie und warf einen Blick auf die Akte in ihren Händen. »Sie können jetzt kommen.«

In die Zeile für »Kontakt im Notfall« schrieb Pearl rasch den Namen ihrer Mutter und ihre Telefonnummer. »Hier«, sagte sie und drückte Lexie das Clipboard in die Hand. »Fertig.«

Lexie stand langsam auf, wie in Trance. Einen Augenblick lang hielten sie inne, jede ein Ende des Clipboards in der Hand, und Pearl meinte, Lexies Herzklopfen durch die Fingerspitzen bis in die hölzerne Rückseite des Clipboards zu spüren.

»Viel Glück«, sagte sie leise zu Lexie, die nickte und die Formulare nahm. An der Tür blieb sie stehen und drehte sich um, als wollte sie sich vergewissern, dass Pearl noch da war. Der Blick in ihren Augen sagte: *Bitte. Bitte, ich weiß nicht, was ich tue. Bitte, sei da, wenn ich zurückkomme.* Pearl unterdrückte das Verlangen, zu ihr zu laufen und ihre Hand zu nehmen, ihr durch den Flur zu folgen, als wären sie wirklich Schwestern, oder zwei Freundinnen, die dieses Martyrium gemeinsam durchstanden und die sich Jahre später bei der Geburt ihrer Kinder die Hand halten würden.

»Viel Glück«, wiederholte Pearl etwas lauter, worauf Lexie nickte und der Schwester durch die Tür folgte.

—

Zur selben Zeit, als ihre Tochter in ein Krankenhaushemd schlüpfte, klingelte Mrs Richardson an der Tür von Mr und Mrs George Wright. Sie war die drei Stunden nach Pittsburgh durchgefahren, ohne auch nur einmal anzuhalten, um auf Toilette zu gehen. Tat sie das alles wirklich?, fragte sie sich. Sie wusste noch nicht genau, was sie diesen Wrights erzählen würde oder was genau sie von ihnen zu erfahren hoffte. Doch es gab ein Geheimnis, das wusste sie, und sehr wahrscheinlich besaßen die Wrights den Schlüssel dazu.

Sie war schon häufiger wegen einer Geschichte gereist – nach Columbus, um Recherchen über staatliche Haushaltskürzungen anzustellen; nach Ann Arbor, als ein ehemaliger Schüler der Shaker Highschool im Rivalenspiel Michigan gegen Ohio State als Quarterback aufgelaufen war. Das hier war nicht anders, redete sie sich ein. Ihr Besuch war gerechtfertigt. Sie musste die Wahrheit persönlich herausfinden.

Mrs Richardsons Zweifel, ob dies die richtige Familie war, verflogen, als die Tür geöffnet wurde. Mrs Wright sah Mia verblüffend ähnlich; ihr Haar war etwas heller, und sie trug es kurz, aber Augen und Gesicht stimmten überein und ließen Mrs Richardson ahnen, wie Mia in dreißig Jahren aussehen würde.

»Mrs Wright?«, setzte sie an. »Ich bin Elena Richardson. Ich arbeite als Reporterin für eine Zeitung in Cleveland.«

Mrs Wright kniff skeptisch die Augen zusammen. »Ja?«

»Ich schreibe eine Geschichte über vielversprechende junge Sportler, deren Laufbahn frühzeitig beendet wurde. Ich würde gern mit Ihnen über Ihren Sohn sprechen.«

»Über Warren?« Auf Mrs Wrights Gesicht spiegelten sich Staunen und Misstrauen zugleich, und Mrs Richardson sah, wie die beiden Emotionen dort miteinander rangen. »Warum?«

»Ich bin bei der Recherche auf seinen Namen gestoßen«, sagte sie vorsichtig. »In mehreren Quellen hieß es, er sei der talentierteste junge Runningback der letzten Jahrzehnte gewesen. Dass er wahrscheinlich Profi hätte werden können.«

»Einige Scouts haben seine Spiele verfolgt«, sagte Mrs Wright. »Nach seinem Tod haben sie viel Nettes über ihn gesagt.« Ein langer, stiller Moment verstrich, und als sie wieder aufblickte, war das Misstrauen verschwunden und einem Ausdruck müden Stolzes gewichen. »Nun, dann kommen Sie herein.«

Mrs Richardson hatte diesen Anfang vorhergesehen und darauf vertraut, dass ihr Instinkt die Unterhaltung in die gewünschte Richtung lenken würde. Einem Interviewpartner Informationen zu entlocken – das hatte sie über die Jahre gelernt – war ungefähr so, wie eine Kuh zu führen: Man musste das große, störrische Tier auf den richtigen Weg lenken und es gleichzeitig in dem Glauben lassen, es sei eigenständig unterwegs.

Wie sich herausstellte, waren die Wrights unerwartet leicht zu handhaben. Bei Kaffee und einem Teller Kekse schienen sie fast erpicht darauf zu sein, über Warren zu reden.

»Ich möchte nur sein Andenken wahren«, sagte Mrs Richardson, und nach ihren ersten Fragen sprudelten die Informationen aus dem Paar heraus, dass sie kaum mitschreiben konnte.

Ja, Warren war der neue Runningback im Footballteam gewesen; ja, und auch Stürmer im Hockeyteam. Schon mit sieben oder acht hatte er bei den Kleinen angefangen. Ob sie vielleicht ein paar Fotos sehen wolle? Er war sportlich sehr begabt gewesen, man musste ihn nicht drillen. Nein, Mr Wright war nie ein guter Sportler gewesen. Eher ein Zuschauer, würde er sagen, als ein Spieler. Aber bei Warren war das anders – er war ein Naturtalent. Sein Coach hatte gesagt, wenn er hart genug trainieren würde, könnte er an einer Uni der A-Liga studieren. Wäre der Unfall nicht passiert …

An dieser Stelle verstummten Mr und Mrs Wright kurz, und Mrs Richardson, die dringend mehr erfahren wollte, empfand aufrichtiges Mitleid. Sie betrachtete das Foto von Warren in seiner Footballuniform, das Mrs Wright vom Kaminsims geholt hatte. Damals musste er siebzehn gewesen sein, so alt wie Trip. Die beiden Jungen sahen sich nicht sehr ähnlich, aber etwas an der Pose erinnerte sie an ihren Sohn, der zur Seite geneigte Kopf, das verschmitzte Lächeln in den Mundwinkeln. »Er war bestimmt ein Herzensbrecher«, murmelte sie, und Mrs Wright nickte.

»Ich habe auch Kinder«, sagte Mrs Richardson. »Einen Jungen in dem Alter. Es tut mir sehr leid.«

»Danke.« Mrs Wright betrachtete noch einmal lange das Foto, dann stellte sie es wieder auf den Sims, rückte es sorgfältig zurecht und wischte einen Staubfleck vom Glas. Diese Frau, dachte Mrs Richardson, hat so viel durchgemacht. Am liebsten hätte sie ihr Notizbuch geschlossen, ihre Sachen eingepackt und ihr gedankt. Doch sie zögerte und erinnerte sich an den Grund ihres Kommens. Wäre *ihre* Tochter davongelaufen und hätte ihre wahre Identität verleugnet, redete sie sich ein, und hätte *ihre* Tochter wohlmeinenden Leuten Ärger gemacht, hätte sie bestimmt nichts dagegen, wenn man ihr Fragen stellte. Sie atmete tief durch.

»Ich hätte auch gern mit Warrens Schwester gesprochen«, sagte sie und tat, als lese sie in ihren Notizen. »Mia. Wären Sie bereit, mir ihre aktuelle Telefonnummer zu geben?«

Mr und Mrs Wright wechselten einen leidgeprüften Blick, wie sie es vorhergesehen hatte.

»Es tut mir leid, aber wir haben keinen Kontakt mehr zu unserer Tochter«, sagte Mrs Wright.

»Ach herrje, das tut mir wirklich leid.« Mrs Richardson sah die beiden nacheinander an. »Hoffentlich habe ich kein Tabuthema angesprochen.« Sie wartete, ließ das unangenehme Schweigen wachsen. Aus Erfahrung wusste sie, dass langes Schweigen schwer erträglich war. Früher oder später brach das Eis, und dann ergab sich meist die Gelegenheit, weiterzubohren, die Unterhaltung voranzutreiben und herauszufinden, was man wissen wollte.

»Das nicht«, sagte Mr Wright nach einer Weile. »Aber seit Warrens Tod etwa haben wir nicht mehr mit ihr gesprochen.«

»Wie traurig«, sagte Mrs Richardson. »Es kommt ziemlich oft vor, dass ein Familienmitglied einen Verlust nicht verkraftet.«

»Das mit Mia hatte nichts mit Warren zu tun«, warf Mrs Wright ein. »Warren hatte einen Unfall. Die Jungen waren leichtsinnig. Vielleicht lag es auch am Schnee. Aber das mit Mia ist eine andere Geschichte. Sie war erwachsen und hat eigene Entscheidungen getroffen. George und ich …« Mrs Wright kamen die Tränen.

»Wir haben uns nicht im besten Einvernehmen getrennt«, mischte Mr Wright sich ein.

»Das ist schrecklich.« Mrs Richardson beugte sich näher heran. »Es muss für Sie beide sehr hart gewesen sein. Zwei Kinder sozusagen auf einmal zu verlieren.«

»Sie hat uns keine Wahl gelassen«, platzte Mrs Wright heraus. »In diesem Zustand aufzutauchen.«

»Regina«, sagte Mr Wright, aber Mrs Wright ließ sich nicht aufhalten.

»Ich hab ihr gesagt, dass es mir egal ist, ob diese Ryans nett sind oder nicht, und dass ich ihre Entscheidung nicht billige. Man kann doch das eigene Kind nicht verkaufen.«

Mrs Richardsons Stift blieb starr in der Luft. »Wie bitte?«

Mrs Wright schüttelte den Kopf. »Sie dachte, sie kann es einfach aufgeben und ihr Leben weiterführen. Als wäre nichts passiert. Ich hatte zwei Kinder, wissen Sie. Ich wusste, wovon ich rede. Schon bevor wir Warren verloren.« Sie presste die Finger auf den Nasenrücken, als wäre dort ein Abdruck, den sie loswerden wollte. »Man kommt nie darüber hinweg, wenn man sich von einem Kind trennt. Ganz gleich, wie es dazu kommt. Es ist das eigene Fleisch und Blut.«

Mrs Richardson schwirrte der Kopf. Sie legte ihren Bleistift ab. »Moment, habe ich das richtig verstanden?«, sagte sie. »Mia war schwanger und hatte vor, ihr Kind dem Ehepaar Ryan zur Adaption zu übergeben?«

Mr und Mrs Wright sahen sich erneut an, aber diesmal besagte der Blick: Wer A sagt … Für Mrs Richardsons geübtes Auge war klar, dass sie darüber reden wollten, ja, vielleicht hatten sie schon sehr lange auf die Gelegenheit gewartet, mit jemandem darüber zu reden.

»Nicht unbedingt«, sagte Mr Wright. Eine lange Pause schloss sich an. Und dann: »Es war auch das Kind dieser Ryans. Sie konnten selbst keine Kinder bekommen. Sie hat es für sie ausgetragen.«

13

m Herbst 1980 verließ Mia Wright, gerade achtzehn geworden, das kleine hellgelbe Haus in Bethel Park, um die New York School of Fine Arts zu besuchen. Sie war noch nie aus Pennsylvania hinausgekommen, und sie verließ ihr Zuhause mit zwei Koffern, der Liebe ihres Bruders und ohne den Segen ihrer Eltern.

Sie hatte ihren Eltern erst von der Bewerbung an der Kunsthochschule erzählt, nachdem sie den Brief mit der Aufnahmebestätigung erhalten hatte. Allerdings kam das Ganze nicht völlig unerwartet. Schon als Kind hatten sie Dinge fasziniert, die zu ihrer Verwunderung kaum jemandem auffielen. »Du warst eine richtige Tagträumerin«, sagte ihre Mutter oft. »Du hast im Kinderwagen gesessen und einfach auf den Rasen gestarrt. Wenn ich dich gelassen hätte, hättest du eine Stunde lang in der Badewanne gesessen und Wasser von einem Becher in den anderen gegossen.« Mia erinnerte sich daran, dass sie in solchen Augenblicken beobachtet hatte, wie die im Wind wehenden Grashalme die Farbe wechselten, von dunkel zu hell, als streiche man mit der Hand über einen Samtflor; wie der Wasserstrom zu Tropfen wurde, wenn er gegen den Becherrand spritzte. Alles, stellte sie fest, konnte sich auf wunderbare Weise verwandeln. Selbst die beiden Felsblöcke hinten im Garten verfärbten sich frühmorgens im Sonnenlicht manchmal silberfarben. In den Büchern, die sie las, konnte jeder Wasserlauf ein Flussgott sein, jeder Baum eine verkleidete Dryade, jede alte Frau eine Fee, jeder Kiesel eine verwunschene Seele. Alles hatte das Potenzial, sich zu verwandeln, und das war für sie die wahre Bedeutung von Kunst.

Nur ihr Bruder Warren schien diese Eigenart von ihr zu begreifen, allerdings hatte auch schon vor seiner Geburt stilles Einvernehmen zwischen ihnen geherrscht. »Mein Baby«, sagte Mia zu jedem, der es hören wollte, und klopfte mit einem Finger auf den Bauch ihrer Mutter, woraufhin Warren sofort anfing zu strampeln. »Mein Baby. Da drin«, erzählte sie Fremden im Supermarkt und zeigte darauf. Als er aus dem Krankenhaus nach Hause kam, hatte sie ihn sofort für sich beansprucht.

»Mein Wren«, hatte sie ihn genannt, mein Zaunkönig, und das nicht nur, weil der Name *Warren* schwierig auszusprechen war, sondern weil der Spitzname zu ihm passte. Schon in den ersten Tagen hatte er wie ein wachsamer kleiner Vogel ausgesehen, mit dem zur Seite geneigten Kopf, den unglaublich hellen, konzentrierten Augen, die im Raum nach ihr suchten. Wenn er weinte, wusste sie, welches Spielzeug ihn beruhigen würde. Wenn er nicht schlafen wollte, legte sie sich im Bett ihrer Eltern zu ihm, baute um sie beide herum ein weiches Nest aus Decken, sang ihm Lieder vor und streichelte ihn, bis er eindöste. Wenn er vom Klettergerüst fiel und sich wehtat, rannte er schreiend zu Mia, und sie betupfte die Schramme an seiner Stirn mit Jod und klebte ein Pflaster darauf.

»Man könnte meinen, sie ist die Mutter«, hatte ihre Mutter einmal gesagt, halb klagend, halb bewundernd.

Sie erfanden auch eigene Wörter für Dinge, einen Jargon von unklarem Ursprung: aus Gründen, die selbst sie nicht mehr wussten, war Butter für sie *Käse,* und die Grackel, die in den Baumkronen hockten, nannten sie *Minivögel*. Sie zogen einen magischen Kreis um sich. »Erzähl es keinem aus Frankreich«, setzte Mia an, bevor sie ihm ein Geheimnis zuflüsterte, und Warrens Antwort lautete immer: »Das kriegt keine wilde Giraffe aus mir raus.«

Und dann, mit elf – fast zwölf – entdeckte Mia die Fotografie.

Warren, gerade zehn geworden, hatte den Sport für sich entdeckt. Baseball im Sommer, Football im Herbst, Hockey im Winter und das ganze Jahr über Basketball. Er und Mia standen sich noch nah, doch er verbrachte lange Nachmittage auf dem Baseballplatz im Park, lange Stunden, in denen er Pässe und Korbleger übte. So war es nur natürlich, dass auch Mia eine Leidenschaft suchte.

Im Trödelladen in der Stadt sah sie in der Ecke des Schaufensters eine alte Brownie Starflex. Blitz und Tragegurt fehlten zwar, aber der Besitzer versicherte ihr, dass sie funktioniere, und sobald Mia den kleinen silbernen Deckel oben aufklappte und den Trödelladen als Reflexion durch die Linse sah, wollte sie die Kamera haben. Sie plünderte ihr Sparschwein und nahm die Kamera überallhin mit. Die Empfehlungen in der Anleitung ignorierte sie und folgte allein ihrem Instinkt. Sie knotete zwei alte Seidenschals ihrer Mutter zusammen, hängte sich die Kamera um den Hals und fing an, Fotos zu machen – merkwürdige Fotos in den Augen ihrer Eltern: heruntergekommene Häuser, verrostete Autos, am Straßenrand abgestellte Sachen. »Komisches Zeug fotografierst du da«, bemerkte der Verkäufer im Fotoladen, als er ihr einen Umschlag mit Abzügen reichte. Er enthielt eine Serie mit drei Bildern von einem Vogelkadaver auf dem Gehsteig, fotografiert an aufeinanderfolgenden Tagen, und der Verkäufer fragte sich nicht zum ersten Mal, ob das Wright-Mädchen möglicherweise leicht gestört war.

Für Mia hingegen waren die Fotos nur eine ungefähre Annäherung an das, was sie ausdrücken wollte. Sie verfremdete die Abzüge – mithilfe von Kugelschreibern oder Waschmittelspritzern –, experimentierte mit der Kamera selbst und reizte ihre begrenzten Möglichkeiten aus. Wie alle Brownies konnte man die Starflex nicht scharfstellen. Der Film wurde nach der Aufnahme automatisch weitertransportiert, um Doppelbelichtungen zu vermeiden – laut dem Handbuch ein Entgegenkommen für den Amateur. Man konnte überhaupt nur zwei Dinge tun: durch den Bildsucher spähen und auf den Auslöser drücken. Doch statt die Kamera, wie in der Anleitung empfohlen, gerade auf Brusthöhe zu halten, kippte Mia sie in verschiedene Winkel und verkürzte oder verlängerte den provisorischen Gurt. Sie bedeckte die Linse mit Seidenschals und Wachspapier, versuchte, bei Nebel zu fotografieren, bei strömendem Regen, im rauchgeschwängerten Vorraum der Bowlingbahn.

»Geldverschwendung«, schnaubte ihre Mutter, wenn Mia einen neuen Umschlag mit unscharfen, grobkörnigen Fotos mit nach Hause brachte.

Mit jeder Filmrolle jedoch verstand sie besser, wie man ein Bild gestaltete und wie sie die technischen Möglichkeiten für ihre Zwecke nutzen konnte. Mit nur zwölf Aufnahmen auf einer Filmrolle lernte sie, ihre Motive sorgfältig zu komponieren. Und ohne irgendwelche Einstellmöglichkeiten – ohne Blendenkontrolle, ohne Entfernungsmesser – lernte sie, die Kamera und das Motiv zu manipulieren.

An diesem Punkt trat zufällig ihr Nachbar Mr Wilkinson auf den Plan. Er wohnte ein Stück den Hügel hinauf und hatte mehrere Wochen lang beobachtet, wie Mia mit der Brownie durch das Viertel streifte und dieses und jenes fotografierte. Mia und Warren wussten nur eines über Mr Wilkinson: Er kaufte Spielsachen ein und reiste oft zu Spielzeugmessen, prüfte das Angebot und empfahl seinen Vorgesetzten, welche Produkte sie ins Sortiment aufnehmen sollten. Mrs Wilkinson trommelte alle paar Monate die Kinder im Viertel zusammen und verteilte die Musterspielsachen, die sich bei ihnen angesammelt hatten. Es waren wunderbare Dinge: ein Set mit Gussformen für Christbaumschmuck, die man mit Gips füllen musste, einen saturnförmigen Ball, auf dem man im Pogo-Stil hopsen konnte, eine riesengroße, goldblonde Frisierpuppe, eine Schachtel mit Parfums zum Selbermischen und fingergroßen Flakons für die eigenen Kreationen. »Ich brauche Platz im Keller«, sagte Mrs Wilkinson lachend und achtete darauf, dass jedes Kind etwas bekam, und sei es nur ein Jo-Jo. Der Sohn der Wilkinsons war inzwischen erwachsen, lebte irgendwo in Maryland und brauchte kein Spielzeug mehr.

Für Mia war Mr Wilkinson so etwas wie eine Mischung aus Marco Polo und dem Weihnachtsmann gewesen, der sein Haus mit Schätzen füllte. Eines Nachmittags jedoch, kurz nach ihrem dreizehnten Geburtstag, hatte Mr Wilkinson sie streng von seiner Terrasse aus gerufen.

»Ich seh dich jetzt schon ein Jahr lang durch die Gegend latschen«, hatte er gesagt. »Ich würde gern mal sehen, was du so machst.«

Am nächsten Vormittag nahm Mia einen Stapel Fotos und ging ängstlich zu Mr Wilkinson. Bisher hatte sie nur Warren ihre Bilder gezeigt, und Warren war natürlich hellauf begeistert. Aber Mr Wilkinson war ein Erwachsener, und sie kannte ihn kaum. Er hatte keinen Grund, nett zu sein.

Sie klingelte bei den Wilkinsons, und Mrs Wilkinson führte sie in das Arbeitszimmer, wo Mr Wilkinson an einem großen

Schreibtisch auf einer cremefarbenen Schreibmaschine etwas tippte. Als Mia eintrat, wirbelte er auf seinem Stuhl herum und schwenkte das Brett mit der Schreibmaschine nach unten, wo es in einem Fach im Schreibtisch verschwand, als wäre es verschluckt worden.

»Na dann«, sagte er, klappte eine Halbmondbrille auseinander, die ihm um den Hals hing, und setzte sie auf. Mia zitterten die Knie. »Sehen wir uns die Sache mal an.«

Mr Wilkinson war, wie sich herausstellte, selbst Fotograf, allerdings auf Landschaften spezialisiert. »Aufnahmen von Menschen mag ich nicht«, erklärte er ihr. »Ein Baum ist mir allemal lieber.« Wenn er auf Reisen ging, nahm er seine Kamera mit und plante stets einen halben Tag für Erkundungen ein. Er holte einen Stapel Fotos aus einer Mappe: ein Redwood-Wald im Morgengrauen, eine Schlange, die sich durch eine taubenetzte Wiese windet, ein See, in dem sich die Sonne als glitzerndes Dreieck spiegelt, das auf den dahinterliegenden Wald weist. Auch die vielen Fotos im Flur, erfuhr Mia, stammten von Mr Wilkinson.

»Du hast ein gutes Auge«, sagte er schließlich. »Ein gutes Auge und ein gutes Gespür. Das zum Beispiel.« Er klopfte auf das obere Bild, ein Foto von Warren, der im unteren Geäst einer Platane sitzt, Rücken zur Kamera, ein Schatten vor dem Himmel. »Die Aufnahme ist gut. Woher wusstest du, wie du das machen musst?«

»Ich weiß nicht«, gab Mia zu. »Es sah einfach richtig aus.«

Mr Wilkinson betrachtete ein weiteres Foto. »Mach weiter so. Vertrau deinen Augen. Sie sehen gut.« Er zog noch ein Foto aus dem Stapel. »Aber siehst du das? Du wolltest das Eichhörnchen fotografieren, oder?« Mia nickte. Es war am Zaun entlanggerannt, und Mia hatte die wogende Bewegung fasziniert, die

Körper und Schwanz beim Laufen beschrieben. Wie ein hüpfender Ball, hatte sie gedacht, und auf den Auslöser gedrückt. Doch das Foto war unscharf, das Eichhörnchen nur ein verschwommener Fleck, der Zaun dagegen scharf. Sie fragte sich, woher Mr Wilkinson das wusste.

»Dachte ich mir. Du brauchst eine bessere Kamera. Für einen Anfänger, der Geburtstagsfeiern oder an Weihnachten fotografiert, reicht deine aus. Aber nicht für dich.« Er ging zu einem Schrank, wühlte darin herum, und die alten Mäntel und eingepackten Kleider dämpften seine Stimme, als er sagte: »Du ... du willst richtige Bilder machen.« Wenig später kam er mit einer Kleinbildkamera zurück. »Du brauchst eine richtige Kamera, kein Spielzeug.«

Es war eine Nikon F, ein kleines silbrigschwarzes Ding, das schwer in der Hand lag. Mia fuhr mit den Fingern über das genarbte Gehäuse. »Aber das kann ich nicht annehmen.«

»Die ist nicht geschenkt, nur geliehen. Willst du sie oder nicht?« Ohne ihre Antwort abzuwarten, öffnete Mr Wilkinson eine Schreibtischschublade. »Ich benutze sie nicht mehr, dann kann sie ebenso gut ein anderer haben.« Er holte eine schwarze Filmdose heraus und warf sie Mia zu. »Außerdem«, sagte er, »bin ich schon gespannt zu sehen, was du damit machst.«

Als Mia am Nachmittag nach Hause ging, hatte sie gelernt, wie man einen Film in die Kamera einlegt, wie man sie scharfstellt und die Blende bedient. Neue, betörende Wörter schwirrten ihr durch den Kopf: *Blendenzahl, Blendenöffnung.* Immer wieder hob sie die Kamera ans Auge und spähte durch den Bildsucher. Unter dem haarfeinen Kreuz in der Mitte veränderte sich alles.

Mr Wilkinson brachte ihr bei, wie man den Film aus der Kartusche nimmt und entwickelt, und Mia liebte den beißenden

Geruch der Entwicklerflüssigkeit, das Warten, bis der silberne Schimmer auf der Oberfläche des Films erschien, der ihr verriet, wann er fertig entwickelt war. Wie ein Pilot, der seine Maschine ins Trudeln geraten lässt und dann übt, sie wieder hochzuziehen, machte sie absichtlich unscharfe Fotos mit falscher Belichtungszeit oder falscher Filmempfindlichkeit, um herauszufinden, wie es sich auswirkte. Sie lernte, Licht und Kamera gezielt einzusetzen, um die gewünschten Effekte zu erzielen, so wie ein Musiker die Feinheiten eines Instruments kennenlernt.

»Aber wie kann man …?«, fragte sie etwa, wenn das Bild auf dem Papier erschien und sie es mit dem verglich, das sie im Kopf gehabt hatte. Am Anfang konnte Mr Wilkinson ihre Fragen beantworten. »Abwedeln.« »Benutze eine diffuse Aufhellung.« »Versuchen wir es mit Freelensing.« Doch bald wurden ihre Fragen zu kompliziert, und er musste seine Ausgabe von *Photographic Techniques* zurate ziehen, die im Bücherregal stand. »Die junge Dame möchte eine höhere Tiefenschärfe«, sagte er eines Nachmittags nachdenklich. Mia war mittlerweile fünfzehn. »Was die junge Dame braucht, ist eine Großformatkamera.«

Mia hatte noch nie davon gehört. Doch von da an sparte sie das Geld, das sie als Verkäuferin bei Dickinson's Pharmacy und beim Kellnern im Eat'n Park verdiente, für eine Kamera, und sie studierte stundenlang Mr Wilkinsons Fotokataloge und -zeitschriften.

»Du verbringst mehr Zeit mit Lesen als mit dem Fotografieren«, zog Mr Wilkinson sie auf, aber irgendwann entschied sie sich für eine Kamera – die Graphic View II –, und er hatte nichts an ihrer Wahl auszusetzen.

»Das ist eine solide Kamera«, sagte er. »Ein vernünftiger Gegenwert für dein Geld. Pass gut auf sie auf, dann begleitet sie dich ein Leben lang.« Und als die Graphic View II ankam, gebraucht erworben über eine Kleinanzeige, liebevoll verpackt in ihrem Originalkoffer wie eine Geige, wusste Mia genau, es war die richtige.

Ihre Eltern beeindruckte die Kamera weniger. »Wie viel hast du dafür ausgegeben?«, fragte ihre Mutter, und ihr Vater schüttelte den Kopf. Für ihre Begriffe sah die Kamera aus, als stamme sie aus der viktorianischen Zeit, auf einem staksigen Stativ, mit einem Balgenauszug wie bei einem Blasebalg und dem dunklen Tuch, unter das Mia sich duckte. Sie versuchte, ihnen zu erklären, wie die Kamera funktionierte, aber als sie von Verschieben und Verschwenken anfing, hörten sie schon nicht mehr zu. Selbst ihr geliebter Warren gab an diesem Punkt auf. »Ich muss nicht wissen, wie sie funktioniert, Mi«, sagte er schließlich, »ich will nur sehen, was du damit machst«, und Mia merkte, dass sie einen Weg einschlug, den sie allein gehen musste.

Sie fotografierte das Klettergerüst im Park, Straßenlaternen bei Nacht, Stadtangestellte beim Fällen einer Eiche, in die der Blitz eingeschlagen war. Sie schleppte die Großformatkamera ins Stadtzentrum, um eine verrostete Brücke zu fotografieren, die sich über die Mündungsstelle dreier Flüsse spannte. Sie spielte mit Hintergründen und machte auf der Tribüne ein Bild von einem Footballspiel Warrens, auf dem die Spieler winzigen Figuren glichen. »Das bin ich?«, hatte Warren gefragt und auf die lange Gestalt in der Endzone gezeigt, die auf den Pass wartete. »Das bist du, Wren«, sagte Mia. Mit einem Mal sah sie sich als Zauberin, die ihre Hand über das Spielfeld schwenkte und die Jungen in erbsengroße Plastikpuppen verwandelte.

Am nächsten Tag ging sie mit diesem Abzug zu Mr Wilkinson, wo eine fremde Frau ihr die Tür öffnete. Mr Wilkinsons

Schwiegertochter, wie sich herausstellte. »Della ist im Schlaf gestorben«, sagte die Schwiegertochter zu ihr und beäugte Mia, die mit der Kamera um den Hals und dem Foto in der Hand vor ihr stand. »Was wolltest du noch mal von ihm?« Nach der Beerdigung überzeugten die Schwiegertochter und ihr Mann Mr Wilkinson, in ein Altersheim in Silver Spring zu ziehen, in ihre Nähe. Es ging so schnell, dass Mia sich gar nicht von ihm verabschieden, geschweige denn, ihm das Foto zeigen konnte. Sie und ihre Kamera waren wieder allein.

—

Im Herbst 1979, zu Beginn ihres letzten Highschooljahrs, bewarb Mia sich an der New York School of Fine Arts mit einer Fotoserie von leerstehenden Häusern in der Stadt. Sie hatte die Abzüge mit einem feuchten Tuch betupft und, als die Emulsion noch feucht war, mithilfe einer Nadelspitze eine hauchdünne weiße Linie hineingekratzt. Das Ergebnis war eine Art umgekehrte Scrimshaw-Technik: ein gespenstischer Arbeiter, der auf der Treppe vor einer verlassenen Fabrik hockte, der Umriss einer Limousine auf der leeren Hebebühne bei Jamison's Auto Repair, zwei Phantomkinder, die Hand in Hand einen Schlackehügel hochkraxelten. Beim Anblick der Kinder hatte Warren die Augen zusammengekniffen und sie sich näher angesehen. Es hätten zwei x-beliebige Kinder sein können, doch so war es nicht: Da war die kleine Schmachtlocke auf Warrens Stirn, der verknotete Seidenschal um Mias Hals und die Kamera, durch deren Gewicht sie leicht gekrümmt ging. Es gab keine Bilder, auf denen sie etwas dergleichen taten, aber beide hatten sie nun das Gefühl, sie hätten in ihrer Kindheit auf den Schlackehaufen am Park gespielt. Als Warren das Foto betrachtete, war ihm, als hätte Mia die Geister ihrer früheren Ichs fotografiert, die langsam in den Äther entschwanden. »Wenn du es zurückbekommst, schenkst du es mir dann?«, hatte er gefragt.

Ihre Eltern konnten sich für Mias Fotos – und ihre Arbeit allgemein – nicht begeistern. Sie sprachen noch nicht einmal von »Arbeit« oder von »Kunst«, wobei Letzteres die Sache nicht besser gemacht hätte. Sie waren Leute aus dem Mittelstand, die ihr gesamtes Eheleben in einem hellgelben, gutbürgerlichen Ranchhaus in einer stumpfsinnigen, gutbürgerlichen Stadt verbracht hatten. Arbeit hieß für sie, etwas zu reparieren oder etwas Nützliches zu tun; wenn eine Tätigkeit zweckfrei war, erschloss sich ihnen nicht, warum man sie ausüben sollte. »Kunst« war etwas für Leute, die zu viel Zeit und zu viel Geld hatten. Und konnte man ihnen diese Einstellung verübeln? Mias Vater war Handwerker, der Gründer und alleinige Besitzer von Wright's Repair; an einem Tag erneuerte er in der Kirche die Dachbalken, wo sich eine Familie von Eichhörnchen im Hauptschiff eingenistet hatte, und am nächsten Tag reinigte er bei einem Nachbarn den verstopften Abfluss oder ersetzte ein verrostetes Rohr unter dem Spülbecken. Ihre Mutter arbeitete als Schwester im Krankenhaus, wo sie Tabletten abzählte, Blut abnahm, Bettpfannen auswechselte, und das mitunter in Nacht- und Doppelschichten. Sie arbeiteten mit den Händen, sie arbeiteten lange, sparten, was sie konnten, und steckten es in ein abgezahltes Haus, zwei Buicks und ihre beiden Kinder, denen es, wie sie mit Stolz behaupten konnten, an nichts fehlte, die aber dennoch nicht verwöhnt wurden.

Und nun lag Mia stundenlang ausgestreckt auf dem Fußboden, ein Foto von Warren in der Hand, schnitt ihn aus wie eine Papierpuppe und setzte ihren ausgeschnittenen Bruder in ein Diorama mit Blättern in einer alten Schuhschachtel – und das alles für ein Foto, auf dem Warren wie ein Kobold aussah, umgeben von riesigen Eicheln: alles schön und gut, aber kaum die Zeit wert, die sie dafür aufgewendet hatte. Ihr Vater kam nach Hause und hatte sich gerade die Schuhe ausgezogen und die Schmiere von den Händen gewaschen, da bat Mia ihn um zwei Dollar für neue Filme und versprach, das Geld ganz bestimmt zurückzuzahlen, was sie dann aber fast nie tat. Wenn ihre Mutter Mia Geld für neue Schulkleidung gab, setzte sie Flicken auf die Löcher ihrer alten Jeans, kaufte sich für das Geld neue Filme und lief weiterhin in Röcken herum, die viel zu kurz, T-Shirts, die verwaschen und abgetragen waren, und machte noch mehr Bilder. Als Mia sich einen Job als Kellnerin bei Eat'n Park besorgte, verwandte sie ihren Lohn nicht etwa zum Kauf neuer Kleidung oder eines gebrauchten Autos, sondern sparte das Geld und gab es für eine Kamera aus. Und dann war es eine Kamera, die der Rest der Familie gar nicht benutzen konnte, mit der sie in ihrem letzten Highschooljahr aber immerhin ein Familienporträt von ihnen zu viert aufnahm, das ihre Mutter im Wohnzimmer eingerahmt an die Wand hängte. Die Kamera ließ sich in einen kleinen Handkoffer von der Größe einer Aktentasche verstauen, was ihre Eltern noch enttäuschender fanden: so viel Geld auf so kleinem Raum.

Sparsam und praktisch veranlagt wie sie waren, hatten Mias Eltern angenommen, sie würde zu gegebener Zeit ein berufspraktisch orientiertes College wie Pitt oder Penn State wählen, um Betriebswirtschaft oder Hotelmanagement zu studieren. Sie hatten angenommen, diese Fotosache sei ein jugendlicher Spleen wie Verliebtsein oder Vegetarismus. Wofür sonst hatten sie all die Jahre über so hart gearbeitet? Damit Mia ihr Geld für eine Kunsthochschule verplemperte? Nein, wenn sie unbedingt Kunst studieren wollte, musste sie selbst dafür aufkommen. Das war nicht gemein, behaupteten sie, nur vernünftig. Schließlich verboten sie es ihr ja nicht. Sie waren auch nicht verärgert, versicherten sie ihr, ganz bestimmt nicht. Aber sie nahmen sie sich im Wohnzimmer vor und erklärten ihr unverblümt, die Sache mit der Kunst sei reine Zeitverschwendung. Sie waren enttäuscht von ihr. Und es kam nicht infrage, dass sie dafür zahlten. »Ich dachte, wir hätten dich zu einem klügeren Menschen erzogen«, sagte ihre Mutter mit einem bitteren Unterton.

Mia hörte traurig zu, auch wenn sie nichts anderes erwartet hatte. Sie hatte immer gewusst, dass ihre Eltern ihre Entscheidung nicht billigen würden und ihr Hobby nur geduldet hatten, aber jetzt war sie achtzehn und die Schonzeit vorbei. Sie solle sich wie eine Erwachsene benehmen, sagten sie, und ihre kindischen Vorlieben ablegen, statt sich kopfüber hineinzustürzen. An der Kunsthochschule war man von ihrer Fotomappe so beeindruckt gewesen, dass man ihr ein Stipendium angeboten hatte. Studiengebühren fielen also nicht an. Für Miete, Verpflegung und Materialkosten konnte sie vermutlich mithilfe eines Teilzeitjobs aufkommen. Ihre Eltern sahen einander an, als hätten sie schon geahnt, dass ihre Drohung nichts fruchten würde, und nahmen die Nachricht schweigend zur Kenntnis.

In der Woche vor ihrem Auszug erschien Warren in ihrer Tür.

»Mi, ich hab nachgedacht«, sagte er so ernst, dass sie kichern musste, bis er in seine Gesäßtasche griff und ein in der Mitte gefaltetes Geldbündel herauszog. »Nimm das bitte. Es reicht nicht für alles, aber immerhin.«

»Und das Auto, Wren?«, fragte sie. Warren hatte auf ein Auto gespart und sich nach ausführlicher Recherche sogar schon den Wagen ausgesucht, den er kaufen wollte: einen VW Golf. Es war nicht das Auto, mit dem sie bei ihm gerechnet hätte; sie hätte auf einen Trans Am oder einen Thunderbird getippt, etwas Protzig-Komisches. Aber Benzin war teuer, und ein Golf war nicht nur in der Anschaffung günstig, sondern auch sparsam im Verbrauch, und sie fand es lustig, dass sich Warrens praktische Seite ausgerechnet an diesem Punkt zeigte.

Sie schloss seine Hand über den Scheinen und schob sie sanft beiseite. »Kauf dir das Auto, Wren«, sagte sie. »Kauf es und versprich mir, dass du mich immer an der Bushaltestelle abholst, wenn ich nach Hause komme.«

Mit einem Koffer voller Kleider und einem zweiten voller Kameras war Mia in einem Greyhoundbus nach Philadelphia gefahren und anschließend weiter nach New York. Sie fand ein Zimmer in einer Wohngemeinschaft im Village, nicht weit entfernt vom Campus. In einem kleinen Diner nahe Grand Central fand sie einen Job als Bedienung und einen zweiten bei Dick Blick, einem Geschäft für Künstlerbedarf in SoHo. Mit ihren letzten Ersparnissen ging sie in das Fotogeschäft an der West 17th, wo ein junger Mann ihr Filme und Papier verkaufte, und bemühte sich, nicht auf seine Jarmulke zu starren. Derart ausgerüstet, hatte sie ihr Studium begonnen: Aktzeichnen I, Licht und Farbe I, Einführung in die Kunstgeschichte, Einführung in Critical Studies und – für sie am aufregendsten – Grundlagen der Fotografie, unterrichtet von der renommierten Pauline Hawthorne.

Es stellte sich heraus, dass ihre Eltern sie, entgegen ihren Absichten, außerordentlich gut für das Kunststudium vorbereitet hatten.

Mia stand jeden Morgen um halb fünf auf und ging zur Arbeit, wo sie reisenden Geschäftsleuten Kaffee einschenkte. Die heißen Teller aus der Küche hinterließen bogenförmige Narben auf ihren Unterarmen. Wie ihre Mutter verfügte Mia über ein gutes Gedächtnis im Umgang mit Menschen: Sie erinnerte sich, wer Milch und Zucker wollte, wer Ketchup auf seinen Eiern mochte, wer jedes Mal die Kruste am Tellerrand liegen ließ und beim nächsten Mal erfreut feststellte, dass sie die Kruste in der Küche abgeschnitten hatte. Sie lernte, die Bedürfnisse der Gäste vorherzusehen: So wie ihre Mutter stets wusste, wann die nächste Morphiumdosis oder eine frische Bettpfanne fällig war, lernte Mia, in dem Moment mit der Kaffeekanne zu erscheinen, wenn jemand seinen leeren Becher abstellte, und zu erkennen, wenn ein Gast gern zahlen wollte. Aus diesem Grund saßen die Geschäftsleute und Werbefachmänner gern in Mias Bereich und legten gewöhnlich einen zusätzlichen Dollar – manchmal auch fünf – auf den Tisch. Wenn der Geschäftsführer in der Küche nicht hinsah, aß sie die liegengebliebenen Toaststücke und kaltes Rührei von den Tellern, statt alles in den Müll zu werfen. Das war ihr Frühstück.

Nach ihrer Schicht zog sie sich in einer Angestelltentoilette um, rollte ihre Arbeitsuniform samt Schürze ordentlich zusammen und steckte sie sorgfältig in den Rucksack, damit sie nicht knitterte. Sie besaß kein Bügeleisen, und auf diese Weise konnte sie dieselbe Uniform eine Woche oder länger tragen, bevor sie in den Waschsalon musste. Dann ging sie in Jeans und T-Shirt zur Uni.

Von ihrem Vater hatte sie gelernt, wie man einen Ölwechsel machte, eine Steckdose anschloss, meißelte, schweißte und sägte – was zur Folge hatte, dass sie ihre Werkzeuge gekonnt handhabte. Sie wusste, wie weit sich ein Stück Draht oder eine Blechplatte biegen ließ, ohne durchzubrechen, wie man saubere Linien, sanfte Ausbuchtungen und Kurven formte, wie man ein Kupferrohr zurechtbog. Wie man ein Werkzeug sachgerecht reinigte. Von ihrer Mutter hatte sie den Umgang mit Stoff gelernt – von weichfallendem Nessel bis zu dicker Leinwand – und wie man ihn sich gefügig machte, wo seine Grenzen lagen, wie sehr man ihn dehnen konnte und wie viel er aushielt. Und sie hatte gelernt, keine Scheu zu haben. Wenn das Modell beim Aktzeichnen den Morgenmantel fallen ließ, war sie die Einzige, die keine Zeit verschwendete und errötete, sondern sofort anfing, die langen Beine und die Wölbung der Brust zu skizzieren.

Um drei, wenn der Unterricht zu Ende war, ging sie wieder zur Arbeit. Zweimal in der Woche hatte sie eine Schicht bei Dick Blick und verkaufte Künstlerbedarf an ihre Kommilitonen oder füllte hinten das Lager auf. Mit den älteren Studenten unterhielt sie sich über Kunst; sie erzählten ihr, woran sie gerade arbeiteten, warum sie lieber ein Messer als einen Pinsel benutzten, Acryl statt Öl, Fujicolor statt Kodachrome. Ihr Chef – der selbst eine Tochter in Mias Alter und deshalb eine Schwäche für dieses Mädchen hatte, das mehrere Jobs ausübte, um durchzukommen – erlaubte ihr, die Bleistifte und Pastellfarben zu behalten, die zerbrochen waren, Farbtuben, die leckten, Pinsel und Leinwände, die geknickt oder nicht mehr geheftet waren. Was nicht verkauft werden konnte, nahm Mia mit nach Hause und reparierte es. Auf diese Weise kam sie umsonst an einen Großteil ihres Bedarfs.

An drei Abenden in der Woche stieg Mia in die Linie 1 und fuhr zur 116. Straße, wo sie in einer anderen Uniform in einer Bar nahe der Columbia kellnerte. Die jungen Studenten, die sie bediente, waren in der Regel arrogant und widerlich oder anzüglich und widerlich, und das umso mehr, je weiter der Abend voranschritt, aber sie gaben ihr Trinkgeld, und am Ende einer guten Schicht hatte sie dreißig bis vierzig Dollar in ihrer Schürze. Sie aß die letzten Bissen ihrer Burger, vergessene Pommes und den Rest ihrer Pickles und steckte das Geld in die Tasche ihrer Jeans.

Auf diese Weise hielt sie sich im ersten Jahr über Wasser und konnte sogar noch etwas Geld zurücklegen. Wenn sie gelegentlich zu Hause anrief – denn das tat sie: Sie und ihre Eltern beteuerten, dass kein Groll zwischen ihnen bestand, und die Eltern erkundigten sich höflich nach ihrem Studium und zeigten Interesse an ihren Antworten oder schützten es zumindest vor –, fragte Warren sie, ob sich das Ganze lohne. Er war immer der Sorglose gewesen, der die Dinge so nahm, wie sie kamen; sie war die Getriebene gewesen, die Ehrgeizige, die Planerin.

»Es lohnt sich«, versicherte sie ihm. Und dann erzählte sie ihm von ihren Kursen, welche Gemälde sie diese Woche besprochen hatten, schwärmte von ihrem Lieblingsfach, dem wahren Grund, warum sie jeden Morgen um halb fünf aufstand und bis spätnachts durchhielt: Fotografie.

Wenn sie von Pauline Hawthorne sprach, schwang in ihrer Stimme die schwärmerische Bewunderung eines Schulmädchens mit und zugleich die Ehrerbietung für eine Heilige. Am ersten Tag ihres Fotokurses hatten die Studenten mit einer 35-mm-Kamera und zwei Notizbüchern – wie auf der Liste angegeben – aufrecht an ihren Tischen gesessen. Als der Kurs begann, eilte Pauline im Raum nach hinten, schaltete, ohne sich vorzustellen, das Licht aus und den Diaprojektor an. Auf der Leinwand erschien ein Foto von Man Ray: eine üppige Frau, der Rücken mit zwei aufgemalten F-Löchern zu einem Cello verfremdet. Absolute Stille senkte sich über den Raum. Nach fünf Minuten zuckte Paulines Daumen, und die Cello-Frau wurde durch eine Landschaft von Ansel Adams ersetzt, Mount McKinley, finster dräuend über einem schneeweißen See. Niemand sagte etwas. Nächstes Bild: das Porträt einer Frau aus der Dust Bowl von Dorothea Lange, das dunkle Haar gescheitelt, ein Hauch von Lächeln in den herabhängenden Mundwinkeln. So ging es die gesamten zwei Stunden weiter, ein Überblick über Fotografien, die alle kannten, aber niemand – und das wusste Pauline vermutlich – länger betrachtet hatte. Auch Mia kannte alle diese Fotos aus ihrer Lektüre in der Bibliothek, stellte aber fest, dass sie bei längerer Betrachtung neue Konturen gewannen, wie Gesichter von geliebten Menschen.

Am Ende schaltete Pauline den Projektor aus und das Licht an, und die Klasse blinzelte in der jähen Helligkeit. »Zur nächsten Stunde bringen Sie das Foto mit, auf das Sie besonders stolz sind«, sagte sie und verließ den Raum. Ihre ersten und einzigen Worte.

Nach langem Überlegen hatte Mia zum nächsten Kurs ein Foto mitgebracht, das sie mit ihrer Großformatkamera aufgenommen hatte. Im Kurs sollten sie vor allem mit Handkameras arbeiten, doch Pauline hatte gesagt, *das Foto, auf das Sie besonders stolz sind,* und das war ihres: Eine Aufnahme von ihrem Bruder beim Hockeyspielen im Garten, im Hintergrund ihr Haus und der Rest der Nachbarschaft im Miniaturformat. Sie war die Hügelkuppe hochgeklettert, um es aufzunehmen. Beim Betreten des Kursraums hingen an den Wänden verteilt Karteikarten mit dem Namen jedes Studenten und darunter eine befestigte Büroklammer. Pauline kam zwei Minuten nach der vollen Stunde – wieder ohne sich vorzustellen –, und die Studenten versammelten sich der Reihe nach neben jedem Foto, während Pauline die Gestaltung oder die Technik des Bilds kommentierte, und die Studenten schüchtern ihre Fragen zum Aufnahmestandpunkt oder zu den Tonwerten beantworteten. Einige zeigten sorgfältig aufgebaute Szenarien, und ein oder zwei Studenten hatten sich an etwas Kunstvollem versucht: die Silhouette eines Mädchens vor einer gewaltigen, strahlend weißen Kinoleinwand; die Nahaufnahme von einer verschlungenen, um einen Hörer gewickelten Telefonschnur.

Mia und ihre Kommilitonen waren für Paulines Fragen gerüstet. Nach den ersten beiden Stunden waren sie überzeugt gewesen, dass sie zu den Drachen unter den Dozenten gehörte: Denen machte es Spaß, ihre Studenten einzuschüchtern, und sie hielten vernichtende Kritik für eine geeignete Methode, um jemanden aus der Reserve zu locken. Doch Pauline war, wie sich herausstellte, kein Drache. Trotz ihrer sachlichen Art fand sie in jedem Foto etwas Besonderes und Lobenswertes. »Sehen Sie sich an, wie die kleine Schwester hier lacht«, sagte sie und zeigte auf ein Familienporträt. »Sie schaut als Einzige nicht in die Kamera und erweckt den Eindruck, dass sich etwas außerhalb des Bilds befindet. Ist sie eine Rebellin? Oder lässt das auf die Stimmung in der Familie schließen?« Oder: »Der Wolkenkratzer hier sieht aus, als würde er gleich den Mond durchbohren. Ein gut gewählter Blickwinkel.« Selbst ihre Kritik – die sich mit dem Lob die Waage hielt – entsprach nicht dem, was Mia erwartet hatte. »Wasser ist nicht leicht zu fotografieren«, sagte sie schlicht, als jemand darauf hinwies, dass ein Foto von einem Wasserfall arg unscharf war. »Nehmen wir an, es war Absicht. Welche Wirkung löst das aus?«

Mias Foto kam als Letztes an die Reihe, und als alle davorstanden, zögerte Pauline kurz, als wäre sie verblüfft. Sie studierte es genau, zwei, drei, fünf Minuten lang, und in der Stille wurden die Studenten unruhig. »Wer ist Mia Wright?«, fragte sie schließlich, und Mia trat einen Schritt vor. Alle anderen wichen etwas zurück, als könnten sie, ganz gleich, welcher Blitz gleich herabfuhr, ebenfalls getroffen werden. Dann fing Pauline an, Fragen zu stellen. Warum haben Sie diese Linie von links nach rechts laufen lassen? Warum haben Sie die Kamera so verstellt? Warum haben Sie die Schärfe auf den Hockeyschläger und nicht aufs Netz gelegt? Mia antwortete, so gut sie konnte: Sie habe einfangen wollen, wie klein das Haus und der Rasen im Vergleich zu den Hügeln im Hintergrund waren; sie habe die Beschaffenheit des Rasens zeigen wollen und wie die Halme unter den Schuhen ihres Bruders abknickten. Als Paulines Fragen dann zunehmend technischer wurden, geriet Mia ins Stocken. Die Linie hatte so einfach richtig gewirkt. Sie fand diese Verstellung eben richtig. Sie dachte, sie hätte genug Schärfentiefe. Als der Kurs schließlich zu Ende ging, trat Pauline nickend zurück.

»Bringen Sie nächstes Mal Ihre Kameras mit«, sagte sie. »Wir fangen an, ein bisschen zu fotografieren.« Dann nahm sie ihre Tasche und verließ den Raum, und Mia war nicht sicher, ob sie eben bestanden hatte oder gnadenlos durchgefallen war.

Im Laufe der nächsten Stunden behandelte Pauline Mia wie alle anderen Studenten. Sie lernten, wie man einen Film in die Kamera einlegt, wie man ein Bild gestaltet, wie man die richtige Blende und Belichtungszeit wählt. All das hatte Mia schon bei Mr Wilkinson und durch ihre jahrelangen Experimente gelernt. Durch Paulines Erklärungen jedoch wurde sie sich ihrer bisher intuitiven Vorgehensweise beim Gestalten einer Aufnahme bewusster. Sie lernte, die Gründe für die Wahl einer bestimmten Blendenzahl zu artikulieren, den Hintergrund nicht nur so auszuwählen, dass ein Bild *richtig aussah*, sondern zu erklären, warum es *nur so* richtig aussah. Zwei Wochen nach Semesterbeginn, als der Kurs die ersten Abzüge machte, trat Pauline in der Dunkelkammer zu Mias Arbeitsplatz. Im grellen roten Licht sah sie aus wie aus einem riesigen Rubin geschnitzt.

»Wie lange arbeiten Sie schon mit der Großformatkamera?«,

fragte sie, und als Mia es ihr sagte, erwiderte sie: »Würden Sie mir noch ein paar Ihrer Fotos zeigen?«

Am folgenden Samstag fand sich Mia im Foyer von Paulines Wohnhaus wieder, in der Hand einen Umschlag mit Fotos. Es gab einen Portier, und Mia, die noch nie einem begegnet war, erstarrte vor Ehrfurcht, sodass sie nicht zuhörte, als er ihr das Stockwerk nannte; sie drückte jeden Knopf im Fahrstuhl und überprüfte den Namen an jeder Tür, bevor sie wieder zurückging und in den nächsten Stock fuhr. Als sie schließlich im fünften Stock ausstieg, wartete Pauline bereits an der Tür.

»Da sind Sie ja«, sagte sie. »Der Portier hat Sie schon vor zehn Minuten angekündigt.« Sie war barfuß, sah aber ansonsten genau wie im Unterricht aus: ein schwarzes T-Shirt zu einem langen schwarzen Rock und langen Perlenohrringen, die beim Gehen wie Glöckchen bimmelten. Mia, die errötete, folgte ihr in einen großen, sonnendurchfluteten Raum mit weißen Wänden, in dem alles zu leuchten schien. Sie hatte damit gerechnet, dass in der Wohnung einer Fotografin viele Fotos hängen würden, doch die Wände waren kahl. Später erfuhr sie, dass Paulines Studio oben war und sie außerhalb ihres Arbeitsbereichs nie etwas aufhängte, weil sie weißen Raum brauchte. Zur Reinigung der Sehnerven, erklärte sie. Doch jetzt setzte Mia sich neben sie auf die genoppte graue Couch, wo sie Foto um Foto auf den Tisch legten. Pauline stellte viele Fragen, genau wie am zweiten Kurstag: Warum haben Sie hier einen so tiefen Kamerastandpunkt gewählt? Warum sind Sie hier so nah rangegangen? Haben Sie hier die Verschwenkung angepasst? Woran haben Sie bei dieser Aufnahme gedacht? Im Gespräch über die Fotos verlor Mia ihre Schüchternheit. Sie waren so vertieft, dass Mia erschrocken zusammenzuckte, als eine Frau erschien und zwei Tassen Kaffee ans Tischende stellte.

»Mal«, sagte Pauline mit einem lässigen Winken. »Mal, das ist Mia Wright, eine meiner Studentinnen.«

Mal war schlank und hatte langes, welliges braunes Haar. Sie trug Jeans, eine grüne Bluse und war barfuß, wie Pauline.

»Ich dachte, ihr wollt vielleicht einen Kaffee«, sagte Mal. »Schön, Sie kennenzulernen, Mia.« Sie küsste Pauline auf die Wange und entfernte sich wieder.

Mia blieb den ganzen Nachmittag, bis es Zeit für ihre Schicht in der Bar wurde. Pauline und Mal drängten sie, zum Abendessen zu bleiben, und schließlich gab sie zu, dass sie zur Arbeit musste. »Dann nächste Woche«, schlug Pauline vor, »wenn Sie einen Tag freihaben.«

Im Laufe der folgenden Monate war sie oft bei Pauline und Mal zu Besuch, unterhielt sich mit Pauline über Fotografie, sah ihr bei der Arbeit in ihrem Studio zu und lauschte, wenn Pauline laut über ein anstehendes Projekt nachdachte. »Ich habe gerade was über das alte Ägypten gelesen«, sagte sie etwa und schlug ein Buch auf. »Was hältst du davon?« Beim Abendessen standen Sachen auf dem Tisch, die Mia noch nie probiert hatte: Artischocken, Oliven, Brie. Mal war, wie sie erfuhr, Lyrikerin und hatte mehrere Gedichtbände veröffentlicht. »Leider interessiert sich kein Mensch für Lyrik«, sagte Mal und lachte betrübt. Sie lieh Mia stapelweise Bücher aus: Elizabeth Bishop, Anne Sexton, Adrienne Rich.

Als der Winter kam, zeigte Mia Pauline fast jede Woche ihre neuen Fotos, und wenn sie sich darüber unterhielten, wollte Pauline genau wissen, warum sie was gemacht hatte. Früher war Mia beim Fotografieren ihrem Gefühl gefolgt und hatte auf ihren Instinkt vertraut. Pauline forderte sie heraus, absichtsvoll vorzugehen, ihre Arbeit zu planen, mit jedem Foto ein Statement zu setzen, ganz gleich, wie deutlich die Botschaft bereits schien.

»Nichts beruht auf Zufall«, sagte Pauline immer wieder. Es war ihr liebstes Mantra, sowohl in der Fotografie als auch im wirklichen Leben. Bei Pauline und Mal war nichts einfach. Bei Mias Eltern hatte es nur gut und böse gegeben, richtig und falsch, sinnvoll oder nutzlos, aber keine Grautöne. Hier, stellte sie fest, war alles nuanciert; alles hatte eine verborgene Seite oder unerforschte Tiefen. Alles lohnte, näher betrachtet zu werden.

Nach solchen Sitzungen drängten die beiden Frauen Mia stets, zum Essen zu bleiben. Inzwischen wussten sie von ihren drei Jobs, boten ihr zusätzliche Portionen an und schickten sie mit Tupperware voller Reste nach Hause. Tatsächlich hätten sie ihr gerne zugeredet, über Nacht zu bleiben, sich in einem der Gästezimmer einzurichten und bei ihnen zu wohnen, wenn eine der beiden nur die richtigen Worte gefunden hätte, es Mia vorzuschlagen.

Denn Mia war stolz, das war unübersehbar. Sie nahm die Gastfreundschaft der beiden Frauen zwar dankbar an, achtete aber darauf, nie mit leeren Händen zu kommen. Sie brachte ihnen kleine selbstgemachte Geschenke mit: im Central Park gesammelte Blätter, die sie mit einer Schleife zu einem rötlichen Strauß band, einen daumengroßen, aus Gras geflochtenen Korb, einmal eine kleine, mit Tinte gezeichnete Skizze von den beiden und sogar eine Handvoll reinweißer Kiesel, nachdem Pauline erwähnte, dass sie ein neues Projekt mit Steinen angefangen hatte. Pauline und Mal wussten beide, dass diese Geschenke eine dankbare Geste Mias für all das war, was sie ihr gaben – Essen, Wissen, Zuneigung –, und Mias Stolz sie andernfalls daran gehindert hätte wiederzukommen.

Und sie wollten unbedingt, dass sie wiederkam. Um Weihnachten war allen klar – Pauline, Mal und Mias anderen Dozenten und ihren Kommilitonen –, dass Mia äußerst begabt war.

»Du wirst bestimmt berühmt, das weißt du, oder?«, sagte Warren eines Abends zu seiner Schwester. An Weihnachten war sie nach Hause gekommen, und er hatte Wort gehalten und sie in dem kleinen hellbraunen VW Golf, den er sich im Herbst gekauft hatte, an der Bushaltestelle abgeholt. Jetzt, vier Tage nach Weihnachten, fuhr er sie zurück. Sie waren stillschweigend übereingekommen, die längere Strecke über kurvenreiche Nebenstraßen zu nehmen, um die letzten gemeinsamen Minuten auszudehnen. Warren besuchte inzwischen die letzte Highschoolklasse, und Mia hatte den Eindruck, dass er in ihrer Abwesenheit gewachsen war: nicht in der Größe, aber etwas an ihm hatte sich gefestigt. Seine Stimme klang tiefer, und seine Hände und Füße, die in den vergangenen Jahren für ihn zu groß gewesen waren, wie die Pfoten bei einem Welpen, erschienen jetzt richtig proportioniert. Im schwindenden Nachmittagslicht sahen die Bartstoppeln in seinem Gesicht aus wie ein Schatten.

»Wir werden sehen«, erwiderte sie nur und fragte dann: »Und du? Was willst du später mal machen?« Als die Lehrerin in der Vorschule ihm diese Frage gestellt hatte, erzählte er ihr, was er am Nachmittag vorhatte – weiter reichte die Zukunft in der Vorstellung eines Fünfjährigen nicht. Seitdem stellte ihm jeder, der seine Pläne für den Tag erfahren wollte, diese Frage, und Mia zog ihn immer noch damit auf, dass er nicht weiter als ein paar Wochen vorausdenken konnte.

»Am Freitag gehe ich mit Tommy Flaherty auf die Jagd«, antwortete er jetzt. »Ein letzter Ausflug, bevor die Schule anfängt.« Mia verzog das Gesicht. Sie hatte nie viel vom Jagen gehalten, obwohl in ihrer Nachbarschaft jeder mindestens einen ausgestopften Rehkopf im Haus hängen hatte.

»Ich ruf dich an, wenn ich zu Hause angekommen bin«, sagte

sie und küsste ihn auf die Wange. Erneut fiel ihr auf, wie sehr er sich verändert hatte, er wirkte schlanker, kräftiger und gefestigter als in ihrer Erinnerung. Sie fragte sich, ob es ein Mädchen in seinem Leben gab. Wie würde er wohl aussehen, wenn sie das nächste Mal nach Hause kam – und wann würde das sein? Im Sommer vielleicht, es sei denn, sie arbeitete dann, um für das kommende Jahr zu sparen. Sie hatte viel um die Ohren. Ihre Arbeit hatte sich in den wenigen Monaten, seit sie in New York war, stetig weiterentwickelt: durch ihre Nachmittage bei Pauline, durch die Beschäftigung mit den Projekten ihrer Kommilitonen, selbst durch die viele Zeit, die sie mit ihren diversen Jobs verbrachte, und die ständig wechselnden Fremden, die sie dort traf. Ihre Fotos waren präziser und durchdachter geworden, technisch ausgereifter und abenteuerlicher, gewagter und ausgefallener, und alle – einschließlich Mia selbst und Warren, der ihr durch das Beifahrerfenster zuwinkte, sich hinüberlehnte und es schloss – waren sicher, dass sie es weit bringen würde. Sie nahm sich vor, sich durch nichts von der Arbeit ablenken zu lassen. Nur die Arbeit zählte.

Sie war derart zielstrebig, dass ihr zunächst gar nicht auffiel, als ein Mann mit Aktentasche sie eines Nachmittags im März anstarrte. Sie war an der Houston Street eingestiegen und fuhr zu ihrer Arbeit nahe der Columbia; in der Linie 1 war nicht viel los. Mia dachte über ihr Projekt für Pauline nach – *Dokumentieren Sie eine Veränderung über einen bestimmten Zeitraum* –, als sie plötzlich ein Prickeln auf der Haut spürte, ein Signal, dass sie beobachtet wurde. Mia war an Blicke gewöhnt – schließlich war sie in New York –, und wie alle Frauen hatte sie sich angewöhnt, Blicke und das manchmal folgende Pfeifen zu ignorieren. Doch aus diesem Mann wurde sie nicht so recht schlau. Er wirkte seriös: eleganter Nadelstreifenanzug, dunkles Haar, Aktentasche zwischen den Beinen. Wall Street, schätzte sie. Sein Blick war nicht lüstern oder gar stechend. Da war etwas anderes – eine merkwürdige Mischung aus Erkennen und Verlangen –, und das beunruhigte sie. Als der Mann sie nach drei Stationen immer noch anstarrte, packte sie ihre Sachen und stieg am Columbus Circle aus.

Zuerst dachte sie, sie wäre ihn los. Der Zug fuhr an, und sie setzte sich auf eine schmutzige Bank, um auf den nächsten zu warten, doch während die wenigen Fahrgäste den Bahnhof verließen, sah sie ihn wieder: Die Aktentasche in der Hand, suchte er den Bahnsteig ab. Sie war sicher, er hielt Ausschau nach ihr. Bevor er sie entdeckt hatte, stand sie auf und lief, so schnell sie konnte, ohne Aufmerksamkeit zu erregen, zur Treppe am Ende des Bahnsteigs und durch den Tunnel zum Bahnsteig der Linie C. Vermutlich käme sie zu spät zur Arbeit, doch das war egal. Sie würde nach ein, zwei Stationen aussteigen, zum Broadway laufen und in den richtigen Zug steigen, sobald sie ihm entkommen war, auch wenn sie dann noch einmal zahlen musste.

Als der C-Zug kam, stieg Mia in der Mitte ein und überflog die Sitze. Der Waggon war halb voll, voll genug, dass sie notfalls um Hilfe rufen konnte, aber nicht so voll, dass sich jemand in der Menge verbergen konnte. Sie setzte sich auf einen leeren Platz in der Mitte. An der 72. Straße sah sie keine Spur von ihm. An der 81. jedoch, als sie gerade aufstand, um auszusteigen, öffnete sich die Tür am Ende des Waggons, und der Mann mit der Aktentasche kam herein. Inzwischen sah er leicht zerzaust aus, ein paar Locken hingen ihm ins Gesicht, als hätte er sich beeilen müssen. Ihre Blicke trafen sich, es hatte keinen Zweck, so zu tun, als hätte sie ihn nicht gesehen. Mias Mitbewohnerin war auf dem Weg nach Hause spätnachts zweimal ausgeraubt worden, und ihre Kommilitonin Becca hatte ihr erzählt, in der Nähe der Christopher Street hätte ein Mann sie an ihrem Pferdeschwanz in eine Gasse gezogen – sie hatte ihn abwehren können, aber er hatte ihr ein dickes Haarbüschel ausgerissen. Mia hatte die kahle Stelle gesehen. Wenn etwas passieren würde, dann jetzt, ganz gleich, ob sie im Zug blieb oder ausstieg.

Sie stieg aus, und er folgte ihr; als die Türen sich schlossen, standen sie einen Moment lang beide wie erstarrt auf dem Bahnsteig. Weder ein Zugführer noch ein Polizist waren in Sichtweite, nur eine alte Frau schob ihre Gehhilfe Richtung Treppe, und am Ende des Bahnsteigs schlief ein Penner in kaputten Turnschuhen. Wenn sie rannte, schaffte sie es vielleicht zur Treppe, bevor er sie einholte.

»Warten Sie«, rief der Mann, als der Zug anfuhr. »Ich möchte nur mit Ihnen reden. Bitte.« Er blieb stehen und hob die Hände. Er war jünger, als sie gedacht hatte, vielleicht erst in den Dreißigern, und auch dünner. Sein Anzug sah teuer aus, dünne Silberstreifen im Wollstoff, ebenso seine Schuhe: feines Leder mit Quasten und glatten Ledersohlen. Nicht die Schuhe eines Mannes, der sich beeilen musste.

»Bitte«, fuhr der Mann fort. »Entschuldigen Sie, dass ich Ihnen gefolgt bin. Entschuldigen Sie, dass ich Sie angestarrt habe. Wahrscheinlich haben Sie gedacht ...« Er schüttelte den Kopf. »Ich mag es nicht, wenn meine Frau mit der U-Bahn fährt, weil ich Angst habe, jemand wie ich könnte ihr folgen.«

»Was wollen Sie?«, krächzte Mia. Ihr war nicht bewusst gewesen, wie trocken ihre Kehle war. Sie umklammerte den Schlüsselbund hinter ihrem Rücken noch fester, Spitzen nach außen. *Viel bewirkt es nicht, aber es tut weh*, hatte Becca gesagt.

»Lassen Sie es mich erklären«, sagte der Mann. »Ich bleibe

hier stehen und komme nicht näher. Ich möchte nur mit Ihnen reden.« Er stellte seine Aktentasche zwischen seinen Beinen ab, und Mia entspannte sich ein ganz klein wenig. Wenn er sich jetzt auf sie stürzte, würde er stolpern.

Er hieß Joseph Ryan – »Joey«, verbesserte er sich – und arbeitete, wie sie vermutet hatte, an der Wall Street für eine der großen Handelsfirmen. Er und seine Frau wohnten am Riverside Drive; er sei auf dem Heimweg; sie hätten sich an der Highschool kennengelernt und seien seit neun Jahren verheiratet; sie hätten keine Kinder. »Es geht nicht«, erklärte Joseph Ryan. »Sie kann keine Kinder bekommen. Und ... « Er verstummte und sah Mia flehend an, fuhr sich mit der Hand durchs Haar und atmete tief durch wie ein Mann, dem bewusst ist, dass er gleich etwas Groteskes von sich geben wird. »Wir suchen eine Frau, die ein Kind für uns austrägt. Die richtige Frau.« Und dann: »Wir würden sie bezahlen. Großzügig.«

Mia schwirrte der Kopf. Sie bohrte sich die Spitzen ihrer Schlüssel in den Handteller – nicht zum Schutz, sondern um sich zu überzeugen, dass sie richtig hörte. »Sie wollen ... «, stammelte sie schließlich. »Warum ich?«

Joseph Ryan suchte in seiner Tasche und holte eine Visitenkarte hervor, und nach kurzem Zögern trat Mia einen Schritt vor und nahm die Karte. »Bitte. Würden Sie einfach kommen und mit uns reden? Morgen? Zum Lunch? Natürlich sind Sie eingeladen.«

Mia schüttelte den Kopf. »Ich muss arbeiten«, sagte sie. »Ich kann nicht ... «

»Dann zum Abendessen. Meine Frau und ich erklären Ihnen alles. Hören Sie – im Four Seasons. Sieben Uhr? Ich kann Ihnen zumindest ein gutes Essen versprechen.« Er wackelte mit dem Kopf wie ein schüchterner Schuljunge und nahm seine Aktentasche auf. »Wenn Sie nicht kommen, kann ich das verstehen«, sagte er. »Ich kann mir vorstellen – wenn jemand einem so etwas vorschlägt. Auf dem Bahnsteig.« Er schüttelte den Kopf. »Aber bitte … Denken Sie einfach darüber nach. Sie würden uns sehr helfen. Sie würden unser Leben verändern.« Mit diesen Worten machte er kehrt, ließ Mia mit der Visitenkarte in der Hand stehen und ging die Treppe hoch.

⁓

Später fragte Mia sich immer wieder, wie ihr Leben ausgesehen hätte, wenn sie am nächsten Tag nicht zu dem Restaurant gegangen wäre. Damals hatte sie das Ganze als Scherz gesehen: Sie würde ihre Neugier befriedigen und nebenbei ein gutes Essen bekommen.

Am Abend trat sie in ihrem einzigen schönen Kleid, das sie im Jahr zuvor zur Hochzeit ihrer Cousine Debbie getragen hatte, von der 52. Straße in die Lobby des Four Seasons. Im Stil passte es überhaupt nicht in diese stinkvornehme Lobby mit ihren riesigen Lüstern, dicken Teppichen und dem Dschungel von Topfpflanzen. Selbst die Luft wirkte opulent und dick wie Samt; sie schluckte das Klicken der Damenabsätze und das Geplauder der Anzug tragenden Männer, die lautlos wie Schiffe an ihr vorbeiglitten. Da Joseph Ryan ihr nicht gesagt hatte, wo sie sich treffen würden, blieb sie verlegen an der Seite stehen und tat so, als bewundere sie das Gemälde, das an einer der riesigen Wände hing, und versuchte, der Aufmerksamkeit des Personals zu entgehen, das dienstbeflissen am Eingang des Speisesaals umherwuselte.

Fünf Minuten, dachte sie, und wenn sie dann nicht kämen, würde sie nach Hause gehen. Sie hatte ihre Uhr vergessen und begann, langsam zu zählen, wie sie und Warren es als Kinder beim Versteckspielen getan hatten. Sie würde bis dreihundert zählen, dann nach Hause gehen und diese verrückte Sache vergessen. Aber sie war gerade bei einhundertachtundneunzig, als Joseph Ryan wie ein Kellner neben ihr erschien.

»Picasso«, sagte er.

»Was?«

»Der Wandteppich.« Hier in der Lobby wirkte er fast schüchtern, was sie die Bedrohung, die er am Tag zuvor ausgestrahlt hatte, beinahe vergessen ließ. »Na ja, eigentlich ist es kein Wandteppich. Er hat es auf einen Vorhang gemalt. Ein wunderbares Bild.«

»Ich dachte, Sie kommen mit Ihrer Frau«, sagte Mia.

»Sie sitzt schon am Tisch.« Er wollte ihren Arm nehmen, überlegte es sich dann anders und schob seine Hände in die Taschen seines Jackets. Seine vornehme Haltung wirkte irgendwie komisch, fand sie, als sie ihm durch den Gang folgte.

Ein riesiger weißer Raum mit einem – sie blinzelte – jadegrünen Pool in der Mitte. Bäume, übersät mit rosa Blüten und Lichterketten. Wie ein versteckter Märchenwald inmitten eines New Yorker Bürogebäudes. Überall das leise Gemurmel von Gesprächen. Die Fensterfront zierten transparente Stoffbahnen, die sich wie Wellen kräuselten, obwohl kein Lufthauch wehte. Und dann geschah das Merkwürdige. Als sie in den Speisesaal traten und Joseph Ryan sich einem Tisch in der Ecke näherte, sah Mia sich schon am Tisch sitzen, in einem eleganten marineblauen Kleid und mit einem Cocktail in der Hand. Zuerst dachte Mia, sie nähere sich einem Spiegel, und hielt verwirrt inne. Dann stand die Frau am Tisch auf und streckte ihr die Hand entgegen.

»Ich bin Madeline«, sagte sie, und als ihre Hände sich berührten, hatte Mia das unheimliche Gefühl, als begrüßte sie ihr Spiegelbild in einem Teich.

—

Der Rest des Abends verlief wie ein verrückter Traum. Jedes Mal, wenn sie Madeline Ryan anschaute, sah sie sich selbst. Sie hatten nicht nur beide dunkle Locken und ähnliche Gesichtszüge, auch einige Eigenarten stimmten überein: derselbe Hang, sich auf die Unterlippe zu beißen, dieselbe Angewohnheit, geistesabwesend eine Locke zum Ohrläppchen zu ziehen und sie dann wie eine Feder zurückschnellen zu lassen. Es gab auch Unterschiede – Madelines Kinn war etwas spitzer, ihre Nase etwas schmaler, ihre Stimme tiefer, voller und ein wenig heiser –, aber sie sahen sich so ähnlich, dass man sie für Schwestern hätte halten können. Noch spätabends, lange nachdem das von den Ryans gerufene Taxi sie zu Hause abgesetzt hatte, saß Mia wach da und dachte über das nach, was die beiden ihr erzählt hatten.

Madeline hatte mit siebzehn ihre Periode immer noch nicht bekommen, und als ein Arzt sie dann untersuchte, stellte er fest, dass ihr die Gebärmutter fehlte. Eine von fünftausend Frauen, erklärte Madeline – es gab einen langen deutschen Namen dafür, Mayer-irgendwas-Syndrom, Mia hatte es nicht ganz verstanden. Und so war eine Ersatzmutter die einzige Möglichkeit für das Paar, ein Kind zu bekommen.

Dies war 1981, drei Jahre bevor die Schlagzeilen die Ankunft von Louise Brown hinausposaunten, dem ersten Retortenbaby der Welt, doch die Chancen einer solchen Empfängnis standen noch immer schlecht, und die meisten Leute konnten sich mit dem Ausbrüten von Babys in Petrischalen nicht anfreunden.

»Das ist nichts für uns«, hatte Madeline gesagt und den Stiel ihres Weinglases zwischen ihren graziösen Fingern gedreht. »Ein Frankenstein-Baby, nein danke.« Die Ryans hatten sich für einen etwas altmodischeren Weg entschieden: so alt, betonte Joseph, wie die Bibel. Das Sperma vom Vater, die Eizelle von einer Frau, die ihnen passend erschien und die das Baby auch austragen würde. Monatelang hatten sie per Inserat – *diskret*, fügte Madeline hinzu – nach einer passenden Ersatzmutter gesucht und keine gefunden. Und dann hatte Joseph Ryan, als er nach einem Arbeitsessen mit der U-Bahn fuhr, ein auf unheimliche Weise vertrautes Gesicht am Ende des Waggons gesehen und das als Wink des Schicksals empfunden.

»Beide Seiten profitieren«, sagte er. Er schaute Madeline an, die ganz leicht nickte, dann richteten sich beide ein wenig auf und wandten sich zu Mia, die ihre Gabel ablegte.

»Glauben Sie nicht, dass wir uns leichtfertig darauf einlassen«, sagte Madeline. »Wir haben sehr lange nachgedacht. Und wir haben nach genau der richtigen Frau gesucht.« Sie füllte Mia Wasser aus der Karaffe nach. »Wir glauben, diese Frau sind Sie.«

In ihrem Zimmer stellte Mia jetzt Berechnungen an. Zehntausend Dollar hatten sie ihr geboten, wenn sie ein gesundes Kind austrug. Sie hatten mit ihr geredet, als würden sie die Bedingungen eines Stellenangebots erklären, und die Nebenleistungen ins beste Licht gerückt. »Natürlich kommen wir auch für sämtliche medizinischen Kosten auf«, hatte Joseph hinzugefügt.

Am Ende des Essens hatte er dann ein zusammengefaltetes Blatt Papier über den Tisch geschoben. »Unsere Telefonnummer«, sagte er. »Denken Sie darüber nach. Wir setzen einen Vertrag auf, den Sie sich ansehen können. Wir hoffen, Sie rufen uns an.« Er hatte die Rechnung bereits bezahlt, sie war sicher hoch: Sie hatten Austern und Wein verzehrt; ein Mann im Smoking hatte am Tisch Tatar zubereitet und den goldgelben Dotter geschickt in das rote Fleisch gefaltet. Joseph winkte ein Taxi für Mia heran. »Wir hoffen, Sie rufen uns an«, wiederholte er. Hinter der Glasscheibe in der Lobby knöpfte Madeline den Pelzkragen ihres Mantels zu. Erst als er die Tür geschlossen hatte und das Taxi unterwegs nach Downtown zu Mias beengter Wohnung fuhr, faltete sie das Blatt auseinander und las erneut die unglaubliche Zahl: *10 000 Dollar*. Darunter ein einziges Wort: *Bitte*.

Am nächsten Morgen hielt sie das Ganze für einen absurden Traum, bis sie das zerknitterte Papier auf ihrer Kommode sah. Verrückt, dachte sie. Ihr Bauch war doch kein Apartment zum Vermieten. Sie konnte sich kaum vorstellen, ein Kind zu bekommen, geschweige denn, es wegzugeben. Im stahlgrauen Morgenlicht erschien ihr der gestrige Abend wie eine kindliche Fantasie. Sie schüttelte den Kopf, ließ das Blatt in die Kommodenschublade fallen und holte ihre Arbeitskleidung heraus.

Und dann, ein paar Wochen später, erfuhr Mia, dass ihr Stipendium nicht erneuert wurde. Pauline und Mal öffneten die Tür, und sie reichte ihnen wortlos einen mit dem Finger aufgerissenen Brief.

Liebe Miss Wright,
wir hoffen, Sie konnten von Ihrem ersten Jahr an der New York School of Fine Arts profitieren. Leider müssen wir Ihnen mitteilen, dass wir aufgrund von Etatkürzungen nicht in der Lage sind, Sie im akademischen Jahr 1981/82 weiterhin finanziell zu unterstützen. Wir hoffen natürlich, dass Sie Ihr Studium dennoch bei uns fortsetzen und …

»Diese Idioten«, sagte Pauline und warf den Brief auf den Couchtisch. »Die ahnen ja nicht, dass sie sich nur selbst schaden.«

»Es liegt am Staat«, sagte Mal. Sie hob den Brief auf und steckte ihn wieder in den Umschlag. »Sie kürzen die finanziellen Mittel, die Schule muss mehr Ausgaben decken, und das geht auf Kosten der Stipendien.«

»Ist nicht so schlimm«, sagte Mia. »Ich besorge mir noch einen Job und spare im Sommer Geld zusammen.«

Als sie jedoch am Abend mit dem Aufzug nach unten fuhr, lehnte sie den Kopf an die Spiegelwand und unterdrückte ihre Tränen. Wenn sie noch mehr arbeiten würde als bisher, blieb ihr keine Zeit für ihr Studium, und sie kam ohnehin schon kaum über die Runden. Und wenn sie den ganzen Sommer durcharbeitete … In Gedanken fing sie wieder zu rechnen an. Sie musste eine Arbeit finden, bei der sie doppelt so viel verdiente, ansonsten konnte sie es sich nicht leisten weiterzustudieren.

»Alles in Ordnung, Miss?« Die Fahrstuhltüren hatten sich geöffnet, sie stand wieder in der Lobby, und der freundliche Portier blickte sie durch seine Brille an. Hinter ihm führte ein weinroter Teppich zu den dicken Glastüren, durch die der Lärm der Fifth Avenue durchdrang. Die Lobby war gedämpft wie eine Bibliothek, aber hinter diesen Türen, das wusste sie, warteten aufgerissene Gehsteige, hektische Straßen und die Unbarmherzigkeit der Stadt.

»Ja«, sagte sie. Inzwischen kannten sie sich ein wenig, wie man sich in New York eben kannte: Er hieß Martin, war in Queens aufgewachsen, ein Fan der Mets – nicht der Yankees, hatte er ihr erzählt, *auf keinen Fall* die Yankees – und hatte zu Hause einen Dackel namens Rosie. Auch Martin wusste, wie Mia hieß und dass sie ein Schützling von Pauline und Mal war – den Künstlerdamen, wie er die beiden liebevoll nannte –, und obwohl ihm Mia wenig von sich erzählt hatte, schloss sein reifer Blick einiges aus der gebrauchten Kamera um ihren Hals, der schwarz-weißen Uniform, die sie manchmal bei ihrer Ankunft noch trug, den Behältern mit Essen, die sie auf Mals Drängen oft mit nach Hause nahm. Er widerstand der Versuchung, ihr auf die Schulter zu klopfen, und schob die Eingangstür mit einer behandschuhten Hand auf.

»Einen schönen Abend noch«, sagte er, und Mia trat hinaus auf die Fifth Avenue und ließ sich von der Stadt verschlucken.

14

Mia zog niemanden zurate, nicht ihre Eltern, nicht ihre Mitbewohnerinnen oder gar Pauline und Mal. Viel später wurde ihr klar, dass sie sich eigentlich längst entschieden hatte. Am Tag nachdem sie den Brief vom College erhalten hatte, sprach sie den Manager des Diner auf eine Gehaltserhöhung an. »Ich wünschte, ich könnte, Süße«, sagte er, »aber wenn ich den Mädchen mehr zahle, muss ich die Preise erhöhen, und das machen die Kunden nicht mit.« Der Geschäftsführer bei Dick Blick sagte dasselbe, und danach schenkte sie sich die Mühe, den Barbesitzer zu fragen. Eine Woche lang wich sie Paulines Einladungen zum Abendessen aus; Mal und vermutlich auch Pauline würden ihre Sorgen sofort spüren. Anstelle ihres gewohnten Sonntagsbesuchs schickte sie eine Nachricht, in der sie behauptete, sie hätte eine Magen-Darm-Grippe und bleibe lieber zu Hause. Eine Woche lang dachte sie nur an ihre Studiengebühren – und an die Ryans. Sie ruinierte eine ganze Filmrolle, die sie bei Licht aus der Kartusche holte, etwas, das ihr noch nie passiert war. Im Diner ließ sie einen Teller mit Rührei fallen, schnitt sich an einer scharfen Kante den Finger und sah zu, wie ein Blutrinnsal auf das weiße Porzellan tropfte. Tagsüber strich sie immer wieder über ihren flachen Bauch, als könnte sie im Inneren etwas spüren, das ihr vielleicht Klarheit verschaffte.

Eines Nachmittgas zog sie während einer Arbeitspause Joseph

Ryans Visitenkarte aus der Tasche und ging zur U-Bahn. Vielleicht war er ein Betrüger. Woher sollte sie wissen, ob die Ryans die versprochene Summe zahlen würden und ob sie überhaupt Ryan hießen? Doch die Adresse auf der Karte führte sie tatsächlich zu dem glänzenden Glasgebäude von Dykman, Strauss & Tanner an der Wall Street. Mia zögerte ein paar Minuten vor der gläsernen Lobby, beobachtete die vorbeigleitenden Spiegelbilder der Passanten, die Schatten der Menschen im Inneren. Dann ging sie durch die Drehtür zu der Reihe mit den Telefonzellen, steckte ein 10-Cent-Stück in den Schlitz und wählte die Nummer auf der Karte. Sofort meldete sich eine Frau.

»Dykman, Strauss und Tanner«, sagte die Frau. »Büro Joseph Ryan. Was kann ich für Sie tun?«

Mia hängte auf und hievte das Telefonbuch auf ihren Schoß. In Manhattan waren sechs Ryans eingetragen, aber keiner am Riverside Drive. Sie ließ das an einer Kette befestigte Telefonbuch zurückfallen, fischte in ihrer Tasche nach einem weiteren 10-Cent-Stück und rief die Auskunft an, die ihr eine Adresse nannte. Ihre Schicht in der Bar begann bald, aber sie fuhr trotzdem mit der U-Bahn Richtung Uptown und fand sich vor einem roten Backsteingebäude aus der Vorkriegszeit mit einer schwarzen Markise und einem Portier wieder. Wer immer hier lebte, konnte mit Sicherheit zehntausend Dollar für ein Kind zahlen.

Als Madeline Ryan am nächsten Nachmittag aus dem Gebäude kam, folgte Mia ihr. Eine Stunde lang lief sie auf der 86. Straße hinter ihr her durch das Viertel und wieder zurück. Sie beobachtete, wie Madeline Ryan dem Portier zunickte, als sie das Gebäude verließ, wie sie auf dem Gehsteig stehenblieb, sich umdrehte und etwas sagte, das ihn zum Lächeln brachte, ihm dann freundlich auf den Arm klopfte und weiterging. Wie Madeline

langsamer wurde, wenn sie an Frauen mit Kinderwagen vorbeikam, und den Babys in diesen Kinderwagen zulächelte, wie sie
die Frauen lächelnd grüßte. Sie beeilte sich, diesen Frauen Türen zu öffnen, selbst den Nannys mit hellhäutigen Kindern, die
eindeutig nicht ihre eigenen waren, und hielt die Tür auf, bis Frau
und Kind sicher in der Bodega, dem Café oder der Bäckerei verschwunden waren. Als eine Frau – gestresst und in hochhackigen
Schuhen – an ihr vorbeistöckelte, hob Madeline Ryan einen aus
dem Kinderwagen geworfenen Schnuller auf und rannte ihr hinterher, um ihn der Frau zu geben. Mia war noch nie aufgefallen,
wie viele Babys es gab: Sie waren überall, in der Stadt wimmelte
es von ihnen, die Straßen strotzten nur so vor Fruchtbarkeit, und
plötzlich empfand sie tiefes Mitleid mit Madeline Ryan. An einem
Blumenstand blieb Madeline stehen und kaufte einen in grünes
Seidenpapier eingewickelten Strauß Pfingstrosen, die Knospen
noch feste harte Fäuste. Dann schlug sie den Rückweg ein, und
Mia ließ sie gehen.

Am Ende gaben nüchterne Zahlen den Ausschlag. Mit dem
Geld der Ryans konnte sie die Studiengebühren für drei Semester begleichen. Das würde ihr Zeit verschaffen, um genug Geld
für spätere Ausgaben zu verdienen. Wenn sie sich darauf einließ,
konnte sie weiterstudieren. Wenn nicht, war es aus. So betrachtet
lag die Wahl auf der Hand. Und sie tat ihnen einen Gefallen. Die
Ryans waren nette, aufrichtige Leute, das spürte sie. Sie wünschten sich sehnlichst ein Kind. Sie konnte ihnen helfen. Sie würde
ihnen helfen. Das redete sie sich solange ein, bis sie zum Hörer
griff und die Nummer wählte.

⁓

Drei Wochen später verließ sie die Praxis eines Frauenarztes mit einem Brief, in dem ihr bescheinigt wurde, dass sie sich in einem guten Gesundheitszustand befand, keine ansteckenden Krankheiten hatte und anatomisch alles am richtigen Platz war. »Ein gebärfreudiges Becken«, hatte der Arzt gescherzt, als sie ihre Füße aus der Fixierung am Untersuchungsstuhl zog. »Alles bestens. Einer Schwangerschaft steht nichts im Weg.« Eine Woche später beantragte sie eine einjährige Freistellung von der Kunsthochschule. Als die Kurse sich Anfang April dem Ende näherten, fand sie sich im Gästezimmer der eleganten Wohnung der Ryans wieder. Madeline hatte ihr einen schönen rosafarbenen Frotteebademantel gekauft. »Türkische Baumwolle«, hatte sie gesagt und ihn zusammen mit ein paar Slippern aufs Bett gelegt. »Wir möchten, dass Sie sich wohlfühlen.« Das Bett war mit frischer weißer Wäsche bezogen, als wäre sie ein geschätzter Gast. Draußen sah sie die Sonne auf dem Hudson glitzern. Sie wusste, dass Joseph sich im Schlafzimmer der Ryans am Ende des Flurs vorbereitete.

Als es leise an der Tür klopfte, zog Mia den Bademantel enger um sich. Ihre Kleider lagen ordentlich zusammengefaltet auf dem Sessel in der Ecke. Madeline klopfte noch einmal, dann öffnete sie die Tür.

»Sind Sie bereit?«, fragte sie. In den Händen hielt sie ein Frühstückstablett aus Holz mit einer abgedeckten Teetasse und einer Truthahnpipette mit einer hellgelben Pumpe. Sie stellte es auf den Nachttisch, kniete sich dann umständlich hin, umarmte Mia und sagte: »Danke.«

Als Madeline weg war, atmete Mia tief durch. War sie wirklich sicher? Sie nahm die Truthahnpipette vom Tablett: Sie war warm. Madeline hatte sie offenbar zum Anwärmen in warmes Wasser gelegt, und diese kleine großherzige Geste trieb ihr Tränen in die Augen. Sie nahm den Deckel von der Tasse, öffnete den Bademantelgürtel und legte sich aufs Bett.

Eine halbe Stunde später – »Sie müssen die Beine mindestens zwanzig Minuten hochlegen«, hatte Madeline ihr erklärt, »das erhöht die Chancen der Empfängnis« – erschien Mia aus dem Gästezimmer und entdeckte Madeline und Joseph händchenhaltend im Wohnzimmer. Sie trug wieder ihre eigenen Sachen, doch als die beiden gleichzeitig aufblickten – mit großen Augen, wie ängstliche Kinder –, fühlte sie sich plötzlich nackt.

»Ich bin fertig«, sagte sie.

Madeline erhob sich geschmeidig vom Sofa und ergriff Mias Hand. »Wir können Ihnen nicht genug danken«, sagte sie. »Jetzt müssen wir hoffen.« Wie zum Segen legte sie ihre Hände auf Mias Bauch, und Mias Muskeln spannten sich an.

»Ich lass den Wagen kommen – Joey fährt Sie nach Hause«, sagte Madeline, und dann: »Natürlich wissen wir, dass einige Versuche nötig sind. Wir müssen alle geduldig sein. Sehen wir uns übermorgen wieder?« Mia dachte an das Tablett, das noch im Gästezimmer stand und wie Madeline die Pipette samt Tasse in der Spüle abwaschen würde, um sie für den nächsten Gebrauch vorzubereiten. »Natürlich«, sagte sie. »Natürlich.« Auf der Fahrt zurück ins Village schwieg sie, während Joseph Ryan ihr erzählte, wie er und Madeline sich kennengelernt hatten, wo er aufgewachsen war und welche Pläne sie für ihr Kind schmiedeten.

Den ganzen Sommer über ging das so. Der Frauenarzt hatte ihr eine Tabelle mitgegeben, mithilfe der sie ihre fruchtbaren Tage errechnete, und in der entsprechenden Woche besuchte sie die Ryans jeden zweiten Tag. In der folgenden Woche wartete sie dann und achtete auf Anzeichen in ihrem Körper. Immer wieder hatte sie Rückenschmerzen, Kopfschmerzen, Krämpfe und dann – natürlich – kein Baby.

»Es wird eine Weile dauern«, sagte Madeline, als der Juli zu Ende ging. Vier Monate inzwischen, ohne Erfolg. »Uns war immer klar, dass es nicht unbedingt sofort passiert.« Aber Mia machte sich Sorgen. Laut Vertrag konnten die Ryans die Vereinbarung auflösen, wenn nach sechs Monaten keine Schwangerschaft eingetreten war. Sie hatte ihre Jobs im Diner, in der Bar und dem Geschäft für Künstlerbedarf behalten – und war den Fragen ihrer Kommilitonen ausgewichen, die aus den Sommerferien zurück waren und sich beim Kauf ihrer Materialien für das neue Semester wunderten, warum sie nicht mehr zum Unterricht kam. »Ich setze ein Jahr aus, um Geld zu verdienen«, sagte sie, was ja stimmte und was sie auch Pauline und Mal erzählt hatte, als die beiden ihr diskret ein Darlehen angeboten hatten, das sie aus Stolz ablehnte. Aber sie wusste auch, wenn sie nicht schwanger würde, bekäme sie kein Geld, sie hätte das ganze Jahr umsonst sausen lassen, und aus ihrer Beurlaubung würde vermutlich ein Dauerzustand.

Und dann, im September, wartete und wartete sie, und nichts passierte. Kein Blut. Keine Krämpfe. Nur eine starke Müdigkeit und der überwältigende Wunsch, unter die Decke zu schlüpfen wie eine Katze, sich im Bett zu verkriechen. Madeline tanzte beinahe vor Freude, als sie zwei Tage später zu den Ryans kam und sich immer noch so fühlte. Sie packte Mia in einen Mantel, als wäre sie ein Kind, scheuchte sie in den Aufzug und dann in ein Taxi zu einer Apotheke am Broadway. Aus einem verwirrenden Angebot von Schachteln mit zuversichtlich stimmenden Namen – Predictor, Fact, Accu-Test – wählte sie eine aus und drückte sie Mia in die Hand.

Der Test war kompliziert. Er bestand aus einer Halterung mit einem Glasröhrchen, das über einem schrägen Spiegel hing. Mia musste mehrere Urintropfen in das Röhrchen geben und eine Stunde lang warten. Wenn sich ein dunkler Ring bildete, war sie schwanger. Fünfundvierzig Minuten saßen sie und Madeline schweigend auf dem Rand der Badewanne, und dann nahm Madeline plötzlich Mias Hand. »Schauen Sie«, flüsterte sie und beugte sich zum Toilettentisch, und Mia sah, wie sich in dem kleinen Spiegel ein eisenfarbener Ring bildete.

⸻

Von da an veränderte sich alles rasant. Mias Mitbewohnerinnen merkten erst etwas, als sie anfing, sich im Bad zu übergeben. »Ach, du Elend«, sagte eine, und die andere: »Ich würde mir das nicht antun, nicht für eine Million Dollar.« Wochen vergingen. Die Ryans stellten ihr eine kleine Atelierwohnung zur Verfügung, die ihnen gehörte, in einem ruhigen Haus ohne Fahrstuhl nahe der West End Avenue. »Normalerweise ist die Wohnung vermietet, aber die Mieter sind gerade ausgezogen«, sagte Madeline zu Mia. »Hier haben Sie Ihre Ruhe. Mehr Platz. Nicht so viel Trubel. Außerdem wohnen Sie viel näher bei uns, wenn es so weit ist.« Mia gab ihre Arbeit im Geschäft für Künstlerbedarf auf – langsam sah man ihren Bauch –, behielt aber die anderen Jobs. Die Ryans ließ sie in dem Glauben, dass sie nicht mehr arbeitete. Nach jedem Arzttermin besuchte sie die beiden und brachte sie auf den neuesten Stand, und als ihre Kleider allmählich zu eng wurden, kauften die Ryans ihr neue. »Ich hab dieses Kleid gesehen«, sagte Madeline und reichte Mia eine mit Seidenpapier ausgelegte Einkaufstüte, die ein geblümtes Umstandskleid enthielt. »Ich dachte, es könnte Ihnen gut stehen.« Mia war klar, dass Madeline dieses Kleid auch für sich gekauft hätte, und sie nahm es lächelnd entgegen und trug es bei ihrem nächsten Besuch.

Ihren Eltern erzählte sie von alldem nichts. Als Weihnachten näher rückte, erklärte sie ihnen lediglich, sie käme nicht nach Hause. Zu teuer, behauptete sie und wusste, sie würden sich nicht nach ihrem Studium erkundigen, wenn sie das Thema nicht selbst anschnitt, und so war es auch. Nur Warren sagte sie Ende Januar schließlich die Wahrheit. »Du erzählst gar nichts mehr von deinen Kursen«, sagte er eines Abends am Telefon. Inzwischen war sie im fünften Monat, und obwohl sie es hätte für sich behalten können – wie hätte er es je herausfinden sollen? –, gefiel ihr die Vorstellung nicht, ihm ihre Schwangerschaft noch länger zu verheimlichen.

»Wren, versprich mir, dass du es Mom und Dad nicht erzählst«, sagte sie und holte tief Luft. Es folgte ein langes Schweigen.

»Mia«, sagte er, und sie wusste, es war ihm ernst, weil er normalerweise nicht ihren vollen Namen benutzte. »Ich kann nicht glauben, dass du so etwas machst.«

»Ich hab es mir gut überlegt.« Mia legte eine Hand auf ihren Bauch, wo sie seit Kurzem schwache Bewegungen spürte. »Es sind wirklich sehr nette Leute. Freundliche Leute. Ich helfe ihnen, Wren. Sie wünschen sich dieses Kind so sehr. Und mir helfen sie auch. Sie haben so viel für mich getan.«

»Aber meinst du nicht, dass es dir schwerfallen wird, es wegzugeben?«, fragte Wren. »Ich glaube, ich könnte das nicht.«

»Du musst es ja auch nicht.«

»Jetzt sei nicht sauer«, sagte Warren. »Wenn du mich gefragt hättest, hätte ich dir abgeraten.«

»Sag es nur nicht Mom und Dad«, bat Mia ihn noch einmal.

»Versprochen«, sagte Warren schließlich. »Aber eins muss ich dir sagen. Ich bin der Onkel von diesem Kind, und ich finde das nicht gut.« In seiner Stimme schwang eine Wut mit, die sie nicht an ihm kannte, zumindest nicht in Bezug auf sich.

Danach redeten sie und Warren längere Zeit nicht miteinander. Sie dachte Woche für Woche daran, ihn anzurufen, und tat es dann doch nicht. Sie hatte keine Lust auf weitere Diskussionen. In ein paar Monaten wäre das Baby auf der Welt, sie würde ihr altes Leben wieder aufnehmen, und alles wäre wie früher. »Keine Gefühle entwickeln«, sagte sie zu ihrem Bauch, als das Baby mit einem Fuß trat. Sie war sich nie sicher, auch schon damals nicht, ob sie mit dem Kind, mit ihrem Bauch oder mit sich selbst redete.

Zwischen Mia und Warren herrschte immer noch Funkstille, als ihre Mutter eines Morgens sehr früh anrief und sagte, es habe einen Unfall gegeben.

⁓

Es hatte geschneit, so viel wusste sie. Warren und Tommy Flaherty waren spätnachts nach Hause gefahren – wo sie gewesen waren, hatte ihre Mutter nicht gesagt – und hatten eine Kurve zu schnell genommen. Tommys Buick war ins Schleudern geraten und hatte sich überschlagen. Später vergaß Mia die Einzelheiten: dass das Dach des Autos eingedrückt worden war, dass die Helfer den Buick wie eine Blechdose hatten aufschneiden müssen, dass weder Warren noch Tommy angeschnallt gewesen waren. Sie vergaß, zumindest eine ganze Weile lang, dass Tommy Flaherty mit einer punktierten Lunge, einer Gehirnerschütterung und sieben Knochenbrüchen im Krankenhaus lag. Er war nur ein Stück weit von ihnen am Hügel aufgewachsen, er und Warren waren seit Jahren befreundet und er hatte eine Zeit lang für sie geschwärmt. Für sie zählte nur, dass Warren am Steuer gesessen hatte und dass er jetzt tot war.

Ein Flugticket war teuer, aber der Gedanke zu warten, und sei es nur ein paar Stunden, war ihr unerträglich. Sie wollte sich in dem Haus verkriechen, in dem sie und Warren aufgewachsen waren, in dem sie gespielt, gestritten und Pläne geschmiedet hatten, in dem er nicht mehr auf sie wartete, das er nie wieder betreten würde. Sie wollte am kalten Straßenrand an der Stelle auf die Knie sinken, wo er gestorben war. Sie wollte ihre Eltern sehen und nicht mit der schrecklichen Dumpfheit allein sein, die sie zu verschlingen drohte.

Als sie jedoch aus dem Taxi vom Flughafen stieg und durch die Haustür trat, erstarrten ihre Eltern und blickten auf ihren Bauch, der mittlerweile so rund war, dass sie den Mantel nicht mehr zuknöpfen konnte. Mias Hand fuhr unwillkürlich nach unten, als könnte sie damit verbergen, was dort wuchs.

»Mom«, sagte sie. »Dad. Es ist anders, als ihr denkt.«

Ein langes Schweigen senkte sich auf die Küche wie eine graue Decke. Mia kam es wie Stunden vor.

»Dann erklär es uns«, sagte ihre Mutter schließlich. »Erklär uns, was wir ohnehin schon wissen.«

Mia blickte auf ihren Bauch hinab, als wunderte sie sich selbst, was dort war. »Ich meine, es ist nicht mein Kind.« Das Kind in ihrem Bauch trat fest zu.

»Was meinst du damit, es ist nicht *dein* Kind?«, sagte ihre Mutter. »Wie kann das sein?«

»Ich bin die Ersatzmutter. Ich trage es für ein Paar aus.« Mia bemühte sich, ihnen zu erklären, wie nett die Ryans waren, dass sie unbedingt ein Kind wollten und wie sehr sie sich darauf freuten. Sie versuchte zu betonen, wie sehr sie ihnen half, als wäre es eine gute, vollkommen uneigennützige Tat, so ähnlich wie die freiwillige Mitarbeit in einer Suppenküche oder die Adoption eines Hundes aus dem Tierheim. Doch ihre Mutter begriff sofort.

»Diese Ryans«, sagte sie. »Ich nehme an, du tust das aus reiner Herzensgüte für sie.«

»Nein«, gab Mia zu. »Sie bezahlen mich. Nach der Geburt.« Plötzlich wurde ihr bewusst, dass sie immer noch in Schal und Mütze dastand. Dünner grauer Matsch tropfte von ihren Stiefelsohlen auf den cremefarbenen Linoleumboden.

Ihre Mutter drehte sich um und ging zur Tür. »Im Augenblick kann ich das nicht verkraften«, sagte sie mit verebbender Stimme. »Nicht jetzt.« Am Fuß der Treppe blieb sie stehen und fauchte mit einer Bosheit, die Mia schockierte: »Dein Bruder ist tot – *tot*, ist dir das klar? –, und du kommst in diesem Zustand nach Hause?« Dann stampfte sie die Treppe hoch.

Mia sah ihren Vater an. Sie fühlte sich wie früher, wenn sie als Kind etwas zerbrochen oder für Filme Geld zweckentfremdet hatte, das ihre Mutter ihr für Kleidung gegeben hatte: In solchen Momenten tobte und schrie ihre Mutter, stürmte aus dem Zimmer und ließ Mia allein mit ihrem Vater zurück, der ihre Hand drückte und die Stille wie Milch darüber laufen ließ, bevor er dann sagte: »Kauf eine neue Tasse«, oder: »Gib ihr eine Stunde und entschuldige dich dann«, oder auch: »Bring das in Ordnung.« Jeder Streit war so verlaufen. Doch diesmal nahm ihr Vater nicht ihre Hand. Er sagte nicht zu ihr: »Bring das in Ordnung.« Stattdessen starrte er auf ihren Bauch, als könnte er es nicht ertragen, ihr ins Gesicht zu sehen. Seine Augen waren feucht, er biss die Zähne zusammen.

»Dad?«, sagte sie schließlich. Lieber hätte sie in dieses lange, messerscharfe Schweigen hineingebrüllt.

»Ich kann nicht fassen, dass du dein eigenes Kind verkaufst«, sagte er, und dann ging auch er und verließ das Zimmer.

—

Sie schickten sie nicht weg, aber selbst nachdem sie ihren Mantel im Flurschrank aufgehängt und ihre Tasche in ihr altes Zimmer gebracht hatte, redeten sie nicht mit ihr. Beim Abendessen saß sie auf ihrem gewohnten Platz, und ihre Mutter stellte ihr einen Teller mit einer Gabel hin, ihr Vater reichte die Kasserolle weiter, die einer der Nachbarn vorbeigebracht hatte, aber sie schwiegen, und wenn sie etwas fragte – Wann soll die Beerdigung sein? Hatten sie Warren noch einmal gesehen? –, antworteten sie so kurz wie möglich. Schließlich gab Mia auf und zwirbelte Nudeln und Thunfisch um ihre Gabel. Im Kühlschrank stand ein ganzer Stapel Kasserollen, ein schiefer Turm von in Folie eingewickelten Auflaufformen. Als fiele angesichts einer solchen Tragödie niemandem etwas Besseres ein, als ein schweres, herzhaftes, fantasieloses Gericht zu kochen, um den Hinterbliebenen etwas zu geben, an dem sie sich festhalten konnten. Keiner erwähnte Warrens leeren Platz am Fenster oder sah auch nur hin.

Ihre Eltern entschieden alles ohne sie: welche Blumen, welche Musik, welche Farbe der Sarg haben sollte, in den Warren gelegt würde – Walnuss, ausgekleidet mit blauer Seide. Sie legten Mia taktvoll nahe, nicht aus dem Haus zu gehen; sie sei bestimmt müde, sagten sie, sie wollten nicht, dass sie auf dem Eis ausrutsche, aber sie verstand: Sie wollten nicht, dass die Nachbarn sie sahen. Als Mia ein Hemd und eine Krawatte für Warren aussuchte – eine, die er immer anzog, wenn er sich fein machen musste –, entschied ihre Mutter sich für eine andere, wählte das weiße Hemd und die rotgestreifte Krawatte, die sie Warren gekauft hatte, als er in die Highschool kam, in der er, wie er selbst gesagt hatte, wie ein Börsenmakler aussah und die er nie trug. Nicht ein einziges Mal sprachen sie ihren Zustand an oder ihre komplizierte Lage. Als sie aber sagten, es wäre am besten, wenn sie nicht zur Beerdigung käme – »Wir möchten einfach nicht, dass jemand einen falschen Eindruck bekommt«, so hatte ihre Mutter es formuliert –, gab Mia nach. Am Abend vor der Beerdigung packte sie ihre Sachen. Sie holte ihre alte Reisetasche hinten aus dem Schrank, nahm die Steppdecke von ihrem Bett und ein paar alte Decken. Dann ging sie auf Zehenspitzen über den Flur in Warrens Zimmer.

Sein Bett war noch ungemacht; sie fragte sich, ob ihre Mutter es je wieder machen oder ob sie es einfach abziehen, das Zimmer ausräumen, weiß streichen und so tun würde, als wäre dort nie etwas gewesen. Was würde mit Warrens Sachen passieren? Würden ihre Eltern sie weggeben? Oder in Kisten auf den Dachboden stellen, wo sie muffig und alt würden? An Warrens Pinnwand entdeckte sie ihr Bewerbungsfoto für die Kunsthochschule: das eingeritzte Bild von ihnen als Kinder, den Schlackeberg hochkletternd. Sie nahm es ab und steckte es in ihre Tasche. Dann fand sie auf dem Schreibtisch, wonach sie gesucht hatte: Warrens Autoschlüssel.

Ihre Eltern schliefen: Ihre Mutter hatte am Abend eine Schlaftablette genommen, der Spalt unter der Schlafzimmertür war dunkel. Der Golf zündete mit einem heiseren Brummen. »Ein Porsche schnurrt«, hatte Warren ihr mal erklärt, »ein VW tuckert.« Sie musste den Fahrersitz ganz nach vorne ziehen, um die Kupplung zu erreichen. Dann drückte sie den Schaltknüppel nach unten, suchte eine Weile vergeblich den Rückwärtsgang, fand ihn schließlich und sah im Zurückstoßen auf der Einfahrt das dunkle Haus im Scheinwerferlicht verblassen.

Sie fuhr die ganze Nacht durch und kam bei Sonnenaufgang in der Upper West Side an. Sie hatte noch nie in Manhattan parken müssen und kreiste zehn Minuten lang durch das Viertel, ehe sie in der 72. Straße einen Parkplatz fand. In der Wohnung sank sie in ihr geborgtes Bett und wickelte sich in die Steppdecke ein. Sie würde lange nicht mehr in einem so bequemen Bett schlafen, das wusste sie. Als sie aufwachte, stand die Sonne bereits tief über dem Hudson, und sie machte sich an die Arbeit. Nur die Sachen, die sie mitgebracht hatte und die wirklich ihr gehörten, wanderten in ihre Tasche: die zu engen Kleider, die Handvoll Muumuus, die sie bei Goodwill gekauft hatte, ein paar alte Steppdecken, mehrere ausgewaschene Laken, etwas Besteck. Eine Ablagebox mit Negativen und ihre Kameras. Die schicken Umstandskleider der Ryans legte sie ordentlich zusammen und packte sie in eine Papiertüte.

Als sie fertig war, setzte sie sich mit einem Stift und einem Blatt Papier hin. Auf der langen Fahrt von Pittsburgh hatte sie überlegt, was sie schreiben könnte, und sich am Ende für eine Lüge entschieden. »Es fällt mir nicht leicht, Ihnen das mitzuteilen«, schrieb sie. »Ich habe das Baby verloren. Ich schäme mich schrecklich, und es tut mir unendlich leid. Was unsere Vereinbarung betrifft, so sind Sie mir nichts schuldig, ich Ihnen dagegen schon. Zum Ausgleich der Arztkosten lege ich Ihnen etwas Geld bei. Ich hoffe, es ist genug – mehr kann ich nicht erübrigen.« Sie legte den Brief auf einen Stapel Geldscheine – neunhundert Dollar von ihrem gesparten Lohn. Dann steckte sie Geld und Brief in die Tüte zu den Umstandskleidern.

Der reguläre Portier hatte an diesem Abend frei, und da sie ihren Mantel trug, fiel dem Nachtportier ihr Bauch nicht auf. Er nahm die Tüte für die Ryans entgegen, ohne sie anzusehen, und Mia ging zum Golf zurück, der einige Straßen weiter geparkt stand. Das Kind in ihrem Bauch trat einmal kurz und drehte sich dann um, als wollte es gleich schlafen.

Sie fuhr die ganze Nacht, durch New Jersey und Pennsylvania, Meile um Meile peitschte in der Dunkelheit vorbei. Bei Sonnenaufgang bog sie außerhalb von Erie von der Autobahn ab und fuhr weiter, bis sie eine ruhige Landstraße fand. Nachdem sie ein Stück vom Straßenrand entfernt geparkt hatte, verriegelte sie alle Türen, kletterte auf den Rücksitz und wickelte sich in die alte Steppdecke. Sie hatte gedacht, die Decke würde nach Waschmittel riechen, nach zu Hause, und machte sich auf einen heftigen Anflug von Heimweh gefasst. Doch die Decke, die im vergangenen Jahr unberührt auf ihrem Bett gelegen hatte, roch nach nichts – nicht sauber, nicht muffig, überhaupt nicht. Mia zog sie sich über den Kopf, um die Augen vor der Sonne abzuschirmen, und schlief ein.

Wie im Fieber fuhr sie die ganze Woche so weiter: Sie fuhr, bis sie vor Erschöpfung halten musste, sie schlief, bis sie hinreichend ausgeruht war, um weiterfahren zu können, sie ignorierte Zeit, Helligkeit und Dunkelheit. Manchmal hielt sie in einer kleinen Stadt an, um Brot, Erdnussbutter und Äpfel zu kaufen und um ihren Wasserkanister, der auf dem Beifahrersitz stand, an einem Trinkbrunnen aufzufüllen. Zwischen ihren Habseligkeiten hatte sie zweitausend Dollar versteckt, Erspartes von ihren Trinkgeldern und Gehältern aus ihrer Zeit in New York: in der Box mit den Negativen, im Handschuhfach, im rechten Körbchen ihres BHs. Ohio, Illinois, Nebraska. Nevada. Und dann plötzlich war sie in San Francisco, vor ihr lag der aufgewühlte Pazifik, blaugrau mit weißen Schaumkronen, und sie konnte nicht mehr weiter.

—

Mia fand eine Unterkunft, ein Zimmer in Sunset, in einem Haus, dessen Putz die Farbe von Meersalz hatte, mit einer strengen, älteren Vermieterin, die ihren Bauch beäugte und nur fragte: »Gibt es einen wütenden Mann, der nächste Woche an meine Tür klopft?« In den letzten drei Monaten ihrer Schwangerschaft streifte Mia durch die Stadt, lief um die Lagune im Golden Gate Park, erklomm den Coit Tower, und an einem Tag überquerte sie die Golden Gate Bridge bei so dichtem Nebel, dass sie den Verkehr an sich vorbeirauschen hörte, aber nicht sah. Der Nebel spiegelte ihren Seelenzustand perfekt und sie hatte den Eindruck, durch ihr eigenes Gehirn zu spazieren: ein Schleier formloser, durchdringender Gefühle, nichts Greifbares, aber voller drohender Gedanken, die aus dem Nichts kamen und sie erschreckten, um dann wieder im Weiß zu verschwinden, ehe sie überhaupt wusste, was sie gesehen hatte. Mrs Delaney, ihre Vermieterin, lächelte sie nie an, wenn sie sich im Flur oder in der Küche begegneten, doch nach einigen Wochen entdeckte Mia beim Nachhausekommen oft einen Teller im Herd und einen Zettel auf der Arbeitsfläche, auf dem stand: *Hatte noch Reste, die ich nicht wegwerfen wollte.*

Als Pearl zur Welt kam – an einem für die Jahreszeit ungewöhnlich warmen Nachmittag im Mai, im Krankenhaus, nach vierzehn Stunden Wehen –, nahm Mia die Geburtskarte von der Schwester entgegen. Seit Monaten hatte sie über einen Namen für ihr Kind nachgedacht und war in Gedanken alle ihr bekannten Leute durchgegangen samt der Bücher, die sie in der Highschool gelesen hatte. Nichts war ihr passend erschienen, bis ihr *Der scharlach-rote Buchstabe* einfiel; in dem Moment hatte sie den richtigen Namen: *Pearl*. Rund, schlicht und voll wie das Läuten einer Glocke. Und natürlich unter komplizierten Umständen geboren. In die Zeile für »Name der Mutter« schrieb sie in ordentlichen Buchstaben: *MIA WARREN*. Dann griff sie in das Kinderkörbchen neben ihrem Bett und nahm ihre Tochter in den Arm.

In der ersten Nacht, die sie wieder in ihrem gemieteten Zimmer verbrachte, hatte Pearl ununterbrochen geschrien, bis auch Mia weinte. Sie fragte sich, ob die Ryans in ihrer schicken Wohnung in New York noch wach waren und was sie wohl sagen würden, wenn sie den Hörer in die Hand nähme und sagte: Ich habe gelogen. Das Kind ist bei mir. Kommen Sie und holen Sie es ab. Sie wusste, die beiden würden den nächsten Flug nehmen und zu ihr kommen, um Pearl unverzüglich fortzuzaubern. Sie konnte nicht sagen, ob der Gedanke schrecklich oder reizvoll oder beides zugleich war, während sie und Pearl weinten. Plötzlich klopfte es leise an die Tür, und die strenge Mrs Delaney erschien und streckte ihre Arme aus. »Geben Sie her«, sagte sie derart autoritär, dass Mia ihr, ohne nachzudenken, das weiche Bündel gab. »Legen Sie sich hin und schlafen Sie ein bisschen«, sagte Mrs Delaney, schloss die Tür hinter sich, und in der plötzlichen Stille sank Mia aufs Bett und schlief auf der Stelle ein.

Als sie aufwachte, ging sie verschlafen in die Küche, dann ins Wohnzimmer, wo Mrs Delaney in einem Lichtkegel saß und die schlafende Pearl schaukelte.

»Haben Sie sich ausgeruht?«, fragte sie Mia, und als Mia nickte, sagte sie: »Gut«, und legte Mia das Kind in die Arme. »Sie gehört Ihnen«, sagte Mrs Delaney. »Passen Sie auf sie auf.«

Die nächsten Wochen verbrachte sie weiter im Nebel, und doch veränderte sich allmählich etwas. Mrs Delaney kam nicht mehr, um ihr das Kind abzunehmen, ganz gleich, wie laut Pearl schrie, aber abends klopfte sie an die Tür und brachte eine Schale Suppe, ein Käsesandwich, ein Stück Hackbraten. Reste, behauptete sie jedes Mal, aber Mia begriff die Haltung hinter dieser Geste, und sie begriff auch, warum Mrs Delaney diesen Gaben ein ruppiges »Nächsten Donnerstag ist die Miete fällig« oder »Schleppen Sie mir keinen Dreck ins Haus« folgen ließ.

Pearl war drei Wochen alt – noch immer zerknittert wie ein alter Mann –, und der Nebel begann, sich gerade zu lichten, als Mals Telefonanruf kam.

Nach ihrer Ankunft in San Francisco hatte Mia Pauline und Mal einen Brief mit der neuen Adresse und Telefonnummer geschickt. »Mir geht es gut«, versicherte sie ihnen, »aber ich komme nicht mehr nach New York zurück. Im Notfall bin ich unter dieser Adresse zu erreichen.« Dieser Notfall war nun eingetreten. Einige Wochen zuvor hatten bei Pauline offenbar Kopfschmerzen eingesetzt. Seltsame Symptome. »Auren«, sagte Mal. »Pauline meinte, ich sehe wie ein Engel aus, umgeben von einem Heiligenschein.« Bei einem Scan wurde ein Tumor von der Größe eines Golfballs in ihrem Gehirn entdeckt.

»Ich glaube«, sagte Mal nach einer langen Pause, »wenn du sie noch mal sehen willst, solltest du sofort kommen.«

Am Abend buchte Mia einen Flug, der den Großteil ihrer Ersparnisse verschlang, aber eine Busfahrt quer durchs Land hätte Tage gedauert. Zu lange. Mit einem Rucksack über der Schulter und Pearl im Arm kam sie bei den beiden an. Pauline, die zehn Kilo abgenommen hatte, glich einer konzentrierteren Ausgabe ihrer selbst: abgemagert, auf ihren Kern reduziert.

Den ganzen Nachmittag bewunderten Mal und Pauline das

Baby, und Mia übernachtete mit Pearl neben sich zum ersten und letzten Mal im Gästezimmer der beiden. Am Morgen wachte sie früh auf, um Pearl auf der Couch im Wohnzimmer zu stillen, und Pauline kam herein.

»Bleib so«, sagte Pauline. Ihre Augen waren hell wie im Fieber, und Mia wäre gern aufgestanden und hätte sie in den Arm genommen. Doch Pauline bedeutete ihr, sitzen zu bleiben, und hielt die Kamera hoch. »Bitte«, sagte sie. »Ich möchte euch fotografieren.«

Sie verbrauchte eine ganze Filmrolle, eine Belichtung nach der anderen, und dann kam Mal mit einer Kanne Tee und einem Schal für Paulines Schultern, und Pauline legte die Kamera beiseite. Als Mia am Abend mit Pearl im Arm in das Flugzeug zurück nach San Francisco stieg, hatte sie die Fotositzung schon vergessen. »Tu, was dich voranbringt«, hatte Pauline zu ihr gesagt, als sie Mia zum Abschied umarmt und zum ersten Mal auf die Wange geküsst hatte. »Ich erwarte Großes von dir.« Dass sie das Präsens benutzte – als handle es sich um einen ganz normalen Abschied, als erwarte sie, Mias Karriere noch jahrzehntelang verfolgen zu können –, schnürte Mia die Kehle zu. Sie hatte Pauline an sich gezogen und sie eingeatmet, ihren besonderen Duft nach Lavendel und Eukalyptus, und sich dann abgewandt, damit Pauline sie nicht weinen sah.

Eineinhalb Wochen später rief Mal wieder an, ein Anruf, mit dem Mia gerechnet hatte. Elf Tage, dachte sie. Sie hatte gewusst, es würde schnell gehen, konnte aber trotzdem nicht glauben, dass Pauline vor elf Tagen noch gelebt hatte. Es war immer noch warm, es war immer noch Juni. Das Blatt auf dem Kalender war noch dasselbe. Ein paar Wochen später kam ein Paket mit der Post. *Diese Fotos hat sie ausgesucht, ich soll sie dir schicken*, stand in Mals eckiger Handschrift auf einem Zettel. Zehn Abzüge, 20 x 25 cm, schwarz-weiß, jedes schimmernd wie von hinten beleuchtet, auf diese merkwürdige Weise, die alle ihre Fotos auszeichneten. Mia, die Pearl im Arm hielt. Mia, die Pearl stillte; die Falte ihrer Bluse verbarg nur knapp die helle Wölbung ihrer Brust. Auf der Rückseite jedes Abzugs Paulines unverwechselbare Signatur. Und eine Nachricht, festgeklippt an einer Visitenkarte: *Anita wird sie für dich verkaufen, wenn du Geld brauchst. Schicke ihr deine Fotos, wenn du so weit bist. Ich habe ihr von dir erzählt. P.*

Danach fing Mia wieder an zu fotografieren, mit einer Leidenschaft, die ihr Erleichterung schenkte. Sie streifte stundenlang durch die Stadt, mit Pearl auf dem Rücken in einem Tragetuch, das sie aus einer alten Seidenbluse geschneidert hatte. Ihre Ersparnisse waren inzwischen fast aufgebraucht, jede Filmrolle war kostbar, deshalb arbeitete sie vorsichtig und gestaltete in Gedanken jedes Bild wieder und wieder, bevor sie den Auslöser drückte. Bei jedem Klicken dachte sie an Pauline. Als der Frühling nahte, hatte sie sieben Bilder, die ihrer Ansicht nach »etwas hatten«, wie Pauline immer gesagt hatte.

Anita stimmte ihr nicht ganz zu. *Vielversprechend*, schrieb sie in der Antwort auf Mias zugesandte Abzüge. *Aber noch zu früh. Riskieren Sie mehr.* Mia schickte ihr daraufhin das erste von Paulines Fotos. *Dann brauche ich mehr Zeit*, schrieb sie. *Verschaffen Sie mir mit diesem Bild so viel Zeit, wie Sie können. Geben Sie niemandem meinen Namen.* Anita verschaffte Mia nach einer hitzigen Auktion – und selbst nach Abzug ihrer fünfzigprozentigen Kommission – zwei Jahre Zeit. (Und Mia nutzte diese Zeit; es dauerte fünfzehn Jahre, bis sie ein zweites Bild von Pauline verkaufte, um die Krankenhausrechnung für Pearls Lungenentzündung zu bezahlen.) Nach einem Jahr schickte Mia Anita eine weitere

Fotoserie, die den langsamen Verfall verschiedener Dinge dokumentierte – eine abgestorbene Pappel, ein Abbruchhaus, ein verrostetes Auto –, und Anita nahm sie an.

»Herzlichen Glückwunsch«, sagte sie, als sie Mia einen Monat später anrief. »Ein Bild ist verkauft, das mit dem Auto. Vierhundert Dollar. Nicht viel, aber ein Anfang.«

Mia sah das als Zeichen. Schon seit einiger Zeit hatte sie von Wüsten geträumt, von Kakteen und weitem, rotem Himmel. In ihrer Fantasie formten sich neue Bilder. »In ein, zwei Wochen rufe ich Sie an«, sagte sie, »dann sage ich Ihnen, wohin Sie das Geld überweisen können.«

Mrs Delaney beobachtete vom Wohnzimmerfenster aus, wie Mia den Kofferraum des Golfs packte und Pearls Korb vorsichtig in den Fußraum vor den Beifahrersitz stellte. Als Mia den Hausschlüssel vom Schlüsselbund löste, nahm Mrs Delaney sie zu ihrer Verwunderung in den Arm.

»Ich habe Ihnen nie von meiner Tochter erzählt, oder?«, sagte sie mit belegter Stimme, und bevor Mia etwas erwidern konnte, nahm sie den Schlüssel und eilte, während das Eisentor hinter ihr zuschlug, die Treppe zum Haus hoch.

Diese Szene ging Mia nicht mehr aus dem Sinn, bis sie nach langer Fahrt in der Nähe von Provo hielt – der ersten von vielen Stationen, die sie und Pearl im Laufe der Jahre ansteuern würden. Pearl, die neben ihr im Korb lag, krähte fröhlich vor sich hin, als könnte sie schon in diesem zarten Alter quer durch das Land und die Zeit alles sehen, was die Zukunft für sie und ihre Mutter bereithielt.

15

Von alldem konnte Mrs Richardson natürlich nichts wissen. Sie kannte nur die grobe Geschichte, die die Wrights ihr erzählt hatten: dass Mia mit dickem Bauch aufgetaucht war und behauptete, die Ersatzmutter für ein Ehepaar namens Ryan zu sein – an die Vornamen konnten die Wrights sich nicht mehr erinnern. »Jamie, Johnny, so was Ähnliches«, hatte Mr Wright gesagt. »Angeblich jemand von der Wall Street. Jemand mit sehr viel Geld.«

»Ich war mir nicht sicher, ob das stimmt«, räumte Mrs Wright ein. »Ich dachte, sie steckt vielleicht in Schwierigkeiten und lügt uns deshalb an. Aber dann rief dieser Anwalt an.« Ein paar Wochen nach Mias Abreise hatte ein Anwalt angerufen und gefragt, ob es eine Möglichkeit gebe, mit ihr Kontakt aufzunehmen. »Er hat uns eine Visitenkarte zukommen lassen«, erinnerte sich Mrs Wright. »Für den Fall, dass sie uns irgendwann ihre Adresse schickt. Aber wir haben nie wieder etwas von ihr gehört.« Mit einem Taschentuch tupfte sie sich einen Augenwinkel trocken.

Nach einigem Suchen fand Mrs Wright die Visitenkarte des Anwalts, und Mrs Richardson notierte sich die New Yorker Adresse. *Thomas Riley, Riley & Schwartz, Partners at Law.* Eine 212-Vorwahl, eine Adresse an der 53. Straße. Sie dankte den Wrights, und als Mrs Wright ihr noch ein paar Kekse aufdrängte, lehnte sie mit schlechtem Gewissen ab. Die Wrights boten auch an, ihr Fotos von Warren in seiner Footballuniform zu leihen – vielleicht wollte die Zeitung sie ja zusammen mit der Geschichte bringen. »Solange wir sie wieder zurückbekommen«, fügte Mrs Wright hinzu. »Es sind unsere einzigen Abzüge.« Das schlechte Gewissen saß Mrs Richardson im Nacken. Diese Wrights waren nette Leute, die viel durchgemacht hatten, nette Leute, die in Shaker Height ihre Nachbarn hätten sein können. »Wenn die Zeitung Fotos benötigt, melde ich mich noch mal«, sagte sie.

»Es tut mir schrecklich leid, was Sie durchstehen mussten«, sagte sie beim Abschied an der Tür und meinte es auch so. Dann zögerte sie. »Wenn Sie herausfinden sollten, wo Ihre Tochter ist, sollten Sie dann Kontakt mit ihr aufnehmen?«

»Vielleicht«, sagte Mrs Wright. »Wir haben schon daran gedacht, sie über einen Privatdetektiv suchen zu lassen, wissen Sie. Aber wir glauben, wenn sie gefunden werden wollte, hätte sie sich gemeldet. Sie weiß, wo wir wohnen. Unsere Telefonnummer ist noch dieselbe. Wahrscheinlich denkt sie, wir sind immer noch böse auf sie.«

»Sind Sie es denn?«, fragte Mrs Richardson, doch weder Mr Wright noch Mrs Wright antworteten.

⌣

Die Visitenkarte der Anwaltskanzlei war sechzehn Jahre alt, aber Mrs Richardson beschloss, dass es einen Versuch lohnte. Zurück im Hotel, wählte sie die Nummer, und fast sofort meldete sich eine Sekretärin.

»Riley, Schwartz und Henderson«, sagte die Frau.

»Hallo«, setzte Mrs Richardson an. »Ich rufe wegen eines Falles an, an dem Mr Riley vor ziemlich langer Zeit gearbeitet hat.« Sie legte eine Pause ein und dachte rasch nach. »Ich habe Informationen, von denen mein Klient glaubt, sie könnten für Mr Riley von Bedeutung sein. Doch ich möchte mich erst mal vergewissern, dass Mr Riley die Ryans noch vertritt. Sie verstehen sicher, es handelt sich um äußerst heikle Informationen.«

Die Sekretärin schwieg eine Weile. »Um welchen Fall handelt es sich noch mal?«

»Um die Ryans. Meine Informationen betreffen eine Mia Wright.«

Eine Schublade wurde geöffnet, und Hängemappen raschelten. Mrs Richardson hielt die Luft an. »Da ist es. Joseph und Madeline Ryan. Ja, Mr Riley ist ihnen noch verpflichtet, allerdings« – sie hielt inne – »ruht die Akte schon ziemlich lange. Aber Mr Riley ist gerade im Büro, ich stelle Sie gern zu ihm durch. Wie war noch mal Ihr Name?«

Mrs Richardson legte auf. Ihr Herz klopfte. Nach mehreren Minuten gründlichen Nachdenkens schlug sie ihr Adressbuch auf und rief ihren Freund Michael an, der bei der *New York Times* arbeitete. Sie hatten sich im College kennengelernt und beide beim *Denisonian* mitgearbeitet, und obwohl Michael von dort den Sprung zum *Stamford Advocate* geschafft und dann ziemlich schnell in die Nachrichtenredaktion der *Times* aufgestiegen war, während sie den Weg des Lokaljournalismus einschlug, waren sie in Kontakt geblieben. Sie war sicher, dass er damals in sie verliebt gewesen war, auch wenn er nie etwas gesagt hatte, und mittlerweile waren sie beide schon seit Jahren verheiratet. Vor Kurzem war er für den Pulitzer-Preis nominiert gewesen, hatte aber gegen einen Journalisten von Associated Press verloren, der über die Morde in Ruanda berichtete.

»Michael«, sagte sie. »Kannst du mir einen Gefallen tun?«

Eine Woche später rief Michael zurück und bestätigte, was sie bereits vermutet hatte: Durch einen journalistischen Taschenspielertrick war es ihm gelungen, Krankenhausrechnungen von 1981 für eine Mia Wright ausfindig zu machen, im St. Elizabeth's in Midtown Manhattan. Sie waren von einem Joseph Ryan beglichen worden und hatten im Februar 1982 aufgehört, als Mia im sechsten Monat schwanger war. Mrs Richardson hatte nun keine Zweifel mehr. Sie musste sich nur gut überlegen, wie sie mit dieser Information umgehen sollte. Die armen Ryans, deren Wunsch nach einem Kind so groß war, dass sie solche Schritte unternommen hatten. Unwillkürlich dachte sie an Linda und Mark McCullough. Aber sie empfand auch einen unerwarteten Anflug von Mitgefühl für Mia: Die Vorstellung, das eigene Kind wegzugeben, musste kaum auszuhalten gewesen sein.

Wie hätte sie in dieser Situation gehandelt? Diese Frage stellte sich Mrs Richardson immer wieder. Und vor diese unmögliche Wahl gestellt, kam sie jedes Mal zu demselben Schluss: *Ich hätte nicht zugelassen, dass ich in diese Situation komme. Ich hätte von vornherein bessere Entscheidungen getroffen.*

Mrs Richardson legte ihre Notizen in eine Mappe, die sie diskret mit *M. W.* beschriftet hatte.

———

Als Lexie die Klinik verließ, konnte sie kaum begreifen, was ihr widerfuhr, was ihr vor Kurzem widerfahren war. Ihre Beine gingen zuversichtlich weiter, aber ihr Kopf schwebte hinterher wie ein träger Ballon. Sie war schwanger gewesen, und nun war sie es nicht mehr. Etwas Lebendiges war in ihr gewesen, und jetzt war es fort. In ihrem Unterleib spürte sie leichte Krämpfe, und ein warmes Rinnsal floss in die dicke Monatsbinde, die die Schwester ihr gegeben hatte. Der Rest der Packung war in ihrer Tasche, zusammen mit einem Fläschchen Schmerzmittel. »Wenn die Narkose nachlässt, werden Sie das brauchen«, hatte die Schwester gesagt.

Pearl nahm ihren Arm. »Alles in Ordnung mit dir?«

Lexie nickte, und plötzlich drehte sich der Parkplatz und landete auf der Seite. Pearl fing sie auf, als sie langsam umkippte. »Okay. Komm schon. Wir sind fast da.«

Ursprünglich war geplant gewesen, dass Pearl Lexie nach Hause fahren sollte. Ihre Mutter kam erst morgen Nachmittag zurück, und bis dahin, hatte Lexie gedacht, wäre sie wiederhergestellt und könnte so tun, als wäre nichts passiert. Doch als Pearl Lexie auf den Beifahrersitz des Explorers setzte, war ihr klar, dass Lexie in dieser Verfassung nicht nach Hause gehen konnte. Von der Narkose war sie so benebelt, dass Pearl ihr am Ende sogar den Sicherheitsgurt anlegen musste.

»Okay«, sagte sie. »Wir fahren zu mir.«

»Was ist mit deiner Mutter?«, fragte Lexie, und als Pearl erwiderte: »Sie kann Geheimnisse für sich behalten«, war diese Bemerkung für Lexie das Traurigste, was sie je gehört hatte, und sie brach in Tränen aus.

Es war kurz nach zwölf, als sie das Haus an der Winslow betraten, und Mia, die gerade das Bild eines Ahornbaums aus einer Zeitschrift ausschnitt, blickte erschrocken auf, als die beiden in die Küche kamen. Beim Anblick des Cutters in Mias Händen brach Lexie, die sich am Ende der Fahrt beruhigt hatte, erneut in Tränen aus. Zur Verwunderung aller, selbst ihrer eigenen, nahm Mia Lexie in den Arm.

»Ist ja gut«, sagte sie. »Du schaffst das schon.«

Lexie war sich später nie ganz sicher, ob sie Mia erzählt hatte, was passiert war, ob Pearl es getan oder ob Mia es schlicht geahnt hatte. Sie erinnerte sich nur daran, dass Mia sie so fest an sich gepresst hatte, dass die Welt sich schließlich nicht mehr drehte, und sie in ein niedriges weiches Bett legte, das, wie sich später herausstellte, Mias eigenes war.

Mia hatte tatsächlich einen Verdacht gehegt, was Lexies Verfassung betraf. Obwohl Brian die Kondome stets sorgfältig die Toilette hinunterspülte, hatte Mia beim Ausleeren des Mülleimers in Lexies Zimmer einige Male zerknüllte Kondomverpackungen in Papiertaschentüchern gefunden. Und als sie eines Nachmittags früher als sonst zu den Richardsons kam, war sie über Brians riesige Tennisschuhe gestolpert, die im Eingang neben Lexies Plateausandalen standen. Mia hatte die beiden zwar nicht gesehen, war aber, halb aus Angst, was sie von oben hören könnte, wieder hinausgeeilt und hatte die Tür so leise wie möglich geschlossen. Jedes Mal, wenn sie Lexie sah, kam sie ihr erschreckend jung vor, und Mia mochte sich gar nicht vorstellen, was das Mädchen – und vermutlich auch Pearl – anstellte.

Als Lexie an Pearl gelehnt in der Tür erschienen war, sah Mia ihr bleiches Gesicht, den rosafarbenen Entlassungsschein der Klinik, den sie noch immer in der Hand hielt, sowie die an Pearls Handgelenk baumelnde Plastiktüte mit den Binden und begriff sofort, was passiert war. Hätte jemand sie einen Monat oder auch nur eine Woche zuvor gefragt, was sie in einer solchen Situation empfinden würde, hätte sie vermutlich geantwortet: leichte Schadenfreude oder zumindest einen Hauch von Selbstgefälligkeit. In dem konkreten Moment jedoch empfand sie nur Mitleid für Lexie, für die Lage, in der sie sich befunden hatte, und für den körperlichen wie emotionalen Schmerz, den sie durchstehen musste, um aus dieser Lage herauszukommen.

Lexie wachte unter einer frischen weißen Tagesdecke auf. Es war Nachmittag, und die Vorhänge zugezogen, aber in der Ecke brannte eine Lampe, mit einem Handtuch abgedeckt, um das Licht zu dämpfen, und diese aufmerksame Geste versetzte ihr einen Stich. Zum dritten Mal an diesem Tag fing sie heftig an zu schluchzen. Und dann war Mia da, setzte sich zu ihr und streichelte ihr den Rücken.

»Ist schon gut«, sagte sie zu Lexie, und obwohl sie sonst nichts sagte – nur dieses *Ist schon gut, ist schon gut* –, stellte Lexie fest, dass sie befreiter atmen konnte. Mia saß im Schneidersitz auf dem Boden und reichte Lexie ein Taschentuch. Sie schneuzte sich. Da es keinen Mülleimer gab, streckte Mia die Hand aus, und Lexie gab ihr das feuchte, zusammengeknüllte Taschentuch verlegen zurück.

»Du hast lange geschlafen. Das ist gut. Glaubst du, du kannst etwas essen?« In der Küche stellte Mia ihr eine Schale Suppe hin, und Lexie aß einen Löffel: Hühnersuppe mit Nudeln, salzig, sehr heiß. Pearl war nirgends zu sehen, aber die Herduhr zeigte 15.15 Uhr an. Die Schule war zu Ende. Wahrscheinlich hatte sie ihrer Mutter alles erzählt, dachte Lexie.

»Das hätte nicht passieren dürfen«, platzte sie heraus. Es drängte sie, sich zu erklären und sicherzustellen, dass Mia nicht schlecht von ihr dachte. Im selben Moment kam Pearl in die Wohnung. Ihr Gesicht war gerötet, und sie keuchte leicht.

»Ich hab mir Moodys Rad geliehen«, sagte sie. »Ich wollte unbedingt wissen, wie es dir geht.«

»Du hast ihm aber nicht … «, setzte Lexie an, und Pearl schüttelte den Kopf.

»Natürlich hab ich ihm nichts erzählt«, sagte sie. »Ich hab gesagt, ich hätte versprochen, dass ich gleich nach Hause komme, um Mom bei etwas zu helfen.« Es irritierte sie, wie leicht es wieder einmal gewesen war, Moody anzulügen, aber sie verdrängte den Gedanken. »Wie geht es dir?«

»Sie ist bald wieder auf dem Damm«, sagte Mia und tätschelte Lexies Hand. »Da bin ich mir sicher.«

Als Mia zehn Minuten später die Suppenschale in die Spüle stellte, polterten Schritte die Treppe hoch, und Izzy kam herein. Die Nachmittage waren ihre Zeit bei Mia; jeden Tag freute sie sich schon in den letzten Schulstunden darauf und überlegte, was sie Mia erzählen könnte. Beim Anblick von Lexie erstarrte sie in der Tür.

»Was tust *du* denn hier?«

Lexie sah sie finster an. »Ich hab Pearl besucht, wie du siehst«, fauchte sie. »Hast du was dagegen?«

Voller Misstrauen sah Izzy von Lexie zu Pearl. Ihre Schwester kam nie ins Haus an der Winslow; sie verbrachte ihre Nachmittage lieber im komfortablen Wohnzimmer der Richardsons, wo es bequeme Sofas, einen großen Fernseher, Snacks und Diätcola gab. Hier gab es keinen Fernseher und noch nicht mal ein Sofa. Das sah Lexie gar nicht ähnlich. Warum sollten sie und Pearl sich hier treffen? Und doch war Lexie da, blass, unsicher und vielleicht sogar ein wenig verweint – auch das passte alles nicht zu Lexie.

»Ich helfe Lexie bei ihrem Englischaufsatz«, sagte Pearl. »Wir dachten, hier könnten wir besser arbeiten.«

»Ist schon in Ordnung, Izzy«, sagte Mia. »Aber weißt du, weil die Mädchen hier sind, arbeite ich heute nicht. Morgen, okay?« Als Izzy zögerte, sagte sie: »Morgen, versprochen. Nach der Schule. So wie immer.« Sie gab Izzy einen freundlichen Klaps auf die Schulter, drehte sie um, und Izzy, die Lexie noch einen bösen Blick zuwarf, polterte die Treppe wieder hinunter. Kurz darauf hörten sie die Tür hinter ihr zuschlagen.

»Sie ist total sauer auf mich«, murmelte Lexie. »Aber das ist ja nichts Neues.« Jetzt, da Izzy weg war, fühlte sie sich ausgelaugt; sie sank auf ihrem Stuhl zurück und ließ ihren Pferdeschwanz über die Lehne hängen.

Pearl musterte sie. »Du siehst nicht besonders gut aus.«

»Zurück ins Bett«, sagte Mia ruhig. »Du hast einiges hinter dir.« Im Schlafzimmer half sie Lexie wieder auf die Matratze, zog die Tagesdecke über sie und tätschelte ihr den Rücken, als wäre sie ein Kind.

»Mist«, sagte Lexie. »Der automatische Schulanruf. Jetzt wissen meine Eltern, dass ich nicht da war.« An der Shaker Heights nahm man es ernst mit der Anwesenheitspflicht: zu Beginn jeder Unterrichtsstunde füllte ein Lehrer ein Formular aus. Im Hauptbüro ließ eine Sekretärin die Anwesenheitsbögen durch eine Maschine laufen, und die Eltern erhielten einen aufgenommenen Anruf, der sie über das unentschuldigte Fehlen ihres Kinds informierte.

»Ich hab dich entschuldigt«, sagte Mia. »Ich hab gesagt, du hast dich nicht wohlgefühlt und könntest heute und morgen nicht kommen.«

Lexie hatte das Gefühl, als wäre ihr Kopf aus Holz. »Aber das können doch nur die Eltern machen«, murmelte sie und stützte sich auf die Unterarme. Der Raum fing an, sich zu drehen.

»Ich hab mich für deine Mutter ausgegeben. Wie sollen sie das merken?« Mia legte Lexie eine Hand auf die Schulter und drückte sie sanft auf die Matratze. Ihre Stimme, fand Lexie, war so ruhig. Und sie schien zu wissen, wie man mit allem durchkommt. »Ruh dich aus«, hörte Lexie sie sagen und schlief fast augenblicklich ein.

Als sie wieder aufwachte, war es schon spät. Im Dämmerlicht sah sie zu, wie der Himmel dunkel wurde, bis Mia an die Tür klopfte und einen Becher mit heißem Tee brachte. »Ich dachte, du hast vielleicht Durst«, sagte sie, und Lexie nahm dankbar den Becher und trank einen Schluck. Pfefferminze.

»Ich hab deinen Vater angerufen«, sagte Mia. Ihre Mutter, fiel Lexie plötzlich ein, sollte morgen Nachmittag zurückkommen.

»Mist«, flüsterte sie. »Hast du es ihm erzählt?«

»Ich hab gesagt, du bleibst heute hier. Dass Pearl dich eingeladen hat, bei ihr zu übernachten.«

Nach einer Weile sagte Lexie: »Danke.«

»Du kannst bleiben, solange du willst. Aber ich bin sicher, dass du morgen wieder nach Hause gehen kannst.«

Lexie drehte den Becher langsam zwischen den Handflächen. »Und dann?«

»Dann bleibt es dir überlassen, was du tust. Wem du es erzählst.«

Mia stand auf, um zu gehen, aber Lexie griff panisch nach ihrer Hand.

»Moment«, sagte sie. »Glaubst du, ich habe einen großen Fehler gemacht?« Sie schluckte. »Hältst du mich für einen schlechten Menschen?« Sie hatte sich nie viele Gedanken über Mia gemacht, aber plötzlich war es ihr wichtig, was Mia von ihr hielt.

»Ach, Lexie.« Mia, die noch immer Lexies Hand hielt, setzte sich wieder. »Du warst in einer sehr schwierigen Situation. Niemand möchte das erleben.«

»Aber was, wenn es die falsche Entscheidung war?« Lexie verstummte, schloss die Augen und versuchte, den lebendigen

Funken zu spüren, der vor noch gar nicht langer Zeit in ihr geglüht hatte. »Vielleicht hätte ich es behalten sollen. Vielleicht hätte ich es Brian erzählen sollen, und wir hätten es irgendwie hingekriegt.«

»Wärst du bereit gewesen, eine gute Mutter zu sein?«, fragte Mia. »Die Art von Mutter, wie du sie dir wünschst? Eine Mutter, die ein Kind verdient?« Ein paar Minuten lang saßen sie schweigend da, Mias Hand warm auf Lexies. Lexie verspürte den überwältigenden Wunsch, ihren Kopf an Mias Schulter zu lehnen, was sie dann auch tat. Zum ersten Mal fragte sie sich, wie es wohl gewesen wäre, als Pearl aufzuwachsen und Mia zur Mutter zu haben. Der Gedanke machte sie leicht schwindelig.

»Du wirst deswegen immer traurig sein«, sagte Mia leise. »Aber das heißt nicht, dass deine Entscheidung falsch war. Es ist nur etwas, das du immer mit dir herumträgst.« Sie richtete Lexie sanft auf, berührte ihre Schulter und bückte sich, um den leeren Becher aufzuheben.

»Aber glaubst du, dass meine Entscheidung falsch war?« Lexie blieb hartnäckig. Sie war sicher, Mia musste es wissen.

Mia blieb an der Tür stehen. »Ich weiß es nicht, Lexie«, sagte sie. »Ich glaube, das kannst nur du wissen.« Damit schloss sich die Tür hinter ihr.

—

Als Lexie die Augen öffnete, war es früher Morgen. Sie war allein, aber irgendwer hatte die Lampe ausgeschaltet und ein Glas Wasser neben die Matratze gestellt.

Pearl saß in der Küche und aß Müsli.

»Du siehst besser aus«, sagte sie zu Lexie. »Alles okay?«

»So langsam.« Lexie setzte sich vorsichtig auf den Stuhl Pearl gegenüber. »Wo ist deine Mutter?«

»Bei euch. Sie wollte früh saubermachen, weil sie heute die Mittagsschicht im Restaurant übernimmt.« Pearl erinnerte sich plötzlich daran, wie Lexie über den Fall der McCulloughs dachte, und beschloss, den Grund für den unüblichen Zeitplan nicht zu erwähnen: Bebe traf sich mit ihrem Anwalt, um die Anhörung vorzubereiten, die in knapp zwei Wochen begann, und hatte Mia gebeten, bei der Arbeit für sie einzuspringen. Pearl stupste die Müslischachtel zu Lexie, die mit der Hand hineinfasste.

»Hat sie auf dem Fußboden geschlafen?«

»Bei mir.«

»Tut mir leid.«

Pearl zuckte die Schultern. »Schon okay. Wir sind das gewöhnt. Manchmal hatten wir nicht mal Platz für zwei Betten.« Sie schob eine Schale über den Tisch. Lexie wirkte viel jünger, und Pearl wusste nicht genau, ob es am weichen, hellgelben Morgenlicht lag oder an Lexie selbst – ohne Make-up, die Haare lose um das Gesicht – oder an der ungewohnten Situation, dass Lexie mit ihr in der Küche frühstückte und sie am Tag zuvor gemeinsam etwas durchgestanden hatten.

»Deine Mutter war gestern wirklich sehr nett zu mir.« Lexie rührte die Cornflakes in ihrer Schale um.

»Meine Mutter ist immer nett«, sagte Pearl mit einem Hauch von Stolz.

»Ich dachte immer, sie mag mich nicht.«

»Hm.« Pearl überlegte. Auch sie hatte diesen Eindruck gehabt, nun aber festgestellt, dass das so nicht mehr stimmte. »Ihr kanntet euch ja eigentlich gar nicht.«

»Glaubst du, jetzt mag sie mich?«, fragte Lexie schließlich.

»Vielleicht.« Pearl grinste, und Lexie stand auf, schlang einen Arm um sie und küsste sie auf die Wange.

Als Pearl und Mia am Abend zuvor nebeneinander in Pearls schmalem Bett gelegen hatten, hatte Mia ihrer Tochter den Rücken gestreichelt, etwas, das sie seit Jahren nicht mehr getan hatte. Früher hatten sie oft in einem Bett geschlafen: Es war einfacher, eine Matratze zu finden als zwei, und die Nähe war auch sehr angenehm gewesen. Als Pearl größer war, wurde es zunehmend unpassend, ein Bett zu teilen, und es war lange her, seit sie so zusammengelegen hatten.

»Arme Lexie«, murmelte Mia. »Eine schlimme Situation, in der sie da ist.« Sie hatte das Gefühl, das Thema anschneiden zu müssen, wusste aber nicht, wie, und wenig später sprang sie einfach ins kalte Wasser. »Bist du … hast du …« Sie verstummte. »Eigentlich haben wir noch nie darüber geredet.«

Pearl wich zurück und drehte sich abrupt auf den Rücken. »Du lieber Himmel, Mom. Bitte nicht.«

»Ich will nur sichergehen, dass du weißt, wie man aufpasst.« Mia fuhr über eine Kerbe auf ihrem Daumennagel, die sie sich am Tag zuvor bei der Arbeit mit dem Messer zugezogen hatte. »Du und Moody, ihr steht euch doch sehr nahe.«

Sie spürte, wie Pearls Körper sich anspannte und dann ebenso schnell wieder locker wurde.

»Mom«, sagte Pearl. »Moody und ich sind nur Freunde.«

»Aber vielleicht wollt ihr irgendwann mehr. Ich weiß, wie das ist …« Mia verstummte, denn ihr wurde klar, dass sie es nicht wusste, ganz und gar nicht. Als Teenager hatte sie viele Freunde gehabt, darunter auch einige Jungs, aber keine Freundschaft war so eng gewesen wie die zwischen ihrer Tochter und Moody. Sie waren ständig zusammen; sie beendeten die Sätze des anderen, unterhielten sich in einem Jargon von Insiderwitzen und machten Anspielungen, die sie kaum verstand. Mehr als einmal hatte sie gesehen, wie Pearl unbekümmert Moodys Kragen richtete; erst vor wenigen Tagen hatte sie beobachtet, wie Moody Pearl ein verirrtes Blatt mit einer Zärtlichkeit aus den Haaren zupfte, die man nur als Liebe bezeichnen konnte. Sie selbst hatte nie solche Gefühle für jemanden empfunden, nicht als Teenager, nicht an der Kunsthochschule, nicht danach. Ihr wurde klar, dass sie nie einen nackten Mann gesehen hatte, nur ihren Bruder, als sie klein waren. Und das war noch längst nicht alles: Sie hatte nie jemanden berührt und diese Wärme gespürt, diese elektrische Spannung durch die Nähe eines anderen. Nur die Kunst hatte ihr dieses Gefühl verschafft – und dann natürlich Pearl. Zu diesem Thema konnte sie nichts Nützliches beitragen, dachte sie, und das Schweigen zwischen ihnen schwoll an.

»Mom.« In der Dunkelheit wusste Mia nicht, ob Pearl ernst war oder lächelte. »Du musst dir keine Sorgen machen. Versprochen. Zwischen Moody und mir ist nichts.« Sie rollte sich auf die Seite, weg von Mia, und das Kissen dämpfte jetzt ihre Stimme: »Außerdem hab ich eine Eins in Bio. Ich weiß über alles Bescheid.« Es stimmte, redete sie sich ein, nicht ein Wort davon war gelogen. Etwas Auslassen war nicht dasselbe wie Lügen. Sie spürte, wie Mia ihr wieder den Rücken streichelte, dieselbe zärtliche Geste, die ihr als Kind gesagt hatte, dass sie nicht allein war, dass ihre Mutter da war, und das hieß, alles war gut. Dieses Gefühl ließ sie, wie vor vielen Jahren, fast unverzüglich einschlafen.

Mias Hand lag noch auf Pearls Schulter, als sie schon leise schnarchte. Sie spürte Pearls Herzschlag ganz schwach unter ihrer Hand. Es war lange her, seit sie ihrer Tochter so nahe hatte sein dürfen. Eltern, so dachte sie, mussten damit leben, ihre Kinder

immer seltener zu berühren. Als Baby hatte Pearl sich an sie ge-
klammert; Mia hatte sie in einem Tuch getragen, denn sobald sie
Pearl ablegte, fing sie an zu schreien. Tagsüber waren sie fast ununterbrochen körperlich verbunden gewesen. Später hing Pearl
am Bein ihrer Mutter, dann an ihrer Hüfte, ihrer Hand. Selbst als
Pearl ein eigenes Bett hatte, kam sie noch oft mitten in der Nacht
unter die alte Patchworkdecke zu Mia gekrochen, und am Morgen
wachten sie ineinander verschlungen auf, Mias Arm unter Pearls
Kopf oder Pearls Beine auf Mias Bauch. Inzwischen war Pearl ein
Teenager, der nur noch selten Zärtlichkeiten verteilte – ein Küss-
chen auf die Wange, eine halbherzige Umarmung –, und deshalb
waren sie umso kostbarer. So war der Lauf der Dinge, dachte Mia
bei sich, aber es war hart. Man wünschte sich nichts sehnlicher, als
sein Kind in den Arm zu nehmen und so fest zu halten, dass man
mit ihm verschmolz, doch was man bekam, war nur ein flüchtig
an die Schulter gelehnter Kopf. Es war, als übte man, vom Duft
eines Apfels zu leben, wenn man ihn doch eigentlich verschlingen, wenn man mit den Zähnen hineinbeißen und ihn samt Kern-
gehäuse und allem aufessen wollte.

~

Lexie blieb den ganzen Vormittag im Haus an der Winslow, während Pearl in der Schule war. Sie lag noch immer schlafend im
Bett, als Mia mit zwei Styroporbehältern mit übriggebliebenen
Nudeln und einer neuen Idee von der Arbeit zurückkehrte. Um
zwei Uhr klingelte das Telefon und weckte Lexie schließlich; Mia
saß am Tisch und zeichnete mit einem Bleistift auf ein Stück Papier.

»Ich weiß, Bebe«, sagte Mia gerade in den Hörer, als Lexie

ins Wohnzimmer kam. »Aber du darfst dir das nicht zu Herzen nehmen. Bei der Anhörung wird es noch schlimmer. Das ist erst der Anfang.« Sie sah kurz zu Lexie, widmete sich wieder dem Telefon. »Es wird schon gutgehen. Atme tief durch. Ich ruf dich später an.«

»War das ... Mirabelles Mutter?«, fragte Lexie, als Mia aufgelegt hatte. Zu ihrer Schande fiel ihr weder Bebes Name noch der Geburtsname des Babys ein.

»Sie ist eine Bekannte von mir.« Mia lehnte sich zurück, und Lexie zog sich einen Stuhl heran. »In der Zeitung standen heute ein paar unschöne Dinge über sie. Es heißt, sie war als Mutter ungeeignet.« Sie sah Lexie kurz an. »Aber vielleicht weißt du das schon. Dein Vater vertritt schließlich die McCulloughs.«

Lexie errötete. Ihr Vater hatte in letzter Zeit viel gearbeitet, aber sie war zu sehr mit Brian beschäftigt gewesen, mit dem College, dem Termin in der Klinik und allem, was dazu geführt hatte, um sich groß für den Fall zu interessieren. »Ich weiß nichts«, sagte sie steif. Und dann: »Stimmt es? Ich meine, ist sie als Mutter ungeeignet?«

Mia griff nach dem Bleistift und wandte sich wieder ihrer Skizze zu. Ein Netz, dachte Lexie – nein, vielleicht ein Käfig. »Ob sie es am Anfang war? Mag sein. Sie war in einer schlimmen Situation.«

»Aber sie hat ihr Baby im Stich gelassen.« Lexie hatte diesen Satz ihrer Mutter so oft gehört – bei Telefonaten mit Linda McCullough und wenn der Fall in der Familie zur Sprache kam –, dass er sich ihr als Tatsache eingeprägt hatte.

»Ich glaube, sie wollte das Beste für ihr Kind. Sie hat erkannt, dass sie mit der Situation überfordert ist.« Mia kritzelte hastig eine Notiz in die Ecke ihrer Zeichnung. »Die Frage ist, ob sich inzwischen nicht einiges geändert hat. Ob sie nicht eine zweite Chance bekommen sollte.«

»Und du findest, das sollte sie?«

Mia antwortete nicht sofort. Dann sagte sie: »Die meisten Menschen verdienen eine zweite Chance. Wir haben alle Dinge getan, die wir bereuen. Die tragen wir immer mit uns herum.«

Lexie schwieg und legte eine Hand unbewusst auf ihren Bauch, wo ein leichter Schmerz sich meldete.

»Ich geh mal lieber nach Hause«, sagte sie schließlich. »Die Schule ist gleich aus, und meine Mutter ist inzwischen bestimmt zurück.«

Mia fegte Krümel von Radiergummistaub vom Tisch und stand auf. »Bist du bereit?«, sagte sie mit einer Freundlichkeit in der Stimme, die Lexie schmerzte.

»Nein«, sagte Lexie und lachte nervös. »Aber ob ich das je sein werde?« Sie stand auf. »Danke für … na ja. Danke.«

»Willst du es ihr erzählen?«, fragte Mia, während Lexie ihre Sachen zusammenpackte.

Lexie überlegte. »Weiß ich nicht«, sagte sie schließlich. »Vielleicht. Im Augenblick nicht. Aber vielleicht irgendwann.« Sie holte ihre Autoschlüssel aus der Jacke und nahm ihre Handtasche. Der rosafarbene Entlassungsschein aus der Klinik lag darunter. Sie zerknüllte ihn, warf ihn in den Mülleimer und war verschwunden.

16

Mia behielt recht: Noch vor Beginn der Anhörung erschienen in Zeitung und Fernsehen eine Reihe von Berichten über Bebe Chow und ihre Eignung als Mutter. In einigen wurde sie als hart arbeitende Immigrantin dargestellt, die eine Chance gesucht hatte und dann von den Hindernissen und Widrigkeiten – vorübergehend, wie ihre Unterstützer betonten – übermannt worden war. Andere waren weniger freundlich: Sie sei instabil, unzuverlässig, eine denkbar schlechte Mutter. Als in der letzten Märzwoche die Anhörung begann, wimmelte es auf der Treppe zum Gerichtsgebäude von Journalisten und Reportern der Boulevardpresse, die nach einem brisanten Schnipsel gierten, der vielleicht während des Verfahrens zutage gefördert werden würde.

Da die Anhörung, wie alle Fälle beim Familiengericht, unter Ausschluss der Öffentlichkeit stattfand, war die Berichterstattung mitunter sensationslüstern und grob vereinfachend. Nur die Anwesenden im Gerichtssaal – die McCulloughs, ihr Anwalt, Mr Richardson, Ed Lim, Bebe und der Richter – erfuhren vom Geschehen in seiner ganzen unschönen Komplexität.

Und die Sachlage war komplex. Es war eine schrecklich peinliche, zähe, schmerzhaft persönliche Geschichte, die sich im Lauf dieser Woche im Wechsel zwischen Mr Richardson und Ed Lim herauskristallisierte: Einer brachte ein Argument für seinen Mandanten vor, und der andere griff es auf und stellte es beredt auf den Kopf.

Als das Baby gefunden wurde, war es unterernährt. Seine Fontanelle war eingesunken, ein verdächtiges Zeichen für Dehydration, die Rippen und zarten Knochen der Wirbelsäule waren wie eine Perlenkette sichtbar unter der Haut. Im Alter von zwei Monaten wog es nur knapp vier Kilo.

(Aber das Baby wollte nicht saugen. Bebe hatte es immer wieder versucht, bis ihre Brustwarzen wund waren und bluteten. Sie hatte geweint, weil ihre Brüste hart waren von der Milch, die sie ihrem Kind nicht geben konnte; das schreiende Kind auf ihrem Schoß hatte wütend sein kleines Gesicht weggedreht, und als sie das Geschrei hörte, war rosafarbene Milch aus ihren Brüsten geschossen und auf ihren Schoß getropft. Nachdem das zwei Wochen lang so ging, war Bebes Milch versiegt. Sie hatte ihre letzten sieben Dollar für Muttermilchersatz ausgegeben, danach besaß sie nur noch ihre leere Geldbörse mit einem falschen Millionendollarschein, den ihr jemand bei der Arbeit als Glücksbringer geschenkt hatte.)

Der massive Windelpilz des Kindes war ein Zeichen dafür, dass es stunden-, wenn nicht gar tagelang in schmutzigen Windeln gelegen hatte.

(Aber Bebe hatte kein Geld für Windeln gehabt. Schließlich hatte sie ihre letzten sieben Dollar für Milchpulver ausgegeben. Sie hatte ihr Bestes getan. Sie hatte die schmutzigen Windeln abgenommen, sie, so gut es ging, sauber gekratzt und ihrer Tochter wieder angelegt. Sie hatte die entzündeten roten Stellen am Po ihrer Tochter mit Vaseline eingeschmiert, das Einzige, was sie zur Hand hatte.)

Nachbarn hatten das Kind stundenlang schreien hören. »Den

ganzen Tag, die ganze Nacht«, laut Nachbar aus der Wohnung 3B. »Es hat gebrüllt, wenn ich am Morgen zur Arbeit ging. Es hat gebrüllt, wenn ich am Abend zurückkam.« Er hatte schon überlegt, die Polizei zu rufen, sich aber nicht einmischen wollen. »Ich kümmere mich um meinen eigenen Kram.«

(Aber Bebe hatte auch geweint. Ja, sie hatte schluchzend dagelegen, manchmal mit dem Baby auf der Brust, und ihm verzweifelt den Rücken gestreichelt, manchmal allein auf dem Fußboden neben der Kommodenschublade, die sie als Wiege benutzte, während das Baby neben ihr wimmerte und seine und ihre Stimme in schmerzlicher Harmonie zum Dach schwebten.)

In diesen turbulenten Wochen hatte Bebe nicht ein einziges Mal Hilfe bei einem Psychologen oder Arzt gesucht.

(Richtig, das hätte sie tun sollen. Aber sie hatte keine Ahnung, an wen sie sich wenden könnte. Ihr Englisch war bestenfalls mittelmäßig, ihr Leseverständnis minimal. Sie wusste nicht, wie sie die Sozialarbeiter finden sollte, die ihr vielleicht geholfen hätten; sie wusste ja gar nicht, dass es überhaupt Sozialarbeiter gab. Sie wusste nicht, wie man Sozialhilfe beantragt. Sie wusste nicht, dass Sozialhilfe eine Möglichkeit war. Sie sah kein Sicherheitsnetz, nur einen Wald von Hochhäusern, die aufragten wie Nadeln, die sie aufzuspießen drohten. Konnte man ihr da vorwerfen, dass sie ihre Tochter auf einer sicheren Türschwelle ablegte, während sie selbst abstürzte?)

Bebe hatte ihr Kind am frühen Morgen des 5. Januar 1997 vor der Feuerwache in der Kinsman Road zurückgelassen. Die Temperatur war in dieser Nacht auf null Grad gesunken, aber mit dem Wind waren es gefühlte minus acht Grad. Als die Feuerwehrmänner nachts um halb drei die Tür öffneten und das in einem Pappkarton liegende Kind entdeckten, hatte es gerade angefangen zu schneien und alles war mit einer silbrigen Puderschicht bedeckt.

(Es war tatsächlich ziemlich kalt, als Bebe ihre Tochter vor die Feuerwache legte, aber das Kind hatte drei Hemdchen und zwei Hosen angehabt und war außerdem in vier Decken gewickelt – alles, was Bebe an Babysachen besaß. Die kleinen Hände waren warm eingepackt, und zum Schutz vor dem Wind hatte Bebe ihm eine Decke über den Kopf gezogen. Fundierten Schätzungen zufolge hatte der Karton mit dem Kind etwa zwanzig Minuten im Freien gestanden, als der Feuerwehrchef die Tür öffnete, und der Schnee hatte zwei Minuten zuvor eingesetzt. Auf den Decken lag nur eine hauchdünne Schneeschicht.)

Bebe war erst zwei Jahre im Land gewesen, als ihr Kind zur Welt kam, davon ein knappes Jahr in Cleveland. In der Zeit in Cleveland hatte sie in drei verschiedenen Wohnungen gelebt, bei einer den Mietvertrag nicht eingehalten und bei einer anderen die Miete immer zu spät und nie in voller Höhe gezahlt; außerdem war sie immer in Arbeitsverhältnissen mit Mindestlohn beschäftigt.

(Jeden Monat hatte sie sich geschämt, mit der Miete hinterherzuhinken. Einmal hatte sie die Monatsmiete in voller Höhe gezahlt und dann nicht genug Geld für Lebensmittel und Strom gehabt: Was für eine Wahl, zwischen Hunger und Dunkelheit entscheiden zu müssen! Danach hatte sie beschlossen, so viel zu zahlen, wie sie konnte, und an Tagen mit gutem Trinkgeld schrieb sie ihren Namen auf einen Zettel, legte einen Zwanzigdollarschein dazu und schob beides zusammengefaltet unter der Tür des Vermieters durch. Die geleisteten Zahlungen hielt sie auf einem alten Briefumschlag fest, der in der Küche auf der Arbeitsfläche lag. Der Kontostand sah folgendermaßen aus:

Sept. 100 Dollar im Minus

8.9. – 20 Dollar plus

13.9. – 20 Dollar plus

18.9. – 20 Dollar plus

Okt. 80 Dollar minus, jetzt 120 Dollar Rückstand

3.10. – 20 Dollar plus

14.10. – 20 Dollar plus

26.10. – 20 Dollar plus

Nov. 70 Dollar minus, jetzt 130 Dollar Rückstand

Wie sollte sie diesen Rückstand jemals aufholen? Und welche Art von Beschäftigung hätte sie mit ihren geringen Englischkenntnissen bekommen, zumal sie noch nicht einmal die Entsprechung eines Highschoolabschlusses hatte?)

Während ihrer Schwangerschaft hatte Bebe in einem Restaurant gearbeitet, in dem einer der Köche wegen Heroinhandels verhaftet wurde. Mehreren Mitarbeitern des Restaurants zufolge hatten die beiden vor dieser Zeit vermutlich ein Verhältnis gehabt. Sie hatten geflirtet, und bei mindestens einer Gelegenheit hatte der fragliche Koch sie am Ende des Abends nach Hause gefahren. War es bei derart dubiosen Partnern nicht wahrscheinlich, dass Bebe ebenfalls in etwas Gesetzeswidriges verstrickt war?

(Der Koch namens Vinny hatte tatsächlich mit Heroin gehandelt. Aber sein Interesse an Bebe war rein platonischer Natur gewesen. Er wusste, dass ihr nichtsnutziger Freund sich aus dem Staub gemacht und sie sitzen gelassen hatte, und als er ihre fortschreitende Schwangerschaft sah, hatte er Mitleid mit ihr. Zehn Monate zuvor war seine Schwester in derselben Situation gewesen. Jeden Abend, wenn er in die Wohnung zurückkam, in der sie zusammen mit ihrer Mutter lebten, sah seine Schwester Teresa grauer aus, das Baby auf ihrem Schoß schrie oder hing schlaff über ihrer Schulter wie ein kleiner alter Mann, ja, die beiden auf der Couch wirkten alt und erschöpft. Ist es da verwunderlich, dass ihm Bebes Anblick jeden Morgen das Herz zerriss? War es falsch, dass er mit ihr scherzte und versuchte, ihr ein Lächeln zu entlocken, was ihm bei seiner Schwester nicht mehr gelang, dass er sie nach Hause fuhr, wenn er ihre geschwollenen Füße in den zu engen Schuhen sah?

Und was Bebe angeht: Sie hatte Vinny attraktiv gefunden, das stimmt. Aber diese Anziehung rührte weitgehend von seiner Freundlichkeit ihr gegenüber, und die Vorstellung, ein Mann – egal, welcher – könnte sie anfassen, während das Kind in ihrem Bauch strampelte, erfüllte sie mit Ekel. Als Vinny von der Polizei abgeholt wurde, war Bebe sehr traurig, denn er war für sie wie ein Bruder, der nun aus ihrem Leben verschwand.)

In ihrem derzeitigen Job als Kellnerin verdiente Bebe den staatlich festgelegten Mindestlohn für Mitarbeiter, die zusätzlich Trinkgeld erhalten: 2,35 Dollar pro Stunde. Bei fünfzig Stunden pro Woche plus Trinkgeldern belief sich ihr durchschnittlicher Nettolohn pro Monat auf 317,50 Dollar. Glaubte sie allen Ernstes, mit diesem Einkommen ein Kind unterstützen und für alles Notwendige sorgen zu können? Wäre sie nicht gezwungen, Sozialhilfe, Lebensmittelmarken, Schulspeisung zu beantragen? Würden sie und ihr Kind nicht zwangsläufig der Allgemeinheit zur Last fallen?

(Aber da wäre auch Liebe, große Liebe. Und unter dieser Voraussetzung konnte man mit sehr wenig auskommen. Es reichte für das Wesentliche: Miete, Essen, Kleidung. Wie wollte man die Liebe einer Mutter gegen die Kosten für die Erziehung eines Kindes aufwiegen?)

Mark und Linda McCullough verfügten, so viel stand fest, über die nötigen Mittel für die Erziehung eines Kindes. Mr McCullough hatte eine feste, gutbezahlte Stellung; Mrs McCullough war in den vergangenen vierzehn Monaten eine Vollzeitmutter für das Kind gewesen und hatte vor, es zu bleiben. Sie besaßen ein eigenes Haus in einem sicheren, wohlhabenden Viertel. Alles in allem waren sie überdurchschnittlich gut situiert. Unter ihrer Obhut war das Kind gut gekleidet, gut ernährt und versorgt gewesen. Es war regelmäßig untersucht worden, unter Menschen gekommen und hatte jede Menge Vergnügen: Bilderbuchstunden in der Bibliothek, Babyschwimmen, Musikkurse für Mutter und Kind. Das Haus der McCulloughs war streng untersucht und als bleifrei zertifiziert worden.

Darüber hinaus hatten die McCulloughs alles darangesetzt, eine Familie zu gründen. Unterlagen bezeugten, dass sie zehn Jahre lang versucht hatten, eigene Kinder zu bekommen, und weitere vier Jahre lang auf eine Adoption gewartet hatten. Sie hatten allen erdenklichen medizinischen Rat im größeren Umkreis von Cleveland eingeholt – einschließlich der angesehensten Fertilitätsspezialisten an der Cleveland Clinic – und dann die seriöseste Adoptionsagentur im Bundesstaat engagiert. Ließ das nicht darauf schließen, dass sie dem Kind die denkbar liebevollste Zuwendung geben und ihm jede Möglichkeit bieten würden?

(Aber das Kind hatte schon eine Mutter, deren Blut durch seine Adern floss. Die es monatelang in ihrem Schoß getragen, die seine Tritte und Drehungen gespürt, die es nach einundzwanzig Stunden Wehen im grellen Licht des Kreißsaals zur Welt gebracht hatte, die in Tränen ausgebrochen war, als sie die Stimme ihres Kindes zum ersten Mal hörte, die – noch bevor die Schwestern das Kind gesäubert hatten, noch bevor die Nabelschnur durchtrennt war – den gesamten Körper ihres Kindes berührt hatte, die winzigen bebenden Nasenflügel, die schwachen Schatten der Augenbrauen und die vom Fruchtwasser glitschigen Füße, um sich seiner Gesundheit zu vergewissern und sich jedes Detail einzuprägen.)

Sollte das Sorgerecht an Bebe zurückgegeben werden, würde sie ihr Kind natürlich als alleinerziehende, arbeitende Mutter großziehen. Wer würde für das Kind sorgen, wenn sie bei der Arbeit war? Wäre das Kind in einem Zuhause mit zwei Elternteilen – von denen einer nicht arbeitete und den ganzen Tag da war – nicht besser aufgehoben, als wenn es den Großteil des Tages in einer Kinderkrippe verbrachte? Und wäre das Kind nicht besser aufgehoben in einem Zuhause mit einer Mutter und einem Vater, zumal Studien die Bedeutung einer starken männlichen Figur für das Aufwachsen eines Kindes belegten?

Es lief immer wieder auf ein und dieselbe Frage hinaus: Was machte jemanden zu einer Mutter? War es allein die Biologie, oder war es Liebe?

Mr Richardson war froh, dass niemand den letzten Tag im Gerichtssaal mitbekam, als Mrs McCullough befragt wurde. Sie war nach vorne getreten – im Familiengericht gab es keine Zeugenbank, nur einen Stuhl, der neben dem Richter stand – und hatte sich gesetzt. Er sah, wie nervös sie war: an der Art, wie sie die Beine mal nach der einen, mal nach der anderen Seite übereinanderschlug, an der Unsicherheit, was sie mit ihren Händen machen sollte. Zum ersten Mal wurde ihm bewusst, dass die Zeugenbank im Gericht trotz ihrer ernsten Förmlichkeit den Zeugen von der Taille abwärts verbarg: dass die Welt zumindest die zappelnden Füße nicht sah und dass die Beine ein Urteil nicht beeinflussten.

Ed Lim ließ sich Zeit, bevor er aufstand und sie befragte. Für einen Asiaten war er ziemlich groß: über einen Meter achtzig, schlank und langgliedrig, mit der Statur eines Basketballspielers – und er hatte tatsächlich in den Sechzigern als Stürmer in der A-Mannschaft der Highschool gespielt. In der Schule waren er und Mrs McCullough nur drei Jahre auseinander gewesen, beide hatten ihr ganzes Leben in Shaker Heights verbracht. Vor diesem Fall hatte er sie nur als schüchterne, leicht mollige Neuntklässlerin mit langen goldbraunen Haaren in Erinnerung gehabt. Er war einer von nur zwei Asiaten in seinem Jahrgang gewesen – die andere war Susie Chang; ihre Mitschüler hatten sie oft aufgezogen, dass sie später bestimmt mal heiraten würden. Was natürlich nicht der Fall war. Susie war kurz nach dem Schulabschluss nach Oregon gezogen, doch am Ende hatte Ed am College tatsächlich eine nette Chinesin kennengelernt und geheiratet, ein Kind der ersten Generation wie er. Mrs McCullough hingegen erinnerte sich an nichts von alldem, auch nicht an Susie Chang, die ein Jahr lang an ihrer Seite Cheerleaderin gewesen war.

»Nun, Mrs McCullough«, sagte Ed Lim und legte seinen Stift auf den Tisch. »Sie haben Ihr ganzes Leben in Shaker Heights verbracht, ist das richtig?«

Mrs McCullough bestätigte es.

»Shaker Heights Highschool, Abschlussjahrgang 1971. Haben Sie ausschließlich Schulen in Shaker besucht?«

»Seit der Vorschule. Ich war in der Boulevard, als sie noch bis zur Achten ging. Und danach natürlich an der Highschool.«

»Und dann haben Sie an der Ohio University studiert?«

»Ja. Abschlussjahrgang 1975.«

»Und anschließend sind Sie zurück nach Shaker Heights gezogen?«

»Ja, man hatte mir hier eine Stelle angeboten, und mein Mann – damals mein Verlobter – und ich wussten, dass wir hier eine Familie gründen wollten.« Sie schaute kurz zu Mr Richardson, der ihr kaum merklich zunickte. Bei der Vorbereitung hatten sie darüber gesprochen, dass es wichtig war, den Richter so oft wie möglich daran zu erinnern, wie sehr sie und ihr Mann dieses Kind wollten, wie familienorientiert sie waren, wie sehr sie die kleine Mirabelle ins Herz geschlossen hatten.

»Im Grunde waren Sie also Ihr ganzes Leben lang in Ohio.« Ed Lim setzte sich auf die Lehne seines Stuhls. »Wie wir alle inzwischen wissen, kamen May Lings Eltern aus Guangdong. Vielleicht kennen Sie es auch als Kanton. Sind Sie jemals dort gewesen?«

Mrs McCullough rutschte unruhig auf ihrem Sitz herum. »Wir haben natürlich vor, mit Mirabelle eine Reise in ihre Heimat zu machen. Wenn sie etwas älter ist.«

»Sprechen Sie Kantonesisch?«

Sie schüttelte den Kopf.

»Mandarin? Shanghainesisch? Taishan-Dialekt? Irgendeinen chinesischen Dialekt?«

Mr Richardson klickte gereizt mit seinem Kugelschreiber. Ed Lim zog eine Show ab, dachte er.

»Sind Sie mit der chinesischen Kultur vertraut?«, fragte Ed Lim. »Der chinesischen Geschichte?«

»Natürlich befassen wir uns mit solchen Themen«, sagte Mrs McCullough. »Uns ist sehr wichtig, dass Mirabelle ihrer Herkunftskultur verbunden bleibt. Aber für unsere Begriffe ist es das Wichtigste, dass sie ein liebevolles Zuhause mit zwei liebevollen Eltern hat.« Sie schaute wieder zu Mr Richardson, zufrieden, dass sie diese Bemerkung hatte unterbringen können. Ihr seid zu zweit, hatte er gesagt, das könnte ein großer Vorteil gegenüber einer alleinerziehenden Mutter sein.

»Sie und Mr McCullough sind gewiss sehr liebevoll. Ich glaube, das bezweifelt niemand.« Ed Lim lächelte Mrs McCullough an, und Mr Richardson erstarrte auf seinem Stuhl. Er wusste, wie Anwälte ticken und wann sie vorhaben, die Falle zuschnappen zu lassen. »Nun, was genau wollen Sie tun, damit May Ling ihrer ›Herkunftskultur verbunden bleibt‹, wie Sie es formulieren?«

Eine lange Pause schloss sich an.

»Vielleicht ist die Frage zu umfassend. Gehen wir noch mal zurück. May Ling ist seit vierzehn Monaten bei Ihnen. Was haben Sie in dieser Zeit getan, damit sie auch in ihrer chinesischen Kultur heimisch wird?«

»Also.« Wieder eine Pause, eine sehr lange diesmal. Mr Richardson wünschte sich, Mrs McCullough würde etwas sagen, irgendetwas. »Eines unserer Lieblingsrestaurants ist das Pearl of the Orient. Wir gehen einmal im Monat mit ihr dorthin. Ich glaube, es ist gut für sie, wenn sie ein bisschen Chinesisch hört, um ein Gespür für die Sprache zu bekommen. Dass sie damit aufwächst und es als normal empfindet. Und ich bin mir sicher, dass ihr auch das Essen schmeckt, wenn sie älter ist.« Gähnendes Schweigen im Gerichtssaal. Mrs McCullough verspürte den Wunsch, es zu füllen. »Vielleicht könnten wir einen Kochkurs im Freizeitzentrum belegen und zusammen chinesisch kochen lernen. Wenn sie älter ist.«

Ed Lim sagte nichts, und Mrs McCullough plapperte nervös weiter. »Wir bemühen uns sehr, einfühlsam mit solchen Themen umzugehen.« Dann hatte sie eine Eingebung. »Zum Beispiel wollten wir ihr zu ihrem ersten Geburtstag einen Teddybär schenken. Einen, den sie als Erbstück aufbewahren kann. Es gab einen braunen Bär, einen Polarbär und einen Panda. Nach längerer Überlegung entschieden wir uns für den Panda, weil wir dachten, dass er ihr vielleicht vertrauter ist.«

»Hat May Ling auch Puppen?«, fragte Ed Lim.

»Natürlich. Viel zu viele.« Mrs McCullough kicherte. »Sie liebt Puppen. Wie alle kleinen Mädchen. Wir kaufen ihr welche, meine Schwestern kaufen ihr welche und unsere Freunde ebenfalls ...« Sie kicherte wieder; Mr Richardson biss die Zähne zusammen. »Sie hat bestimmt ein Dutzend oder mehr.«

»Und wie sehen diese Puppen aus?«, fragte Ed Lim weiter.

»Wie sie aussehen?« Mrs McCullough runzelte die Stirn. »Sie ... es sind halt Puppen. Einige sind Babys und einige kleine Mädchen ...« Es war klar, dass sie die Frage nicht verstand. »Ein paar können aus der Flasche trinken, einigen kann man die Kleider wechseln, eine macht die Augen zu, wenn man sie hinlegt, und den meisten kann man die Haare frisieren ...«

»Und welche Haarfarbe haben sie?«

Mrs McCullough dachte kurz nach. »Na ja, die meisten sind blond. Eine hat braunes Haar. Vielleicht auch zwei.«

»Und die Puppe, die ihre Augen schließt? Welche Farbe haben ihre Augen?«

»Blau.« Mrs McCullough schlug die Beine übereinander, streckte sie dann wieder aus. »Aber das hat nichts zu bedeuten. Wenn man in die Spielzeugabteilung geht, sieht man fast nur blonde Puppen mit blauen Augen. Das ist eben der Standard.«

»Der Standard«, wiederholte Ed Lim, und Mrs McCullough hatte das Gefühl, als hätte er sie reingelegt, war sich aber nicht sicher, warum.

»Das hat nichts mit Rassismus zu tun«, behauptete sie. »Eine Puppe soll nur ein typisches kleines Mädchen darstellen. Eins, das alle anspricht.«

»Aber dieses typische Mädchen sieht eben nicht aus wie alle, oder? Es sieht nicht aus wie May Ling.« Ed Lim erhob sich, ragte plötzlich drohend im Gerichtssaal auf. »Hat May Ling auch asiatische Puppen – also Puppen, die aussehen wie sie?«

»Nein, aber wenn sie älter wird und so weit ist, kaufen wir ihr eine chinesische Barbie.«

»Haben Sie schon mal eine chinesische Barbie gesehen?«, fragte Ed Lim.

Mrs McCullough errötete. »Nun – ich habe noch nicht nach einer gesucht. Noch nicht. Aber es gibt bestimmt eine.«

»Es gibt keine. Mattel stellt keine her.« Ed Lims Tochter Monique ging mittlerweile in die elfte Klasse, aber als sie klein war, hatten er und seine Frau betroffen festgestellt, dass es keine Puppen gab, die ihr ähnlich sahen. Mit zehn hatte Monique einen Versandkatalog für Puppen studiert – teure Puppen mit Namen und Geschichten und historischen Kostümen, unendlich detailgenau und unendlich teuer. »Jenny Cohen hat diese hier«, hatte sie gesagt und mit dem Finger den Umriss einer blonden Puppe nachgezogen, die Jenny Cohen tatsächlich ähnelte: liebes Gesicht mit schwerem Pony, leicht pummelig. »Und es gibt jetzt auch eine mit rotem Haar. Die kriegt ihre Schwester Sarah zu Hanukkah.« Sarah Cohen hatte flammendrotes Haar von der Farbe einer Kupfermünze in der Sommersonne. Aber es gab keine Puppe mit schwarzem Haar, geschweige denn eine, die Monique auch nur annähernd glich. Ed Lim hatte auf der Suche nach einer chinesischen Puppe vier verschiedene Spielzeuggeschäfte abgeklappert; er hätte sie seiner Tochter gekauft, ganz gleich, wie teuer sie gewesen wäre, doch es gab keine.

Er war so weit gegangen, an Mattel zu schreiben und zu fragen, ob es eine chinesische Barbiepuppe gebe, und die Antwort lautete, ja, sie böten eine »orientalische Barbie« an. Die Firma schickte ihm eine Broschüre. Er hatte sich diese Broschüre lange angesehen: das merkwürdig zusammengestutzte Kostüm aus rotgoldenem Satin – es glich nichts, was er je an einer Chinesin, Japanerin oder Koreanerin gesehen hatte –, ihr hüftlanges schwarzes Haar und die schrägen Augen. *Ich bin aus Honkong,* hieß es in der Broschüre. *Das liegt im Orient oder Fernen Osten. Im Orient kaufen alle Menschen im Freien auf Marktplätzen ein, wo Waren wie Fisch, Gemüse, Seide und Gewürze offen ausgelegt sind.* Im Jahr zuvor waren er, seine Frau und Monique in Hongkong gewesen, und die Stadt war ihm wie ein Nadelkissen aus glänzenden Wolkenkratzern vorgekommen. In einem riesigen verglasten Einkaufszentrum hatte er sich einen taubenblauen Kaschmirpullover gekauft, den er an kühlen Tagen unter seiner Anzugjacke trug.

Am Ende hatte er die Broschüre weggeworfen. Von Freunden mit jüngeren Kindern hatte er gehört, dass die teure Puppenlinie inzwischen eine asiatische Puppe anbot – ebenso wie ein paar schwarze –, aber er hatte sie nie gesehen. Monique war inzwischen siebzehn und spielte schon lange nicht mehr mit Puppen.

Im Gerichtssaal ging Ed Lim jetzt ein paar Schritte auf und ab. »Wie steht es mit Büchern? Welche Art von Bücher lesen Sie mit May Ling?«

»Na ja.« Mrs McCullough überlegte. »Wir lesen ihr viele Klassiker vor. *Gute Nacht, lieber Mond* natürlich. Und *Pat der Hase* – den liebt sie. *Madeline, Eloise, Blaubeeren für Sal.* Ich habe alle meine Lieblingsbücher aus der Kindheit aufgehoben und finde es wunderbar, dass ich sie nun mit Mirabelle teilen darf.«

»Haben Sie auch Bücher, in denen chinesische Figuren vorkommen?«

Auf diese Frage war Mrs McCullough vorbereitet. »Ja, haben

wir. *Die fünf chinesischen Brüder* – eine wunderschöne Neuerzählung eines chinesischen Volksmärchens.«

»Ich kenne das Buch.« Ed Lim lächelte wieder, und Mr Richardson straffte die Schultern. Wenn Ed Lim lächelte, musste man sich auf etwas gefasst machen. *Der Mann ist undurchschaubar*, dachte Mr Richardson, und dann, sogleich verärgert: *Was für ein schrecklicher Gedanke.* Er errötete. »Wie sehen die fünf chinesischen Brüder in dem Buch aus?«, fragte Ed Lim.

»Es sind … es sind Zeichnungen. Sie sehen alle gleich aus – ich meine, sie sehen sich sehr ähnlich, es sind Brüder, darum geht es ja in der Geschichte, niemand kann sie auseinanderhalten …« Mrs McCullough stockte.

»Sie haben Zöpfe, nicht wahr? Und kleine Strohhüte? Schräge Augen?« Ed Lim wartete Mrs McCulloughs Antwort nicht ab. Seine Tochter hatte das Buch in der zweiten Klasse in der Schulbibliothek entdeckt und war zutiefst verstört nach Hause gekommen. *Daddy, sehen meine Augen auch so aus?* »Soll May Ling im Jahr 1998 ein solches Bild von Chinesen haben? Was sagen Sie?«

»Es ist eine sehr alte Geschichte«, erklärte Mrs McCullough nachdrücklich. »Sie tragen traditionelle Tracht.«

»Wie steht es mit weiteren Büchern, Mrs McCullough? Haben Sie noch andere Bücher mit chinesischen Figuren?«

Mrs McCullough biss sich auf die Lippe. »Bisher habe ich mich nicht wirklich danach umgesehen«, gab sie zu. »Ich kam nicht auf die Idee.«

»Die Zeit können Sie sich sparen«, sagte Ed Lim. »Es gibt nicht sehr viele. May Ling hat also keine Puppen, die aussehen wie sie, und sie hat keine Bücher mit Bildern von Menschen, die aussehen wie sie.« Ed Lim ging wieder ein paar Schritte auf und ab. Fast zwei Jahrzehnte später stellten andere diese Frage und sprachen über Bücher als *Spiegel* und *Fenster*, und Ed Lim, inzwischen müde, dann frustriert und dankbar zugleich. *Wir wussten es immer schon*, dachte er dann. *Warum habt ihr so lange gebraucht?*

Im Gerichtssaal blieb Ed Lim vor Mrs McCullough stehen. »Sie und Ihr Mann sprechen weder Chinesisch, noch wissen Sie viel über chinesische Kultur und Geschichte. Laut Ihrer eigenen Aussage haben Sie sich über diesen Aspekt von May Lings Identität keine Gedanken gemacht. Ist es da nicht gerecht zu sagen, dass May Ling im Grunde von ihrer Herkunftskultur getrennt wird, wenn Sie bei Ihnen und Mr McCullough bleibt?«

An dieser Stelle brach Mrs McCullough in Tränen aus. In den ersten Wochen hatte sie Mirabelle alle vier Stunden gefüttert, sie auf den Arm genommen, wenn sie weinte, hatte sie wachsen sehen, bis die ersten Strampelanzüge nicht mehr passten. Sie war es, die Mirabelle regelmäßig gewogen, die Erbsen, Süßkartoffeln und frischen Spinat gedämpft, anschließend püriert und Mirabelle den Brei dann mit einem puppengroßen Löffel verabreicht hatte. Als Mirabelle einen Fieberanfall hatte, war sie es, die Mirabelle einen kalten Waschlappen auf die Stirn legte und mit ihren Lippen auf dem kleinen Gesicht die Temperatur prüfte. Sie hatte Mirabelle aufgefangen, wenn sie beim Aufstehen gestolpert war; sie war diejenige, nach der Mirabelle die Arme ausstreckte, wenn sie Schmerzen oder Angst hatte.

»Das alles ist kein Muss«, erklärte sie jetzt. »Wir müssen keine Experten in chinesischer Kultur sein. Wir müssen Mirabelle nur lieben. Und das tun wir. Wir möchten ihr ein besseres Leben schenken.« Sie weinte immer noch, und der Richter entließ sie.

»Ist schon gut«, sagte Mr Richardson, als sie ihren Platz neben ihm einnahm. »Du hast dich tapfer geschlagen.« Innerlich allerdings meldeten sich selbst bei ihm erste Zweifel. Natürlich hätte

Mirabelle ein schönes Leben bei Mark und Linda. Das stand außer Frage. Aber würde nicht etwas – *irgendetwas* – in ihrem Leben fehlen, wenn sie bei den beiden aufwuchs? Mirabelle rückte plötzlich deutlich in sein Bewusstsein, und er begriff, wie schwer die komplizierte Welt auf dieser kleinen, verletzlichen Person lastete.

Als sie auf der Treppe vor dem Gericht von Reportern aufgehalten wurden, erklärte er kurz und nichtssagend, dass er an das Verfahren glaube. »Ich vertraue fest darauf, dass Richter Rheinbeck alle Aspekte abwägen und eine gerechte Entscheidung treffen wird«, sagte er.

Den McCulloughs schien die subtile Veränderung in seinem Tonfall nicht aufzufallen. In früheren Äußerungen hatte er mit einiger Überzeugung betont, dass ihnen das Sorgerecht fraglos zugesprochen werden sollte, dass sie Mirabelle mit Sicherheit am besten erziehen würden und das kleine Mädchen natürlich zu ihnen gehörte (»Sie ist schon eine McCullough«, hatte er gesagt). Und auch den Zeitungen, die Schlagzeilen druckten wie ANWALT VON ADOPTIVELTERN SIEGESSICHER, fiel der veränderte Tonfall nicht auf. Mr Richardson allerdings war sich bei Weitem nicht so sicher, wie es in den Medien klang.

Als Mrs Richardson beim Abendessen fragte, wie Lindas Befragung gelaufen sei, fiel seine Antwort knapp aus. »Ed Lim ist hart mit ihr ins Gericht gegangen. Es sah nicht gut aus.« Er meinte *für Mrs McCullough*, aber noch während er es sagte, fiel ihm etwas ein, eine Möglichkeit, die Sache zu drehen, und später am Abend rief er seine Kontaktleute bei der Zeitung an. Am folgenden Morgen erschien im *Plain Dealer* ein Artikel, in dem Ed Lims »aggressive« Taktik erwähnt wurde und dass er der armen Mrs McCullough so zugesetzt habe, dass sie in Tränen ausgebrochen sei. Männer wie er, hieß es in dem Artikel, durften keine Gefühle zeigen – wobei nicht näher erläutert wurde, ob mit »wie er« Anwälte gemeint waren oder etwas völlig anderes. Tatsache aber war – wie Mr Richardson feststellte –, dass ein wütender Asiate nicht den Erwartungen der Öffentlichkeit entsprach und ihr deshalb nicht behagte. Asiatische Männer konnten sozial unfähig und inkompetent und lächerlich sein wie ein Long Duk Dong oder bestenfalls harmlos und leicht clownesk wie ein Jackie Chan. Wütend, wortgewandt und mächtig aber durften sie nicht sein. Und recht haben womöglich auch nicht, dachte Mr Richardson mit einigem Unbehagen. Nach Erscheinen des Artikels schlugen sich etliche bisher neutrale Leute auf die Seite der McCulloughs, und einige von Bebes Unterstützern stellten fest, dass ihr Mitgefühl abkühlte.

Während die Idee in seinem Kopf Gestalt annahm, sagte er nur: »Wir werden sehen, wie die Sache sich entwickelt.«

»Mir tut sie leid«, sagte Lexie plötzlich am anderen Tischende. »Ich meine Bebe. Sie muss sich schrecklich fühlen.«

»Entschuldige«, sagte Izzy, »aber sprichst du von derselben Bebe, die du letzten Monat als nachlässige Mutter bezeichnet hast?«

Lexie errötete. »Sie hätte sich um das Baby kümmern müssen«, gab sie zu. »Aber ich weiß nicht. Vielleicht war sie der Sache einfach nicht gewachsen. Vielleicht wusste sie nicht, worauf sie sich einlässt?«

»Genau deshalb sollte man eine Schwangerschaft nicht auf die leichte Schulter nehmen«, mischte Mrs Richardson sich ein. »Habt ihr verstanden, Alexandra Grace? Isabelle Marie?« Sie griff nach der Schüssel mit den mit Mandelsplittern bestreuten grünen Bohnen und häufte sich einen Löffel voll auf den Teller. »Natürlich ist Kinderkriegen nicht leicht. Es verändert das ganze

Leben. Bebe war weder praktisch noch emotional dafür bereit. Und das ist vielleicht das beste Argument, warum man das Kind Linda und Mark geben sollte.«

»Ein Fehler also, und das war's dann?«, sagte Lexie. »Ich bin noch nicht bereit für ein Baby. Aber wenn ich ...« Sie zögerte. »Wenn ich schwanger wäre, würdest du mich dann auch zwingen, es aufzugeben?«

»Lexie, so weit würde es nie kommen. Du bist vernünftiger, so haben wir dich erzogen.« Ihre Mutter stellte die Schüssel zurück und spießte mit der Gabel eine grüne Bohne auf.

»Heute hast du wohl deinen netten Tag«, sagte Izzy zu Lexie. »Was ist los mit dir?«

»Nichts«, erwiderte Lexie. »Ich mein ja nur. Die Sache ist kompliziert.« Sie räusperte sich. »Sogar Brians Eltern streiten sich deswegen.«

Moody verdrehte die Augen. »Der Fall, der alle Familien in Cleveland spaltet.«

»John und Deborah haben das Recht auf eine eigene Meinung«, sagte Mr Richardson. »So wie jeder an diesem Tisch.« Sein Blick schweifte durch den Raum. »Trip, das Spiel gestern. Stimmt das mit dem Hattrick?«

Doch nach dem Essen waren Mr Richardsons Gedanken weiterhin getrübt. »Glaubst du«, fragte er seine Frau beim Tischabräumen, »dass Mark und Linda wirklich in der Lage sind, ein chinesisches Kind zu erziehen?«

Mrs Richardson starrte ihn an. »Das ist doch genauso wie bei jedem anderen Kind«, sagte sie steif und stellte die Teller in die Spülmaschine. »Was, um alles in der Welt, sollte anders sein?«

Mr Richardson kratzte die Reste der Eiernudeln in den Abfall und reichte den Teller seiner Frau weiter. »Die wesentlichen Dinge sind natürlich dieselben«, gab er zu. »Aber ich meine, wenn das kleine Mädchen älter ist, wird es viele Fragen stellen. Wer es ist, woher es kommt. Es wird über seine Herkunft Bescheid wissen wollen. Ob sie ihm das beibringen können?«

»Dafür gibt es Hilfsangebote.« Mrs Richardson winkte ungeduldig ab und schnipste versehentlich ein paar Tropfen Stroganoffsauce auf die Arbeitsfläche. »Warum sollten sie das nicht mit Mirabelle lernen können? Wird es sie nicht sogar enger zusammenschweißen, wenn sie sich gemeinsam mit chinesischer Kultur beschäftigen?« Sie hatte lebhafte Kindheitserinnerungen daran, wie Linda ihre Raggedy-Ann-Puppe in ein altes Taschentuch wickelte und behutsam ins Bett legte. Wer außer ihr wusste noch, wie sehr ihre Freundin sich immer ein Kind gewünscht hatte, wie tief die Sehnsucht nach Mutterschaft in ihr schlummerte – nach dieser magischen, wunderbaren, beängstigenden Rolle. Mia, fand sie, sollte das eigentlich am besten verstehen: Hatte sie das nicht bei den Ryans erlebt? Hatte sie das nicht selbst gespürt und war deshalb mit Pearl davongelaufen? Sie fuhr mit dem Daumen über die Arbeitsfläche und verschmierte die Sauce auf dem Granit. »Für Mirabelle ist das doch wunderbar. Sie wächst in einem Umfeld auf, in dem Rasse keine Rolle spielt. In dem es völlig egal ist, wie sie aussieht. Was könnte es Besseres geben? Manchmal glaube ich«, sagte sie grimmig, »es wäre für uns alle besser, wenn es uns so wie der kleinen Mirabelle erginge. Vielleicht sollte jeder nach der Geburt weggegeben und in einer fremden Familie großgezogen werden. Vielleicht ließe sich so das Problem des Rassismus ein für alle Mal erledigen.«

Sie knallte die Spülmaschine so heftig zu, dass die Teller im Inneren klapperten, und verließ den Raum. Mr Richardson nahm einen Schwamm und wischte die Anrichte sauber. Ihm war klar, dass er das Thema lieber nicht hätte anschneiden sollen: Seine Frau war zu nah dran; sie sah den Wald vor lauter Bäumen nicht. Für sie war es einfach: Bebe Chow war eine schlechte Mutter, Linda McCullough eine gute. Eine hatte die Regeln befolgt, die andere nicht. Das Problem mit Regeln aber war, sinnierte er, dass sie eine richtige und eine falsche Handlungsweise voraussetzten. Meistens war es doch aber so, dass kein Weg ganz falsch oder ganz richtig war und man sich eher auf einer Gratwanderung befand. Er hatte den Idealismus seiner Frau immer bewundert, ihre Überzeugung, man könne die Welt verbessern, sie ordnen, vielleicht sogar perfektionieren. Zum ersten Mal fragte er sich, ob er selbst das eigentlich wirklich glaubte.

17

Bald zeichnete sich jedoch ab, dass Mr Richardson nicht der einzige war, der sich hin- und hergerissen fühlte. Der Richter schien ebenso zu schwanken. Eine Woche verstrich nach der Anhörung, dann eine zweite, ohne dass er zu einem Urteil kam. Mitte April stand bei Lexie eine Nachsorgeuntersuchung in der Klinik an, und zu Pearls und Mias Überraschung bat Lexie Mia, sie zu begleiten.

»Du musst nichts tun«, versprach sie Mia. »Mir wäre einfach wohler, wenn du dabei bist.« Ihre Stimme klang ernst und bittend, und an besagtem Nachmittag parkte Lexie nach der zehnten Stunde ihren Explorer vor dem Haus an der Winslow. Mia startete den Golf, und Lexie setzte sich auf den Beifahrersitz, dann fuhren sie zusammen los, als wäre sie Pearl und Mia ihre Mutter, die sie zu diesem schwierigen Termin begleitete.

Auch Pearl kam es so vor, als wäre seit dem Besuch in der Klinik eine merkwürdige Umkehrung der Verhältnisse eingetreten: Als hätte Lexie, seit sie mit ihr unter einem Dach geschlafen hatte, irgendwie ihren Platz und sie Lexies eingenommen. Lexie war in einem geborgten T-Shirt nach Hause gegangen, und als Pearl sie in ihren Kleidern weggehen sah, überkam sie das unheimliche Gefühl, sich selbst aus der Tür gehen zu sehen. Am nächsten Morgen lag Lexies T-Shirt auf ihrem Bett: von Mia gewaschen und sorgfältig zusammengelegt, damit sie es Lexie in der Schule zurückgeben konnte. Statt es in ihre Tasche zu stecken, hatte Pearl es angezogen, und in dieser geborgten Haut hatte sie sich hübscher und geistreicher gefühlt und war zum Erstaunen ihrer Klassenkameraden und Lehrer im Englischunterricht sogar ein bisschen aufmüpfig gewesen. Nach dem Läuten hatten sich einige Mitschüler beeindruckt umgedreht, als wäre sie ihnen zum ersten Mal aufgefallen. So ist das also, wenn man Lexie ist, dachte sie. Auch Lexie war wieder in der Schule, bleich, etwas gedämpft und mit dunklen Augenringen, aber aufrecht. »Du hast mein T-Shirt geklaut, Schlampe«, sagte sie zu Pearl in liebevollem Ton, und dann: »Steht dir gut.«

Noch Tage später – sie hatte das T-Shirt zurückgegeben und ihr eigenes wiederbekommen – spürte Pearl Lexies Selbstvertrauen in ihren Adern prickeln. Und als sich nun die seltene Gelegenheit ergab, dass Mia außer Haus war, beschloss sie, die Situation auszunutzen. Sie hinterließ eine Nachricht in Trips Spind und erzählte Moody, sie hätte versprochen, ihrer Mutter am Nachmittag zu helfen. Mia wiederum hatte Izzy erklärt, sie müsse eine Schicht im Restaurant übernehmen – »Mach du dir mal einen schönen Tag«, hatte sie gesagt, »wir sehen uns morgen, okay?« –, und so war niemand da, als Trip und Pearl nach der Schule im Haus an der Winslow ankamen und die Treppe zu Pearls Zimmer hochgingen. Trip war zum ersten Mal hier, und für sie war es ungeheuer wichtig, an diesem Ort mit ihm zusammen zu sein und nicht auf der abgewetzten Couch in Tim Michaels Keller, umgeben von der PlayStation und dem Airhockey-Tisch und Tims alten Fußballtrophäen, dem ganzen Krimskrams aus dem Leben eines Fremden. Sie wären bei ihr, in ihrem Bett, und als sie es am Morgen sorgfältig gemacht hatte, war ihr bei der Vorstellung, wie Trips Kopf auf ihrem Kissen lag, ganz warm zumute gewesen.

Moody, sich selbst überlassen, hatte gerade seinen Spind abgeschlossen und wollte nach Hause gehen, als jemand seinen Namen rief. Es war Tim Michaels, die Sporttasche über die Schulter geschlungen. Tim war groß und knallhart, und er war nie sonderlich nett zu Moody gewesen: Als Tim und Trip sich vor Jahren noch nähergestanden hatten und er gelegentlich zum Videospielen zu den Richardsons kam, hatte er Moody den Spitznamen *Jake* verpasst – »Jake, hol mir noch eine Cola«, »Jake, nimm deine Birne weg, du bist mir im Bild«. Anfangs hatte Moody noch gehofft, es sei witzig gemeint, doch dann hatte er das Wort in der Schule gehört und verstanden, was es im Shaker-Slang hieß. Dave Matthews Band war cool; Brian Adams war *jake*, scheiße; Petting war cool; Hausarrest war *jake*. Danach war er in seinem Zimmer geblieben, wenn Tim vorbeikam, und als Trip und Tim sich langsam entfremdeten, empfand er leise Schadenfreude. Und nun rief Tim ihn bei seinem richtigen Namen und trottete aus dem Theaterflügel auf ihn zu.

»Alter«, sagte Tim, als er vor Moody stand. »Weißt du was über die geheimnisvolle Freundin deines Bruders?«

Moody brauchte eine Weile, bis er die Frage verstand. »Geheimnisvolle Freundin?«

»Wenn ich nachmittags beim Training bin, kommt er des Öfteren mit einem Mädchen zu mir. Er verrät mir nicht, wer es ist.« Tim hievte seine Sporttasche auf die andere Schulter. »Trip ist eigentlich kein Geheimnistuer, verstehst du? Entweder ist sie völlig daneben oder er fährt total auf sie ab.«

Moody überlegte. Tim war ein Idiot, und sonderlich einfallsreich war er auch nicht. Kein Typ, der Sachen erfand. Ein Verdacht nahm in Moody Gestalt an.

»Du weißt gar nichts über sie?«, fragte er.

»Nein. Seit zwei Monaten geht das jetzt schon so. Ich bin kurz davor, nachmittags mal dort vorbeizuschauen. Dir hat er nichts erzählt?«

»Er erzählt mir nie was«, sagte Moody, schob die Tür auf und ging hinaus auf den Rasen.

Er ärgerte sich immer noch, als er nach Hause kam, wo Izzy lesend auf der Couch lag.

»Was machst du so früh hier?«, fragte er.

»Mia arbeitet heute Nachmittag im Restaurant«, sagte Izzy und blätterte eine Seite um. »Wo sind eigentlich alle? Ist Pearl nicht bei dir?«

Moody antwortete nicht. Der Verdacht nahm eine unangenehm konkrete Form an. »Irgendein neues Projekt, an dem meine Mutter arbeitet«, hatte Pearl gesagt. »Sie braucht ein bisschen zusätzliche Hilfe.« Und hier war Izzy, eine perfekte zusätzliche Hilfe, und erzählte ihm, Mia sei bei der Arbeit. Ohne ihr zu antworten, ließ er seine Schultasche auf den Couchtisch fallen und holte sein Fahrrad aus der Garage.

Auf der Fahrt zur Winslow redete er sich ein, dass er sich alles nur einbilde. Dass da nichts lief und alles ein Zufall war. Doch dann stand, wie er erwartet hatte, Trips Auto auf der anderen Straßenseite. Er blieb stehen, starrte hoch zu Pearls Fenster – stundenlang, wie ihm schien – und versuchte, nicht daran zu denken, was sich dahinter abspielte, aber er konnte auch nicht wegsehen. Es sah so unschuldig aus, dieses bescheidene kleine Backsteinhaus mit der sauberen weißen Tür und dem Pfirsichbaum mit den zerzausten zartrosafarbenen Blüten davor.

Als Trip und Pearl auftauchten, hielten sie Händchen, doch das schockierte ihn gar nicht so sehr. Zwischen den beiden herrschte eine Gelassenheit, die nur entstehen konnte, wenn zwei Körper sich sehr vertraut waren. Die Art, wie ihre Schultern einander streiften, als sie den Gehweg entlanggingen. Die Art, wie Pearl sich zur Seite wandte, um den Reißverschluss an Trips Rucksack zu schließen, die Art, wie er sich zu ihr herabbeugte, um ihr eine lose Strähne aus dem Gesicht zu streichen. Dann blickten die beiden auf und entdeckten Moody, der auf dem Gehsteig rittlings auf seinem Fahrrad saß. Bevor einer von ihnen reagieren konnte, trat er in die Pedale und raste davon.

Moody dachte nicht daran, seinen Bruder zur Rede zu stellen, er hatte nichts anderes von ihm erwartet. Seine ganze Wut traf Pearl, und als sie später am Nachmittag auf Zehenspitzen nach oben kam und an seine Tür klopfte, war er nicht in der Stimmung, sich irgendwelche Ausreden anzuhören.

»Es ist einfach passiert«, sagte sie, nachdem sie die Tür geschlossen hatte. An ihrer Stimme merkte Moody, dass sie die Wahrheit sagte, doch das tröstete ihn wenig. Er verdrehte die Augen, um zu signalisieren, dass sie klang wie eine Figur in einem schlechten Teenie-Drama, und stimmte weiter seine Gitarre.

»Egal«, sagte er. »Wenn du unbedingt meinen Loser-Bruder vögeln willst, nur zu.« Pearl zuckte zusammen, und Moody verstummte gegen seinen Willen. »Dir ist klar, dass er dich nur benutzt, oder?«, sagte er nach einer Weile. »Das macht er immer. Ihm ist es mit keinem Mädchen ernst. Sobald er sich langweilt, zieht er weiter.«

Pearl schwieg trotzig. Sie war sicher, dass es diesmal anders war. Es stimmte, Trip langweilte sich schnell und dachte selten an Mädchen, wenn sie außer Sichtweite waren. Aber ihm war noch nie ein Mädchen wie Pearl begegnet, dem es nicht peinlich war, klug zu sein, und das sich, ob bewusst oder nicht, der geordneten Welt von Shaker Heights verwehrte. In den vergangenen zwei Monaten hatte er fast rund um die Uhr an sie gedacht: im Chemielabor, beim Training, am Abend, wenn er normalerweise sofort eingeschlafen wäre und belangloses Zeug geträumt hätte. Die Mädchen, mit denen er in Shaker aufgewachsen war – und eigentlich auch die Jungen –, waren alle gleich: ehrgeizig, selbstbewusst, sich ihrer Sache sicher. Wie seine Schwestern und seine Mutter: überzeugt, dass es für alles einen richtigen und einen falschen Weg gab und dass sie den Unterschied genau kannten. Pearl war klüger als alle, und zugleich schien es ihr nichts auszumachen, wenn sie etwas nicht wusste. Sie dachte über wichtige Dinge nach, und so redeten sie an den Nachmittagen, wenn sie zusammen waren, über wichtige Themen: Wie leid es ihm tat, dass er und Moody sich nicht verstanden (»Wir sind Brüder«, sagte er, »eigentlich müssten wir doch Freunde sein.«). Dass er mit siebzehn noch nicht wusste, was er mit seinem Leben anfangen wollte, obwohl ihn alle ständig fragten und ihm sagten, er solle übers College nachdenken, er müsse es doch langsam mal wissen, aber er wusste es eben noch nicht. Pearl hatte ihm versichert, er habe Zeit, jede Menge Zeit. Wenn er mit Pearl zusammen war, kam ihm die Welt größer vor, während Pearl sich in seiner Gegenwart geerdet, konkreter, realer fühlte.

»Du täuschst dich in ihm«, sagte sie schließlich.

»Schon gut«, erwiderte Moody. »Wenn es dir nichts ausmacht, seine neueste Eroberung zu sein. Ich dachte, du hättest mehr Selbstachtung.« Er wusste, wenn er aufblickte, würde er Pearls gekränkte Miene sehen, deshalb hielt er den Blick auf die Gitarre in seinem Schoß gerichtet. »Ich dachte, du wärst klüger als die Schlampen, die sich sonst mit ihm einlassen.« Er zupfte eine Saite an und drehte den Stimmwirbel etwas höher. »Aber ich hab mich offenbar getäuscht.«

»Zumindest ist da jemand, der mich will. Zumindest verbringe ich die Highschoolzeit nicht als frustrierte Jungfrau.« Pearl unterdrückte den Wunsch, durch den Raum zu stürmen, Moody die Gitarre aus den Händen zu reißen und sie auf dem Schreibtisch zu zerschmettern. »Und zu deiner Information, ich bin keine Eroberung. Willst du es genau wissen? Das Ganze ist von mir ausgegangen.«

Moody hatte Pearl noch nie wütend erlebt, und zu seiner Beschämung spürte er auf einmal Tränen aufsteigen. Er wusste nicht, was er ihr eigentlich sagen wollte – *Tut mir leid, so war das nicht gemeint* –, er empfand nur ein schreckliches Bedauern darüber, wie ihre Freundschaft sich entwickelte, und den verzweifelten, unmöglichen Wunsch, dass alles wieder so wäre wie früher. Und so biss er sich innen auf die Wange, um nicht zu weinen, bis sich der süßliche Geschmack von Blut auf seiner Zunge ausbreitete.

»Egal«, sagte er schließlich. »Aber … tu mir einen Gefallen und lass uns nicht darüber reden. Okay?«

Und das hieß, wie sich zeigte, dass sie gar nicht mehr miteinander redeten. Am folgenden Morgen gingen sie zum ersten Mal getrennt zur Schule und saßen von der ersten bis zur letzten Stunde auf entgegengesetzten Seiten des Klassenzimmers.

Moody redete sich ein, dass er in erster Linie enttäuscht war von Pearl, weil sie letztendlich so seicht war, sich ausgerechnet Trip auszusuchen. Er hatte nicht erwartet, dass sie *ihn* wählte – natürlich nicht. Er, Moody, war nicht der Typ, in den Mädchen sich verknallten. Aber Trip – das war unverzeihlich. Er hatte das Gefühl, als wäre er in einen vermeintlich tiefen See gesprungen, der sich nun als seichter, knietiefer Teich entpuppte. Was tat man da? Nun, man stand auf. Man putzte sich die dreckverschmierten Knie ab und zog die Füße aus dem Schlamm. Und danach war man vorsichtiger. Man wusste jetzt, dass die Welt kleiner war, als man dachte.

Als Pearl während der Algebrastunde zur Toilette ging und niemand hinsah, öffnete er ihre Schultasche und zog das kleine schwarze Moleskine-Notizbuch heraus, das er ihr vor vielen Monaten geschenkt hatte. Wie vermutet, war der Buchrücken kein bisschen geknickt. Am Abend riss er in seinem Zimmer sämtliche Seiten heraus, zerknüllte sie und warf sie in den Papierkorb. Dann ließ er den Ledereinband – nunmehr leer und schlaff wie die abgepulte Hülse eines Maiskolbens – auf den vollen Papierkorb fallen und trat ihn unter seinen Schreibtisch. Pearl fiel das fehlende Notizbuch gar nicht auf, und das kränkte Moody am meisten.

—

Unterdessen hatte auch Lexie Beziehungsprobleme. Seit ihrer Rückkehr aus der Klinik widerstrebte es ihr verständlicherweise, mit Brian zu schlafen, und der Druck wurde allmählich spürbar. Lexie hatte ihm nichts von der Abtreibung erzählt, aber sie hing zwischen ihnen wie ein hauchdünnes Tuch. Brians Geduld ging langsam zu Ende.

»Was ist los mit dir?«, grummelte er eines Nachmittags, als er Lexie küssen wollte und sie zum wiederholten Mal ihr Gesicht wegdrehte und ihm nur die Wange hinhielt. »Kriegst du wieder deine Tage?«

Lexie errötete. »Ihr Typen. Ihr meint, es geht alles nur um Hormone. Hormone und Perioden. Wenn Männer ihre Tage kriegen würden, würdet ihr euch alle vor Krämpfen auf dem Boden wälzen.«

»Hör zu, wenn du sauer auf mich bist, dann sag mir einfach den Grund. Ich kann keine Gedanken lesen, Lex. Ich entschuldige mich nicht ins Blaue hinein.«

»Wer sagt, dass ich eine Entschuldigung will?« Lexie senkte den Blick auf ihre Hände, als wären es Spickzettel, die ihr weiterhelfen könnten. »Wer sagt, dass ich überhaupt sauer auf dich bin?«

»Wenn du nicht sauer bist, warum bist du dann so?«

»Ich brauche einfach mehr Freiraum, sonst nichts. Du musst nicht ständig an mir rumtatschen.«

»Freiraum.« Brian schlug mit den Händen gegen das Lenkrad. »Im letzten Monat hab ich dir nichts als Freiraum gelassen. Seit ungefähr einer Woche hast du mich nicht mehr geküsst. Wie viel Freiraum brauchst du denn noch?«

»Vielleicht den ganzen.« Die Worte fielen wie Steine aus Lexies Mund. »Ich geh nach Yale, und du willst nach Princeton – vielleicht ist es besser so.«

Verblüfftes Schweigen erfüllte das Auto, während sie beide darüber nachdachten, was Lexie eben gesagt hatte.

»Das willst du?«, sagte Brian schließlich. »Okay. Dann sind wir fertig.« Er öffnete die Türverriegelung. »Man sieht sich.«

Lexie schlang den Riemen ihrer Schultasche über die Schulter und stieg aus. Sie parkten in einer ruhigen Seitenstraße, eine Stelle, die sie oft aufsuchten, wenn sie ungestört sein wollten. *Er fährt nicht einfach weg,* dachte sie. *So kann es nicht enden.* Doch kaum hatte sie die Tür zugeknallt, startete Brian das Auto und fuhr davon. Er drehte sich nicht um, obwohl Lexie zu sehen meinte, wie er einmal kurz in den Rückspiegel blickte, bevor er um die Ecke bog.

Ohne zu überlegen, wohin sie ging, lief sie los: den Bürgersteig entlang und um die Ecke zur Hauptstraße, Wege, die sie oft gefahren, aber selten zu Fuß gegangen war. Seit der achten Klasse waren sie und Brian Freunde und seit fast zwei Jahren ein Paar. Sie dachte an ihre gemeinsamen Erlebnisse – an die Heimspiele der Indians, die sie auf der Tribüne angefeuert hatten, an das Feuerwerk, das die Stadt am 4. Juli in den Nachthimmel schoss und das sie auf dem Parkplatz der Mittelschule bewundert hatten. An Homecoming, als Brian ihr ein Rosensträußchen ans Handgelenk gebunden hatte, an das Essen bei Giovanni's, einem Italiener, von dem sie beide nicht wussten, wie man ihn aussprach, an das schweißtreibende Tanzen in der Turnhalle zu den Fugees und danach aneinandergeschmiegt zu »I Don't Want to Miss a Thing«, so eng, dass ihr Schweiß sich vermischte. All das war nun Vergangenheit. Sie lief immer weiter, folgte den Straßenkurven, blieb gelegentlich stehen, um ein Auto vorbeizulassen, und dann stellte sie plötzlich fest, dass sie unabsichtlich an einem Ort gelandet war, der wohl der einzige war, an dem sie sein wollte: nicht zu Hause, sondern bei den Warrens in der Winslow Road. Durch das obere Fenster sah sie Mia bei der Arbeit, und Lexie wusste, Mia würde die richtigen Worte finden und ihr den Raum geben, die Sache zu durchdenken, das Geschehene zu verarbeiten und zu überlegen, was sie als Nächstes tun sollte, warum sie soeben ihren Freund und ihre Beziehung aufgegeben hatte, die für ihre Begriffe immer perfekt gewesen war.

Als Lexie die Treppe hochstieg und die Küchentür öffnete, saß auch Izzy am Tisch neben Mia und faltete kleine Papierstücke zu Kranichen. In verschiedene Größen geschnitten, lagen sie verstreut auf dem Tisch. Izzy warf Lexie einen feindseligen Blick zu und wollte etwas sagen, doch Mia kam ihr zuvor.

»Lexie. Wie schön, dass du kommst.«

Sie zog einen Stuhl heran, und Lexie setzte sich mit einer derart starren Miene, dass selbst Izzy eine ungute Ahnung beschlich. So hatte sie ihre Schwester noch nie gesehen.

»Ist alles in Ordnung?«, fragte sie.

»Ja«, sagte Lexie mit trockenen Lippen. »Mir geht's gut.«

»Schön«, sagte Mia und drückte Lexies Schulter. »Du schaffst das schon.« Sie holte noch einen Becher aus dem Schrank und setzte den Wasserkessel auf.

Ohne Izzy anzusehen, sagte Lexie: »Bevor ihr fragt, Brian und ich haben Schluss gemacht.«

»Das tut mir leid«, sagte Izzy und stellte fest, dass sie es aufrichtig meinte. Brian war immer nett zu ihr gewesen und hatte sie ein- oder zweimal auf einen Milchshake zu Yours Truly eingeladen, als er und Lexie frisch zusammen waren und sie noch in die Mittelschule ging; außerdem hatte er sie manchmal im Auto mitgenommen, wenn er an ihr vorbeifuhr. Sie sah Lexie kurz an, dann Mia. »Soll ich … gehen?«

Mia stand am Herd und tat so, als wäre sie mit dem Auspacken eines Teebeutels beschäftigt. Lexie schüttelte den Kopf. »Bleib ruhig«, sagte sie. »Ist schon okay. Mir geht's gut.«

Wenig später schob Izzy ein Papierquadrat über den Tisch, und Lexie begann, der Anleitung ihrer Schwester zu folgen: falten und wieder entfalten, Kanten zur Mitte, bis sie schließlich an den Ecken zog und in ihren Händen ein Kranich aufblühte wie eine bleiche Blume.

~

»Richter Rheinbeck meint, er sei noch nicht in der Lage, ein Urteil zu fällen«, sagte Mr Richardson in der letzten Aprilwoche zu seiner Frau. Harold Rheinbeck war neunundsechzig, grauhaarig, ein Boxfan und begeisterter Freizeitjäger, aber er war auch sensibel und sich der Komplexität des Falls bewusst. Seit dem Ende der Anhörung im vergangenen Monat hatte er oft bis spätnachts wach gelegen und über die kleine May Ling-Mirabelle, wie er sie nannte, nachgedacht. Weil das Kind selbst in der Obhut eines Babysitters und nicht anwesend gewesen war, hatte Ed Lim klugerweise ein vergrößertes Foto auf seinen Tisch gestellt, dem sich alle im Gericht jeden Tag ausgesetzt sahen. Und so sah auch der Richter das kleine Gesicht vor sich, wenn er über die täglichen Zeugenaussagen sinnierte, und je länger er das tat, umso schwerer fiel ihm eine Entscheidung. Er verspürte plötzlich eine große Sympathie für König Salomon, und jeden Morgen blaffte er, nach zu wenig Schlaf und innerlich beklommen, ohne rechten Grund seine Angestellten und seine Sekretärin an.

»Es ist eine Qual«, sagte Mrs McCullough bei einer Tasse Kaffee zu einer mitfühlenden Mrs Richardson. Sie saßen bei den McCulloughs. »Was will er denn noch? Kann die Entscheidung wirklich so schwer sein?« Das Babyphon auf dem Tisch knisterte, und sie drehte die Lautstärke etwas höher. Die beiden Frauen schwiegen, und der leise, ruhige Atem der schlafenden Mirabelle erfüllte die Küche.

»Fällt dir noch etwas ein, das du dem Richter sagen könntest?«, fragte Mrs Richardson. »Damit er den Fall besser einordnen kann?« Sie beugte sich vor. »Fällt dir noch irgendetwas ein, das ihr nicht vorgebracht habt? Gründe, warum ihr die bessere Wahl für das Sorgerecht seid? Oder … « Sie zögerte und sprach es dann aus. »Oder andere Gründe, warum Bebe ungeeignet ist? Irgendetwas.«

Mrs McCullough kaute an einem Fingernagel, eine nervöse Angewohnheit aus ihrer Kindheit, in die sie, wie Mrs Richardson auffiel, seit Kurzem wieder verfallen war. »Na ja«, setzte sie an und hielt dann inne. »Wahrscheinlich ist da nichts dran.«

»Es könnte eure letzte Chance sein, Linda«, sagte Mrs Richardson leise. »Ihr müsst alles vorbringen, was ihr habt.«

»Es ist nur ein Verdacht. Beweisen kann ich es nicht.« Mrs McCullough seufzte. »Vor ungefähr drei Monaten fiel mir auf, dass Bebe irgendwie ... molliger wirkte. Ihr Gesicht wurde immer runder, es fiel mir besonders auf, wenn sie kam, um Mirabelle abzuholen. Und ihre ... ihre Brust. Außerdem hat mir die Sozialarbeiterin etwas Merkwürdiges erzählt. Sie meinte, bei einem ihrer Besuche musste Bebe plötzlich dringend zur Toilette. Sie waren in der Bibliothek, als sie Adrienne plötzlich das Kind in den Arm drückte und davonrannte. Adrienne hat gehört, wie Bebe sich übergab.« Mrs McCullough sah Mrs Richardson an. »Ich hab mich gefragt, ob sie vielleicht schwanger war. Sie wirkte auch unglaublich erschöpft. Ich hatte einfach so eine Ahnung. Frauen haben dann so einen bestimmten Ausdruck – wenn man aufmerksam ist, kann man es sehen. Als meine Freundinnen eine nach der anderen schwanger wurden, wusste ich es immer, bevor sie es mir erzählten. Ich wusste jedes Mal, wenn du schwanger warst. Erinnerst du dich, Elena?«

»Stimmt«, sagte Mrs Richardson. »Du hast es jedes Mal gewusst, bevor ich auch nur ein Wort gesagt hatte.«

»Und dann, vor ungefähr einem Monat, sah sie plötzlich wieder normal aus. Ihr Gesicht war schmal wie immer. Sie war wieder dünn und ohne Rundungen. Das gab mir zu denken.« Mrs McCullough atmete tief durch. »Ich hab mich gefragt, ob sie vielleicht schwanger war und es abgetrieben hat.«

»Eine Abtreibung.« Mrs Richardson setzte sich in ihrem Sessel zurück. »Das ist eine schwere Anschuldigung.«

»Ich beschuldige sie nicht«, betonte Mrs McCullough. »Ich hab dir gesagt, ich kann es nicht beweisen. Es ist nur ein Verdacht. Aber wenn du meinst, dass wir alles vorbringen sollen …« Sie nippte an ihrem Kaffee, der inzwischen kalt war. »Wenn sie eine Abtreibung gehabt *hätte*, würde das etwas ändern?«

»Vielleicht.« Mrs Richardson überlegte. »Eine Abtreibung macht sie natürlich nicht zu einer schlechten Mutter. Obwohl die öffentliche Meinung sich vermutlich gegen sie wenden würde, wenn das bekannt wird. Die Leute hören nicht gern von Abtreibungen. Und eine Abtreibung, während man versucht, ein Kind zurückzubekommen, das man ausgesetzt hat?« Sie trommelte mit den Fingern auf den Tisch. »Es würde zumindest nahelegen, dass sie leichtsinnig genug war, wieder schwanger zu werden.« Sie nahm Mrs McCulloughs Hand und drückte sie. »Ich geh der Sache nach. Mal sehen, ob sich etwas Hilfreiches findet. Und wenn ja, können wir es dem Richter vortragen.«

»Elena«, sagte Mrs McCullough seufzend. »Du weißt immer, was zu tun ist. Was würde ich bloß ohne dich machen?«

»Aber kein Wort zu Bill oder Mark«, sagte Mrs Richardson und griff nach ihrer Handtasche. »Wir wollen keine falschen Hoffnungen wecken. Vertrau mir. Ich kümmere mich darum.«

Doch Bebe war nicht schwanger gewesen. Der Stress der bevorstehenden Anhörung, die Nachrichtenteams, die an einem Tag vor dem Restaurant filmten, die Journalistin, die ihr am nächsten Tag auf der Straße ein Mikrofon unter die Nase hielt, dazu die Tatsache, dass ungefähr jeden zweiten Tag ein Artikel über den Fall erschien und außerdem ihr Chef meckerte, weil sie sich für die Anhörung würde freinehmen müssen – unter diesen Umständen hatte sie ihrem Heißhunger nachgegeben und Kekse, Junkfood, Pommes und einmal sogar eine ganze Tüte Schweineschwarten in sich hineingestopft und binnen einem Monat sieben Kilo zugenommen. Um ausfallende Arbeitsstunden auszugleichen, hatte sie schon im Vorfeld zusätzliche Schichten übernommen und oft bis zwei oder drei Uhr nachts gearbeitet und das Restaurant am nächsten Morgen schon um neun Uhr wieder geöffnet. Sie erinnerte sich nur verschwommen an diese Zeit. Und dann bekam sie von Resten, die zu lange im Kühlschrank gestanden hatten, eine Lebensmittelvergiftung und übergab sich in der Bibliothek vor den Augen der Sozialarbeiterin. Danach hatte sie tagelang nichts essen können, und während sie sich erholte und auf die Anhörung wartete, war sie zu nervös und brachte keinen Bissen hinunter. Als die Anhörung schließlich begann, hatte sie die zusätzlichen sieben Kilo wieder verloren.

Von alldem wusste Mrs Richardson jedoch nichts. Da sie eine nicht mehr bestehende Schwangerschaft nicht beweisen konnte, suchte sie logischerweise nach einem Beleg für die vermeintliche Abtreibung. Wenn es etwas gab, würde sie es herausfinden, sagte sie sich. Und wenn sie selbst es nicht herausfinden konnte, würde sie ihre Verbindungen nutzen. Am nächsten Morgen blätterte sie ihren Rolodex bis zum Buchstaben *M*: *Manwill, Elizabeth.*

Sie und Elizabeth hatten sich im ersten Collegesemester ein Zimmer geteilt und sich auch danach nicht aus den Augen verloren. Sie standen sich wieder näher, seit Elizabeth nach Cleveland gezogen war und die Leitung einer Klinik in Shaker Heights übernommen hatte – der einzigen Klinik auf der East Side, die Abtreibungen vornahm.

Mrs Richardson wollte sie nur um einen kleinen Gefallen bitten: einen kleinen, unzulässigen, leicht illegalen Gefallen. Könnte sie vielleicht in den Unterlagen der Klinik nachsehen, ob Bebe Chows Name auf der Liste der kürzlich durchgeführten Abtreibungen stand? »Inoffiziell. Vertraulich«, versicherte Mrs Richardson ihrer Freundin, klemmte sich den Hörer zwischen Schulter und Ohr und vergewisserte sich, dass ihre Bürotür geschlossen war.

»Elena«, sagte Elizabeth Manwill und schloss ihre eigene Bürotür. »Du weißt, dass ich das nicht darf.«

»Es geht um eine Kleinigkeit. Niemand muss davon erfahren.«

»Die Unterlagen sind vertraulich. Ist dir klar, wie hoch die Bußgelder für so etwas sind? Ganz zu schweigen von der ethischen Seite.«

Elizabeth Manwill war seit vielen Jahren mit Mrs Richardson befreundet, und sie hatte ihr viel zu verdanken, auch wenn sie es nur ungern eingestand. Am Denison College war sie als Betsy aufgetaucht, ein schrecklich schüchternes Mädchen aus Dayton, das froh war, den ständigen Sticheleien der Highschoolzeit entkommen zu sein, und befürchtete, im Studium könnte es so weitergehen. Mit ihren achtzehn Jahren war Elizabeth eine leichte Zielscheibe für alle möglichen Spötteleien: Die Brille rutschte ihr ständig auf der Nase herunter, ihre Stirn war pickelig, und sie trug trutschige, schlechtsitzende Kleider. Ihre neue Zimmermitbewohnerin sah genauso aus wie die schnöseligen Mädchen, die ihr die Highschoolzeit vergällt hatten: hübsch, schön angezogen, irgendwie im Reinen mit dem Leben, und am ersten Abend hatte sie sich in den Schlaf geweint.

Doch Elena hatte sie unter ihre Fittiche genommen und verwandelt. Sie lieh ihr Lippenstift und Pflegecremes, ging mit ihr einkaufen und zeigte ihr, wie sie ihr Haar tragen konnte. Während sie mit Elena zu den Vorlesungen ging und in der Mensa neben ihr saß, fand sie allmählich zu einem neuen Selbstbewusstsein. Sie fing an, wie Elena zu sprechen – als wäre sie überzeugt, man wollte ihre Meinung hören – und sich aufrecht zu halten wie eine Tänzerin. Als sie Examen machten, war Elizabeth ein anderer Mensch: Liz Manwill, die Hosenanzüge, hochhackige Schuhe und eine Architektenbrille trug, mit der sie fast so klug aussah, wie sie war. In den folgenden Jahren hatte Elena – inzwischen Mrs Richardson – sie weiterhin unterstützt. Mithilfe ihrer guten Verbindungen hatte sie sich für sie eingesetzt, als Elizabeth sich bei der Klinik bewarb, und sie allen erdenklichen Leuten vorgestellt, nachdem sie die Stelle bekommen hatte und in die Stadt gezogen war. Sogar ihren Mann, ein Kollege von Mr Richardson, hatte Elizabeth bei einer Cocktailparty der Richardsons kennengelernt. Mrs Richardson hatte nie darum gebeten oder auch nur angedeutet, dass sie eine Gegenleistung erwartete, dessen waren sich beide sehr wohl bewusst.

»Wie geht es übrigens Derrick?«, fragte Mrs Richardson plötzlich. »Und Mackenzie?«

»Denen geht es gut. Beiden. Derrick arbeitet natürlich zu viel.«

»Nicht zu fassen, dass Mackenzie schon zehn ist«, sinnierte Mrs Richardson. »Wie gefällt es ihr an der Laurel?«

»Sie ist begeistert. Inzwischen ist sie viel selbstbewusster. Eine reine Mädchenschule ist wirklich das Richtige für sie.« Elizabeth Manwill schwieg kurz. »Noch mal danke, dass du ein gutes Wort eingelegt hast.«

»Betsy! Sei nicht albern. Das hab ich gern gemacht.« Mrs Richardson klopfte mit ihrem Stift auf den Schreibtisch. »Wozu hat man schließlich Freunde?«

»Elena, ich würde dir wirklich gern helfen. Aber wenn das jemand herausfindet …«

»Natürlich darfst du mir nichts *zeigen*. Natürlich nicht. Aber angenommen, ich käme vorbei, um dich zum Mittagessen abzuholen, und werfe ganz zufällig einen Blick über deine Schulter auf die Liste der letzten paar Monate, dann könnte niemand behaupten, du hättest sie mir absichtlich gezeigt, oder?«

»Und was ist, wenn der Name dieser Frau auf der Liste steht?«, fragte Elizabeth. »Was nützt das dann? Bill darf es vor Gericht nicht verwenden.«

»Wenn der Name auf der Liste steht, wird Bill nach anderen Beweisen suchen. Ich weiß, ich bitte dich um einen großen Gefallen, Betsy. Bill muss einfach wissen, ob es sich lohnt weiterzugraben. Und wenn nicht, ist die Sache erledigt.«

Elizabeth Manwill seufzte. »Na schön«, sagte sie schließlich. »In den nächsten Tagen habe ich keine Zeit, aber was hältst du von Donnerstag?«

Die beiden Frauen verabredeten sich zum Lunch, und Mrs Richardson legte auf. Die Sache wäre bald geklärt. Die arme Frau, dachte sie, und sah Bebe plötzlich durch großherzige Augen. Wer konnte es ihr vorwerfen, wenn sie abgetrieben hatte? Mitten in diesem Sorgerechtsstreit, mit einem Job ohne Aufstiegschancen und nach allem, was sie mit dem ersten Kind durchgemacht hatte. Niemand ließ ohne Bedauern abtreiben, dachte sie, Abtreibungen waren der letzte Ausweg. Nein, Mrs Richardson konnte es Bebe nicht verdenken, auch wenn sie nach wie vor hoffte, dass die McCulloughs das Baby behalten durften. *Sie kann doch jederzeit noch ein Kind kriegen, wenn sie ihr Leben wieder im Griff hat*, dachte Mrs Richardson, und öffnete ihre Bürotür wieder einen Spalt.

18

Mrs Richardsons Wohlwollen gegenüber Bebe hielt bis zu ihrem Mittagessen mit Elizabeth Manwill an.

»Betsy«, sagte sie, als sie am Donnerstag das Büro betrat. »Wir haben uns so lange nicht gesehen. Wann zum letzten Mal?«

»Auf der Weihnachtsfeier letztes Jahr vielleicht? Wie geht es den Kindern?«

Mrs Richardson nutzte den Moment und fing an zu prahlen: Lexies Pläne für Yale, Trips letztes Lacrosse-Spiel, Moodys gute Noten. Das Thema Izzy kehrte sie, wie gewohnt, unter den Teppich, doch das fiel Elizabeth nicht auf. Bis zu diesem Augenblick hatte sie vorgehabt, der alten Freundin zu helfen; Elena hatte schließlich so viel für sie getan, und im Übrigen setzte Elena Richardson immer ihren Kopf durch. Sie war sogar so weit gegangen und hatte die von Elena gewünschten Unterlagen aufgerufen, eine Liste aller Patientinnen der letzten paar Monate, die in der Klinik einen Eingriff hatten vornehmen lassen; sie waren in einem separaten Fenster auf ihrem Bildschirm, hinter einer Kostentabelle. Doch als Elena jetzt von ihren wunderbaren Kindern faselte, dem hochkarätigen Fall ihres Mannes, der geplanten Neugestaltung ihres Gartens im Sommer, überlegte Elizabeth es sich anders. Erst jetzt, als sie sich gegenübersaßen, fiel ihr wieder ein, wie oft Elena mit ihr geredet hatte, als wäre sie ein Kind, und sie,

Elena, wäre die Expertin in allem und Elizabeth solle am besten alles mitschreiben, was sie sagte. Aber sie war kein Kind. Sie saßen in ihrem Büro, in ihrer Klinik. Aus alter Gewohnheit hatte sie bei Elenas Anblick einen Stift in die Hand genommen, den sie jetzt ablegte.

»Es wird bestimmt komisch, wenn nächstes Jahr nur noch drei im Haus sind«, sagte Mrs Richardson gerade. »Und Bill ist wegen diesem Fall natürlich mit den Nerven völlig am Ende. Erinnerst du dich an Linda und Mark? Sie waren auf einigen unserer Partys. Linda hat mir vor einigen Jahren den Hundesitter für dich empfohlen. Wir hoffen alle, dass die Sache bald vorbei ist und sie das Kind endgültig behalten dürfen.«

Elizabeth stand auf. »Wollen wir gehen?«, sagte sie und griff nach ihrer Handtasche, aber Mrs Richardson rührte sich nicht vom Platz.

»Da war noch etwas, bei dem ich deinen Rat brauche, Betsy«, sagte sie. »Erinnerst du dich?« Mit einer Hand schob sie die Tür zu.

Elizabeth setzte sich wieder und seufzte. Als hätte sie vergessen können, was Elena wollte. »Elena«, sagte sie. »Es tut mir leid. Ich kann nicht.«

»Betsy«, sagte Mrs Richardson leise, »ein kurzer Blick. Mehr nicht. Nur um zu sehen, ob es überhaupt etwas herauszufinden gibt.«

»Ich würde dir wirklich gern helfen … «

»Natürlich will ich nicht, dass du ein Risiko eingehst. Ich würde diese Information nie benutzen. Wir wollen nur sehen, ob wir weitergraben müssen.«

»Ich würde dir liebend gern helfen, Elena. Aber ich habe nachgedacht und … «

»Betsy, wie oft haben wir uns füreinander vorgewagt? Was haben wir alles füreinander getan?« Betsy Manwill, dachte Mrs Richardson, war immer ängstlich gewesen. Man hatte ihr immer kräftig auf die Füße treten müssen, damit sie etwas in Angriff nahm, selbst Dinge, die sie eigentlich wollte. Für jede Kleinigkeit musste man ihr die Erlaubnis geben: um Lippenstift zu tragen, um schöne Kleider zu kaufen, um sich im Seminar zu melden. Betsy war unentschlossen. Sie brauchte eine feste Hand.

»Diese Informationen sind vertraulich.« Elizabeth richtete sich etwas auf. »Tut mir leid.«

»Betsy. Ich muss gestehen, ich bin gekränkt. Dass du mir nach unserer langen Freundschaft nicht vertraust.«

Sie öffnete ihre Handtasche und holte einen goldenen Lippenstift und einen Handspiegel heraus. »Im College hast du dich immer auf meinen Rat verlassen, oder? Und als ich dir vor all den Jahren sagte, du sollst zu unserer Weihnachtsfeier kommen? Du hast mir vertraut, als ich dir sagte, du sollst Derrick anrufen, statt auf seinen Anruf zu warten. Und am Valentinstag wart ihr verlobt.« Mit kleinen präzisen Strichen fuhr sie die Konturen ihrer Lippen nach und setzte die Kappe wieder auf den Stift. »Du hast einen Mann und ein Kind, weil du mir vertraut hast, ich würde also sagen, dein Vertrauen in mein Urteil hat sich ausgezahlt.«

Elizabeth fühlte sich in dem bestätigt, was sie schon lange vermutet hatte: Elena hatte die ganze Zeit über ein Guthaben aufgebaut. Vielleicht hatte sie wirklich helfen wollen, vielleicht war ihre Freundlichkeit echt gewesen. Aber gleichzeitig hatte sie eine Strichliste geführt, auf der sie alles festhielt, was sie je für Elizabeth getan hatte, jeden kleinen Gefallen, und heute war Zahltag.

»Ich hoffe, du hast nicht vor, dir meine gesamte Ehe als Verdienst anzurechnen«, sagte sie, und Mrs Richardson erschrak über die Schärfe in Elizabeths Stimme.

»So habe ich das natürlich nicht gemeint …«, setzte sie an.

»Du weißt, ich würde dir jederzeit helfen. Aber es gibt Gesetze. Und Moral, Elena. Ich bin enttäuscht, dass du so etwas überhaupt verlangst. Du hast immer so viel Wert auf Richtig und Falsch gelegt.« Mrs Richardson hatte Betsy noch nie so klar, so entschieden und böse erlebt. Ihre Blicke trafen sich. Sie schwiegen beide, und in diese Stille hinein klingelte das Telefon auf dem Schreibtisch. Elizabeth sah Mrs Richardson noch eine Weile unverwandt in die Augen und nahm dann den Hörer ab.

»Elizabeth Manwill.« Schwaches Gemurmel am anderen Ende der Leitung. »Ich wollte eben zum Essen gehen.« Wieder Gemurmel, das in Mrs Richardsons Ohren leicht entschuldigend klang. »Eric, ich brauche keine Ausreden – die Sache muss einfach erledigt werden. Nein, ich warte seit einer Woche, und jetzt will ich keine Minute länger warten. Hör zu, ich bin gleich unten.« Elizabeth legte auf und wandte sich an Mrs Richardson. »Ich muss schnell nach unten – ein Bericht, auf den ich lange gewartet habe und den ich Schritt für Schritt anstoßen musste. Eine der kleinen Freuden, wenn man Direktorin ist.« Sie stand auf. »Es dauert nicht lange. Und wenn ich zurückkomme, gehen wir essen. Ich bin am Verhungern – und um halb zwei hab ich ein Meeting.«

Als sie weg war, saß Mrs Richardson verdutzt da. War das eben wirklich Betsy Manwill gewesen, die so mit ihr gesprochen hatte? Die ihr unmoralisches Verhalten unterstellt hatte? Und diese letzte kleine Spitze, *wenn man Direktorin ist* – als wollte Betsy sie daran erinnern, wie wichtig sie war, als wollte sie sagen, *inzwischen bin ich wichtiger als du.* Dabei hatte sie ihr zu diesem Job verholfen. Mrs Richardson presste die Lippen zusammen. Die Tür zum Büro war angelehnt, niemand konnte hereinsehen. Sie ging rasch um den Schreibtisch zu Elizabeths Stuhl, bewegte die Maus über das Pad, und der Bildschirm erwachte flackernd zum Leben: ein Kalkulationsbogen, der die Kosten der Klinik seit Jahresbeginn zeigte. Mrs Richardson hielt inne. Die Klinik besaß mit Sicherheit auch eine Datenbank mit einem Patientenverzeichnis. Mit einem Klick minimierte sie die Tabelle, und wie von Zauberhand erschien ein Fenster mit der Liste der Patienten in dem von ihr gewünschten Zeitraum. Betsy hatte es sich also in letzter Minute anders überlegt, dachte sie in einem Anflug boshafter Selbstgefälligkeit. Hatte sie es nicht immer gesagt! Unentschlossen.

Mrs Richardson beugte sich über den Schreibtisch und scrollte rasch die Liste durch. Keine Bebe Chow. Aber ein Name am Ende der Liste, Anfang März, stach Mrs Richardson ins Auge. *Pearl Warren.*

Sechs Minuten später kam Elizabeth Manwill zurück und fand Mrs Richardson ruhig und gefasst auf ihrem Platz vor, nur eine Hand umklammerte die Lehne ihres Stuhls. Die Kostentabelle war wieder geöffnet und der Bildschirm auf Ruhemodus gestellt, und als Elizabeth sich am Nachmittag wieder an ihren Schreibtisch setzte, fiel ihr nichts auf. Erleichtert schloss sie die Liste und war stolz, dass sie Elena Richardson endlich die Stirn geboten hatte.

»Wollen wir los, Elena?«

Bei Tofu mit Spinat und Hühnchen in Curry legte Mrs Richardson Elizabeth eine Hand auf den Arm. »Wir sind schon so lange Freundinnen, Betsy. Es wäre schrecklich, wenn so ein Missverständnis zwischen uns stünde. Ich hoffe, es versteht sich von selbst, dass ich absolutes Verständnis habe und dir nichts nachtrage.«

»Aber natürlich«, sagte Elizabeth und stieß ihre Gabel in ein Stück Huhn. »Spielt Lexie noch Theater?«, fragte sie, und den Rest des Essens verbrachten sie mit oberflächlichem Geplauder über die Gemeinsamkeiten in ihrem Leben: Kinder, Verkehr, das Wetter. Es war ihr letztes gemeinsames Essen, auch wenn die beiden Frauen sich weiterhin immer freundlich begegneten.

Die unschuldige kleine Pearl war also gar nicht so unschuldig, dachte Mrs Richardson auf dem Rückweg ins Büro. Für sie gab es keinen Zweifel, wer der Vater war. Sie hatte schon länger vermutet, dass Pearl und Moodys Beziehung über reine Freundschaft hinausging – ein Junge und ein Mädchen in diesem Alter verbrachten nicht so viel Zeit miteinander, ohne dass etwas passierte –, und sie war entsetzt. Wie konnten sie so leichtsinnig sein? Sie wusste, wie viel Wert man in Shaker Heights auf Sexualkundeunterricht legte; vor zwei Jahren hatte sie im Schulkomitee gesessen, als eine Mutter sich beschwerte, ihre Tochter habe in Biologie zu Übungszwecken ein Kondom über eine Banane stülpen müssen. Teenager hätten nun mal Sex, hatte sie damals gekontert; es liege am Alter, an den Hormonen, Eltern könnten es nicht verhindern, daher sei es am sinnvollsten, ihnen beizubringen, wie sie aufpassten. Diese Ansicht kam ihr nun ziemlich naiv vor. Wie hatten sie so verantwortungslos sein können?, fragte sie sich. Und noch schlimmer: Wie war es den beiden gelungen, das Ganze zu verheimlichen? Wie konnte das vor ihrer Nase passieren?

Sie zog kurz in Erwägung, in die Schule zu fahren, die beiden aus dem Unterricht zu holen und zur Rede zu stellen. Doch sie kam zu dem Schluss, es wäre besser, keine Szene zu machen. Dann würden alle es erfahren. Sie war sicher, dass gelegentlich ein

Highschoolmädchen abtreiben ließ – schließlich waren es Teenager –, aber natürlich wurde es geheim gehalten. Niemand wollte seine mangelnde Verantwortung an die große Glocke hängen. So eine Sache blieb immer an einem Mädchen hängen. Es stempelte ein Mädchen ein Leben lang ab. Wenn sie am Abend nach Hause kam, würde sie sofort mit Moody reden.

Zurück im Büro, hatte sie gerade ihren Mantel ausgezogen, als das Telefon klingelte.

»Bill«, sagte sie. »Was ist los?«

Mr Richardsons Stimme war gedämpft, im Hintergrund herrschte reger Tumult. »Richter Rheinbeck hat soeben sein Urteil verkündet. Vor einer Stunde hat er uns einberufen. Damit hatten wir überhaupt nicht gerechnet.« Er räusperte sich. »Sie bleibt bei Mark und Linda. Wir haben gewonnen.«

Mrs Richardson sank auf ihren Stuhl. Linda war vermutlich überglücklich, dachte sie. Gleichzeitig kroch eine dünne Schlange der Enttäuschung durch ihre Brust. Sie hatte sich darauf gefreut, in Bebes Vergangenheit zu stöbern und die Geheimwaffe zu liefern, die den Fall besiegeln würde. Doch man hatte sie gar nicht gebraucht. »Das ist wunderbar.«

»Sie sind außer sich vor Freude. Aber Bebe Chow hat es schwer getroffen. Sie ist schreiend zusammengebrochen. Der Gerichtsdiener musste sie hinausführen.« Er verstummte. »Arme Frau. Irgendwie tut sie mir leid.«

»Aber sie hat ihr Kind im Stich gelassen«, sagte Mrs Richardson. Das hatte sie in den vergangenen Monaten immer wieder gesagt, aber diesmal klang es weniger überzeugend. Sie räusperte sich. »Wo sind Mark und Linda?«

»Sie bereiten sich auf die Pressekonferenz vor. Die Medien haben Wind davon bekommen und stehen vor dem Gericht Spalier, deshalb sollen sie um drei ein Statement abgeben. Ich geh mal lieber los.« Mr Richardson seufzte tief. »Aber es ist geschafft. Jetzt gehört sie ihnen. Sie müssen nur durchhalten, bis der Trubel nachlässt, dann können alle normal weiterleben.«

»Das ist wunderbar«, wiederholte Mrs Richardson. Die Sache mit Pearl und Moody lastete tonnenschwer auf ihren Schultern, und es drängte sie, ihrem Mann davon zu erzählen, doch sie hielt sich zurück. Dies war nicht der richtige Augenblick, sagte sie sich und verdrängte Moody entschieden aus ihren Gedanken. Dies war der Augenblick, um mit Linda zu feiern.

»Ich komme zum Gericht«, sagte sie. »Um drei, ja?«

Am anderen Ende der Stadt saß Bebe in dem kleinen Haus an der Winslow Road an Mias Küchentisch und weinte. Nach der Urteilsverkündung hatte sie ein schreckliches Wehklagen gehört, so durchdringend, dass sie sich die Ohren zugehalten und sich zu einer Kugel zusammengerollt hatte. Erst als der Gerichtsdiener sie am Arm fasste und aus dem Raum führte, wurde ihr klar, dass sie diesen Ton von sich gab. Der Gerichtsdiener, selbst Vater einer Tochter in Bebes Alter, führte sie in ein Wartezimmer und drückte ihr einen Becher lauwarmen Kaffee in die Hand. Bebe hatte ihn schluckweise getrunken und jedes Mal, wenn ein Schrei in ihrer Kehle aufstieg, in den Styroporrand gebissen, und am Ende war der Becher völlig zerfleddert. Sie war sprachlos und spürte eine schreckliche Leere in sich, als hätte man sie ausgeweidet.

Der Gerichtsdiener nahm ihr den leeren Becher aus der Hand und warf ihn weg. Dann führte er sie zu einem Hinterausgang, wo ein Taxi wartete. »Fahren Sie sie, wohin sie will«, sagte er dem Fahrer und gab ihm zwei Zwanziger aus seiner Brieftasche. Zu Bebe sagte er: »Sie schaffen das schon, meine Liebe. Alles wird gut. Die Wege Gottes sind unergründlich. Lassen Sie den

Kopf nicht hängen.« Er schloss die Tür und ging kopfschüttelnd wieder ins Gericht. Auf diese Weise entkam Bebe der Medienmeute, die sich am Haupteingang versammelt hatte, der für den Nachmittag angekündigten Pressekonferenz der McCulloughs und den Reportern, die sie gern gefragt hätten, ob sie angesichts dieser Entscheidung noch ein weiteres Kind haben wolle. Stattdessen parierte Ed Lim ihre Fragen, während das Taxi über den Stokes Boulevard in Richtung Shaker Heights fuhr, und Bebe, die den Kopf in ihren Händen vergraben, eingesunken am Fenster lehnte, verpasste auch einen letzten Blick auf ihre Tochter, die von einer Sozialarbeiterin aus dem Warteraum durch den Flur getragen und Mrs McCulloughs wartenden Armen übergeben wurde.

Eine Dreiviertelstunde später – es hatte dichter Verkehr geherrscht – hielt das Taxi vor dem kleinen Haus in der Winslow Road. Mia, die zu Hause eine Arbeit beenden wollte, musste nur einen Blick auf Bebe werfen, um zu begreifen, was geschehen war. Die Einzelheiten erfuhr sie später – einige von Bebe selbst, nachdem sie sich beruhigt hatte, andere aus den Fernsehberichten am Abend und den Zeitungsartikeln am nächsten Morgen. Volles Sorgerecht an den Staat, mit einer Empfehlung, die Adoption durch die McCulloughs zu beschleunigen. Beendigung des Besuchsrechts. Ein Gerichtsbeschluss, der jeglichen Kontakt zwischen Bebe und ihrer Tochter ohne Zustimmung der McCulloughs verbot. Vorläufig nahm sie Bebe einfach in den Arm und führte sie in die Küche, machte ihr eine Tasse heißen Tee und ließ sie weinen.

In der Highschool verbreitete sich die Nachricht mit dem letzten Läuten. Monique Lim wurde von ihrem Vater angebiept, Sara Hendricks – deren Vater bei Channel 5 arbeitete – ebenfalls von ihrem, und ab dann sprach es sich herum. Izzy erfuhr es allerdings erst, als sie nach der Schule wie immer durch die unverschlossene Seitentür schlüpfte und die Treppe hoch zu Mia ging, wo Bebe völlig zerstört am Küchentisch saß.

»Was ist passiert?«, flüsterte sie, obwohl sie es schon ahnte. Noch nie hatte sie einen Erwachsenen mit solchen animalischen Lauten weinen hören. Hemmungslos. Als gäbe es nichts mehr zu verlieren. Noch Jahre später lag sie nachts manchmal mit klopfendem Herzen, in ihren Ohren jenes gequälte Weinen.

Mia sprang auf, führte Izzy wieder ins Treppenhaus und schloss die Küchentür. »Wird sie ... sterben?«, flüsterte Izzy. Es war eine lächerliche Frage, doch in diesem Augenblick befürchtete sie ernsthaft, es könnte so sein. Wenn eine Seele aus einem Körper entweichen konnte, dachte sie, dann mit diesem Geräusch: als würde ein Nagel knirschend aus altem Holz gezogen. Sie schmiegte sich an Mia und vergrub den Kopf an ihrer Schulter.

»Sie wird nicht sterben«, sagte Mia, legte die Arme um Izzy und drückte sie an sich.

»Aber kommt sie wieder in Ordnung?«

»Sie wird es überleben, falls du das meinst.« Sie streichelte Izzys Haar, das sich unter ihren Fingern bauschte wie Rauchwolken. Es glich dem von Pearl und ihrem eigenen, als sie noch klein war: Je mehr man es bändigen wollte, umso widerspenstiger wurde es. »Sie wird es überstehen. Weil sie muss.«

»Aber wie?« Izzy konnte nicht glauben, dass ein solcher Schmerz auszuhalten war und überlebt werden konnte.

»Um ehrlich zu sein, ich weiß es nicht. Aber sie wird es überleben. Manchmal denkt man, es geht nicht mehr weiter, und findet doch einen Weg.« Mia suchte nach einer passenden Erklärung. »Es ist wie nach einem Präriefeuer. Vor einigen Jahren, als wir in Nebraska waren, hab ich mal eins gesehen. Man meint, das

Ende der Welt zu sehen. Die Erde ist völlig versengt und schwarz, alles Grün ist verschwunden. Aber nach dem Brand ist der Boden fruchtbarer, und Neues kann wachsen.« Sie hielt Izzy auf Armeslänge von sich, fuhr ihr mit einer Fingerspitze über die Wange und strich ihr noch einmal übers Haar. »So ist es auch bei den Menschen, weißt du. Sie fangen von vorne an. Sie finden einen Weg.«

Izzy nickte und machte kehrt, um zu gehen, dann drehte sie sich nochmal um. »Sag ihr, dass es mir wahnsinnig leidtut.«

Mia nickte. »Wir sehen uns morgen, okay?«

—

Als Lexie und Moody nach Hause kamen, ging auf dem Anrufbeantworter gerade die Nachricht vom Ende des Falls ein. *Bestellt euch Pizza*, sagte die Stimme ihrer Mutter durch das Rauschen. *In der Schublade unterm Telefonbuch liegt Geld. Ich muss noch ein Stück fertigschreiben, dann komme ich nach Hause. Bei Dad wird es spät – er bringt noch den Papierkram nach der Anhörung unter Dach und Fach.* Ob Pearl es schon wusste, fragte sich Moody, doch seit ihrem Streit hatten sie kaum miteinander gesprochen, und er zog sich in sein Zimmer zurück und versuchte, nicht daran zu denken, was Pearl gerade machte. Wie er richtig vermutete, war Pearl an diesem Nachmittag mit Trip zusammen und erfuhr die Neuigkeit erst, als sie ein paar Stunden später nach Hause kam und Bebe – inzwischen etwas ruhiger – am Küchentisch saß.

»Es ist vorbei«, sagte Mia leise zu ihr, und mehr musste nicht gesagt werden.

»Es tut mir schrecklich leid, Bebe«, sagte Pearl. »Ehrlich.« Bebe blickte gar nicht auf, und Pearl verschwand in ihr Zimmer und schloss die Tür hinter sich.

Mia und Bebe saßen noch eine Weile schweigend da, bis es beinahe dunkel war und Bebe aufstand, um zu gehen.

»Sie wird immer dein Kind sein«, sagte Mia zu Bebe und nahm ihre Hand. »Du wirst immer ihre Mutter sein. Nichts kann daran etwas ändern.« Sie küsste Bebe auf die Wange. Bebe schwieg, wie schon seit einiger Zeit, und Mia überlegte, ob sie Bebe fragen sollte, was ihr durch den Kopf ging, ob sie Bebe überreden sollte zu bleiben, ob Bebe allein zurechtkäme. An ihrer Stelle, dachte sie, würde sie nicht wollen, dass man sie zum Reden zwang, und so gewann ihre Zurückhaltung die Oberhand. Später wurde ihr klar, dass Bebe ihre Worte vermutlich anders verstanden und als Ermutigung aufgefasst hatte. Sie fragte sich, ob Bebe ihr vielleicht erzählt hätte, was sie vorhatte, wenn sie größeren Druck auf sie ausgeübt hätte, und ob sie versucht hätte, Bebe aufzuhalten oder ihr zu helfen. Noch Jahre später konnte Mia sich diese Frage nicht beantworten.

—

Die Pressekonferenz dauerte länger als erwartet – nahezu jedes Nachrichtenmedium hatte Fragen an die McCulloughs, die, benommen vor Glück, alle beantworteten. Ob sie erleichtert waren, dass die Geduldsprobe ein Ende hatte? Ja, natürlich, und wie. Welche Pläne hatten sie für die nächsten Tage? Sie wollten sich etwas Zeit für sich nehmen. Sie freuten sich auf ihr gemeinsames Familienleben. Was wäre die erste Mahlzeit, die Mirabelle bei ihnen zu Hause bekam? Mrs McCullough antwortete: Makkaroni mit Käse, ihr Lieblingsgericht. Wann wäre die Adoption abgeschlossen? Sehr bald, hofften sie.

Eine Reporterin von Channel 19 meldete sich hinten aus dem

Pressepulk. Ob sie Mitgefühl für Bebe empfanden, die ihre Tochter nie wiedersehen würde?

Mrs McCullough erstarrte. »Vergessen Sie nicht«, sagte sie schroff, »dass Bebe Chow nicht fähig war, für Mirabelle zu sorgen, dass sie sie im Stich gelassen hat und vor ihrer Verantwortung als Mutter davongelaufen ist. Natürlich ist es traurig, wenn jemand so etwas durchstehen muss. Doch das Wichtigste ist und bleibt die Entscheidung des Gerichts, dass Mark und ich die geeigneten Eltern für Mirabelle sind und dass Mirabelle jetzt ein stabiles, dauerhaftes Zuhause hat. Ich glaube, das spricht für sich.«

Es war fast halb sechs, als die Veranstaltung zu Ende war und die McCulloughs Mirabelle nach Hause brachten. Aufgrund der Mitwirkung ihres Mannes in dem Fall durfte Mrs Richardson in der *Sun Press* nicht über die Entscheidung schreiben, sondern das übernahm ihr Kollege Sam Levi, während sie sein gewohntes Ressort abdeckte – Stadtpolitik. Es war fast neun, als sie endlich ihren Artikel abgab und nach Hause kam. Ihre Kinder hatten sich in alle Richtungen verstreut. Die Autos von Lexie und Trip waren weg, und auf der Anrichte fand sie eine Nachricht: *Mom, bin bei Serena, gegen 11 zurück, L.* Keine Nachricht von Trip, aber das war typisch. Normalerweise ärgerte sich Mrs Richardson darüber, aber diesmal war sie erleichtert: Bei so vielen Leuten im Haus gab es meistens ein Publikum, und heute Abend wollte sie kein Publikum.

Die Tür zu Izzys Zimmer war geschlossen, aus dem Inneren drangen laut klagende Töne. Noch bevor die Pizza geliefert wurde, war Izzy nach oben gegangen und hatte über Bebe und ihre große Verzweiflung nachgedacht. Am liebsten hätte sie geschrien, und so hatte sie eine CD von Tori Amos eingelegt, die Lautstärke aufgedreht und der Musik das Schreien überlassen. Als ihre Mutter an ihrer Tür vorbei zu Moodys Zimmer ging, hatte sie das Album schon viermal gehört und ließ es gerade zum fünften Mal laufen.

An einem normalen Tag hätte Mrs Richardson die Tür geöffnet und Izzy gesagt, sie solle die Lautstärke runterdrehen, und ein paar abfällige Bemerkungen hinterhergeschickt, wie deprimierend und zornig sie Izzys Musik immer fand. Heute jedoch ging ihr Dringlicheres durch den Kopf. Sie klopfte an Moodys Zimmertür.

»Ich muss mit dir reden«, sagte sie.

Moody lag auf dem Bett, neben sich die Gitarre, und schrieb in ein Notizbuch. »Was ist?«, sagte er ohne aufzublicken. Er schenkte sich die Mühe, sich aufzusetzen, als seine Mutter eintrat, und das reizte sie umso mehr. Sie schloss die Tür, marschierte zum Bett und riss ihm das Notizbuch aus den Händen.

»Sieh mich gefälligst an, wenn ich mit dir rede«, sagte sie. »Ich bin dahintergekommen. Hast du gedacht, du kannst es mir verschweigen?«

Moody starrte sie an. »Wohinter gekommen?«

»Hast du gedacht, ich bin blind? Hast du wirklich gedacht, mir fällt nichts auf?« Mrs Richardson schlug mit Nachdruck das Notizbuch zu. »Ihr zwei steckt ständig zusammen. Ich bin nicht dumm, Moody. Natürlich wusste ich, was ihr treibt. Ich dachte nur, du wärst ein bisschen verantwortungsvoller.«

In Izzys Zimmer wurde die Musik abgeschaltet, doch es fiel weder Moody noch seiner Mutter auf.

Moody richtete sich langsam auf. »Wovon redest du eigentlich?«

»Ich weiß Bescheid«, sagte Mrs Richardson. »Über Pearl.

Über das Kind.« Der Schock auf Moodys Gesicht und sein verdutztes Schweigen sagten ihr alles. Er wusste von nichts. »Sie hat es dir nicht gesagt?« Moodys Blick löste sich langsam wie ein verlassenes Boot von ihrem Gesicht. »Sie hat es dir nicht gesagt«, wiederholte Mrs Richardson und sank neben ihm aufs Bett. »Pearl hatte eine Abtreibung.« Ein Anflug von Schuldgefühlen überkam sie. Hätte es etwas geändert, überlegte sie, wenn er es gewusst hätte? Als Moody weiterhin schwieg, nahm sie seine Hand. »Ich dachte, du wüsstest es«, sagte sie. »Ich bin davon ausgegangen, dass ihr darüber gesprochen und beschlossen habt, es nicht zu bekommen.«

Moody entzog ihr langsam und eisig die Hand. »Ich glaube, du verdächtigst den falschen Sohn«, sagte er. Nun war Mrs Richardson verblüfft. »Zwischen Pearl und mir ist nichts. Es war nicht von mir.« Er stieß ein kurzes, bitteres Lachen aus. »Wieso fragst du nicht Trip? Mit dem vögelt sie.«

Er holte sich das Notizbuch vom Schoß seiner Mutter zurück, öffnete es wieder und konzentrierte sich auf das Geschriebene, um nicht in Tränen auszubrechen. Erst jetzt wurde es für ihn wahr. Sie war mit Trip zusammen, er hatte mit ihr geschlafen, und sie hatte es zugelassen, und dann war es passiert. Mrs Richardson war in sich selbst versunken. Benommen stand sie auf und ging durch den Flur in ihr Zimmer, um die Sache zu überdenken. Trip? War das möglich? Weder sie noch Moody nahmen die plötzliche Stille in Izzys Zimmer wahr oder bemerkten die einen Spaltbreit geöffnete Tür, hinter der auch Izzy in verblüfftem Schweigen verdaute, was sie eben gehört hatte.

~

Am Freitagmorgen ging Mrs Richardson eine halbe Stunde früher zur Arbeit, um keinem ihrer Kinder begegnen zu müssen. Lexie war am Abend zuvor kurz vor Mitternacht zurückgekommen, Trip noch später, und obwohl sie die beiden normalerweise ausgeschimpft hätte, weil sie unter der Woche so spät unterwegs waren, blieb sie in ihrem Zimmer. Sie bemühte sich, aus dem Ganzen schlau zu werden. Wegen des zusätzlichen Stresses hatte sie sich ein zweites Glas Wein gegönnt. Trip und Pearl? Sie verstand natürlich, warum Pearl sich in Trip verliebt hatte – das taten die meisten Mädchen –, aber was Trip in Pearl sah, verstand sie nicht. Während sie darüber nachgrübelte, war sie eingeschlafen und nicht schlauer aufgewacht. Trip war nicht der Typ, überlegte sie, während sie aus der Garage zurücksetzte, der sich für ernste, intellektuelle Mädchen wie Pearl interessierte. Das gab sie unumwunden zu, obwohl sie seine Mutter war und ihn liebte. Ihr schöner, sonniger, seichter Sohn war immer ein oberflächlicher Charakter gewesen. Schlummerten verborgene Tiefen in Pearl, oder gar in Trip? Diese Frage beschäftigte sie auf der Fahrt ins Büro.

Den ganzen Vormittag überlegte sie, was sie tun sollte. Trip zur Rede stellen? Pearl zur Rede stellen? Beide zusammen zur Rede stellen? Sie und ihr Mann redeten mit den Kindern nicht über ihr Liebesleben – als Lexie und Izzy ihre Periode bekamen, hatte sie lediglich ihre Verantwortung erwähnt (»Verletzlichkeit«, hatte Izzy sie verbessert und das Zimmer verlassen). Aber normalerweise setzte sie lieber voraus, dass ihre Kinder schlau genug waren, um eigene Entscheidungen zu fällen, und dass die Schule sie ausreichend aufgeklärt hatte. Wenn sie *etwas anstellten* – wie sie euphemistisch dachte –, musste oder wollte sie es nicht wissen. Vor Trip und diesem Mädchen zu stehen und ihnen zu sagen, *ich weiß, was ihr getan habt,* wäre ihr fast so peinlich gewesen, wie die beiden nackt zu sehen.

Irgendwann am Vormittag stieg sie schließlich ins Auto und fuhr zu dem kleinen Haus an der Winslow Road. Sie wusste, Mia würde da sein und an ihren Fotos arbeiten. Mrs Richardson öffnete die gemeinsam genutzte Seitentür und trat, ohne anzuklopfen, ein. Das Haus gehörte schließlich ihr und nicht Mia; als Vermieterin hatte sie das Recht. In der unteren Wohnung war es still; es war elf Uhr, Mr Yang war bei der Arbeit. Oben konnte sie Mia in der Küche hören: Ein Wasserkessel fing gerade an zu pfeifen und verstummte, als jemand ihn vom Herd nahm. Auf der Treppe in den ersten Stock fiel ihr auf, dass sich das Linoleum an den Rändern der Stufen löste. Das musste neu gemacht werden, dachte sie. Sie würde das gesamte Treppenhaus – nein, die ganze Wohnung – leerräumen und renovieren lassen.

Die Wohnungstür war nicht abgeschlossen, und Mia blickte erschrocken auf, als Mrs Richardson in die Küche trat.

»Ich habe niemanden erwartet«, sagte sie. Der Wasserkessel gab ein leises Pfeifen von sich, als sie ihn wieder auf die heiße Platte setzte. »Kann ich etwas für Sie tun?« Mrs Richardsons Blick schweifte durch die Wohnung: die Spüle, in der noch Pearls Frühstücksgeschirr stand, die vielen Kissen, die als Couch dienten, die halb offene Tür zu Mias Zimmer, wo eine Matratze auf dem Teppich lag. Was für ein erbärmliches Leben, dachte sie; sie besaßen so wenig. Und dann entdeckte sie etwas Vertrautes über der Lehne eines Küchenstuhls: Izzys Jacke. Izzy hatte sie bei ihrem letzten Besuch vergessen, und die beiläufige Sorglosigkeit dieser Geste beleidigte Mrs Richardson. Als würde Izzy hier wohnen, als wäre sie hier zu Hause, als wäre sie Mias Tochter und nicht ihre.

»Ich wusste immer, dass mit Ihnen etwas nicht stimmt«, sagte sie.

»Wie bitte?«

Mrs Richardson reagierte nicht sofort. *Nicht mal ein richtiges Bett*, dachte sie. *Nicht mal eine richtige Couch. Welche erwachsene Frau sitzt auf dem Boden, schläft auf dem Boden? Was für ein Leben ist das?*

»Sie dachten wahrscheinlich, Sie könnten es verbergen«, sagte sie in Richtung Küchentisch, wo Mia gerade vorsichtig ein Foto von einem Hund und einem Mann zusammenklebte. »Sie dachten wahrscheinlich, niemand würde es erfahren.«

»Ich weiß nicht, wovon Sie reden«, setzte Mia an. Sie umklammerte den Griff ihres Bechers.

»Ach nein? Joseph und Madeline Ryan wissen es bestimmt.« Mia horchte auf. »Die beiden wüssten bestimmt gerne, wo Sie sind. Und Ihre Eltern ebenfalls. Und sie wüssten bestimmt auch gern, wo Pearl ist.« Mrs Richardson warf Mia einen bösen Blick zu. »Versuchen Sie erst gar nicht, mich anzulügen. Sie sind eine sehr gute Lügnerin, aber ich weiß Bescheid. Ich weiß alles über Sie.«

»Was wollen Sie?«

»Ich hätte fast nichts gesagt, weil ich die Vergangenheit ruhen lassen wollte. Aber ich sehe, dass Sie Ihre Tochter dazu erzogen haben, genauso unmoralisch zu handeln wie Sie.«

»Pearl?« Mias Augen wurden groß. »Wovon reden Sie?«

»Was sind Sie doch für eine Heuchlerin. Erst stehlen Sie einem Paar das Kind, und dann versuchen Sie, den McCulloughs das Baby wegzunehmen.«

»Pearl ist *mein* Kind.«

»Sie hatten ein bisschen Hilfe bei ihrer Entstehung, oder?«

Mrs Richardson hob eine Augenbraue. »Linda McCullough und ich sind seit vierzig Jahren befreundet. Sie ist wie eine Schwester für mich. Niemand verdient ein Kind mehr als sie.«

»Das ist keine Frage von Verdienst. Ich finde nur, eine Mutter hat das Recht, ihr eigenes Kind großzuziehen.«

»Das finden Sie, ja? Oder reden Sie sich das nur ein, damit Sie ruhig schlafen können?«

Mia errötete. »Wenn May Ling wählen könnte, meinen Sie nicht, sie würde lieber bei ihrer richtigen Mutter bleiben? Der Mutter, die sie geboren hat?«

»Vielleicht.« Mrs Richardson sah Mia durchdringend an. »Die Ryans sind reich. Sie haben sich sehnlichst ein Kind gewünscht. Sie hätten ihm ein wunderbares Leben geboten. Wenn Pearl hätte wählen können, meinen Sie wirklich, sie wäre lieber bei Ihnen geblieben? Um wie eine Vagabundin zu leben?«

»Das wurmt Sie, stimmt's?«, sagte Mia plötzlich. »Weil Sie es sich nicht vorstellen können. Warum sollte jemand anders leben wollen als Sie? Warum sollte jemand sich etwas anderes wünschen als ein großes Haus mit einem großen Garten, einem schicken Auto, einem Job im Büro?« Nun war sie es, die Mrs Richardson eindringlich musterte. »Sie haben Angst, dass Sie etwas verpasst haben. Dass Sie etwas aufgegeben haben, von dem Sie nicht wussten, wie sehr Sie es wollten.« Ein scharfes, mitleidiges Lächeln umspielte Mias Mundwinkel. »Was war es? War es ein Mann? Eine Berufung? Oder ein ganzes Leben?«

Mrs Richardson zerwühlte Mias Fotoschnipsel auf dem Tisch. Unter ihren Händen trennten sich Stücke von Hund und Stücke von Mann, vermischten und formierten sich neu.

»Ich glaube, es wird Zeit, dass Sie weiterziehen«, sagte Mrs Richardson. Mit einer Hand nahm sie Izzys Jacke vom Stuhl und

staubte sie ab, als wäre sie beschmutzt. »Und zwar bis morgen.«
Sie legte einen gefalteten Hundertdollarschein auf die Anrichte.
»Das sollte die Miete für den Monat mehr als ausgleichen. Wir
sind quitt.«

»Warum tun Sie das?«

Mrs Richardson ging zur Tür. »Fragen Sie Ihre Tochter«, sagte
sie und schloss die Tür hinter sich.

19

Als am Freitag die Glocke kurz nach eins läutete, setzte Pearl sich zur siebten Stunde hin und stellte ihre Tasche ab. Nach der Schule wollte sie Trip an seinem Auto treffen; am Morgen hatte er eine Nachricht in ihrem Spind hinterlassen. Auch Lexie hatte nach dem Mittagessen eine Nachricht hinterlassen: *Heute Abend Film? Deep Impact?* Das genügte fast, um sie vergessen zu lassen, dass sie und Moody zerstritten waren. Zwar sahen sie sich im Unterricht, doch sobald die Glocke läutete, sprang er auf und stürmte zur Tür hinaus, bevor sie überhaupt ihre Heftmappe geschlossen hatte. Jetzt saß er auf der anderen Gangseite vor seiner Ausgabe von *Othello*. Sie fragte sich, ob es zwischen ihnen irgendwann wieder so sein könnte wie früher. Sex veränderte alles, stellte sie fest – nicht nur zwischen einem selbst und der anderen Person, sondern zwischen einem selbst und allen anderen.

Über diese Einsicht dachte sie noch nach, als das Klassenzimmertelefon klingelte. Meistens war es in solchen Fällen das Sekretariat – eine Anwesenheitsliste fehlte, ein verspäteter Schüler wurde entschuldigt –, deshalb achtete sie nicht darauf, bis Mrs Thomas auflegte, an ihr Pult kam und vor ihr in die Hocke ging.

»Pearl«, sagte sie leise, »die Sekretärin sagt, deine Mutter ist hier, um dich abzuholen. Du sollst deine Sachen mitnehmen.« Sie ging an die Tafel zurück, wo sie den dritten Akt des Stücks erläuterte, und Pearl packte verstört ihre Bücher zusammen. Hatte sie einen Termin vergessen? Gab es einen Notfall? Aus alter Gewohnheit schaute sie kurz zu Moody – näher waren sie einer Unterhaltung seit Wochen nicht gekommen. Aber Moody warf ihr einen Blick zu und wirkte genauso ratlos wie sie, und das Letzte, woran sie sich beim Verlassen des Klassenzimmers erinnerte, waren sein Gesicht und ihre beiderseitige Verwirrung.

Als sie aus dem naturwissenschaftlichen Flügel kam, sah sie ihre Mutter am Straßenrand; sie lehnte an dem kleinen hellbraunen Golf und wartete auf sie.

»Da bist du ja«, sagte Mia.

»Mom. Was machst du hier?« Pearl drehte sich kurz um, die Standardreaktion aller Teenager, wenn sie in der Öffentlichkeit von ihren Eltern zur Rede gestellt werden.

»Hast du noch wichtige Sachen in deinem Spind?« Mia zog den Reißverschluss an Pearls Tasche auf und spähte hinein. »Dein Portemonnaie? Irgendwelche Unterlagen? Okay, dann gehen wir.« Sie drehte sich zum Auto, und Pearl riss sich los.

»Mom. Ich kann nicht. In der nächsten Stunde schreiben wir einen Biotest. Und ich treffe mich … nach der Schule bin ich verabredet. Wir sehen uns dann zu Hause, okay?«

»Nein, du hast mich falsch verstanden«, sagte Mia, und Pearl bemerkte die Falte zwischen den Augenbrauen ihrer Mutter, die große Besorgtheit verhieß. »Ich meine, wir müssen fahren. Noch heute.«

»Was?« Pearl sah sich um. Vor ihnen lag die große ovale Grünfläche. Alle waren in der Schule, im Unterricht, nur ein paar Schüler standen knapp außerhalb des Schulgeländes und rauchten. Alles wirkte ganz normal. »Ich will nicht weg.«

»Ich weiß, mein Schatz. Aber wir müssen.«

Wenn ihre Mutter weiterziehen wollte, hatte Pearl bisher höchstens ein kurzes Bedauern verspürt – meist wegen unwichtiger Dinge: einem Jungen, den sie aus der Ferne anhimmelte, einer bestimmten Parkbank, einer ruhigen Ecke oder einem Buch aus der Bibliothek, das sie gern noch gelesen hätte. Meistens jedoch war sie erleichtert gewesen, dass sie diesem Leben entschlüpfen und ein neues beginnen konnte wie eine sich häutende Schlange. Diesmal aber stieg eine Mischung aus Schmerz und Wut in ihr auf.

»Du hast versprochen, dass wir bleiben«, sagte sie mit belegter Stimme. »Mom. Ich habe hier Freunde. Ich habe ...« Sie sah sich um, als könnte eines der Richardson-Kinder auftauchen. Aber Lexie war im Gemeinschaftsraum und aß zu Mittag. Moody saß im Englischunterricht und diskutierte *Othello*. Und Trip – Trip würde nach der Schule auf der anderen Seite der Grünfläche auf sie warten. Wenn sie nicht erschien, würde er losfahren. Ein verwegener Gedanke ging ihr durch den Kopf: Wenn sie schnell zu den Richardsons lief, wäre sie in Sicherheit. Mrs Richardson würde ihr bestimmt helfen. Die Richardsons würden sie bei sich aufnehmen. Die Richardsons würden sie nicht weggehen lassen. »Bitte. Mom. Bitte. Bitte, lass uns bleiben.«

»Ich möchte auch nicht weg. Aber wir müssen.« Mia streckte ihre Hand aus. Pearl stellte sich kurz vor, sie würde sich in einen Baum verwandeln und an Ort und Stelle Wurzeln schlagen.

»Pearl, mein Schatz«, sagte ihre Mutter. »Es tut mir sehr leid. Es wird Zeit zu gehen.« Sie nahm Pearls Hand, und Pearl, ein weiteres Mal entwurzelt, machte sich von allem los und stieg mit ihrer Mutter ins Auto.

Im Haus an der Winslow Road war schon einiges gepackt: die Kissen, aus denen die Couch bestand, waren ordentlich gestapelt, die Decke zusammengefaltet; die Fotos, die Mia an die Wand gehängt hatte, lagen in Schachteln. Mia war eine schnelle Packerin, die es gut verstand, unglaublich viele Sachen auf kleinstem Raum zu verstauen. In dem Jahr in Shaker hatten sie jedoch mehr Dinge angehäuft als je zuvor, und sie würden vieles zurücklassen müssen.

»Eigentlich wollte ich schon fertig sein«, sagte Mia und legte ihre Schlüssel auf den Tisch. »Aber ich musste noch was fertigmachen. Leg deine Kleider zusammen. Nimm mit, was in die Reisetasche passt.«

»Du hast es versprochen«, sagte Pearl. Im sicheren Kokon ihres Zuhauses – einem richtigen Zuhause, wie sie seit einiger Zeit dachte – flossen die Tränen begleitet von erstickter Wut. »Du hast gesagt, wir würden bleiben. Du hast gesagt, das war's jetzt.«

Mia hielt inne und legte einen Arm um Pearl. »Ich weiß«, sagte sie. »Ich hab's versprochen. Und es tut mir leid. Aber es ist etwas passiert … «

»Ich geh nicht.« Pearl streifte zornig ihre Schuhe ab und stapfte ins Wohnzimmer. Mia hörte, wie die Tür zu ihrem Zimmer zuknallte. Seufzend hob sie Pearls Turnschuhe auf und ging durch den Flur. Pearl lag auf dem Bett, das Mathebuch vor sich aufgeschlagen, und holte ein Heft aus ihrer Schultasche. Eine wütende Scharade.

»Es wird Zeit.«

»Ich muss Hausaufgaben machen.«

»Wir müssen packen.« Behutsam schloss Mia das Mathebuch. »Und dann müssen wir los.«

Pearl riss ihrer Mutter das Buch aus den Händen und schleuderte es an die Wand, wo es einen schwarzen Fleck hinterließ. Als Nächstes flog ihr Heft durchs Zimmer, dann der Kugelschreiber, das Geschichtsbuch, ein Stapel Karteikarten, bis ihre Schultasche schlaff wie eine abgestreifte Haut auf dem Boden lag und der gesamte Inhalt verstreut war. Mia setzte sich ruhig zu ihr und wartete. Pearl weinte nicht mehr. Ihre Miene war jetzt kalt und ausdruckslos.

»Ich dachte auch, wir könnten bleiben«, sagte Mia schließlich.

»Warum?« Pearl zog die Knie an die Brust, umschlang sie mit den Armen und schaute ihre Mutter böse an. »Ich geh nur, wenn du mir den Grund sagst.«

»Das ist nur gerecht.« Mia seufzte und strich die Bettdecke zwischen ihnen glatt. Es war Nachmittag. Die Sonne schien. Draußen gurrte eine Trauertaube, das leise Brummen eines Rasenmähers setzte ein, eine vorbeiziehende Wolke tauchte sie beide kurz in Schatten und zog dann weiter. Als wäre es ein ganz normaler Tag. »Ich hab schon lange überlegt, wie ich es dir sagen soll. Länger, als du glaubst.«

Pearl, die inzwischen sehr still war, sah ihre Mutter an und wartete geduldig, denn ihr war klar, sie würde gleich etwas sehr Wichtiges erfahren. Mia dachte an Joseph Ryan, der ihr damals beim Essen am Tisch gegenübergesessen und auf ihre Antwort gewartet hatte.

»Zuerst«, sagte sie und atmete tief durch, »möchte ich dir von deinem Onkel Warren erzählen.«

Als Mia fertig war, saß Pearl still da und fuhr die gezackten Nähte der Steppdecke nach. Mia hatte ihr die Geschichte in groben Zügen umrissen, und sie beide wussten, die Einzelheiten würden erst im Laufe der Zeit zur Sprache kommen. Sie würden kleckerweise heraussickern, wenn plötzlich eine Erinnerung aufstieg. Noch Jahre später, wenn Mia an einem hellgelben Haus oder einem ramponierten Auto vorbeifuhr, oder wenn sie sah, wie zwei Kinder einen Hügel hinaufstiegen, würde sie sagen: »Hab ich dir schon erzählt …?«, und Pearl würde aufhorchen und eine weitere glitzernde Scherbe aus ihrer Geschichte erfahren. Die Vergangenheit, hatte sie inzwischen begriffen, war im Grunde unerschöpflich. Vielleicht würde sie sie nie ganz begreifen, doch sie konnten sich einem Punkt nähern, an dem sie alles Wichtige wusste. Es brauchte nur Zeit und Geduld. Fürs Erste jedenfalls wusste sie genug.

»Warum erzählst du mir das?«, fragte sie ihre Mutter. »Ich meine, warum erzählst du mir das *jetzt*?«

Mia atmete tief durch. Wie sollte man jemandem erklären – wie sollte man einem Kind, einem geliebten Kind erklären –, dass es einen Menschen bewunderte, dem nicht zu trauen war? Sie versuchte es. Sie bemühte sich, alles zu erklären und sah, wie die anfängliche Verwirrung auf Pearls Gesicht in Schmerz überging. Pearl konnte es nicht verstehen: Mrs Richardson, die immer so nett zu ihr gewesen war, die so viel Nettes über sie gesagt hatte. In deren glatter, glänzender Oberfläche Pearl sich selbst gesehen hatte.

»Aber sie hat recht«, sagte Mia schließlich. »Die Ryans hätten dir ein wunderbares Leben geboten. Sie hätten dich geliebt. Und Mr Ryan ist dein Vater.« Sie hatte diese Worte nie laut ausgesprochen, den Gedanken daran gar nicht zugelassen, und sie hinterließen einen merkwürdigen Geschmack auf ihrer Zunge.

Mia wiederholte sie: »Dein Vater.« Aus dem Augenwinkel sah sie, wie Pearl die Worte lautlos und unsicher vor sich hin sagte.

»Willst du sie kennenlernen?«, fragte Mia. »Wir können nach New York fahren. Sie wären schnell zu finden.«

Pearl dachte lange darüber nach.

»Im Augenblick nicht«, sagte sie. »Vielleicht irgendwann. Aber nicht im Augenblick.« Sie schmiegte sich an ihre Mutter, wie sie es als kleines Kind getan hatte. »Und was ist mit deinen Eltern?«, fragte sie nach einer Weile.

»Meine Eltern?«

»Wohnen sie immer noch dort? Weißt du, wo sie sind?«

Mia zögerte. »Ja«, sagte sie. »Ich glaube schon. Willst du sie kennenlernen?«

Pearl neigte den Kopf zur Seite und zwar auf eine Weise, die Mia so stark an Warren erinnerte, dass es ihr den Atem verschlug. »Irgendwann«, sagte sie. »Vielleicht können wir sie irgendwann zusammen besuchen.«

Mia umarmte Pearl, vergrub ihre Nase im Haar ihrer Tochter und fühlte sich, wie immer, wenn sie das tat, von dem unveränderten Duft getröstet. Sie roch, dachte Mia plötzlich, nach zu Hause, als wäre zu Hause nie ein Ort gewesen, sondern immer diese kleine Person an ihrer Seite.

»Und jetzt sollten wir lieber packen«, sagte sie. Die Schule war aus, dachte Pearl und rollte langsam ihre Kleider zusammen. Moody wäre jetzt zu Hause. Trip hätte das Warten auf sie inzwischen aufgegeben – oder wartete er immer noch? Würde er kommen und sie suchen, wenn sie nicht auftauchte? Sie hatte ihrer Mutter noch nichts von ihm erzählt und wusste nicht, ob sie es jemals tun würde.

Es klopfte an der Seitentür. Pearl hatte das Gefühl, als hätte sie

Trip durch ihre Gedanken herbeigezaubert, und drehte sich mit großen Augen zu Mia um.

»Ich geh und seh nach, wer es ist«, sagte Mia. »Du bleibst hier und packst weiter.« Vielleicht war es Mrs Richardson, dachte sie – aber nein, es war Izzy, die verwirrt in der Einfahrt stand.

»Warum ist die Tür abgeschlossen?«, fragte sie. Seit Monaten war sie jeden Nachmittag hergekommen, um Mia zu helfen, und die Seitentür war nie verschlossen gewesen. Ganz gleich, was sie wollte, die Tür hatte ihr zu jeder Tageszeit offen gestanden, genau wie ihren Geschwistern, wie ihr jetzt einfiel.

»Ich ... ich musste etwas erledigen.« Mia hatte Izzy völlig vergessen, und sie versuchte, sich eine glaubwürdige Ausrede auszudenken.

»Ist Bebe noch da?« Izzy fiel kein anderer Grund ein, warum Mia sie ausschließen und wegschicken sollte.

»Nein, sie ist nach Hause gegangen. Ich war nur ... beschäftigt.«

»Okay.« Izzy trat einen halben Schritt zurück, und die Sturmtür, die sie mit einem Fuß aufgehalten hatte, quietschte leise. »Und, ist Pearl da? Ich ... ich wollte ihr was sagen.« Den ganzen Tag hatte sie versucht, Pearl zu erwischen; am Abend zuvor hatte sie sogar versucht, Pearl anzurufen, aber es war immer besetzt. Mia hatte den Hörer abgenommen, als sie Bebe tröstete, und dann vergessen, ihn wieder aufzulegen. Bis nach Mitternacht hatte sie es immer wieder versucht und am Ende beschlossen, Pearl am nächsten Morgen in der Schule abzufangen. Sie fand, dass Pearl wissen sollte, was Moody über sie erzählt hatte, und dass ihre Mutter über Trip Bescheid wusste. Aber sie wusste nicht, welche Wege Pearl zwischen den einzelnen Stunden ging – nahm sie die Haupttreppe, auf der sich die Schüler drängelten, oder die hintere, die zum Englischflügel führte? Aß sie in der Cafeteria, unten in Egress oder vielleicht irgendwo draußen auf dem Rasen? Izzy hatte immer falschgelegen und ärgerte sich darüber, wie wenig sie Pearl offenbar kannte. Sie nahm sich vor, gleich nach der Schule zu ihr zu gehen und ihr alles zu erzählen.

Als sie Mia nun gegenüberstand, merkte sie, dass etwas nicht stimmte. Wusste Mia schon Bescheid? Steckte Pearl in Schwierigkeiten? War Mia aus einem unerfindlichen Grund auch sauer auf *sie*?

Mia blickte in Izzys besorgtes Gesicht und fragte sich, was verletzender wäre, Izzy anzulügen oder ihr die Wahrheit zu sagen. Sie entschied sich gegen beides.

»Ich richte ihr aus, dass du hier warst, okay?«, sagte sie.

»Okay«, sagte Izzy. Mit einer Hand an der Tür, schielte sie durch ihr Haar zu Mia. Ob sie etwas falsch gemacht hatte? War Mia verärgert? Izzy, behauptete Lexie oft, könne sich nicht verstellen, und es stimmte: Izzy bemühte sich nie, ihre Gefühle zu verbergen, sie wusste gar nicht, wie das ging. Sie sah so jung aus in diesem Augenblick, so verwirrt, verletzlich und einsam, und das gab Mia umso mehr das Gefühl, sie im Stich zu lassen.

»Weißt du noch, was ich dir vor ein paar Tagen gesagt habe?«, fragte sie. »Über die Präriefeuer? Dass man manchmal alles abbrennen und von vorne anfangen muss?« Izzy nickte. »Gut«, sagte Mia. Ein langes Schweigen schloss sich an. Mia wusste nicht, wie sie sich verabschieden sollte. »Dann vergiss es nicht«, sagte sie. »Manchmal muss man ganz von vorne anfangen. Verstehst du das?« Izzy war sich nicht sicher, ob sie es wirklich verstand, nickte aber wieder.

»Sehen wir uns morgen?«, fragte sie, und Mia brach es das Herz. Statt einer Antwort nahm sie Izzy in die Arme und küsste sie auf den Kopf, dieselbe Stelle, auf die sie Pearl oft küsste. »Wir sehen uns bald«, sagte sie.

Pearl hörte, wie die Tür geschlossen wurde, doch es dauerte ein paar Minuten, bis Mia langsam und schweren Schrittes wieder nach oben kam.

»Wer war das?«, fragte sie, obwohl sie es inzwischen ahnte.

»Izzy«, sagte Mia, »aber sie ist weg.« Damit ging sie in ihr Zimmer, um weiterzupacken.

Sie hatten das schon so oft gemacht: zwei Gläser ineinander, eine Handvoll Besteck hinein, Gläser in Schüsseln, Schüsseln in einen Topf, Topf in die Bratpfanne, alles zusammen in eine Papiertüte gewickelt und mit Lebensmitteln abgepuffert – eine Rolle Cracker, ein Glas Erdnussbutter, ein halber Brotlaib. Eine andere Tüte enthielt Shampoo, Seife, Zahnpasta. Mia zwängte ihre Reisetaschen in den Fußraum und legte ein paar Decken darüber. Ihre Kameras und das Zubehör wanderten zusammen mit Geschirr und Toilettenartikeln in den Kofferraum. Der Rest – der Klapptisch, den sie blau gestrichen hatten, die zusammengewürfelten Stühle, Pearls Bett und Mias Matratze, die Kissen, die als Couch gedient hatten – blieb zurück.

Es war fast dunkel, als sie fertig waren, und Pearl dachte ständig an Trip und Lexie, Moody und Izzy. Inzwischen wären sie alle zurück in ihrem schönen Haus. Trip würde sich fragen, warum sie nicht zu ihrer Verabredung gekommen war. Sie würde ihn nie wiedersehen, dachte sie beklommen. Lexie würde an der Anrichte lehnen, eine Haarlocke um ihre Finger zwirbeln und sich fragen, wo sie war. Und Moody – sie hätten nie die Gelegenheit, sich zu versöhnen.

»Das ist nicht gerecht«, sagte sie, als ihre Mutter die letzten Sachen in eine Papiertüte verstaute.

»Ja«, stimmte Mia zu. »Ist es nicht.« Pearl wartete auf eine elterliche Binsenweisheit: *Das Leben ist nicht gerecht* oder *Gerecht heißt nicht immer richtig.* Stattdessen presste Mia sie kurz an sich, küsste sie auf die Schläfe und reichte ihr dann die Lebensmitteltüte. »Stell sie ins Auto.«

Als Pearl zurückkam, legte ihre Mutter einen Umschlag auf die Anrichte in der Küche.

»Was ist das?«, fragte Pearl, die gegen ihren Willen neugierig war.

»Etwas für die Richardsons«, erwiderte Mia. »Ein Abschiedsgeschenk.«

»Ein Brief? Darf ich ihn lesen?«

»Nein. Ein paar Fotos.«

»Du lässt sie einfach da?« Pearl hatte noch nie erlebt, dass ihre Mutter eine ihrer Arbeiten zurückließ – ihre Fotos waren ihr das Wichtigste. Einmal, als im Kofferraum des Golfs nicht genug Platz war, hatte Mia sich von der Hälfte ihrer Kleider getrennt, um Platz zu machen.

»Sie gehören nicht mir.« Mia nahm die Schlüssel von der Anrichte.

»Wem dann?«, wollte Pearl wissen.

»Manche Bilder«, sagte Mia, »gehören dem, der sie aufgenommen hat. Und manche gehören der Person, von der sie erzählen. Bist du fertig?« Sie schaltete das Licht aus.

───

Auf der anderen Seite der Stadt saß Bebe im Schatten eines geparkten BMW auf dem Gehsteig und beobachtete das Haus der McCulloughs gegenüber. Sie saß schon seit einiger Zeit da, inzwischen war es halb acht, und ihre Tochter wurde wahrscheinlich gerade gebadet. Linda McCullough, das wusste sie, hielt gern ihren Zeitplan ein. »Ein geregelter Ablauf sorgt für ein ruhigeres Leben«, hatte sie Bebe mehr als einmal gesagt, besonders an den Besuchstagen, wenn Bebe zu spät kam. Als gebe sie urteilslos und neutral nur ihre Meinung zum Besten, dachte Bebe, als erwähne sie ihre Vorliebe für Äpfel vor Birnen.

Im oberen Badezimmer ging das Licht an, und Bebe stellte sich die Szene vor: May Ling hielt sich am weißen Badewannenrand fest und streckte eine Hand nach dem Wasser aus, das aus dem Hahn floss. Inzwischen war es ruhig auf der Straße, in den Wohnzimmern schimmerte weiches Licht, hier und da das blaue Flackern eines Fernsehers, doch wenn sie die Augen schloss, konnte sie fast hören, wie ihre Tochter lachte, wenn sie ein Spritzer im Gesicht traf. May Ling hatte Wasser immer geliebt; selbst an den schlechten Tagen hatte sie sich beruhigt, wenn Bebe sie im Spülbecken badete, und als Bebe selbst dafür die Energie fehlte – weil sie Angst hatte, das Kind könnte ihr aus den Händen rutschen oder sie könnte sich einfach erschöpft auf das verschrammte Linoleum fallen lassen und das Kind würde im Spülbecken ertrinken –, hatte May Ling umso lauter geschrien. Mrs McCullough hatte mit Sicherheit eine ganze Palette von Badeartikeln: Lotionen, Seifen und Cremes, nur für Babys, angereichert mit Sheabutter und Mandelöl. Vermutlich standen sie aufgereiht am Wannenrand – nein, auf einem schicken Glasregal, außer Reichweite von wissbegierigen kleinen Händen –, und natürlich gab es auch Spielsachen, kistenweise, nicht nur einen alten Joghurtbecher zum Ausspülen der Haare, sondern Enten und Aufziehfrösche. Delfine. Schiffe und Flugzeuge. Miniaturausgaben des wunderbaren Lebens, das May Ling bei den McColloughs haben würde.

Nach dem Bad würde Mrs McCullough May Ling in ein flauschiges weißes Handtuch wickeln, so plüschig, dass, wenn sie sie wieder auswickelte, der perfekte Abdruck eines kleinen Mädchens bis hin zum daumengroßen Nabel zu sehen wäre. Sie würde May Ling die Haare kämmen, die – wie bei ihrer Mutter – im trockenen Zustand glatt waren, im nassen hingegen wellig, und ihr einen Schlafanzug anziehen. Und dann würde sie May Ling die Flasche geben und sie ins Bett bringen. Bebe sah, wie das Licht im Bad aus- und wenig später auf der Rückseite des Hauses – in May Lings Zimmer – anging. May Ling würde milchsatt und warm in dem gemütlichen Kinderbett liegen, eingekuschelt unter einer handgestrickten Bettdecke und durch Babynestchen vor den harten Seitengittern geschützt. Sie würde einschlafen, und Mrs McCullough würde das Nachtlicht anschalten und die Tür schließen, und wenn sie selbst ins Bett ging, würde sie sich auf den nächsten Morgen freuen, wenn sie ins Zimmer kam und Bebes Tochter auf sie wartete.

Bebe lehnte den Kopf an den BMW und wartete, bis das Licht im Zimmer ihrer Tochter erlosch.

~

Als Izzy von Mia zurückkam, fand sie ein leeres Haus vor. Ihre Eltern waren natürlich noch bei der Arbeit, aber gewöhnlich war eins ihrer Geschwister da. Wo war Lexie?, fragte sie sich. Wo war Moody? Trip war vermutlich bei Pearl – sie hoffte, dass sie Pearl noch erwischte, bevor ihre Mutter auftauchte.

Tatsächlich waren Trip und Moody früher nach Hause gekommen – Moody gleich nach der Schule, Trip überraschenderweise kurz danach. Trip wirkte mürrisch und wusste nichts mit sich anzufangen, und Moody mutmaßte richtig, dass er Pearl hatte treffen wollen und etwas schiefgelaufen war.

»Schlechter Tag?« Trip brummte nur zur Antwort. »Sie hat dich versetzt«, fuhr Moody fort und schnalzte mit der Zunge. »Das nervt, Mann. Aber was hast du denn erwartet?«

»Wovon redest du?«, sagte Trip und wandte sich schließlich Moody zu, der eine fiese Schadenfreude verspürte.

»Hast du dir eingebildet, du wärst der Einzige?«, sagte er. »Glaubst du wirklich, jemand ist so dumm und spart sich für dich auf? Ich kann nicht fassen, dass du's nicht früher geschnallt hast.« Er lachte, und in dem Moment ging Trip auf ihn los. Schon jahrelang, seit sie klein waren, hatten sie sich nicht mehr geprügelt, und mit einem jähen Gefühl der Erleichterung musste Moody wieder lachen, obwohl Trip ihn in den Bauch boxte und sie beide zu Boden gingen. Einen Augenblick lang rauften sie auf den Fliesen weiter, und ihre Schuhe hinterließen Schrammen an den Schranktüren, und erst als Trip Moody in den Schwitzkasten nahm, war der Kampf vorbei.

»Halt die Klappe«, zischte Trip. »Halt einfach die Klappe.« Seit ihrem ersten Kuss hatte Trip sich gefragt, was Pearl wohl an ihm fand und ob sie früher oder später zu dem Schluss kommen könnte, dass sie sich für den Falschen entschieden hatte. Es war, als hätte Moody in seinen Kopf gesehen und seine Ängste laut ausgesprochen.

Moody keuchte und zog an Trips Arm, bis Trip ihn schließlich losließ und davonstürmte. Nach einer halben Stunde ziellosen Umherkurvens fuhr er zu Dan Simon. Vor der Zeit mit Pearl hatten er, Dan und ein paar ihrer Hockeykollegen stundenlang um Dans Nintendo gekauert und GoldenEye gespielt, und an diesem Nachmittag hoffte er, dass der Videospielrausch ihn von dem ablenkte, was Moody gesagt hatte. Unterdessen fuhr Moody an den Horseshoe Lake, wo er darüber nachdachte, was er seinem Bruder heute und im Laufe der vergangenen Jahre gern gesagt hätte.

Izzy, allein zu Hause, ließ sich Mias Worte immer wieder durch den Kopf gehen. *Manchmal muss man ganz von vorne anfangen.* Als Mia um fünf noch nicht da war, um das Abendessen vorzubereiten, beschlich sie ein ungutes Gefühl, das sich verstärkte, als ihre Mutter um halb sechs anrief und sagte: »Mia kann heute nicht kommen. Auf dem Rückweg hole ich uns was vom Chinesen.« Um kurz nach sechs, Moody war gerade zurück, rannte Izzy nach unten.

»Wo sind denn alle?«, wollte sie wissen.

Moody zog sein Flanellhemd aus und warf es auf die Couch. Er hatte stundenlang am See gesessen, Steine ins Wasser geworfen und über Pearl und seinen Bruder nachgedacht. *Was hast du ihr bloß angetan?*, dachte er wütend. *Wie konntest du sie dem aussetzen?* Er hatte jeden auffindbaren Stein geworfen, aber es hatte ihn nicht weitergebracht.

»Woher soll ich das wissen?«, sagte er zu Izzy. »Lexie ist wahrscheinlich bei Serena. Und wo Trip ist, geht mir völlig am Arsch vorbei.« Er verstummte. »Wieso interessiert dich das? Du bist doch so gern allein.«

»Ich hab Pearl gesucht. Hast du sie gesehen?«

»Im Englischkurs.« Moody ging in die Küche, um sich ein Soda zu holen, und Izzy lief hinter ihm her. »Seitdem hab ich sie nicht mehr gesehen. Sie ist früher aus dem Unterricht gegangen.« Er trank einen Schluck.

»Vielleicht macht sie was mit Trip«, sagte Izzy. Moody schluckte und hielt inne. Izzy, die merkte, dass Moody ihr nicht widersprach, nutzte ihren Vorteil und fragte weiter. »Stimmt es, was du gestern Abend über Pearl und Trip gesagt hast?«

»Sieht so aus.«

»Warum hast du's Mom erzählt?«

»Ich dachte, es wäre ein offenes Geheimnis.« Moody stellte die Dose auf die Anrichte. »Sie sind ja nicht gerade subtil vorgegangen. Und es ist nicht meine Aufgabe, für sie zu lügen.«

»Mom hat gesagt ...« Izzy zögerte. »Mom hat gesagt, dass Pearl eine Abtreibung hatte.«

»Das hat sie gesagt.«

»Pearl hatte keine Abtreibung.«

»Woher willst du das wissen?«

»Einfach so.« Izzy konnte es nicht erklären, aber sie war sich ihrer Sache sicher. Trip und Pearl – das konnte sie sich vorstellen. Pearl hatte Trip monatelang nicht aus dem Auge gelassen wie eine Maus, die eine Katze beobachtet und sich danach sehnt, von ihr vernascht zu werden. Aber Pearl und schwanger? Sie dachte zurück. War Pearl irgendwie anders gewesen?

Izzy erstarrte. Sie erinnerte sich an den Tag, als sie Mia besucht und Lexie dort angetroffen hatte. Was hatte Lexie noch mal gesagt? Sie sei gekommen, weil Pearl ihr bei einem Aufsatz helfen wollte. Lexie, sonst so gepflegt, war zerzaust und bleich, ihr Pferdeschwanz hing schlaff herunter, und Mia hatte es eilig gehabt, sie wieder wegzuschicken. Und dann – am nächsten Tag war Lexie in Pearls Lieblings-T-Shirt nach Hause gekommen, dem mit John Lennon vorne drauf. In einer Hand hatte sie eine Plastiktüte mit irgendwas drin gehalten. Den ganzen Abend war sie in ihrem Zimmer geblieben und hatte das Essen ausfallen lassen – wieder untypisch für Lexie, die immer Appetit hatte –, und danach war sie wochenlang schlecht gelaunt gewesen. Und noch jetzt, dachte

Izzy, wirkte ihre Schwester weniger quirlig, weniger gesellig, als wäre eine Luftklappe geschlossen worden. Außerdem hatten sie und Brian sich getrennt.

»Wo ist Lexie?«, fragte sie wieder.

»Hab ich doch gesagt, wahrscheinlich bei Serena.« Moody packte Izzy am Arm. »Du hältst die Klappe wegen Trip und Pearl, okay? Ich glaube nicht, dass sie es weiß.«

»Du bist so ein verdammter Idiot.« Izzy riss sich los. »Pearl war nicht schwanger. Ist dir klar, dass Mom und Mia sie wahrscheinlich umbringen? Du hast sie den Wölfen zum Fraß vorgeworfen.«

Moody wurde bleich, aber nur kurz. Dann schüttelte er den Kopf. »Ist mir egal. Sie hat es verdient.«

»Sie hat es *verdient*?« Izzy starrte ihn an.

»Sie hat mit Trip rumgemacht. Ausgerechnet mit Trip, Izzy. Es war ihr völlig egal, dass … « Er verstummte, als hätte er zu fest auf eine frische Wunde gedrückt. »Hör zu, sie hat sich entschieden herumzuvögeln. Sie kriegt, was sie verdient.«

»Ich fasse es nicht.« Izzy hatte ihren Bruder noch nie so erlebt. Moody, der immer der Umsichtigste in der Familie war; Moody, der immer Partei für sie ergriffen hatte, auch wenn sie seinem Rat nicht gefolgt war. Moody, dem sie als Einzigem in der Familie zugetraut hatte, dass er klarer sah als sie.

»Du verstehst aber schon«, sagte sie, »dass Mom wahrscheinlich Mia für alles verantwortlich macht.«

Moody trat von einem Fuß auf den anderen. »Tja«, sagte er, »vielleicht hätte sie ihre Tochter besser im Auge behalten sollen. Vielleicht hätte sie sie zu mehr Verantwortungsbewusstsein erziehen sollen.«

Er griff nach seiner Sodadose, doch Izzy kam ihm zuvor. Das

kalte Metall landete an seinen Wangenknochen, und ein Schwall von Schaum und Kohlensäure traf ihn mitten ins Gesicht. Als er wieder sehen konnte, war Izzy verschwunden, und die leere Dose rollte über die nassen Küchenfliesen.

—

Serena wohnte am Shaker Boulevard in der Nähe der Mittelschule, gut drei Kilometer entfernt. Als es vierzig Minuten später bei Serena klingelte, stand Izzy atemlos vor der Tür.

»Was willst du denn hier, Freak?«, sagte Lexie, die hinter Serena die Treppe herunterkam.

»Ich muss dich was fragen«, sagte Izzy.

»Schon mal was von Telefon gehört?«

»Halt die Klappe. Es ist wichtig.« Izzy zog ihre Schwester am Arm ins Wohnzimmer, und Serena, vertraut mit der Dynamik bei den Richardsons, ging in die Küche und ließ sie allein.

»Was ist?«, sagte Lexie.

»Hattest du eine Abtreibung?«, fragte Izzy.

»Was?« Lexies Stimmte senkte sich zu einem Flüstern.

»Als Mom nicht da war. Hattest du?«

»Das geht dich einen feuchten Dreck an.« Lexie wollte gehen, aber Izzy ließ nicht locker.

»Dann stimmt es, du hattest eine. Als du gesagt hast, du übernachtest bei Pearl.«

»Das ist kein Verbrechen, Izzy. Ich bin nicht die Einzige, die so was macht.«

»Hat Pearl dich begleitet?«

Lexie seufzte. »Sie hat mich gefahren. Und bevor du mir jetzt moralisch und selbstgerecht kommst ...«

»Deine Moral interessiert mich nicht, Lex.« Izzy strich sich ungeduldig eine Haarsträhne aus dem Gesicht. »Mom denkt, dass Pearl eine hatte.«

»Pearl?« Lexie lachte. »Entschuldige, das ist wirklich lustig. Die jungfräuliche, unschuldige kleine Pearl.«

»Aus irgendeinem Grund denkt Mom das aber.«

»Ich hab den Termin unter Pearls Namen laufen lassen«, sagte Lexie. »Egal. Sie hatte nichts dagegen.« Sie machte kehrt, um zu gehen, dann wirbelte sie noch einmal herum. »Und wag bloß nicht, es irgendwem zu erzählen. Nicht Moody, nicht Mom, niemandem. Kapiert?«

»Du bist so verdammt egoistisch«, sagte Izzy und eilte, ohne ein weiteres Wort, an Lexie vorbei in den Flur, wo sie Serena beinahe umrannte.

Es dauerte vierzig Minuten zu Fuß, bis sie das Haus an der Winslow erreichte, und als sie dort ankam, war ihr klar, dass etwas nicht stimmte. Alle Lichter oben waren ausgeschaltet, und der Golf stand nicht in der Einfahrt. Sie zögerte kurz auf dem Gehweg, stubste den Pfirsichbaum an, dessen Blüten welkten und langsam braun wurden. Dann ging sie um das Haus zum Seiteneingang und klingelte, bis Mr Yang öffnete.

»Ist Mia da?«, fragte sie. »Oder Pearl?«

Mr Yang schüttelte den Kopf. »Sie wegfahren vor ungefähr zehn Minuten.«

Izzys Herz wurde bleischwer und kalt. »Haben sie zufällig gesagt, wo sie hinfahren?«, fragte sie, obwohl sie bereits die Wahrheit ahnte: Sie hatte Mia und Pearl verpasst; sie waren fort.

Mr Yang schüttelte wieder den Kopf. »Sie mir nicht sagen.« Er hatte hinter den Vorhängen nach draußen gespäht und gerade noch gesehen, wie Mia und Pearl den mit Taschen und Kartons beladenen Golf vorsichtig in der Einfahrt zurückgesetzt hatten und in die Dämmerung entschwanden. Sie waren gute Leute gewesen, dachte er traurig, und wünschte ihnen im Stillen eine gute Reise, ganz gleich, wohin sie unterwegs waren.

Eine Nachricht, dachte Izzy verzweifelt; es musste eine Nachricht geben. Mia wäre nicht weggefahren, ohne sich zu verabschieden. »Darf ich nach oben und in der Wohnung nachsehen?«, sagte sie. »Ich verspreche, dass ich nichts anrühre.«

»Hast du Schlüssel?« Mr Yang öffnete die Tür und ließ Izzy die Treppe hochstapfen. »Vielleicht die Tür verschlossen?« Sie war tatsächlich abgeschlossen. Izzy klopfte mehrmals und rüttelte am Türknauf, bevor sie aufgab und wieder herunterkam.

»Ich nicht habe Schlüssel«, sagte Mr Yang. Er hielt die Sturmtür offen, als Izzy nach draußen lief. »Du fragen deine Mutter, sie hat Schlüssel.«

Izzy brauchte fünfundzwanzig Minuten, um nach Hause zu laufen, wo – wenngleich sie es nie erfahren würde – Mia und Pearl kurz zuvor die Schlüssel eingeworfen hatten. Es dauerte noch eine halbe Stunde, bis sie die Ersatzschlüssel ihrer Mutter für das Winslow-Haus in der Krimskramsschublade in der Küche fand. Sie ignorierte die Schachtel mit dem übriggebliebenen Lo Mein und das Hühnchen in Orangensauce, die für sie auf der Anrichte stand, und achtete darauf, leise zu sein, um ihre Brüder und Eltern nicht zu stören, die sich inzwischen in ihre Zimmer verzogen hatten. Als sie zur Winslow Road zurückkam, war es halb zehn, und Mr Yang – der unter der Woche um 4.15 Uhr aufstand, um seine Schulbusroute zu fahren, und Wert auf einen festen Rhythmus legte – lag schon im Bett. Und so hörte niemand, wie Izzy durch den Seiteneingang kam, die Tür zu Mias und Pearls Wohnung aufschloss und schließlich eintrat, auch wenn sie insgeheim wusste, dass sie zu spät kam und Mia und Pearl für immer fort waren.

—

Am nächsten Morgen um neun war auch das Haus der Richardsons fast leer. Mr Richardson war, wie so oft am Samstagmorgen, ins Büro gefahren, um Liegengebliebenes aufzuarbeiten; durch die jüngsten Entwicklungen im McCullough-Fall hinkte er mit allem anderen hinterher. Lexie schlief auf der anderen Seite der Stadt in Serenas Doppelbett. Trip und Moody waren beide unterwegs: Trip, um sich bei einem spontanen Basketballspiel im Gemeindezentrum abzulenken, Moody auf dem Fahrrad zu Pearl, wo er sich entschuldigen wollte, aber zu seiner Verblüffung eine verschlossene Tür und keinen VW Golf vorfand. Und Mrs Richardson schwamm, wie Izzy wusste, jeden Samstagmorgen im Schwimmbad ihre Bahnen. Da ihre Mutter ein Gewohnheitstier war, musste Izzy gar nicht im Schlafzimmer nachsehen. Sie war sicher, sie hatte das Haus für sich.

Das Ganze war ungerecht, zutiefst ungerecht: Diesen Gedanken war Izzy die ganze Nacht nicht losgeworden. Dass Mia und Pearl hatten gehen müssen und aus ihrem endlich gefundenen Zuhause vertrieben worden waren. Die nettesten, liebevollsten und aufrichtigsten Leute, die sie kannte, waren von ihrer Familie fortgejagt worden. In Gedanken listete sie die vielen Gemeinheiten auf. Lexie hatte gelogen und Pearl benutzt. Trip hatte sie ausgenutzt. Moody hatte sie absichtlich verraten. Ihr Vater war ein Kindesdieb. Und ihre Mutter: Nun, ihre Mutter stand hinter allem.

Sie dachte an Mias warme, freundliche Wohnung. Ihr ganzes Leben lang hatte sie nur Wut in sich gespürt und sich abgehärtet:

gegen ihre Mutter, die sie immer kritisierte, gegen Lexie und Trip, die sie immer verspotteten. Mia war nicht so. Und bei Mia war sie selbst anders gewesen, und zwar auf eine Weise, die ihr neu war: In Mias wohlmeinender Nähe war sie neugierig, freundlich und offen geworden, als stünde sie unter einem Zauber. Sie hatte das Gefühl gehabt, endlich sprechen zu können, ohne Rücksicht auf die Zwänge ihres beschützten Lebens nehmen zu müssen, als wären die dicken Wände, die sie einengten, plötzlich zu Gittern mit Zwischenräumen geworden, durch die sie schlüpfen konnte. Izzy versuchte sich vorzustellen, wieder in ihr altes Leben zurückzukehren: das Leben in ihrem schönen, absolut ordentlichen, verschwenderisch ausgestatteten Haus, wo der Rasen immer gemäht und das Laub immer gerecht war, wo nie, wirklich nie ein Fitzel Müll herumlag; in ihrem schönen, absolut ordentlichen Viertel, wo auf jedem Rasen ein Baum stand und die Straßen in Kurven verliefen, damit niemand zu schnell fuhr, wo jedes Haus mit dem nächsten harmonierte; in ihrer schönen, absolut ordentlichen Stadt, wo jeder sich anpasste und jeder die Regeln befolgte und nach außen hin alles schön und perfekt sein musste, ganz gleich, wie chaotisch es innen aussah. Sie konnte nicht so tun, als wäre nichts passiert. Mia hatte in ihr eine Tür geöffnet, die sich nicht wieder schließen ließ.

Sie dachte an den Tag, als sie Mia zum ersten Mal begegnet war, und an die Frage, die sie ihr gestellt hatte: *Was willst du jetzt tun?* An diesem Tag hatte Izzy zum ersten Mal das Gefühl gehabt, überhaupt etwas tun zu können. Dann erinnerte sie sich an die Worte, die Mia bei ihrer letzten Begegnung zu ihr gesagt hatte und die ihr seitdem nicht aus dem Kopf gingen: *Manchmal muss man ganz von vorne anfangen. Manchmal muss man alles abbrennen,* hatte sie gesagt, und in diesem Moment fasste Izzy einen Entschluss.

Den ganzen Abend hatte sie ihren Plan geschmiedet, und als es jetzt so weit war, dachte sie gar nicht mehr nach. Es war, als stünde sie neben sich und sähe einer Fremden zu. Ihr Vater bewahrte einen Benzinkanister in der Garage auf, um die Schneefräse aufzutanken und den Generator mit Energie zu versorgen, wenn der Strom während eines Sturms ausfiel. Sie goss einen sauberen Kreis auf das Bett ihrer Schwester, dann auf die ihrer Brüder. Das Benzin hinterließ einen dunklen, öligen Fleck auf Lexies geblümter Tagesdecke, auf Trips Kopfkissen, auf Moodys karierter Bettwäsche. Als sie in Moodys Zimmer fertig war, war der Kanister leer, und sie begnügte sich damit, ihn vor der geschlossenen Schlafzimmertür ihrer Eltern abzustellen. Dann legte sie die Schlüssel zum Winslow-Haus in die Schublade zurück und griff nach einer Streichholzschachtel.

Vergiss nicht, hatte Mia gesagt: *Manchmal muss man alles abbrennen und von vorn anfangen. Nach dem Brand ist die Erde fruchtbarer, und Neues kann wachsen. Genauso ist es bei den Menschen. Sie fangen von vorne an. Sie finden einen Weg.* Bei dem Gedanken an Mia begannen Izzys Augen zu brennen, und sie strich das erste Streichholz an. Über ihrer Schulter hing ihre Schultasche mit Wechselwäsche und allem Geld, das sie besaß. Ihr Vorsprung konnte nicht groß sein, dachte sie. Ihr blieb noch Zeit, sie zu finden. Der Streichholzkopf kratzte über die Reibefläche, wie Fingernägel über eine Schiefertafel kratzen, es folgte ein Hauch von Schwefel, die Spitze flammte auf, und Izzy ließ das Streichholz auf das Bett ihrer Schwester fallen und rannte zur Tür hinaus.

20

Nachdem die Feuerwehrwagen abgerückt waren und aus dem Gerippe des Richardson-Hauses nur noch leichter Qualm aufstieg, stand Mrs Richardson im Bademantel da und zog Bilanz. Ihr Mann beriet sich vorne auf dem Gehweg mit dem Feuerwehrchef und zwei Polizisten. Auf der anderen Straßenseite kauerten Lexie, Trip und Moody auf der Motorhaube von Lexies Auto, beobachteten ihre Eltern und warteten auf Anweisungen. Mrs Richardson war nicht entgangen, dass Izzy fehlte, und ihr Mann – da war sie ziemlich sicher – würde genau darüber mit den Polizisten reden. Wahrscheinlich gab er ihnen eine Beschreibung und bat sie um Hilfe bei der Suche. *Isabelle Marie Richardson*, dachte sie mit einer Mischung aus Wut und Scham. *Was, um Himmels willen, hast du angerichtet?* Ähnlich hatte sie sich auch den Polizisten, den Feuerwehrleuten, ihren Kindern und ihrem kleinlauten Mann gegenüber geäußert. »Skrupellos«, sagte sie. »Wie konnte sie das tun?« Hinter ihr stellte ein Feuerwehrmann den verkohlten Rest des Benzinkanisters in den Truck – vermutlich, um ihn der Versicherung zu übergeben. »Wenn Izzy zurückkommt«, sagte Lexie leise zu Trip, »reißt Mom ihr den Kopf ab.«

Erst als der Feuerwehrchef fragte, wo sie unterkommen würden, hatte Mrs Richardson die naheliegende Idee.

»Wir haben noch ein Haus«, sagte sie. »In der Winslow Road,

in der Nähe der Lynnfield.« Zu ihrem verblüfften Mann und ihren Kindern sagte sie nur: »Seit gestern steht es leer.«

Es bedurfte einiger Manöver, um alle Autos vor dem Winslow-Haus und auf der schmalen Einfahrt unterzubringen, und während Lexie ihren Explorer letztlich am Straßenrand parkte, befürchtete Mrs Richardson plötzlich irrationalerweise die Wohnung könnte womöglich doch nicht leer sein und sie würden oben die Tür öffnen und Mia und Pearl friedlich essend am Tisch antreffen, nicht dazu bereit auszuziehen. Oder Mia hätte vielleicht irgendein Statement hinterlassen: eine zugemüllte Wohnung, zerbrochene Fenster oder zertrümmerte Wände, einen letzten Stinkefinger an ihre Vermieter. Doch als die vier Autos schließlich geparkt waren und die Richardsons die Treppe hochstiegen – zu Mr Yangs großer Verwirrung –, standen da nur ein paar zurückgelassene Möbelstücke. Mrs Richardson nickte erleichtert.

»Es sieht ganz anders aus«, murmelte Lexie. Und sie hatte recht. Die drei verbliebenen Richardson-Kinder drängten sich so dicht an der Tür zwischen Küche und Wohnzimmer, dass ihre Schultern sich fast berührten. Die Küchenschränke waren leer, die beiden ungleichen Stühle ordentlich unter den wackligen Tisch geschoben. Moody dachte daran, wie oft er mit Pearl an diesem Tisch gesessen und Hausaufgaben gemacht oder eine Schüssel Cornflakes gegessen hatte. Lexie überflog das Wohnzimmer: einige auf dem Teppich gestapelte Dekokissen, die Wände kahl, nur ein paar Löcher von Reißzwecken im Putz. Trip schaute in Richtung Schlafzimmer, wo er durch die offene Tür Pearls Bett sah, ohne Kissen und Decken, nur noch die nackte Matratze und das Gestell.

Völlig ausreichend, dachte Mrs Richardson. Zwei Schlafzimmer, eines für die Erwachsenen, eines für die Jungs. Die Mädchen – denn sie war nach wie vor sicher, dass Izzy bald wieder bei ihnen wäre – konnten in der verglasten Veranda schlafen. Ein Bad und eine abgetrennte Toilette – nun, sie mussten sich eben absprechen. Schließlich blieben sie nur so lange, bis sie etwas Passenderes fanden oder ihr Haus wieder aufgebaut war.

»Mom«, rief Lexie aus der Küche. »Mom, komm mal her.«

Auf der Anrichte lag ein großer, dicker Briefumschlag. Vielleicht war er versehentlich zurückgelassen worden – ein paar von Mias Abzügen oder Pearls Schulunterlagen, die beim überstürzten Aufbruch übersehen worden waren. Doch noch bevor Mrs Richardson ihn anfasste, wusste sie, dass sie irrte. Das Papier unter ihren Fingern fühlte sich an wie Satin, die Lasche war sorgfältig befestigt, aber nicht zugeklebt, und als sie den Verschluss mit einem Fingernagel aufklappte und den Umschlag öffnete, scharte sich der Rest der Familie neugierig um sie.

Der Umschlag enthielt für jeden ein Foto, irgendetwas zwischen Porträt und Wunsch, gebannt auf Papier. Mia hatte sie ordentlich aufeinandergelegt, und während Mrs Richardson die Fotos auf dem Tisch aufreihte, erkannte jeder sofort, welches für ihn bestimmt war. Für die anderen war es nur ein Foto, aber für jeden der Betreffenden war es unerträglich intim, als erhaschte er einen Blick von sich nackt in einem Spiegel.

Ein in Streifen gerissenes Blatt Papier, dünn wie Streichhölzer, verflochten zu einem Netz. Aufgehängt in den Maschen ein rundlicher, schwerer Stein. Der Text war in unleserliche Stücke zerschnippelt, aber Lexie erkannte das Blassrosa sofort – der Entlassungsschein aus der Klinik. Auf einem Streifen entdeckte sie die untere Hälfte ihrer Unterschrift – nein, ihrer gefälschten Unterschrift. Sie hatte den Schein bei Mia weggeworfen, und Mia hatte ihn für sie verwandelt. Als Lexie das Foto berührte, sah sie, wie das zarte Netz sich unter dem Gewicht des Steins dehnte, aber nicht riss. Es war etwas, das sie mit sich durchs Leben tragen würde, hatte Mia zu ihr gesagt, und sie hatte zum ersten Mal das Gefühl, dass sie es vielleicht konnte.

Ein Hockey-Brustpolster, das auf der Erde lag, in der Mitte gesprungen, übersät mit Löchern. Mit einem Hammer hatte Mia Dachnägel durch das dicke weiße Plastik getrieben und sie wieder herausgezogen. Es ist in Ordnung, verletzlich zu sein, hatte sie bei jedem Loch gedacht. Man darf sich Zeit lassen, um herauszufinden, was man will. Sie hatte Trips Brustpolster mit Erde gefüllt, Samen darauf gestreut und sie eine Woche lang geduldig gegossen, bis aus jedem Loch frisches Grün aufkeimte: dünne Ranken, kleine eingerollte Blätter, die sich ihren Weg ins Licht suchten. Zartes, zerbrechliches Leben, gewachsen in der harten Schale.

Ein Schwarm kleiner fliegender Origami-Vögel, der größte handtellergroß, der kleinste fingernagelgroß, alle leicht gestreift von den Linien des Papiers. Moody erkannte sie sofort, noch bevor ihm die schwachen Knitterfalten auffielen: die Seiten aus Pearls kleinem Notizbuch, das er ihr geschenkt und dann wieder an sich genommen, das er zerrissen und zerknüllt und weggeworfen hatte. Mia hatte die Seiten zwar glattgestrichen, aber die Knicke kräuselten die Flügel der Vögel, als wäre ihr Gefieder vom Wind zerzaust. Die Vögel lagen wie zerstreute Blütenblätter auf einer Aufnahme vom Himmel und schienen von einem Boden aus genarbtem Leder höheren, besseren Dingen entgegenzufliegen. So wird es auch bei dir sein, hatte Mia gedacht, als sie die Vögel nacheinander auf den Papierhimmel legte.

Das nächste Foto nahm seinen Ursprung bei dem Kragenstäbchen, das Mia beim Fegen unter der Kommode von Mr Richardson gefunden hatte. Sie hatte es aufbewahrt, weil auf der Kommode eine ganze Schachtel voll stand, aus der er jeden Tag eines in die beiden Spitzen des Hemdkragens schob, um ihn steif zu halten. Als sie den kleinen Metallstreifen zwischen den Fingern drehte, erinnerte sie sich an ein Experiment im Physikunterricht. Sie rieb das Kragenstäbchen an einem Magneten, legte es in eine Schale mit Wasser und ließ es gleich einer Kompassnadel hin und her pendeln, bis die Spitze schließlich in Richtung Norden stehenblieb. Dank einer langen Belichtungszeit war auf dem Bild ein bogenförmiger verschwommener Fleck entstanden, wie die geisterhaften Flügel eines Schmetterlings: die helle Linie des Kragenstäbchens, das seine endgültige Ruhestellung erst fand. Als Mr Richardson den silbrigen Pfeil betrachtete, der starr ausgerichtet und schimmernd im wolkigen Wasser lag, fasste er sich an den Hemdkragen und fragte sich, wo er eigentlich stand.

Schließlich, und für Mrs Richardson am erschreckendsten: ein aus Papier ausgeschnittener Vogelkäfig, die Gitterstäbe zerbrochen, als hätte sich etwas aus dem Inneren gewaltsam befreit. Bei näherem Hinsehen entdeckte sie, dass der Käfig aus Zeitungspapier bestand. Mia hatte mit einer Rasierklinge alle Schrift sorgfältig ausgeschnitten und das Weiß dazwischen formte die Gitterstäbe. Es war einer ihrer Artikel, da war Mrs Richardson sicher, auch wenn sie aufgrund der fehlenden Wörter nicht sagen konnte, welcher: der Bericht über die Benefizveranstaltung des Naturzentrums, der Artikel über die neue Kolonnade, die Entwicklung des »Bürgerwache«-Projekts, eines der vielen Stücke, die sie im Laufe der Jahre pflichtbewusst produziert hatte, eine der Geschichten, die, entgegen ihren ursprünglichen Ambitionen, ihre Karriere ausmachten. Jeder der gebrochenen Gitterstäbe bog sich anmutig nach außen wie das Blütenblatt einer Chrysantheme, und in der Mitte des leeren Käfigs lag eine kleine goldene

Feder. Aus diesem Käfig war etwas entkommen. Jemandem waren Flügel gewachsen. Mia hatte sich beim Gestalten des Fotos keinen besseren Wunsch für Mrs Richardson vorstellen können.

Niemandem fiel auf, dass ein Foto fehlte, bis Mrs Richardson das Letzte aufhob, unter dem ein Stapel Negative lag. Die Botschaft war klar: Mia hatte nicht vor, sie zu verkaufen. Sie würde sie nicht zeigen oder als mögliches Druckmittel behalten. *Sie gehören euch*, schien der Stapel zu sagen, *sie gehören euch. Macht damit, was ihr wollt.* Es waren ihre Porträts, seitenverkehrt und umgedreht, das Dunkle hell und das Helle dunkel. Nur eines passte zu keinem Abzug in dem Umschlag: Izzy hatte das Bild an sich genommen, als sie am Abend zuvor in die leere Wohnung gekommen war und den Umschlag als Abschiedsgruß von Mia und Pearl gefunden hatte. Sie hatte sofort gewusst, das Bild war für sie: eine schwarze Rose, die auf rissigem Asphalt lag, die Blütenblätter ausgeschnitten aus schwarzem Stiefelleder – ihren geliebten DocMartens, in denen sie sich immer stark gefühlt und die ihre Mutter weggeworfen hatte –, die äußeren Blütenblätter aus den abgewetzten Zehenkappen, die inneren, dunkelsten Blütenblätter aus der Zunge. Ein Schnürsenkel mit ausgefranster Spitze als langer Stiel. Gelbe Fadenschnipsel, abgezupft von der Sohlennaht, bildeten das empfindliche Herzinnere. Zähigkeit, umgewandelt in Zärtlichkeit, geradezu Schönheit. Izzy hatte das Bild in ihre Tasche gesteckt, und den Umschlag dann wieder geschlossen, das Licht ausgeschaltet und die Tür hinter sich zugezogen. Ihre Familie, der nur das Negativ blieb, sah jetzt das winzige Umgekehrte: eine helle Blüte, deren Inneres zu Mondweiß verblasste, dahinter ein dunkelgrauer Block wie ein wolkiger Nachthimmel.

Mr Richardson hörte seine Mailbox erst am Spätnachmittag ab und erfuhr die Nachricht. Mark McCullough schluchzte so herzzerreißend durch das statische Rauschen der Aufnahme, dass Mr Richardson ihn kaum verstand. Am Abend zuvor waren er und Linda erschöpft von den Strapazen der vergangenen Wochen in den tiefen, traumlosen, ungestörten Schlaf gesunken, der ihnen seit Monaten gefehlt hatte. Als sie am Morgen erschöpft und trunken von so viel Ruhe aufgewacht waren, hatte seine Frau auf die Uhr gesehen und festgestellt, dass es schon halb elf war. Normalerweise weckte Mirabelle sie bei Sonnenaufgang, weil sie ihr Frühstück oder eine frische Windel wollte, und beim Anblick der roten Ziffern auf dem Wecker wusste sie sofort, dass etwas nicht stimmte. Sie war aus dem Bett gesprungen und ohne Slipper und Bademantel in Mirabelles Zimmer gerannt, von wo er sie, noch immer im grellen Morgenlicht blinzelnd, schreien hörte. Das Kinderbett war leer. Mirabelle war verschwunden.

Es dauerte einen ganzen Tag, bis die Polizei sich die Geschichte zusammenreimen konnte: die nicht abgeschlossene Schiebetür zur hinteren Terrasse – schließlich lebte man in einem sicheren Viertel, hier passierte so was nicht –, die innen und außen mit Fingerabdrücken übersäte Verriegelung. Bebes Fehlen bei der Arbeit, Bebes leere Wohnung und schließlich ein auf Bebes Namen gebuchtes Ticket für einen Flug nach Kanton um 23.20 Uhr am Abend zuvor. Nach alldem bestehe kaum eine Chance, wurde den McCulloughs mitgeteilt, sie aufzufinden. China sei ein großes Land, erklärte ihnen der Inspektor ohne eine Spur von Ironie. Inzwischen sei Bebe längst in Kanton, und wer kannte schon ihr endgültiges Ziel? Eine Nadel im Heuhaufen. Der Versuch, sie aufspüren zu lassen, erklärte er ihnen, würde sie finanziell ruinieren.

Ungefähr ein Jahr später – das Haus der Richardsons war weitgehend wiederhergestellt, die McCulloughs hatten nicht ihr ganzes Vermögen, aber Zehntausende Dollar ohne großen Erfolg für Detektive und diplomatisches Hickhack ausgegeben – trafen Mrs McCullough und Mrs Richardson sich im Suffron Patch zum Lunch. In den vergangenen turbulenten Monaten hatten sie sich so oft getroffen wie in den wechselhaften Jahrzehnten davor, und sie trafen sich auch weiterhin, in allen Höhen und Tiefen. »Mark und ich haben uns für eine Adoption beworben, wir wollen ein Kind aus China«, erzählte Mrs McCullough, während sie Chicken Tikka Masala auf einen Berg Reis löffelte.

»Das ist wunderbar«, sagte Mrs Richardson.

»Die Adoptionsagentin meint, wir sind ideale Kandidaten. Sie ist überzeugt, dass sie im nächsten halben Jahr ein passendes Kind für uns findet.« Mrs McCullough trank einen Schluck Wasser. »Und wenn das Baby aus China kommt, das hat sie mir versichert, dann sind die Chancen für eine Zurückforderung des Sorgerechts gleich null.«

Mrs Richardson lehnte sich über den Tisch und drückte ihrer alten Freundin die Hand. »Das wird ein sehr glückliches Kind«, sagte sie.

Was Mrs McCullough am meisten verfolgte, war die Tatsache, dass Mirabelle nicht geschrien hatte, als Bebe sie aus der Krippe gehoben und fortgebracht hatte. Trotz allem – trotz des selbstgemachten Essens, der Spielsachen, der langen durchwachten Nächte und der Liebe, der großen Liebe, mehr Liebe, als Mrs McCulloughs jemals für möglich gehalten hätte – trotz alldem hatte Mirabelle Bebes Arme als sicheren Ort empfunden, einen Ort, an den sie gehörte. Das nächste Kind, das aus einem Waisenhaus kam, würde nie eine andere Mutter gekannt haben. Es würde ihnen ohne Wenn und Aber gehören. Die Liebe für dieses Kind, das sie noch gar nicht kannte, machte Mrs McCullough schon jetzt ganz benommen. Sie bemühte sich, nicht an Mirabelle zu denken, die verlorene Tochter, die irgendwo dort draußen ein anderes, fremdes Leben führte.

—

Nachdem Pearl und Mia an jenem letzten Abend aus der Winslow Road ausgezogen waren, hatte Pearl die Schlüssel in den Briefkasten der Richardsons geworfen, war wieder ins Auto gestiegen und hatte schließlich die Frage gestellt, die ihr auf der Zunge brannte.

»Und wenn das jetzt die Bilder sind, die dich berühmt machen würden?«

Sie waren es nicht – was sie berühmt machen würde, nahm in Mias Kopf gerade erst Gestalt an, als sie die Scheinwerfer einschaltete, eine vage Idee, noch nicht zu einem Bild verschmolzen, geschweige denn in Worte zu fassen.

Tatsächlich sollten die Richardsons die Fotos nie verkaufen. Sie behielten sie, und die Bilder bekamen mit der Zeit den Status von unangenehmen Familienerbstücken, über die spätere Generationen sich wundern würden, wenn sie die verstaubte Schachtel auf dem Dachboden fanden und öffneten: Woher kamen diese Fotos? Wer hat sie gemacht? Was hatte es damit auf sich?

Mia legte im Auto den ersten Gang ein. »Wenn es so wäre, dann würde ich ihnen viel, viel mehr schulden, als vom Verkauf der Fotos zu erwarten wäre.« Sie steuerte den Golf vorbei am Ententeich, über die Van Aken und die Schnellbahngleise in Richtung Warrensville Road, die sie zur Autobahn führte, aus Cleveland hinaus und noch weiter.

»Ich hätte mich gern verabschiedet.« Pearl dachte an Moody, an Lexie und Trip, an die Fäden, die sie auf unterschiedliche Weise mit ihnen verband. In den folgenden Jahren, im Verlauf ihres Lebens versuchte sie wiederholt, diese Fäden zu entwirren, und stellte jedes Mal fest, dass sie hoffnungslos ineinander verschlungen waren. »Und Izzy. Ich hätte sie so gern noch mal gesehen.«

Mia war still, sie dachte ebenfalls an Izzy. »Arme Izzy«, sagte sie schließlich. »Sie möchte unbedingt da raus.«

Eine abenteuerliche Idee nahm in Pearls Kopf langsam Gestalt an. »Wir könnten zurückfahren und sie holen. Ich könnte auf die hintere Veranda klettern, an ihr Fenster klopfen und ...«

»Mein Schatz«, sagte Mia, »Izzy ist erst fünfzehn. Für solche Sachen gibt es Regeln.«

Doch als das Auto über die Warrensville Road in Richtung I-480 fuhr, erlaubte auch Mia sich eine kurze Fantasie: Sie und Pearl fuhren irgendwo auf dem Land eine zweispurige Straße entlang, wie Mia sie bevorzugte: eine, die sich durch kleine Städte mit nur einem Laden, einem Café und einer Tankstelle wand. Im Vorbeifahren stiegen goldene Staubwolken in die Luft. Dann fuhren sie um eine Kurve, und aus dem goldenen Dunst am Straßenrand schälte sich eine schemenhafte Gestalt, die den Daumen ausstreckte. Mia fuhr langsamer, und während der Staub sich legte, sahen sie zuerst ihr Haar, eine goldene Woge in der goldenen Luft; noch bevor sie ihr Gesicht sahen, noch bevor sie anhalten und die Tür öffnen konnten, um sie einsteigen zu lassen, erkannten sie das nicht zu bändigende Haar, Izzys goldene Pracht.

Als Mia und Pearl am Samstagvormittag die Grenze nach Illinois überquerten, stieg Izzy, deren Haar noch immer leicht nach Rauch roch, in einen Greyhound nach Pittsburgh. Auf der anderen Seite der Stadt versammelte sich ihre Familie gerade auf der Böschung vor dem Ententeich und sah zu, wie die Feuerwehrleute ihr brennendes Haus Flamme um Flamme löschten. In ihrer Gesäßtasche befand sich eine zusammengefaltete Adresse, die sie nach dem Packen ihrer Tasche gestern spätabends beim Durchsuchen der Unterlagen ihrer Mutter gefunden hatte. *George und Regina Wright. Bethel Park, Pennsylvania.* Sie hatte auch eine dazugehörige Telefonnummer, aber Izzy wusste, ein Anruf würde ihr die benötigten Antworten nicht liefern. Die Mappe auf dem Schreibtisch – in der sorgfältigen Handschrift ihrer Mutter säuberlich mit *M. W.* beschriftet – war ziemlich dick, und sie hatte auf dem Bürostuhl ihrer Mutter gesessen und bei Lampenlicht alles gelesen. Unter der Adresse der Wrights stand eine weitere, die sie sich ebenfalls notierte: *Anita Rees, Rees Gallery.* Das war irgendwo in New York. Sie wusste, dass Mia dort angefangen hatte, als sie nicht viel älter gewesen war als sie jetzt.

Vielleicht half ihr jemand von diesen Leuten, Mia zu finden. Vielleicht würde man sie zu ihren Eltern zurückschicken. Und dann? Sie würde wieder ausreißen. Sie würde immer wieder ausreißen, bis sie alt genug war und nicht mehr zurückgeschickt werden konnte. Sie würde so lange suchen, bis sie fand, wonach sie suchte. Pittsburgh lockte, und danach New York: Mias Vergangenheit, aber ihre Zukunft. Eine dieser Städte würde sie zu Mia führen.

Nachdem sie sich im Greyhound einen Platz gesucht und den Kopf ans Fenster gelehnt hatte, stellte sie sich vor, wie ihr Wiedersehen ablaufen würde. Sie würde Mia von hinten sehen – und sie natürlich sofort erkennen. Mias Silhouette war ihr vertraut wie ein Schatten, den sie immer wieder nachgezeichnet hatte, bis sie ihn auswendig kannte. Sie würde Mia finden, und wenn Mia sich umdrehte, würde sie die Arme ausbreiten, Izzy an sich drücken und mitnehmen, wohin auch immer sie ging.

―

Als Mrs Richardson sich zum ersten Mal im Haus an der Winslow Road schlafen legte, dachte sie, wie noch so oft in der folgenden Zeit, an ihr jüngstes Kind. Die Geräusche im Haus waren ihr fremd – das Brummen des Kühlschranks, das leise Grummeln des Heizkessels im Keller, das Knarren eines Astes, der über das Schieferdach schleifte. Sie stand auf, ging nach draußen und setzte sich auf die Eingangstreppe, den Bademantel fest um sich geschlungen. Die Steinstufe unter ihren Füßen war kühl und leicht feucht, als hätte hier eben noch leichter Nebel gelegen.

Den ganzen Tag war sie auf Izzy wütend gewesen, im Stillen wie auch laut ausgesprochen. Undankbares Kind, hatte sie gesagt. Wie konnte sie das tun? Sie zählte auf, was Izzy alles nicht mehr dürfte, wenn man sie fand. Sie würde ihr Leben lang Hausarrest kriegen. Sie würde aufs Internat geschickt. Militärschule. Ein Kloster. Fast war sie geneigt, Izzy der Polizei zu überlassen: Sollte sie doch im Gefängnis lernen, was es hieß, bestraft zu werden. Ihr Mann und ihre Kinder, die ihre Wutausbrüche gegen Izzy gewöhnt waren, nickten schweigend und ließen sie schimpfen. Doch diesmal war es anders als sonst. Diesmal hatte Izzy alle Grenzen überschritten und kam – wie allen in der Familie langsam klar wurde – vielleicht nie mehr zurück.

Die Polizei suchte natürlich nach Izzy; man hatte sie als Ausreißerin und möglicherweise gefährdetes Kind zur Fahndung ausgeschrieben. In den folgenden Tagen gab Mrs Richardson ihnen Fotos für Flugblätter und Plakate, befragte nacheinander Izzys Freunde und Klassenkameraden und suchte nach Hinweisen, wohin sie gegangen sein könnte. Doch die Einzigen, die es vielleicht gewusst hätten, waren, wie ihr klar wurde, inzwischen vermutlich weit weg.

Es war fast Mitternacht, ein Auto raste die Winslow Road entlang und verschwand in der Dunkelheit. Die Nachbarn, dachte Mrs Richardson, hielten sie vermutlich für eine Irre, wie sie da im Dunkeln nachts auf der Treppe saß, doch das störte sie ausnahmsweise nicht. Die Wut, die sie den ganzen Tag geschürt hatte, war verglommen wie die Hitze am Nachmittag, die sich gegen Abend legt, und hatte nur einen Gedanken in ihr hinterlassen – kalt, klar und durchdringend wie ein Stern: Izzy war fort. Alles, was sie an Izzy schon vor ihrem ersten Atemzug erzürnt hatte, war einzig und allein der Angst entsprungen, sie könnte sie verlieren. Und nun war es so weit. Ein leises, gepresstes Schluchzen entwich ihrer Kehle, schmerzhaft wie eine Messerklinge.

Der Gedanke, dass ihr Kind allein dort draußen in der Welt war, erschütterte sie zum ersten Mal bis ins Innerste. Izzy, die Tochter, die ihr so viel Ärger und Sorgen bereitet, die nie aufgehört hatte, sie zu beunruhigen und wahnsinnig zu machen, deren rastlose Energie sie schließlich zur Flucht getrieben hatte. Obwohl diese Tochter in ihren Augen immer das genaue Gegenteil von ihr war, hatte sie tief im Inneren jenen Funken geerbt, in sich getragen und gehegt, den ihre Mutter vor langer Zeit erstickt hatte, dieselbe brennende Gewissheit, Richtig von Falsch unterscheiden zu können. Sie dachte an das Foto mit der goldenen Feder, das sie noch viele Jahre beschäftigen sollte: War es ein Porträt von ihr oder von ihrer Tochter? War sie der Vogel, der den Weg in die Freiheit suchte, oder war sie der Käfig?

Die Polizei würde Izzy finden, sagte sie sich. Sie würden sie finden, und dann konnte sie Abbitte leisten. Wie das genau aussehen sollte, wusste sie nicht, aber sie war sicher, sie würde es tun. Und falls die Polizei sie nicht fand? Dann würde sie sich selbst auf die Suche nach Izzy begeben. Würde so lange suchen, bis sie sie fand, wenn es sein musste, für immer. Vielleicht vergingen Jahre und sie würden sich beide verändern, aber sie würde ihr Kind mit Sicherheit noch kennen, so wie sie sich selbst kannte, ganz gleich, wie viel Zeit über der Suche verstrichen war. Davon war sie überzeugt. Sie würde Monate, Jahre, den Rest ihres Lebens auf die Suche nach ihrer Tochter verwenden und das Gesicht jeder jungen Frau eingehend studieren. In der Hoffnung, etwas Vertrautes im Gesicht einer Fremden zu erkennen.

DANK

Als ich mit *Was ich euch nicht erzählte* auf Lesereise war, fragte mich jemand aus dem Publikum: »Ich habe nachgezählt, in Ihrer Danksagung haben Sie fünfundsechzig Leute erwähnt – warum so viele?« Ich erklärte, dass zwar nur mein Name auf dem Titel stehe, mir in der Entstehungszeit des Buches aber viele Leute geholfen hatten, ohne die es das Buch nicht gäbe. Für diesen zweiten Roman trifft das noch weit mehr zu.

Wie immer danke ich meiner großartigen Agentin Julie Barer und allen bei The Book Group – ich freue mich sehr, der Barer-Nation anzugehören. Die klugen Anmerkungen meiner unerschütterlichen Lektorin Virginia Smith Younce haben dieses Buch besser und dichter gemacht, und Jane Cavolina hat mit unendlicher Geduld alles geregelt, was Zeitangaben und die Verwendung von Kursivschrift betrifft. Juliana Kiyan, Anne Badman, Sarah Hutson, Matthew Boyd, Scott Moyers, Ann Godoff, Kathryn Court, Patrick Nolan, Madeline McIntosh und das gesamte Team bei Penguin Press und Penguin Books haben fantastische Arbeit geleistet, um dieses Buch in die Welt zu bringen – danke für eure Unterstützung.

Die Mitglieder meiner Schreibgruppe, die Chunky Monkeys (Chip Cheek, Calvin Hennick, Jennifer De Leon, Sonya Larson, Alexandria Marzano-Lesnevich, Whitney Scharer, Adam Stumacher, Grace Talusan und Becky Tuch) waren die ersten Leser dieses Buches; ihre Begeisterung half mir durchzuhalten, und unsere E-Mail-Ketten glichen fast schon Lebenslinien. Ayelet Amittay, Anne Stameshkin und meine MFA-Kohorte: Ihr zeigt mir, wie immer, den Weg. Jes Häberli und Danielle Lazarin, ich schicke euch einen Lieferwagen voll Donuts. Und meine vernünftigen, nicht schreibenden Freunde haben mich auf dieser verrückten Reise geerdet; vor allem kann ich kaum fassen, dass Katie Campbell, Samantha Chin und Annie Xu mich immer noch ertragen können.

Ein großer Dank geht an die Leser dieses wie auch des ersten Romans. An alle, die mir gemailt, mir Briefe geschrieben, bei Lesungen Zettel zugesteckt oder mit mir am Signiertisch geplaudert haben: danke. Meine Dankbarkeit ist wirklich grenzenlos, und darin eingeschlossen sind auch meine Twitter-Freunde: Ihr erinnert mich jeden Tag daran, wie klug, lustig und freundlich Menschen sein können. Vielen Dank auch an all die Künstler, die Mias Arbeiten beeinflusst haben, wie Kent Rogowski und Cindy Sherman.

Der letzte und größte Dank geht schließlich an meine Familie. Lily und Yvonne Ng haben mich von Anfang an zum Schreiben ermutigt; ohne euch wäre ich im übertragenen und buchstäblichen Sinn nicht hier. Mein Mann Matt war lange vor mir überzeugt, dass Schreiben meine Berufung ist, und sagte es mir immer wieder. Danke für Deine Unterstützung. Und mein Sohn, nach wie vor mein bestes Werk. *Dies sei der Vers*: Ich tue mein Bestes.